AU-DELÀ DU ROMANTISME

Du même auteur
dans la même collection

L'ART ROMANTIQUE
LES FLEURS DU MAL ET AUTRES POÈMES
LES PARADIS ARTIFICIELS
LA FANFARLO. LE SPLEEN DE PARIS

CHARLES BAUDELAIRE

AU-DELÀ DU ROMANTISME

ÉCRITS SUR L'ART

Présentation, notes,
bibliographie et chronologie
par
Michel DRAGUET

GF Flammarion

ISBN : 2-08-071010-9

PRÉSENTATION

> « Il m'arrivera souvent d'apprécier un tableau uniquement par la somme d'idées ou de rêveries qu'il apportera dans mon esprit. »
>
> Charles Baudelaire

En renonçant à présenter une édition philologique complète de la critique d'art de Baudelaire, mission brillamment accomplie par Claude Pichois, le présent volume s'imposait la tâche délicate d'en proposer une lecture qui conditionnerait le choix des textes. La pensée de Baudelaire n'a pas le caractère monolithique d'un système définitif. Au contraire, et c'est ce qui en fait sans doute la qualité, elle s'est construite pas à pas alors que se formait la personnalité de l'homme et du poète. La critique d'art a été pour Baudelaire l'espace privilégié d'une clarification des sensations et des impressions vécues dans l'instant. En posant comme problèmes centraux la signification du regard et le principe de représentation, elle a pris une place privilégiée – peut-être même dominante – par rapport à la critique littéraire et musicale, moins développée. Elle a marqué l'évolution de l'œuvre poétique et a joué un rôle considérable dans l'affirmation, à travers *Le Spleen de*

Paris, du poème en prose. En sens inverse, le regard du poète a nourri celui du critique en le dégageant d'un esprit de système que Baudelaire condamne sans appel. Cette relation entre critique et poésie, qui déborde de loin les limites de ce petit volume, mériterait d'être davantage éclairée car le poète est aussi peintre lorsqu'il s'agit de brosser quelques *Tableaux parisiens*. Les images livrées à travers et à l'intérieur des mots choisis suivent pas à pas ce que le critique s'est pris à imaginer. Car telle est la critique de Baudelaire : une projection onirique qui traverse des œuvres vues sans soulever – à de rares exceptions – d'enthousiasme. Au-delà d'un « état des beaux-arts » rédigé au hasard de Salons, Baudelaire rêve d'un art qui répondrait à ses aspirations poétiques. Ainsi, le regard critique s'est-il mué en vision esthétique en transformant la réception d'une image extérieure en principe créateur. Par ses prises de position, par ses sujets et ses passions, Baudelaire agit moins à distance critique de l'œuvre qu'il n'en épouse – créateur lui-même – les aspirations profondes.

Baudelaire n'occupe pas dans l'histoire de la critique une place quelconque. Il apparaît aujourd'hui comme l'acteur majeur d'une révolution de la critique et de l'esthétique autour d'une notion qui, depuis, a tant fait couler d'encre qu'elle en a souvent perdu sa signification. Baudelaire restera l'inventeur de la modernité. L'assertion, sans nuance, relève du poncif tant le poète et le critique ont contribué à transformer cette notion au demeurant floue en projet révolutionnaire. Quelque chose est apparu avec Baudelaire dont nous ne cessons d'interroger le sens sous sa forme historique – de la modernité aux avant-gardes – ou dans ses résonances actuelles – du post- au néomodernisme. Si l'interminable littérature consacrée à la modernité n'a jamais consenti à « oublier » Baudelaire, elle l'a généralement utilisé aux seules fins de ses partis pris. Ainsi, le caractère progressif, voire tâtonnant, de l'édifice critique a souvent été réduit à une somme d'affirmations qui ne font ni l'inventaire des errances du poète, ni le tour de ses possibilités. Or, Baudelaire n'est pas à l'origine le théoricien de la modernité comme rupture. Il l'est devenu au terme d'une suite de questionnements qui sont nés d'un désir de réformer la tradition pour affirmer ce « quelque chose » de radicalement différent auquel nous ne cessons de nous intéresser. C'est à ce cheminement que nous invitons le lecteur en partant du principe que l'œuvre de Baudelaire, fondée sur un réseau de contradictions théoriques et d'apories, a, à un moment donné, basculé. Cette rupture, nous l'avons résumée dans le titre choisi et qui n'est pas de Baudelaire. *Au-delà du romantisme* situe le moment et l'espace dans lequel œuvrera la pensée de Baudelaire jusqu'au moment où, pour paraphraser Mallarmé, elle cessera de se définir en fonction d'un ensemble qui lui reste extérieur et se pensera elle-même.

Cette prise de conscience, Baudelaire la vivra à travers l'analyse de l'œuvre de Delacroix. Point de ralliement et d'enthousiasme qui relève d'un désir d'identification propre à la jeunesse, la peinture de Delacroix constitue pour Baudelaire un symbole à défendre et à valoriser. Le plaidoyer se fonde sur la reconnaissance historique de l'œuvre de Delacroix. Ce dernier s'inscrit dans une tradition qui privilégie la couleur (les Vénitiens, Rubens), à laquelle il apporte sa conclusion. Au ton péremptoire succède alors l'éclatante démonstration. Baudelaire livre une lecture de l'œuvre de Delacroix qui en affirme la modernité. Subtilité de la perception, dynamisme de la sensation, puissance de l'expression ouvrent la voie à une redéfinition radicale des modalités mêmes de représentation. Ici se situe le point de rupture qui fait du *Peintre de la vie moderne* ou des *Peintres et aquafortistes* les figures originales d'une modernité dégagée de la tradition, d'une modernité qui vit à la fois à la surface de la sensation et dans la profondeur d'une sensibilité ouverte sur le monde.

Du Salon comme bazar

En 1845, Baudelaire publie son premier volume. À suivre les arguments défendus dans les nombreuses lettres à sa mère qui font état de son « statut » de critique, Baudelaire aiguise ici un regard objectif qui le situe dans le sillage des *Salons* de Diderot dont les volumes de 1759, 1761, 1765, 1767 et, partiellement, 1769 étaient édités au printemps 1845. Comme l'a montré André Ferran [1], le jeune écrivain en quête de respectabilité suit le schéma des Salons tel que le pratiquaient ses contemporains. Il s'agit prioritairement de livrer une description des œuvres présentées afin d'informer un large public qui, souvent, ne fera pas le déplacement au Louvre. Le travail de l'auteur repose sur la *traduction* et la *suggestion*. Le travail de salonnier obéit à une codification rigoureuse qui témoigne de la valeur sociale de l'exercice. Ainsi, le prologue aux bourgeois introduit le spectateur dans l'espace codifié du monde académique que le texte suit sans l'ombre d'une remise en cause. L'introduction sert donc de didascalies et met en scène l'ensemble des acteurs qui seront traités séparément dans le *Salon de 1846*. Le bourgeois que l'artiste raillera à loisir apparaît « inoffensif » et prêt à aimer la bonne peinture « si ces messieurs [les critiques] savaient la lui faire comprendre, et si les artistes la lui montraient plus souvent [2] ». L'argument qui pourrait surprendre sous la plume de Baudelaire reste de convention et le jeune critique se découvre moraliste lorsqu'il justifie son affirmation en déclarant, tel La Fontaine, qu'« il faut plaire à ceux aux frais de qui l'on veut vivre [3] ». Dans le *Salon de 1846*, le ton changera et la dédicace « Aux Bourgeois » trahira cette métaphysique de la Chute sur laquelle

1. A. Ferran, *Le Salon de 1845 de Charles Baudelaire*, Paris, Éditions de l'Archer, 1933.

2. Baudelaire, *Œuvres complètes*, texte établi, présenté et annoté par C. Pichois, Paris, Gallimard, Bibliothèque de la Pléiade, 1976, t. II, p. 351. Toutes les références aux *Œuvres complètes* de Baudelaire renvoient à cette édition (ci-après *OC* I ou *OC* II).

3. *Ibid.*, p. 352.

Baudelaire bâtit son imaginaire poétique. L'unité originelle a éclaté en dualités que l'artiste doit résoudre en dévoilant l'harmonie enfouie sous des contrastes apparents, mais en fait complémentaires.

De forme conventionnelle, le *Salon de 1845* reste tributaire de la norme académique. Baudelaire s'interdit de discuter de l'utilité des jurys (ceux-ci lui semblent même nécessaires), de leur réforme comme de la fréquence et des modalités des expositions. Baudelaire semble soumis à l'ordre des choses : les œuvres choisies par le critique sont celles que le jury a mises en évidence par l'accrochage, et l'articulation même du texte se soumet toujours à cette hiérarchie des genres qui descend de la peinture d'histoire au paysage avant de traiter, en annexe, de la gravure et de la sculpture. Pour Baudelaire, le Salon annuel constitue le cadre « logique » et « naturel » d'une reconnaissance qui ne concernera que l'artiste de qualité, le médiocre n'y trouvant qu'un juste châtiment. Et de conclure quant à la méthode appliquée : « Nous parlerons de tout ce qui attire les yeux de la foule et des artistes. [...] *Notre méthode de discours* consistera simplement à diviser notre travail en tableaux d'histoire et portraits – tableaux de genre et paysages – sculptures – gravures et dessins –, et à ranger les artistes suivant l'ordre et le grade que leur a assignés l'estime publique [1]. »

Le texte de 1845 n'est pas isolé. Jean Ziegler a démontré à quel point l'opuscule appartient à l'esprit d'une bohème qui avait réuni autour du peintre Émile Deroy le jeune Baudelaire et son ami Asselineau, auteur lui aussi d'un *Salon de 1845* publié en feuilleton dans le *Journal des théâtres* des 19 mars, 9 et 23 avril, 14 mai et 14 juin 1845 [2]. Est-ce sous l'influence de Deroy que la référence à Delacroix s'est imposée en

1. *OC* II, p. 353.
2. J. Ziegler, « Émile Deroy (1820-1846) et l'esthétique de Baudelaire », *Gazette des Beaux-Arts*, mai-juin 1976, p. 153-160.

ouverture du Salon alors que le peintre – qui expose en 1845 *La Madeleine dans le désert*, *Les Dernières Paroles de Marc Aurèle*, *Une Sibylle qui montre le rameau d'or* et *Le Sultan du Maroc entouré de sa garde et de ses officiers* – n'est certainement pas le premier dans « l'estime publique » ? Mieux, son *Éducation de Marie*, peinte durant son séjour à Nohant de 1842, a été refusée par ce jury dont Baudelaire reconnaissait et acceptait la toute-puissance. En clamant d'emblée que « M. Delacroix est décidément le peintre le plus original des temps anciens et des temps modernes. Cela est ainsi, qu'y faire [1] ? » Baudelaire ne mange-t-il pas sa parole inaugurale ? Le jeune critique n'entend pas discuter une opinion qui lui semble déjà ressortir à l'histoire. Vingt ans après *La Barque de Dante*, *Scènes des massacres de Scio* ou *La Mort de Sardanapale*, l'importance de Delacroix relève pour Baudelaire de l'évidence.

> [...] nous ne sommes plus au temps où le nom de Delacroix était un motif à signe de croix pour les *arriéristes*, et un symbole de ralliement pour toutes les oppositions, intelligentes ou non ; ces *beaux temps* sont passés. M. Delacroix restera toujours un peu contesté, juste autant qu'il faut pour ajouter quelques éclairs à son auréole. Et tant mieux [2] !

Si Delacroix n'est pas encore à l'Académie, il en fait déjà moralement partie, conclut Baudelaire. L'originalité de Delacroix ne date pas de 1845, mais de ces années 1820 qui marquèrent le temps fort du combat romantique. Avec vingt ans de recul, la perspective s'est fixée et Baudelaire se plaît à croire que la reconnaissance attendue est désormais acquise. L'analyse des quatre toiles de Delacroix exposées au Salon mérite quelque attention. Les descriptions ne font pas long feu. Baudelaire les réduit à leur plus stricte expression pour s'attarder sur ce qui, à ses yeux, constitue l'originalité de Delacroix : la couleur. Selon

1. *OC* II, p. 353.
2. *Ibid.*

Jean Ziegler [1], Deroy – auquel Baudelaire s'était lié en 1842 et dont il restera l'intime jusqu'à la mort du peintre en 1846 – aurait révélé au critique le sens de la couleur, dans la perspective de l'ancestrale querelle des Anciens et des Modernes. L'accent est donc porté sur un sens du coloris que Baudelaire exalte dans chacune des œuvres exposées. Et de vanter la touche hachurée de Delacroix ainsi que sa capacité à moduler la tonalité sans rompre l'harmonie de l'ensemble.

Si Baudelaire ne « découvre » pas Delacroix, s'il emprunte à d'autres comme Heine, Sylvestre, Thoré-Bürger ou Gautier l'essentiel de ses arguments, il innove en érigeant le chromatisme de Delacroix au niveau d'une recherche scientifique dont le *Journal* de Delacroix, qui ne sera publié qu'en 1893, précisera le sens. Dès 1845, Baudelaire s'était enthousiasmé pour cette science de la couleur qui hantera la plupart des artistes européens du XIXe siècle, de Théodore Rousseau à Paul Cézanne en passant par Claude Monet, Gustave Moreau, Georges Seurat, Vincent Van Gogh ou Odilon Redon.

Baudelaire n'assimile toutefois pas Delacroix à la question de la modernité qui commence à hanter le poète. Le peintre apparaît comme l'expression d'une perfection qui vient mettre un point final à la querelle des Anciens et des Modernes : dessin de peintre et intelligence du chromatisme témoignent d'une maîtrise unique.

> Le public se fait-il bien une idée de la difficulté qu'il y a à modeler avec de la couleur ? La difficulté est double, – modeler avec un seul ton, c'est modeler avec une estompe, la difficulté est simple ; – modeler avec de la couleur, c'est un travail subit, spontané, compliqué, trouver d'abord la logique des ombres et de la lumière, ensuite la justesse et l'harmonie du ton ; autrement dit, c'est, si l'ombre est verte et une lumière rouge, trouver du premier coup une harmonie de vert

1. J. Ziegler, *op. cit.*, p. 155-160.

> et de rouge, l'un obscur, l'autre lumineux, qui rendent l'effet d'un objet monochrome et *tournant*[1].

Baudelaire emprunte à Théophile Gautier les moyens d'interpréter la couleur de Delacroix en dessin. S'esquisse ainsi une nuance entre le dessin comme *cosa mentale* dont Raphaël serait l'emblème – Ingres n'en étant que « l'adorateur rusé[2] » – et un dessin « impromptu et spirituel » qui relève d'une science que Baudelaire reconnaît dans la couleur de Delacroix mais aussi dans la caricature de Daumier.

Sans trancher – « aimons-les tous les trois », conclut le critique –, Baudelaire prend prétexte du portrait de Moulay Abd al-Rahman pour préciser sa conception de l'harmonie. Le portrait de cour du sultan du Maroc se prête à une lecture qui lie le jeu des couleurs à l'audition musicale. Le poète évoque l'hypothétique « coquetterie musicale » qui fait chanter sur la toile de « capricieuses mélodies » et renonce désormais à jouir des tonalités en soi pour les interpréter en termes d'« accords ».

En 1845, la couleur apparaît à Baudelaire comme ce « supplément d'âme[3] » qui lui fait apprécier l'œuvre d'Haussoulier ou de Decamps. À travers la matière se dévoile une volonté. À travers la pâte se révèle une présence qui fait de l'œuvre de qualité une œuvre « voyante » qui déborde le cadre strict du métier et de l'imitation. Ainsi en est-il des tableaux de Decamps qui, s'ils « allument la curiosité[4] », perdent leur capacité d'émotion en adhérant trop à l'illustration littérale. Baudelaire reste donc fidèle à ce dynamisme musical éprouvé devant les toiles de Delacroix qui, une fois quittées, continuent de hanter le spectateur. La bonne peinture ne se laisse donc pas épuiser par le regard, mais se signale par un inachèvement apparent qui ne serait qu'une ouverture aux territoires de la mémoire,

1. *OC* II, p. 355.
2. *Ibid.*, p. 356.
3. *Ibid.*, p. 360.
4. *Ibid.*, p. 361.

de la suggestion et de l'analogie. La perception visuelle se complète ainsi de cette résonance mnémonique qu'exploitera *Le Peintre de la vie moderne*. Baudelaire interprète cet assemblage encore imprécis comme s'il s'agissait d'accorder la réalité de l'image à la vérité de son écho dans un passage du *fini* comme évidence mimétique au *fait* comme équilibre entre perception et sensation, entre réalité visuelle et vérité spirituelle. L'exécution ne peut s'épuiser dans la représentation de ce que le regard appréhende. Au relevé objectif, Baudelaire adjoint la prise en compte d'une sensation que tout spectateur éprouvera librement. Ainsi, la critique du fini, livrée face aux toiles de Corot, offre l'embryon d'une esthétique de la réception.

> [...] il y a une grande différence entre un morceau *fait* et un morceau *fini* – qu'en général ce qui est *fait* n'est pas *fini*, et qu'une chose très *finie* peut n'être pas *faite* du tout – que la valeur d'une touche spirituelle, importante et bien placée est énorme... [1].

Si le fini relève du constat, le fait dépend d'un équilibre dont chaque regard évaluera l'intention pour en jouir dans l'oubli du métier [2]. Baudelaire esquisse ainsi ce qui constitue pour lui la conclusion d'une tradition scandée par l'opposition couleur-dessin. Delacroix s'impose comme un point final puisque son œuvre, en se détachant de la trop stricte mimêsis, réunit couleur et dessin en une même sensation mobile.

Cette analyse serait simple si la conclusion au *Salon de 1845* ne venait ouvrir une nouvelle perspective. Aux yeux de Baudelaire, Delacroix referme un débat qui avait nourri la tradition picturale. Génie présent, il reste néanmoins l'expression d'un certain passé de la peinture comme recherche du Beau idéal. La conclusion ouvre une nouvelle perspective :

> Au vent qui soufflera demain nul ne tend l'oreille ; et pourtant l'héroïsme *de la vie moderne* nous entoure et

1. *OC* II, p. 390.
2. *Ibid.*, p. 402-403.

> nous presse. – Nos sentiments vrais nous étouffent assez pour que nous les connaissions. – Ce ne sont ni les sujets ni les couleurs qui manquent aux épopées. Celui-là sera le *peintre*, le vrai peintre, qui saura arracher à la vie actuelle son côté épique, et nous faire voir et comprendre, avec de la couleur ou du dessin, combien nous sommes grands et poétiques dans nos cravates et nos bottes vernies. – Puissent les vrais chercheurs nous donner l'année prochaine cette joie singulière de célébrer l'avènement du *neuf* [1] !

Singulière conclusion qui réduit en cendre l'ensemble du discours déployé auparavant. Que reste-t-il de Delacroix ici ? La figure tutélaire d'un peintre dont l'action, la pensée et l'œuvre ressortissent de ce passé qui légitime la structure académique. Pour Baudelaire, le peintre romantique opère encore à l'intérieur d'un édifice dont « l'héroïsme de la vie moderne », avec ses accents balzaciens, annonce la sortie. La conclusion de 1845 met en crise la pérennité du Salon affirmée dans l'introduction. Sous l'influence considérable de Balzac qui lui inspire à la même époque sa *Fanfarlo*, Baudelaire vient d'ouvrir la boîte de Pandore de la *modernité*.

Plusieurs témoignages ont montré que Baudelaire jugea très sévèrement son premier essai qui relevait toujours, comme l'annonçait l'introduction, d'un « guide-âne ». Après avoir un moment espéré le remanier, Baudelaire l'écartera de la table des matières de ses œuvres complètes adressée à Lemer en 1865 et à Ancelle un an plus tard. Sans doute jugeait-il son *Salon* trop inféodé à une convention que sa conclusion et les écrits ultérieurs battront en brèche. Dès avant son *Salon de 1845*, Baudelaire avait ressenti le besoin de s'attacher à d'autres formes de critique. Aux projets mentionnés dans la correspondance se joignent l'essai *De la peinture moderne*, annoncé comme étant sous presse sur le second plat de couverture du *Salon de*

1. *OC* II, p. 407.

1845, ainsi que *De la caricature* et *David, Guérin et Girodet* présentés comme « à paraître prochainement ».

Baudelaire voulait-il s'émanciper du schéma conventionnel du Salon et se défaire de la dictature de l'événement journalistique ? On peut le supposer à la lecture de certains passages du *Musée classique du Bazar Bonne-Nouvelle* qui exploitent sans doute les notes préparatoires au *David, Guérin et Girodet.*

À propos de David, Baudelaire reprend l'idée d'« héroïsme de la vie moderne ». À la recherche d'une formulation actuelle que Delacroix ne semble pas combler, il en découvre l'expression – doublement – révolutionnaire dans le *Marat assassiné* : à la fois saisie « journalistique » de l'événement et transposition moderne – et donc « sacrilège » – d'un tableau d'autel. « Tous [l]es détails sont historiques et réels, comme un roman de Balzac ; le drame est là, vivant dans toute sa lamentable horreur, et par un tour de force étrange qui fait de cette peinture le chef-d'œuvre de David et une des grandes curiosités de l'art moderne, elle n'a rien de trivial ni d'ignoble [1]. »

Le paradoxe esquissé au terme du *Salon de 1845* se maintient vivace. Baudelaire reste fidèle à la tradition en admirant moins la banalité romanesque du quotidien qu'en applaudissant à la rencontre de l'événement immédiat et de sa traduction historique. La fusion du présent et de l'antique traduit chez Baudelaire une aspiration au tragique qui écarte tout risque de trivialité immanente. Ce que Baudelaire combattra farouchement dans le réalisme.

Le Salon de 1846

Prolongeant les effets de son *Musée classique du Bazar Bonne-Nouvelle*, Baudelaire donne à son *Salon de 1846* un tour plus original. À la fulgurance de l'écriture journalistique sur laquelle les lettres à sa mère insistaient tant, Baudelaire adjoint des passages

1. *OC* II, p. 411.

dont la durée propre tend désormais à l'essai. Sans rompre avec la forme extérieure du Salon, il en modifie la structure en substituant à la hiérarchie des genres une démarche analytique vouée à la constitution d'un système esthétique dont nombre de critiques salueront l'originalité [1]. Comme l'a montré Claude Pichois, le poète dramatise ce qui reste à l'origine un compte rendu du Salon en articulant son exposé autour de cette notion de modernité surgie au terme de son opuscule de 1845.

L'essentiel du *Salon de 1846* va porter sur la tentative de réduire la fracture latente dans le texte de 1845. Il s'agira de formuler une nouvelle lecture de l'œuvre de Delacroix en la sortant de la perspective traditionnelle des Anciens et des Modernes pour en exalter l'éventuelle modernité. Mais en quoi consiste celle-ci ? Baudelaire la situera au cœur du romantisme qu'il définit dans le deuxième chapitre de son essai. Il y distingue le romantisme historique d'une école qui en 1846 paraît essoufflée et en proie à la multiplication d'épigones. La définition livrée par Baudelaire sera progressive et sonnera comme un avertissement : « Le romantisme n'est [...] ni dans le choix des sujets ni dans la vérité exacte, mais dans la manière de sentir. [...] Pour moi, le romantisme est l'expression la plus récente, la plus actuelle du beau [2]. »

Baudelaire cherche manifestement à fondre la leçon de Delacroix à l'héritage de Balzac. L'opération condamne d'emblée l'unité du style sur laquelle reposait artificiellement l'édifice académique. Citant Stendhal, Baudelaire précise qu'« il y a autant de beautés qu'il y a de manières habituelles de chercher le bonheur ». Avec le style s'abîme l'idée de perfection attachée au métier dans lequel Baudelaire ne perçoit qu'un artifice, un effet de surface digne du *bel canto*. « Qui dit romantisme dit art moderne, c'est-à-dire intimité, spiritualité, couleur, aspiration

1. *OC* II, p. 1292-1294.
2. *Ibid.*, p. 420.

vers l'infini, exprimées par tous les moyens que contiennent les arts [1]. »

La logique du système qui s'échafaude ramène à la couleur que Baudelaire traitera au chapitre III. La couleur y garantit un principe d'harmonie alors que le dessin, sous le crayon de Raphaël même, relève d'un « esprit matériel sans cesse à la recherche du solide ». Liant le dessin à un naturalisme inhérent au Midi, Baudelaire en profite pour discréditer une première fois la sculpture sur laquelle il reviendra dans le chapitre intitulé « Pourquoi la sculpture est ennuyeuse [2] ». Le raisonnement se veut simple : « La nature y est si belle et si claire [au Nord], que l'homme, n'ayant rien à désirer, ne trouve rien de plus beau à inventer que ce qu'il voit. [...] Le Midi est brutal et positif comme un sculpteur dans ses compositions les plus délicates [3]. » Par opposition, le Nord sera terre de souffrance humaine et la consolation ne viendra que de l'imagination, du rêve et de la couleur. Celle-ci reprend à son compte la petite révolution vécue avec la musicalisation du portrait de Moulay Abd al-Rahman. Au terme d'une longue description imaginaire, Baudelaire résume son paysage idéal à une partition éternelle : « Cette grande symphonie du jour, qui est l'éternelle variation de la symphonie d'hier, cette succession de mélodies, où la variété sort toujours de l'infini, cet hymne compliqué s'appelle la couleur. » Et de conclure : « On trouve dans la couleur l'harmonie, la mélodie, le contrepoint. »

La valeur de la couleur ne relève plus de cet en-soi sculptural qui saisit chaque teinte dans l'unité de son étendue. À partir de sa lecture de l'œuvre de Delacroix, Baudelaire saisit cette valeur dans la relation – contraste ou accord – qui unit les couleurs entre elles. S'est-il arrêté aux études de Goethe, à celles de Clerget ou à celles de Chevreul, comme le laisse supposer tel

1. *OC* II, p. 421.
2. *Ibid.*, p. 487-489.
3. *Ibid.*, p. 421.

passage où le poète évoque la possibilité – néo-impressionniste avant la lettre – que chaque molécule d'une matière divisible à l'infini soit douée d'un ton particulier [1] ? Cette perspective permet à Baudelaire d'évacuer l'obsession du détail fini déjà critiquée en 1845 au bénéfice d'un traitement polyphonique des masses. À nouveau la référence à Chevreul se fait probable : « Les affinités chimiques sont la raison pour laquelle la nature ne peut commettre de fautes dans l'arrangement de ces tons ; car pour elle, forme et couleur sont un. »

Ayant ainsi définitivement réduit le dessin, dans son acception ingresque, à l'inutilité d'une réalité arrêtée – ce que l'expérience même de la nature confirme –, le critique peut déterminer son schéma esthétique sous la forme d'une évidence scientifique proche des théories musicales d'un Rameau :

> L'harmonie est la base de la théorie de la couleur.
> La mélodie est l'unité dans la couleur, ou la couleur générale.
> La mélodie veut une conclusion ; c'est un ensemble où tous les effets concourent à un effet général.
> Ainsi la mélodie laisse dans l'esprit un souvenir profond [2].

Avec l'assurance d'un bréviaire d'esthétique, Baudelaire énumère des propositions qui reprennent les acquis des descriptions sensibles de 1845. L'harmonie et la mélodie vont à Delacroix ; l'évocation du souvenir renvoie à Corot. Sur cette base, Baudelaire expédie d'un trait la création contemporaine – « la plupart de nos jeunes coloristes manquent de mélodie » – avant de s'attarder sur les modalités de perception de cette peinture singulière. Il double son « esthétique de la réception » d'un critère de jugement fondé sur la musicalité de la couleur :

1. *OC* II, p. 424.
2. *Ibid.*, p. 425.

> La bonne manière de savoir si un tableau est mélodieux est de le regarder d'assez loin pour n'en comprendre ni le sujet ni les lignes. S'il est mélodieux, il a déjà un sens et il a déjà pris sa place dans le répertoire des souvenirs.
>
> Le style et le sentiment dans la couleur viennent du choix, et le choix vient du tempérament [1].

Se référant aux *Contes et fantaisies* de Hoffmann, Baudelaire esquisse un domaine de correspondances qui connaîtra son développement méthodique, tant dans le champ de la critique que dans le domaine poétique, vers 1855-1856.

> Ce n'est pas seulement en rêve et dans le léger délire qui précède le sommeil, c'est encore éveillé, lorsque j'entends de la musique, que je trouve une analogie et une réunion intime entre les couleurs, les sons et les parfums. Il me semble que toutes ces choses ont été engendrées par un même rayon de lumière, et qu'elles doivent se réunir en un merveilleux concert. L'odeur des soucis bruns et rouges produit surtout un effet magique sur ma personne. Elle me fait tomber dans une profonde rêverie, et j'entends alors comme dans le lointain les sons graves et profonds du hautbois [2].

La référence apparaît singulièrement proche du sonnet « Correspondances » qui paraîtra dans *Les Fleurs du mal* en 1857, mais dont la date de rédaction reste incertaine. Il y est moins question de correspondances – au sens où l'entendait Swedenborg – que de synesthésies (« les parfums, les couleurs et les sons se répondent ») « qui chantent les transports de l'esprit et des sens [3] ». Dans un univers qui jouit de la confusion des sens, « dans une ténébreuse et profonde unité », le symbole devrait ignorer la claire lisibilité que semblait pourtant lui conserver le premier quatrain. Les « confuses paroles » entendues relèvent encore de la relation de l'homme à la nature sous le signe d'une

1. *OC* II, p. 425.
2. *Ibid.*
3. Baudelaire, *Les Fleurs du mal*, Paris, GF-Flammarion, 1991, p. 62.

unité divine qui, bientôt, s'abolira. Baudelaire renonce à toute transcendance pour multiplier des relations qui s'organisent horizontalement entre les sens qui communiquent entre eux pour élargir un principe de connaissance toujours attaché à un objet dont l'interprétation reste réversible. Par opposition, la correspondance traduit un principe qui ne relève pas de la perception sensible d'un quelconque objet, mais de la réalité d'un ordre sous-jacent et hiérarchisé que l'homme doit découvrir et déchiffrer pour accéder, par une initiation mystique, à un principe d'unité qui le conduira à Dieu ou à l'Idée. En privilégiant les synesthésies, Baudelaire valorise la perception sensible. Le *fait* s'oppose ainsi à nouveau au *fini*, l'inachèvement permettant ce jeu d'enchaînements analogiques et de sensations synesthésiques que la mémoire prolonge au-delà de la perception visuelle. Ainsi, en 1846, la dépréciation du fini sert-elle l'œuvre de Delacroix qui ouvre « de profondes avenues à l'imagination la plus voyageuse [1] ». Renonçant à l'intemporalité idéale de la forme dessinée, Baudelaire exalte dans ses « Correspondances » l'universalité d'une expérience sensible qui investit le champ d'un Beau en voie de redéfinition.

Coloriste – et donc « poète épique » –, Delacroix apparaît sous la plume de Baudelaire comme « le chef de l'école *moderne* [2] ». Le poète a réussi son rééquilibrage : Delacroix est sorti du registre de la tradition et de son rôle de conclusion apportée à la querelle des Anciens et des Modernes. La formule, souvent répétée, ne règle pas totalement le problème. Delacroix n'est pas encore ce peintre annoncé en 1845. Il ne répond pas aux attentes formulées par Baudelaire. Les trois toiles exposées en 1846 (*L'Enlèvement de Rébecca*, *Marguerite à l'église* et *Les Adieux de Roméo et Juliette*) n'ajoutent rien à la présentation de 1845. Et Baude-

1. *OC* II, p. 431.
2. *Ibid.*, p. 426-427.

laire tourne son assertion inaugurale sans rompre avec les schémas académiques : Delacroix reste inféodé à l'idée d'école dont Baudelaire a ridiculisé les épigones qu'il condamnera bientôt sous couvert d'avant-gardisme. L'innovation s'esquisse en marge de cette reconnaissance plus sociale qu'esthétique. Baudelaire annonce d'entrée de jeu que « le romantisme et la couleur » l'ont conduit à Delacroix. En distinguant romantisme et couleur, Baudelaire ouvre une double perspective. Le développement consacré à Delacroix va au-delà des œuvres présentées auxquelles Baudelaire ne s'intéresse que subsidiairement. La démonstration s'appuie sur un développement de l'œuvre entier. Ainsi, la modernité du peintre romantique se révèle-t-elle moins dans l'héroïsme de la vie moderne que dans la profondeur de l'histoire qui « fait de lui le vrai peintre du XIXe siècle [1] ».

L'affirmation du génie moderne de Delacroix s'articule à partir de la définition du « surnaturalisme » que Baudelaire emprunte au paragraphe consacré à Decamps dans le *Salon de 1831* d'Henri Heine : « Je crois que l'artiste ne peut trouver dans la nature tous ses types, mais que les plus remarquables lui sont révélés dans son âme, comme la symbolique innée d'idées innées, et au même instant [2]. » Et Baudelaire de poursuivre : « Delacroix part de ce principe, qu'un tableau doit avant tout reproduire la pensée intime de l'artiste, qui domine le modèle, comme le créateur la création. » Ainsi, l'argument moderniste qui vise l'inscription de l'instant présent apparaît effectivement chez Delacroix. Mais pas dans le sujet. Ni dans le costume, ni dans l'appareil iconographique. Il apparaît intériorisé. Toute représentation vaut alors comme révélation d'un ton de sentiment, d'une sensation, d'une pensée qui ignore l'intemporalité du sujet pour appartenir au seul instant présent. Et Baudelaire d'opposer la durée propre à cette constitution d'image

1. *OC* II, p. 441.
2. *Ibid.*, p. 432.

intérieure et la prestesse d'une exécution qui doit conserver intacte l'unité de l'émotion et la vivacité de l'instant. Plus loin, l'argument servira à définir l'universalité de Delacroix que Baudelaire résume en une formule : « [Delacroix] est, comme tous les grands maîtres, un mélange admirable de science – c'est-à-dire un peintre complet – et de naïveté, c'est-à-dire un homme complet [1]. » Science et naïveté prolongent et entretiennent la tension interne de la critique baudelairienne. Si la science fonde la tradition, la naïveté éclaire d'un jour neuf l'idée que Baudelaire se fait de la modernité. Le compte rendu de l'Exposition universelle de 1855 et son éloge en approfondiront la signification. Pour l'heure, au-delà de l'équilibre découvert en Delacroix, Baudelaire livre l'ultime point d'opposition de ce qui, au-delà de la « double nature de la modernité », unit la peinture et l'homme.

Tout à son élaboration systématique, le critique situe synesthésies et correspondances dans le registre de cette formation d'image intérieure. Delacroix est cet homme qui passe « à travers des forêts de symboles / Qui l'observent avec des regards familiers », puisque pour lui « la nature est un vaste dictionnaire dont il roule et consulte les feuilles avec un œil sûr et profond [2] ». Étendue et profondeur seront toutes deux constitutives des « Correspondances ».

Baudelaire ne limite pas son analyse à ce jeu de déchiffrements. Ancrée dans le souvenir, l'inachèvement suggestif et le mouvement, l'œuvre de Delacroix – comme celle de Wagner découverte en 1849 – nécessite autant l'audition intérieure que la perception extérieure :

> [...] cette peinture, qui procède surtout du souvenir, parle surtout au souvenir. L'effet produit sur l'âme du spectateur est analogue aux moyens de l'artiste. Un tableau de Delacroix, *Dante et Virgile* par exemple,

1. *OC* II, p. 435.
2. *Ibid.*, p. 443.

> laisse toujours une impression profonde, dont l'intensité s'accroît par la distance. Sacrifiant sans cesse le détail à l'ensemble, et craignant d'affaiblir la vitalité de sa pensée par la fatigue d'une exécution plus nette et plus calligraphique, il jouit pleinement d'une originalité insaisissable, qui est l'intimité du sujet [1].

Cette intimité ressort de l'immatérialité d'une sensation que Delacroix exprime dans la fluidité d'une pâte qui fait de toute couleur étalée une forme en soi. Au détour de son analyse, Baudelaire en profite pour fustiger le « dessin physionomique », « négatif et incorrect à force de réalité, naturel mais saugrenu [2] ». L'attaque pourrait porter contre Ingres. Elle touche essentiellement les sculpteurs, « gens partiaux et borgnes plus qu'il n'est permis » que Baudelaire décrit comme les otages d'un dessin de contour qui leur permet d'immobiliser *ad aeternam* une forme dans une matière. Pour Delacroix, la ligne est une caresse : le lieu d'une rencontre de deux couleurs qui deviennent formes et présences signifiantes.

Expression d'un équilibre unique entre la science et l'homme, l'œuvre de Delacroix apparaît à Baudelaire sous une forme singulière. Le critique innove en découvrant chez l'auteur du *Sardanapale* une profondeur mélancolique [3] que le peintre lui-même réfutera catégoriquement. L'argument refleurira toutefois dans le poème « Les Phares ». Coloriste et harmoniste, « lac de sang hanté des mauvais anges », Delacroix donne à la couleur une résonance « plaintive et profonde comme une mélodie de Weber [4] ».

Resserrant sa perception musicale de l'œuvre de Delacroix, Baudelaire en situe la résonance dans une perspective eschatologique. La dimension dramatique

1. *OC* II, p. 433-434.
2. *Ibid.*, p. 434.
3. *Ibid.*, p. 440.
4. *Les Fleurs du mal*, *op. cit.*, p. 65.

se mue en sensation tragique. L'addition à l'article consacré à Delacroix dans le compte rendu de l'Exposition universelle de 1855 précise le sens donné au quatrain. Les mauvais anges qui hantent le lac de sang renvoient à la Chute et à la tragédie humaine qui tantôt sourd en révolte, tantôt étouffe un soupir mélancolique. Mais Baudelaire ne s'arrête pas à la simple transposition d'un sujet biblique selon des codes iconographiques. Il va au-delà et précise le lien qui unit les « mauvais anges » au surnaturalisme. « Symbolique innée d'idées innées », l'image sublime se détache de toute réalité extérieure et datable pour investir le champ de l'expérience intérieure.

> [...] Delacroix est la dernière expression du progrès dans l'art. Héritier de la grande tradition, c'est-à-dire de l'ampleur, de la noblesse et de la pompe dans la composition, et digne successeur des vieux maîtres, il a plus qu'eux la maîtrise de la douleur, la passion, le geste [1] !

La modernité de cet instant surnaturel rattache à nouveau Delacroix à une tradition. Non plus celle qui avait opposé Anciens et Modernes, mais celle du Sublime dont le satanisme ne serait qu'un avatar.

Delacroix apparaît à Baudelaire comme l'artiste qui a poussé le plus loin le désir de transcendance absolue en fondant l'objet dans le sujet et la nature dans l'infini de l'esprit humain. L'équilibre délicatement esquissé entre science du peintre et naïveté de l'homme ne se livre pas sous une forme sereine. Il relève de cette *furore* michélangelesque qui met en crise le concept d'espace par la synthèse de l'objet et du sujet, et qui, à la stabilité et à l'équilibre, substitue une profonde tension entre les termes mis en présence. Delacroix, comme Michel-Ange, cherche les signes d'une vie faite d'impulsions morales, l'expression d'une volonté et d'une conscience qui veulent transcender leurs limites humaines. Là où l'artiste de la Renaissance

1. *OC* II, p. 441.

s'attachait encore à un objet privilégié – le corps dans sa tension musculaire – Delacroix lie son désir d'expression aux moyens mêmes de la peinture. Aux muscles puissants de Michel-Ange répond le travail de la pâte colorée qui devient son propre sujet.

En voulant situer Delacroix dans le registre de la vie moderne et de son héroïsme, Baudelaire en arrive à une vision dont la génialité même se donne comme antisociabilité radicale. Insensiblement, le regard rejette la nature au bénéfice de son intériorisation onirique. Ainsi lié à l'énergie comme principe de tension interne, le Sublime qui s'esquisse sous la plume de Baudelaire échappe au contrôle de la raison et à l'expérience naturelle. Le poète met en place les conditions de la reconnaissance de Delacroix, mais aussi de Wagner auquel il écrit le 17 février 1860 : « [...] le caractère qui m'a principalement frappé, ç'a été la grandeur. Cela représente le grand, et cela pousse au grand. J'ai retrouvé partout dans vos ouvrages la solennité des grands bruits, des grands aspects de la Nature, et la solennité des grandes passions de l'homme. On se sent tout de suite enlevé et subjugué. » La création, à l'instar de la critique que Baudelaire qualifie lui-même de prophétie [1], ne relèvera que de l'intuition et de l'illumination.

Dans cette perspective, la « Belle Nature », le « Grand Goût » et le « Beau intemporel » se révèlent contingents d'une sociabilité codifiée que le génie récuse pour ne se reconnaître que d'une expérience dont la subjectivité sera gage d'universalité. Ancrée dans l'instant, cette expérience exclut le nombre, la quantité et la généralité. Ainsi articulé, le Sublime moderne que le Salon de 1846 esquisse révolutionne l'idée de romantisme. En effet, comme l'a démontré Roland Mortier, le romantisme français se signale « par une certaine timidité dans les transgressions qu'il pratique [...] dans la mesure où il baigne dans une tradition culturelle particulièrement exigeante en ce

1. *OC*, II, p. 441.

qui concerne le “ bon goût ” et les normes de sociabilité [1] ». Le ton encore policé de l’avant-propos du *Salon de 1845* ne vole pas en éclats en 1846. Il se lézarde sous l’effet de dramatisation qui conduit Baudelaire à développer un système cohérent fondé à la fois sur la puissance de l’expression et sur le désir de coller au plus près à la conscience du présent.

Entre les descriptions du *Salon de 1846*, Baudelaire développe de longues démonstrations qui tantôt s’interrogent, sous couvert « de l’idéal et du modèle », sur les moyens pour l’emporter sur Raphaël, tantôt méditent sur le chic et le poncif qui relaient désormais le fini de convention. Ces courts essais renforcent par ce qu’ils nient ou raillent le « catéchisme de haute esthétique » livré à propos de Delacroix. Analysant les causes et les conséquences « de l’éclectisme et du doute », Baudelaire magnifie par la négative cette naïveté en action qui fait l’homme. Or, « un éclectique n’est pas un homme [2] », tonne le critique.

L’ensemble du *Salon* est à lire dans un va-et-vient permanent entre ces constats désabusés enregistrés au Salon et ce que devrait être la création pure telle que Baudelaire l’imagine. Aucune opposition n’est ressentie par le critique entre un système imaginaire et la réalité des images vues puisque l’édifice théorique auquel il se réfère lui apparaît comme la conclusion d’une analyse méthodique de l’œuvre de Delacroix.

Le fait que ce *Salon* se révèle inutilisable selon la convention n’est pas sans importance. Pour le Parisien égaré au Louvre, inutile de tenter la visite en s’appuyant sur l’essai décousu de Baudelaire. Les genres ne sont plus regroupés selon leur hiérarchie et, à l’intérieur de chaque registre, l’auteur va d’un artiste à un autre sans suivre l’ordre de la cimaise. Mieux, il introduit pour Delacroix des œuvres anciennes qui ne

1. R. Mortier, *L’Originalité. Une nouvelle catégorie esthétique au siècle des Lumières*, Genève, Droz, 1982, p. 26.

2. *OC* II, p. 473.

figurent pas au Salon. Force est de remarquer que le critique a pris le risque de se couper de ses lecteurs en prenant en outre un ton affranchi de toute convenance. Les difficultés rencontrées en 1855 pour trouver une revue en témoigneront cruellement. Renonçant à sa fonction de convention, l'essai de Baudelaire s'en impose une nouvelle en totale rupture avec l'usage. Le *Salon* évolue entre support et prétexte pour un regard qui s'est formé en visitant galeries publiques et ateliers des peintres amis de son père. Le *Salon* glisse de façon irréversible vers l'essai d'esthétique, et la philosophie de l'art à laquelle se consacre Baudelaire aspire désormais à s'affirmer non comme une pensée globale mais comme projet cohérent.

Caricature et réalité

Parallèlement à ce travail de fond, Baudelaire collabore avec Banville et Vitu à la rédaction d'un *Salon caricatural de 1846*. La plaquette a souvent été présentée comme l'archétype d'un genre qui se diffusera largement en Europe. En fait, les premières caricatures du Salon remontent aux années 1781-1783, avant de se généraliser dans les années 1840 avec des revues comme *Le Charivari*. Le genre est ici légèrement différent. Il s'agit davantage d'un détournement de la pratique littéraire des Salons. Contrairement à ce que laisse penser Marie-Claude Chaveaux [1], l'initiative ne relève pas de Baudelaire, Banville et Vitu, mais revient à Victor Joly, salonnier belge réputé qui, avec sa *Promenade charivarique au Salon de 1845*, a fixé la typologie du genre. S'il n'est pas le premier de l'espèce, le *Salon caricatural de 1846* n'en est pas moins important. En témoigne le succès international remporté par la figure grotesque du prologue qu'accompagne un portrait charge du critique dû à Baudelaire [2].

En marge du système esthétique nourri d'une phi-

1. M.-C. Chaveaux, « *Le Salon caricatural de 1846* et les autres Salons caricaturaux », *Gazette des Beaux-Arts*, mars 1968, p. 162.
2. *OC* II, p. 499-500.

losophie de l'art qu'il compose méthodiquement, Baudelaire se livre à l'humour et à la satire. Le ton vif et impertinent signale un besoin de liberté que partage l'ensemble de la bohème romantique. L'expression y domine sans avoir à obéir à l'ordre et à la cohérence d'un système. La caricature livre la sensation dans la spontanéité du « bon mot ». À mieux y regarder, sans doute trouvera-t-on dans la pratique du Salon charivarique le lieu d'un exercice salvateur.

Baudelaire s'est très tôt intéressé à la caricature. Sur le second plat de couverture de son *Salon de 1845*, la parution d'un essai intitulé *De la caricature* était annoncée comme imminente. Ce dernier paraîtra en 1855 sous le titre *De l'essence du rire* auquel s'adjoindront, en 1857, deux études intitulées *Quelques Caricaturistes français* et *Quelques Caricaturistes étrangers*.

L'attention portée à la caricature annonce l'intérêt bientôt manifeste pour la mode. Caricature et mode opèrent dans le même champ social. Baudelaire lui-même prendra soin de les lier en une même perspective. À propos de gravures de mode qu'il feuillette en pensant à son *Peintre de la vie moderne*, le critique signale que ces « gravures peuvent être traduites en beau et en laid ; en laid, elles deviennent des caricatures ; en beau, des statues antiques [1] ».

À travers la caricature, Baudelaire exalte une expérience qui se tient à la marge de la grande tradition. Le jeune critique apprécie l'esprit de dérision qui réduit à néant la pompe académique. Détournant la pratique du Salon de son objectif initial, la caricature transforme l'objectivité journalistique faite de lieux communs en un jeu humoristique qui exprime avec légèreté et gravité des valeurs alternatives : l'art du graveur et le dessin comme parodie. Dans le *Salon de 1845*, Baudelaire avait déjà salué dans le dessin « impromptu et spirituel » de Daumier une maîtrise qui faisait de ce dernier l'égal de Delacroix. L'argument

1. *Le Peintre de la vie moderne*, p. 204.

sera repris et développé en 1857 [1]. Mais Baudelaire va au-delà de la simple valorisation d'une pratique généralement considérée comme marginale. Son essai *De l'essence du rire et généralement du comique dans les arts plastiques* montre clairement que le critique n'entend plus, comme en 1845, se limiter à une histoire de la caricature. Ce projet initial que Champfleury réalisera en 1865 cède la place à une tentative plus audacieuse.

La caricature, comme la mode bientôt, apparaît conditionnée par sa valeur d'actualité. Baudelaire en exalte la dimension journalistique qui conduira bientôt à Constantin Guys : « Comme les feuilles volantes du journalisme, [les caricatures] disparaissent emportées par le souffle incessant qui en amène de nouvelles [2]. » Cette inscription dans le présent explique l'intérêt que Baudelaire porte à la gravure de mœurs inventée par Daumier pour contourner la censure impériale. Parodie du rituel social, la caricature de mœurs transforme la vie publique en spectacle dont la portée se révèle morale autant que politique. La vision critique qui s'offre du quotidien participe de cette emphase de l'instant que Baudelaire appelle de ses vœux comme un des signes de l'« héroïsme de la vie moderne ». Contrairement à la peinture de genre ou au portrait, la caricature ne tente pas d'éterniser l'instant en suspendant la course du temps. Du présent, le caricaturiste ne retient que quelques traits saillants à partir desquels il résume son sujet pour mieux en révéler l'évidence. Une idéalisation s'ébauche dans un travail en négatif d'épuration ironique. Le Beau moderne qui s'échafaude ainsi atteint chez Daumier une « réalité fantastique [3] », tandis que Goya en révèle « l'absurde possible [4] ». Par la caricature l'artiste dépasse les limites de la représentation pour en saper les fonde-

1. *OC* II, p. 556-557.
2. *Ibid.*, p. 525.
3. *Ibid.*, p. 554.
4. *Ibid.*, p. 570.

ments conventionnels en mêlant l'imagination à l'évidence, la transcendance au journalisme.

Mais certaines œuvres trouvent une durée qui échappe à la simple parodie de l'événement. Celles-là « contiennent un élément mystérieux, durable, éternel, qui les recommande à l'attention des artistes [1] ». Dans la lutte pour l'émancipation des canons esthétiques que livre Baudelaire, la caricature révèle son paradoxe : parvenir à la beauté intemporelle dans une image qui s'emploie à montrer la laideur de l'homme au présent. Cette qualification ne sonne pas au hasard, mais lie en une même figuration l'apparence et l'action. Et le paradoxe ne s'arrête pas là. Baudelaire précise que cette image théâtralisée de la réalité suscite « une hilarité immortelle et incorrigible ».

Pour Baudelaire, la caricature renverse la perspective idéaliste sans en briser le fondement néoplatonicien : le dessinateur continue de montrer une vérité enfouie sous l'apparence. Au Beau idéal répond désormais un Laid idéal qui lui sera parfaitement symétrique. Ce dernier se révèle fragile. Un trop grand enracinement dans le présent condamne le caricaturiste à l'anecdote. Une trop grande recherche de l'idéal l'entraîne à l'instar de Grandville dans l'élaboration d'un fantastique pur. L'équilibre à atteindre entre idéal et réalité détermine l'efficacité même de la gravure. Baudelaire situe celle-ci dans la perspective d'un sublime moderne que le volet philosophique de son étude se propose d'approfondir. Si le rire constitue le fondement de la caricature, il ne relève pas de l'objet contemplé, mais de l'esprit de celui qui regarde. L'argument s'impose ainsi comme le point névralgique de cette critique de la réception en germe depuis 1845. Pour le poète, le rire constitue le signe d'un dépassement de la condition humaine. Il est donc dans la tradition du Sublime. Mais sans qu'il y ait encore appel à un idéal supérieur. Ce dernier relève du spectacle quotidien auquel l'homme appartient. Par le rire,

1. *OC* II, p. 526.

une différence s'établit tant par rapport aux autres qu'à l'égard de la nature. Mais sans qu'il y ait de mise à distance. Le rire participe toujours de cette attitude de supériorité à laquelle Montesquieu s'était attaché. Mais aux yeux de Baudelaire, cette supériorité relève d'un leurre de surface. En réalité, le rire dévoile « la faiblesse se réjouissant de la faiblesse [1] ». Le rire relève bien de ce Sublime que Baudelaire élabore sous le signe du satanisme et auquel il prête les traits du Melmoth de Mathurin [2].

Au-delà de la représentation ironique du présent dont elle révèle la laideur fondamentale, la caricature rend compte, selon une objectivité singulière qui opère moins par ressemblance que par équivalence, du statut dérisoire de la condition humaine. Et Baudelaire de lier étroitement ce rire tragique à la conscience romantique. Le sujet solitaire est seul détenteur du sens ultime à accorder à l'image offerte en contemplation. Celle-ci masque en un effet de surface un vide ontologique aussi absolu que définitif. De la caricature, Baudelaire peut ainsi passer à la mode.

Mode et vie moderne

Baudelaire avait-il conscience de n'avoir jamais réellement répondu au projet caressé en conclusion de son *Salon de 1845* ? Il consacre le dix-huitième et dernier chapitre de son *Salon de 1846* à l'héroïsme de la vie moderne. Le ton y est au constat de décadence. Décadence des mœurs et donc de la peinture, laisse à penser la rumeur. Pour Baudelaire l'échec relèverait d'un aveuglement face au présent. Celui-ci trahit toujours l'embarras du critique : « Il est vrai que la grande tradition s'est perdue et que la nouvelle n'est pas faite [3]. » Encore une fois, l'ombre de Delacroix semble s'effacer du présent dans la description de la « grande tradition » :

1. *OC* II, p. 530.
2. *Ibid.*, p. 531.
3. *OC* II, p. 493.

> Qu'était-ce que cette grande tradition, si ce n'est l'idéalisation ordinaire et accoutumée de la vie ancienne ; vie robuste et guerrière, état de défensive de chaque individu qui lui donnait l'habitude des mouvements sérieux, des attitudes majestueuses ou violentes. Ajoutez à cela la pompe publique qui se réfléchissait dans la vie privée. La vie ancienne *représentait* beaucoup ; elle était faite surtout pour le plaisir des yeux, et ce paganisme journalier a merveilleusement servi les arts [1].

Delacroix relève de cette tradition dont il serait « la dernière expression du progrès en art [2] ». Si Baudelaire ne visait que la dernière formulation en date, il resterait en deçà du projet annoncé en 1845. Il va donc préciser sa conception de la modernité qui, à partir de 1855, fera de Delacroix l'ultime fleuron d'une tradition désormais inconciliable avec une conscience contemporaine. En 1846, l'idée de modernité reste dans l'ombre de la pensée de Balzac. La tentative de valorisation du présent passe ainsi par le vêtement, cette « pelure du héros moderne [3] », pour annoncer la mode. Baudelaire défend l'ici et maintenant en se drapant dans l'habit noir si prisé des romantiques. Le détail vaut par sa charge caricaturale.

> N'est-il pas l'habit nécessaire de notre époque, souffrante et portant jusque sur ses épaules noires et maigres le symbole d'un deuil perpétuel ? Remarquez bien que l'habit noir et la redingote ont non seulement leur beauté politique, qui est l'expression de l'égalité universelle, mais encore leur beauté poétique, qui est l'expression de l'âme publique ; – une immense défilade de croque-morts, croque-morts politiques, croque-morts amoureux, croque-morts bourgeois. Nous célébrons tous quelque enterrement [4].

Ce deuil n'est-il pas celui d'une tradition désormais interdite d'actualité ? L'habit noir témoigne d'un

1. *OC* II, p. 493.
2. *Ibid.*, p. 441.
3. *Ibid.*, p. 494.
4. *Ibid.*

changement de condition qui réduit à néant le Beau intemporel comme gage de pérennité de la tradition. La façon dont Baudelaire introduit l'habit lie la question de la modernité à celle de la mode. Derrière l'habit noir, le critique ébauche en négatif la présence du sujet dont l'individualité récuse la norme démocratique : « Une livrée uniforme de désolation témoigne de l'égalité. » Et Baudelaire de critiquer la sobriété d'un dandysme qui ne module plus la couleur, mais le tracé d'une silhouette. L'argument n'est pas fortuit puisqu'il projette, hors de la sphère de la peinture de chevalet, une problématique définie préalablement comme constitutive de la modernité romantique. La question du dandysme relève autant de la « nuance du dessin » que de l'excentricité volubile du jeu des « couleurs tranchées ».

L'intérêt que Baudelaire éprouve pour la mode correspond à une époque et aux aspirations d'une génération. Celle-ci y exalte la beauté inhérente à la vie actuelle, mais aussi un ensemble de codes et valeurs dynamiques qui ne peuvent prétendre qu'à l'éternité de l'instant présent. La mode constitue donc un terrain d'expérimentation en propulsant le beau éternel dans le royaume de la contingence immédiate et de l'engouement fugace. Comme l'a montré Benjamin, Baudelaire fait l'expérience de la marchandise en opposant au capitalisme triomphant la « vaporisation du moi » inhérente au flâneur. En opposition au principe de valeur qui régit les échanges dans une perspective matérialiste, le poète affirme le vide comme seule réalité de l'homme moderne. Noyé au cœur de la ville, l'individu cesse d'être pour évoluer, impalpable, dans un jeu d'apparences rythmé par la foule. Baudelaire ne peut concevoir le dynamisme de la démarche, étroitement lié à celui d'un regard toujours mobile, indépendamment de la mode comme mise en scène. Pour paradoxale qu'elle paraisse, cette position fait de la mode un écran qui masque le vide intérieur et un lieu de contestation par l'affirmation de sa différence. Elle souligne le caractère obsolète d'une marchandise qui n'existe que par son emballage et inscrit le beau dans son statut d'objet de consommation tributaire du goût. Le Mallarmé de *La Dernière Mode* s'en souviendra. Parallèlement, la mode s'affirme, élitiste, comme un lieu de réaction à l'égard de la morale et des valeurs officielles. Cette capacité à se muer en critique apparente la mode à la caricature. Par son excentricité même, elle s'offre comme le portrait charge d'un bon goût qui donne le ton à l'ensemble du théâtre social. Sous le masque du dandy, la mode trouve sa gravité. Elle ne s'impose plus comme une valeur identitaire uniforme, mais comme un outil de distinction, c'est-à-dire de différence. Elle cesse de relever de la logique bourgeoise pour retrouver la fonction dont l'avait investie l'aristocratie d'Ancien Régime. Mais la qualité d'exception ne peut plus renvoyer à l'assurance d'une existence et Baudelaire en conclut, en 1859, que « l'homme finit par ressembler à ce qu'il voudrait être ».

Cette esthétique du quotidien n'est pas dénuée de velléités critiques. Non qu'elle renvoie à la société son reflet objectif, mais parce que son esprit même est le fruit d'une « logique des mœurs » qui structure et organise l'imaginaire collectif. L'effet de surface, même s'il ne recouvre que du vide, n'est pas sans gravité. Baudelaire emprunte à Balzac cette valorisation de l'apparence expressive qui renvoie aux mouvements les plus obscurs du tissu social. « L'homme hiéroglyphique » esquissé par Balzac dans son *Traité de la vie élégante* participe d'une théâtralisation de la vie dont la scène sera la ville moderne. Pour Balzac, la mode s'offre comme gage d'unité en associant la simplicité d'un paraître à l'harmonie d'une classe sociale à laquelle le sujet appartient. Le dandysme lui apparaît dès lors comme un excès dangereux, une baroquisation de la mode qui n'opérerait que pour elle-même. Or, pour Balzac, la mode relève d'une « métaphysique des choses » qui doit dévoiler l'ordre social sous-jacent aux actions de chacun.

Baudelaire tire pleinement parti de cette perspective nouvelle. Il en récuse toutefois l'unité fondamentale. En exaltant le dandysme, il ne nie pas la philosophie de la mode développée avec éclat par ce Balzac qu'il vénère. Il crée à la marge du système une position extrême qui vide le signifiant de tout signifié, qui déborde le travail conventionnel de la mode en transformant sa mission unificatrice en attitude de défi mythique : s'affirmer seul face au monde et face à l'histoire comme une image vide qui ne renverrait qu'à elle-même. Le dandysme s'impose comme un acte de lucidité qui puise sa dimension tragique dans sa conscience de l'irréversibilité de la Chute. La mode relaie donc la peinture en substituant à la Grande Tradition sa légèreté éphémère. Le hiéroglyphe est travaillé pour lui-même selon une stratégie qui suit pas à pas celle détaillée à propos des toiles de Delacroix. La forme ne renvoie plus à une représentation mais se veut présence immédiate.

Au même titre qu'il se détachera peu à peu de l'attirail des insignes de la modernité – crinolines, bottes vernies et autres excentricités – qu'un Gautier critique et qu'un Rops caricature, Baudelaire dégage la mode de la simple consommation de la nouveauté. Dès 1845, la mode était pressentie pour unir l'éternel et le transitoire en une formule unique : la modernité. Un an plus tard, elle prend une signification plus large. À ses formes s'ajoute l'esprit du temps. Les « mœurs » et les « passions » rejoignent les insignes du présent pour évoquer la vie moderne dans sa diversité et, plus important, dans sa durée propre. Celle-ci relève de la poétique du flâneur par laquelle Baudelaire entend démontrer que la mode est non seulement le spectacle des passions et des mœurs modernes, mais aussi le support d'un Sublime à inventer : « l'héroïsme de la vie moderne ». Ainsi, par le détour au dandy, le critique dégage la mode de son acception sociologique et se refuse à en faire un projet pour en protéger la pureté circonstancielle. La mode est le support d'une représentation spontanée qui signale l'individualité aristocratique d'un paraître qui s'attache tantôt à sa qualité de « lieu commun [1] », tantôt à l'instabilité d'une représentation dont la signification reste allégorique.

Curieusement, Baudelaire profite des pages consacrées à la mode dans son *Peintre de la vie moderne* pour restaurer une lecture historique qu'il récuse ailleurs. Il livre ainsi un panorama évolutionniste de l'histoire de France. À l'instar de l'échelle animale, la mode évolue par adaptation au milieu selon un enchaînement que le poète situe sous le signe de la répétition. Baudelaire joue ainsi des références pour nier l'idéalisme historique. Le temps n'est qu'une succession d'instants problématiques. La mode permet à Baudelaire de récuser la tradition du Beau idéal en démontrant que la création a toujours subi l'influence d'un contexte politique et social par rapport auquel ce Beau devait se formuler. Celui-ci ne relève donc en rien d'une élaboration systématique, mais évolue entre recherche privée et conventions publiques. Il n'y a donc plus, selon Baudelaire, à inféoder le Beau moderne à une lecture historique dont la mode a révélé qu'elle relevait d'un principe de répétition. L'analyse de la mode à laquelle se livre Baudelaire aboutit à une fragilisation du principe de Beauté et à l'abandon implicite de l'idée de style comme système clos définissable globalement.

L'esthétique du flâneur

Le sentiment de vide qui se déploie derrière le jeu de masques de la mondanité court parallèle au portrait acerbe d'une société dont le poète s'est détaché pour mieux en recueillir les errements et en critiquer les injustices. La figure superficielle du dandy flâneur s'impose à rebours de celle du mendiant, de la prostituée ou du chiffonnier qui apparaissent comme les seuls détenteurs d'une vérité tragique. Cette scène qui

1. *OC* II, p. 690.

rejoue en permanence le drame de la faute et du péché tire sa singularité de son ouverture absolue. Aucune distance n'est plus garantie à l'observateur.

À travers l'expérience du flâneur, telle que l'auteur des *Fleurs du mal* la formule, s'esquisse une étendue sans fin. Le flâneur aspire à l'épuisement dans une ville qui s'ouvre à lui comme un paysage infini, tout en lui imposant la réclusion éternelle dans le huis clos d'une chambre. Benjamin a noté que cette confusion entre intérieur et extérieur, entre espace urbain et intimité de l'appartement ne sera validée que par l'unité lumineuse qu'offre désormais cet éclairage au gaz auquel Baudelaire nie toute valeur de progrès.

Pour Baudelaire, la chambre reste sans clôture réelle. Pour le flâneur qui ne sera chez lui qu'entre les façades des immeubles, elle se confond avec la ville. L'errance urbaine ne connaît dès lors que l'ivresse d'un mouvement infini et l'oubli inhérent à l'anonymat des foules. Et Baudelaire d'évoquer « les labyrinthes pierreux d'une capitale » où erre l'« homme des foules » en proie à la « macadamisation » des âmes. La foule apparaît ainsi comme la dernière drogue du solitaire. Celui-ci y goûte l'ivresse de l'anonymat dans l'effacement des ultimes traces d'individualité. La foule définit à la fois le lieu d'une expérience quotidienne et l'espace d'un anéantissement volontaire dont *Le Peintre de la vie moderne* portera la trace. En parfait flâneur, celui-ci trouve dans la ville « une immense jouissance [à] élire domicile dans le nombre, dans l'ondoyant, [...] dans le fugitif et l'infini. Être hors de chez soi, et pourtant se sentir partout chez soi ; voir le monde, être au centre du monde [...] [1] ». Dans l'espace mouvant de la ville, il « herborise sur le bitume » ou, plus combatif, se livre à sa « fantasque escrime » au hasard de rues sans fin, refuge d'un « pleinairisme de l'âme », temple moderne d'un nouvel exotisme. Dans le Paris du second Empire de plus en plus organisé, quadrillé et normalisé, les rues se trans-

1. *Le Peintre de la vie moderne*, p. 212.

forment en refuge du marginal. L'individu troque son visage contre une figure avant de se perdre dans l'anonymat de la foule multiple et colorée. C'est en son sein que la personnalité s'abîme, perd cette qualité d'aura pour s'abolir en marchandise. Baudelaire n'esquisse ici aucune méthode. Il s'y refuse même puisque la flânerie reste un état d'esprit. Celle-ci s'associe à l'oisiveté et à la nonchalance comme l'expression privilégiée d'une marginalité libertaire. Ce cheminement qui va partout ne peut mener nulle part. Il répond au refus de système que Baudelaire revendique dans son compte rendu de l'Exposition universelle de 1855. Pour le poète, l'anéantissement ne constitue pas ce projet conscient que Mallarmé élaborera à Tournon, mais le constat de la condition de l'humanité moderne abîmée dans le spectacle permanent de la ville.

La flânerie induit la fragmentation et requiert de l'observateur une attention et une imagination fertiles en associations et en analogies car le sens ne peut plus être inscrit dans une figure brisée. Abandonnant le retranchement sécurisant de la fenêtre comme lieu d'observation, l'artiste moderne doit avoir l'esprit vif. Il doit être prompt à saisir l'instantané, à développer, à l'instar de la Séraphita de Balzac, « cette vue intérieure dont les véloces perceptions amènent tour à tour dans l'âme, comme sur une toile, les paysages les plus contrastants du globe ». À l'image romantique toujours entendue comme projection et élaboration répond une figuration nouvelle qui relève de la sensation immédiate et de sa trace. *Le Peintre de la vie moderne* en détaillera les caractéristiques. Ce changement de statut de l'image qui justifie l'intérêt de Baudelaire pour les visions « journalistiques » de Constantin Guys repose sur une nouvelle perception de l'espace. Celui-ci n'est plus construction fondée sur le dessin comme principe intellectuel, mais juxtaposition de sensations atomisées que la couleur, posée en simples touches, enregistrera dans l'instant. La forme qui se déduisait d'un dessin abstrait que Baudelaire s'acharne à condamner à travers Ingres cède la place à une couleur qui se réalise dans le geste du peintre. À l'apparente gratuité de ce *continuum* sans début ni fin répond une conscience que Baudelaire définit comme une forme de lucidité.

L'anonymat garanti au flâneur offre à l'image syncopée et fragmentaire la possibilité d'introduire une conscience dans une représentation qui en semblait privée. Celle-ci opère à l'instar de l'oxymoron, figure poétique qui exprime la logique de l'antithèse comme autant de « réciprocités souffrantes ». Elle affirme cela même qu'elle nie. Elle figure l'absence de raison pour inscrire sa logique paradoxale dans le spectacle de la vie moderne [1]. À l'inverse de *L'Homme des foules* d'Edgar Allan Poe, Baudelaire trouve dans la foule – métaphore de l'humanité soumise à la Chute – la garantie d'être pleinement soi à travers la sensation pure et la mémoire involontaire. Celle-ci reste tributaire de la seule expérience vécue. Elle appartient à l'histoire individuelle qui, sans cesse, peut resurgir au présent pour mettre en déroute le temps de l'action. L'image devient le lieu d'un constant va-et-vient entre oubli et souvenir, déchet et fragment, pour détacher de l'expérience immédiate une expression synthétique dont le poème en prose sera, pour Baudelaire, la forme par excellence.

La représentation trouve son fondement dans une équation intérieure qui n'entretient qu'un lointain rapport avec la mimêsis traditionnelle. Ces relations infinies qu'instaure la ville font de l'espace urbain un lieu de dilution radical. Le flâneur y élit domicile en sachant que ses notations ne pourront en épuiser la totalité. Tout au plus ses impressions en retiendront-elles la diversité synthétisée en une image. Si celle-ci ne renvoie plus à une réalité extérieure pleinement intelligible, elle constitue la trace d'un être déjà affirmé dans la spécificité de son œil, « impeccable [de] naïveté », dans l'éclat d'un regard devenu lumière jetée sur le monde. Le regard du flâneur valorise la concep-

1. *Le Peintre de la vie moderne*, p. 215 sq.

tion que Baudelaire se fait de l'image moderne. Celle-ci ouvre de nouvelles perspectives. Elle s'impose à distance du spectateur alors qu'elle se veut le fruit d'une poétique qui postulait l'abandon définitif de ce principe de distance. Ce paradoxe dont témoignaient en 1846 les moyens définis pour mieux appréhender le miracle de la couleur chez Delacroix, Baudelaire le résout hors de l'image et au-delà de la vision. Le plaidoyer en faveur de l'imagination auquel se livre le *Salon de 1859* précise cette esthétique de la réception esquissée dès 1846 et reprise en 1855 à propos de Delacroix. Lorsque Baudelaire, citant Gautier, déclare que tel tableau de Delacroix quitté « *nous* tourmente et *nous* suit [1] », il développe un argument qui se fonde sur l'absence de sens du sujet représenté au bénéfice d'une couleur qui, par « l'accord parfait des tons [2] », semble « penser par elle-même, indépendamment des objets qu'elle habille ». Assimilée au vêtement du dandy, la couleur conserve une fonction « locale », et Baudelaire maintient un équilibre entre couleur et sujet sous la forme d'une « harmonie préétablie dans le cerveau du peintre ». Sans évoquer la possibilité de renoncer au sujet, Baudelaire trace une voie qui conduit à Kandinsky et à son abstraction lyrique.

Du beau moderne et du progrès

Ainsi se définit un projet qui, esquissé en 1846, n'aura de cesse d'être précisé indépendamment de la tradition picturale qui, de Delacroix à Manet, en passant par Courbet, retient Baudelaire. Celui-ci jugera moins des œuvres en soi que de leur adhérence à un projet qui s'organise sans que la notion de modernité ne soit jamais coulée dans une définition définitive et univoque. Pour Baudelaire, la modernité relève tantôt d'une théorie du Beau actualisé, tantôt d'un procédé d'idéalisation du présent ; de l'ordre du système confronté à ce même présent et de ce dernier érigé en

1. *OC* II, p. 593.
2. *Ibid.*, p. 595.

valeur absolue. La modernité relève ainsi d'une dialectique permanente que Baudelaire interprète tantôt en termes positifs lorsque la modernité libère le sujet dans la fluidité de l'instant, tantôt en termes négatifs lorsqu'elle se mue en projet collectif sous la double bannière abstraite de la démocratie et du progrès.

L'analyse de la modernité romantique menée en 1845 et 1846 avait permis de substituer au Beau intemporel du classicisme l'idée d'un beau relatif identifié à ce qui ferait la spécificité de l'instant présent. Ainsi, tout en développant un argument relatif à l'évolution d'une tradition qui conduit à Delacroix et à laquelle celui-ci mettrait un terme, Baudelaire dégage une seconde acception du Beau qui ne relève plus de la continuité historique, mais d'une dilatation de l'instant. Ici, l'idéalité du discours esthétique, tributaire d'une conception évolutive du « goût », cède la place à une reconnaissance de l'autonomie du sujet face aux conventions sociales. Baudelaire rompt avec tout autoritarisme, qu'il soit institutionnel ou progressiste. Le critique a récusé les formules mêmes du Salon pour créer sa propre critique et en a rejeté toute codification, que celle-ci relève d'un idéal classique désormais abstrait ou d'un romantisme doctrinaire. Si Baudelaire rejette dos à dos académisme et avant-garde, il n'en reste pas moins attaché à certains aspects qui, du classicisme au romantisme, pénètrent en profondeur son œuvre. En donner le détail prendrait tout un volume. Retenons, d'une part, le ton mélancolique avec lequel le critique se réfère au monde classique qui apparaît toujours investi d'une grandeur et d'une unité désormais inaccessibles. Notons, d'autre part, à quel point le poète a fait sienne la conception romantique de l'artiste extérieur à une société dont il récuse la finalité historique. Baudelaire est ce poète qui, à la marge du monde auquel il appartient, livre le portrait charge du monde dans son état présent. Dès 1846, il avait dévoilé sa conception en interprétant Delacroix comme le peintre de la « douleur morale » et en érigeant l'habit noir en symbole d'une « époque souffrante ». Le deuil évoqué est celui de la beauté classique qui reposait sur l'idée de transcendance dont Baudelaire ressent désormais l'impossibilité. Et le poète d'en témoigner en alliant irreligiosité et ironie comme signes de son angoisse métaphysique :

> Qu'est-ce que la Chute ?
> Si c'est l'unité qui est devenue dualité, c'est Dieu qui a chuté ;
> En d'autres termes, la création ne serait-elle pas la chute de Dieu [1] ?

Baudelaire se dégage de ce romantisme qui, en recréant sur le mode onirique un Moyen Âge idéal, offrait l'embryon d'une lecture alternative de l'histoire. Il va ailleurs et tourne son regard vers une origine qui renvoie l'histoire à sa malédiction initiale. Dans le champ de la création artistique, la conséquence se révèle lourde. Peu à peu, mais de façon irrévocable, il s'avère impossible à Baudelaire de maintenir l'éternité d'un Beau idéal auquel il continue d'inféoder l'œuvre de Delacroix. Si le principe se maintient, son fondement philosophique semble se dérober. Le Beau ne constitue plus qu'une sorte de référence inhérente à une conception historique détachée de toute actualité et réduite aux seuls enseignements de la tradition. Pour Baudelaire, le Beau à définir relève du présent. Celui-ci n'est pas indifférent. Il s'esquisse sous le signe d'une imagination solitaire et d'un paraître aristocratique qui témoigneront de la qualité du sujet *face* au monde.

La position se révèle ambiguë. Le long plaidoyer pour *Le Peintre de la vie moderne* en témoigne. Baudelaire y reste attaché à l'esprit d'un Beau universel et intemporel tout en affirmant le droit à l'originalité d'un sujet totalement dégagé des règles. Ainsi s'amorce cette « double nature de la modernité » qui posera toujours problème à Baudelaire. Au sortir du *Salon de*

1. *OC* I, p. 688-689.

1846, le poète renonce à limiter la modernité au seul arsenal vestimentaire. Cette conception, fondée sur une exploration systématique de la mode, conduit le critique à élargir son « héroïsme de la vie moderne » à une conscience nouvelle du regard dont l'essai inspiré par Constantin Guys sera le prétexte. Un nouveau mode de représentation s'impose, dominé par le dessin d'observation, l'instantanéité de l'impression, la rapidité du croquis, la fugacité de la facture, l'impossibilité ontologique de concevoir l'image comme processus achevé. Mais alors où situer la part d'éternité d'un tel travail ? Dans une « présence singulière qui exprime la vie au-delà du temps propre à chaque œuvre », déclare Baudelaire, qui fond le principe d'idéalisation méthodique du réel à l'effet de surface que la mode avait révélé et magnifié. En 1846, l'image moderne devait refléter une existence dont la grandeur ne pouvait être inférieure à celle du passé. Désormais, la qualité de modernité réside dans les moyens employés à transcrire l'actualité d'un regard qui sera aussi bien celui du créateur que celui du spectateur. La nature du Beau a changé. En 1846, celui-ci relevait de ce qui était représenté. Et Baudelaire pouvait écrire : « Le spectacle de la vie élégante et des milliers d'existences flottantes qui circulent dans les souterrains d'une grande ville [...] nous prouve que nous n'avons qu'à ouvrir les yeux pour connaître notre héroïsme [1]. » L'œuvre de Delacroix elle-même tirait sa qualité de modernité de cette situation. En 1859, l'image seule, et à travers elle le regard qui la constitue et celui qui l'investit, détient cette capacité. La seule réalité acceptée relève d'une image dont l'absence de signification révèle la profondeur : celle-ci déterminera notamment l'abandon des supports et des techniques traditionnels. La « beauté véridique » à l'œuvre dans les croquis journalistiques d'un Constantin Guys récuse la peinture à l'huile au bénéfice de l'aquarelle et le dessin s'abolit dans le croquis. Baudelaire relie sa conception de la

1. *OC* II, p. 495.

flânerie à sa vision de l'image. Celle-ci a cessé d'être une fenêtre à travers laquelle se joue l'illusion pour se muer en un écran sur lequel se déploie un travail d'apparence, entre caricature et gravure de mode, qui témoigne d'un vide sous-jacent.

Ce dernier relève d'un constat métaphysique : l'être est vide et l'existence reste sans fondement. Peut-être renvoie-t-il aussi à une critique politique qui stigmatiserait le credo progressiste du second Empire tel qu'il fut mis en scène lors de l'Exposition universelle de 1855. Pour Baudelaire, le progrès reste un principe individuel – et donc moral – qui ne dépend que de l'instant présent. 1855 sera pour Baudelaire l'occasion de se livrer à une première critique de la religion du progrès, « ce fanal obscur, invention du philosophisme actuel, breveté sans garantie de la Nature ou de la Divinité, cette lanterne moderne [qui] jette des ténèbres sur tous les objets [1] ». Baudelaire en récuse l'aspiration matérialiste qui lui fait dire que pour « tout bon Français » le progrès « c'est la vapeur, l'électricité et l'éclairage au gaz, miracles inconnus aux Romains ». L'attaque contre la doctrine des « philosophes zoocrates et industriels » prépare la confession de 1859 dans *Mon cœur mis à nu* :

> Théorie de la vraie civilisation.
>
> Elle n'est pas dans le gaz, ni dans la vapeur, ni dans les tables tournantes, elle est dans la diminution des traces du péché originel [2].

Pour Baudelaire, la célébration de 1855 consacre le règne de la confusion entre « les phénomènes du monde physique et du monde moral, du naturel et du surnaturel [3] ». Le progrès reste circonstanciel. Il relève d'un constat qui va du passé au présent et ne peut se muer en programme entièrement dévolu à la supériorité de l'avenir. Cette aspiration « futuriste » à « la série

1. *Exposition universelle – 1855 – Beaux-Arts*, p. 78.
2. *OC* I, p. 697.
3. *Exposition universelle...*, p. 79.

indéfinie » constituera une des cibles privilégiées de Baudelaire qui y verra une doctrine de « paresseux » ou de « Belges [1] ». Pour Baudelaire, le progrès fêté à Paris en 1855 asservit l'humanité et s'abîme dans sa propre négation infinie [2]. Privé de garantie, le progrès se transforme en un enfer collectif dont il faut démonter l'argument matérialiste. Ainsi le critique se situe-t-il en marge des deux blocs qui s'affrontent. D'une part, il récuse la pertinence d'un ordre esthétique fondé sur le culte du passé. D'autre part, il nie à la modernité toute portée systématique qui en ferait un projet avant-gardiste. Seul domine l'instant que Baudelaire revendique jusque dans sa superficialité. Il revient dès lors à la question de la représentation car ce présent n'a rien à affirmer. Tout au plus pourra-t-il suggérer une sensation qui devra sans cesse être éprouvée pour retrouver un sens. Baudelaire apparaît ainsi en initiateur de ce temps « fragmenté » sur lequel Proust élaborera sa recherche. Mais l'allusion temporelle vaut aussi comme espace. Le présent apparaît comme le lieu idéal d'une fusion intime du circonstanciel et de l'éternel, du circonstanciel rendu à son éternité dans l'espace expérimental de l'image. Le Beau comme instrument théorique s'abolit. Il ne relève plus d'un système, mais d'une sensation inachevée et toujours recommencée.

Baudelaire tire ainsi le fondement de son « Art mnémonique ». Son essai de 1859 en offre un développement en mettant en évidence le principe d'imagination. Celui-ci s'organise à partir du souvenir et de la sensation et participe au projet de sortir de l'histoire après en avoir récusé le principe de continuité. À travers l'imagination, Baudelaire valorise l'instant, et à travers l'instant il souligne la valeur de l'imagination. Par l'image, l'un et l'autre accèdent à une présence qui impose une totale redéfinition du principe de représentation.

1. *OC* I, p. 681.
2. *Exposition universelle...*, p. 79-81.

Surnaturalisme et réalisme

L'« héroïsme de la vie moderne » tel que Baudelaire le définit aspire au Sublime. Toutefois, celui-ci ne relève plus d'une ancestrale transcendance que le poète récuse en tant que système. L'œuvre et la pensée de Baudelaire évoluent entre deux pôles antagonistes. L'un renouvelle le principe de Beau éternel comme recherche de l'idéal. Le surnaturalisme élaboré au contact de l'œuvre de Delacroix demeure vital tant il favorise le dépassement des positions académiques inhérentes au respect de la tradition. L'idéal ne réside plus hors du sujet, mais définit cette liberté d'intuition qui met en mouvement la représentation. À cette exaltation du sujet, dans l'étendue infinie de sa subjectivité, que Baudelaire assimile à l'aboutissement de la tradition coloriste, répond l'idée de modernité qui se définit d'abord dans l'emphase de l'instant présent. Face à un passé coupé de toute actualité et aveugle à un futur qui ne constitue qu'un projet sans substance, le présent s'impose entre ironie et théâtralité. Sa représentation symbolique oscille entre caricature et effet de mode. Baudelaire déploie ici la conscience d'une décrépitude que la fin de siècle interprétera comme promesse de décadence. L'être qui se constitue au contact de la ville moderne reste totalement vide. Et l'idée traditionnelle du Beau se réduit à l'épaisseur d'une apparence. Baudelaire reste fidèle à l'imaginaire romantique qui l'a nourri. Dans un univers privé de substance en soi, le sens vient d'abord des relations infinies que l'imagination, cette « reine des facultés », entend y révéler.

Avant de la placer au centre du *Salon de 1859*, Baudelaire en précise progressivement la signification. Au fouriériste Toussenel, il écrit le 21 janvier 1856 que « l'*imagination* est la plus *scientifique* des facultés, parce que seule elle comprend l'*analogie universelle*, ou ce qu'une religion mystique appelle la *correspondance* ». Baudelaire synthétise ici un système complexe qu'il développera encore en 1860 dans *Le Poème du haschisch*. S'attachant au langage de la couleur comme forme en soi, le poète y définit un état synesthésique qui aboutit à formuler « un langage définitivement clair où vous lisez l'agitation et le désir des âmes [1] ». Analogies et correspondances donnent à l'image une puissance suggestive qui libère Baudelaire de tout esprit de système. Le préambule méthodologique de l'*Exposition universelle de 1855* trahit la désillusion qu'engendre tout système clos. Ainsi, l'ordre des correspondances ne mène en somme qu'à un exercice de représentation et de traduction toujours limité, en aval par la forme, en amont par le sens révélé.

Vers 1855, Baudelaire renonce, non sans regret, à l'assurance d'un grand système unitaire qui tiendrait tout entier dans sa cause. À la transcendance, il préfère le hasard de la sensation pour se « chercher un asile dans l'impeccable naïveté ». Mais la transcendance ne disparaît pas de l'horizon baudelairien. Brisée par la Faute, elle s'inverse de façon tragique pour rendre problématique le rapport de l'homme à Dieu à travers la nature. Ce questionnement interdit la norme mimétique attachée à la représentation traditionnelle. Celle-ci s'offrait comme la garantie de cette triple unité du Beau, du Bon et du Vrai que Baudelaire ne peut oublier. Il y revient longuement à propos de Poe :

> C'est cet admirable, cet immortel instinct du Beau qui nous fait considérer la terre et ses spectacles comme un aperçu, comme une correspondance du Ciel. La soif insatiable de tout ce qui est au-delà, et que révèle la vie, est la preuve la plus vivante de notre immortalité. C'est à la fois par la poésie et *à travers* la poésie, par et *à travers* la musique que l'âme entrevoit les splendeurs situées derrière le tombeau ; et quand un poème exquis amène les larmes au bord des yeux, ces larmes ne sont pas la preuve d'un excès de jouissance, elles sont bien plutôt le témoignage d'une mélancolie irritée, d'une postulation des nerfs, d'une nature exilée dans l'imparfait et qui voudrait s'emparer immédiatement, sur cette terre même, du paradis révélé [2].

1. *OC* I, p. 430.
2. *OC* II, p. 334.

Le surnaturalisme exprime cette tension tragique sans s'attacher à la stricte nomenclature des faits de réalité. Il révèle un ton de sentiment en s'ancrant profondément et sensuellement dans la couleur comme matière en fusion, comme dynamisme instantané de la vie et de l'esprit. Il ne relève donc pas de cette pratique du dessin que Baudelaire, après une série de critiques, se résout à condamner. La critique du dessin et la condamnation outrancière d'Ingres [1] se fondent sur le rejet catégorique de tout esprit de système taxé d'« antisurnaturalisme ». La philippique contre la ligne d'Ingres – cette « ligne dure, cruelle, despotique, immobile, enfermant une figure comme une camisole de force » – s'accompagne des premières flèches adressées au réalisme et à Courbet auquel Baudelaire rend hommage puisqu'il en établit la réputation au-delà de celle « du maître de la tradition raphaélesque ». Le poète rend aussi grâce à la « solidité positive » et à l'« amoureux cynisme » du peintre d'Ornans qui, refusé en 1855, a planté sa baraque face à la manifestation officielle. Baudelaire en rejette cependant l'esprit de système qui lui semble dressé contre l'imagination. Malgré son amitié pour le peintre qu'il connaît, semble-t-il, depuis 1847, Baudelaire n'aura pour Courbet que des compliments rares et forcés. Tout au plus lui reconnaît-il le mérite d'avoir apporté une certaine simplicité dans la peinture et d'avoir suscité une réaction à l'intérieur d'une école française somnolente. C'est que Baudelaire en veut au réalisme, comme en témoigne le projet intitulé *Puisque réalisme il y a*. Pour celui qui, en 1857, verra ses *Fleurs du mal* accusées de « réalisme grossier et offensant pour la pudeur », le réalisme reste soumis à cette idée de représentation qu'il combat depuis 1845. À l'imitation, Baudelaire oppose une forme d'illumination intérieure.

> Il ne faut pas croire que tous ces phénomènes [d'analogies et de correspondances] se produisent dans

1. *Exposition universelle...*, p. 83-89.

> l'esprit pêle-mêle, avec l'accent criard de la réalité et le désordre de la vie extérieure. L'œil intérieur transforme tout et donne à chaque chose le complément de beauté qui lui manque pour qu'elle soit vraiment digne de plaire [1].

Aux yeux de Baudelaire, le réalisme constitue donc une marche arrière par rapport à ce qu'offrait Delacroix. Mieux, Courbet apparaît à Baudelaire comme celui qui a mal choisi le support de son expression par rapport à l'objectif assigné. Alors que la modernité du sujet imposait une révision des moyens mêmes de la peinture, Courbet s'inscrit dans une tradition qu'il n'accomplit pas et Baudelaire en condamne l'académisme d'avant-garde. Pour le critique, le mérite initial de Courbet s'inscrit dans la perspective d'après 1848, qui a vu les deux hommes, accompagnés de Promayet et de Toubin, prendre part aux journées de juin. Courbet est celui qui, par sa peinture, perturbe l'ordre établi en montrant clairement les limites du système institutionnel qui régissait la vie artistique. Mais Baudelaire ne partage pas la vision que Courbet défend à travers la « chapelle » réaliste qui entend simplement se substituer au style dominant. Pour Baudelaire, l'enjeu est plus large et repose sur une refonte de l'expression artistique.

Il y a plus. L'œuvre même de Courbet pose problème au poète. En effet, elle aboutit, sous couvert de représenter la vie moderne, à l'éviction de la notion d'allégorie à laquelle Baudelaire restait attaché. En 1845, à propos de *La Religion, la Philosophie, les Sciences et les Arts éclairant l'Europe* de Victor Robert, Baudelaire s'était enflammé, précisant que, à ses yeux, « l'allégorie est un des plus beaux genres de l'art [2] », et de s'en expliquer ailleurs en faisant de l'impression « un poème entier entrant dans votre cerveau comme un dictionnaire doué de vie [3] ». Les « mots » entrevus

1. *OC* I, p. 431.
2. *OC* II, p. 368.
3. *OC* I, p. 431.

se voient alors dotés d'une signification qui s'enrichit d'un investissement subjectif. L'idée d'allégorie, telle qu'elle s'impose à Baudelaire, échappe aux codifications iconographiques du monde classique. Il ne s'agit plus d'un tracé nominal qui, à travers une forme figée en stéréotype, définit une idée abstraite et préalable à la représentation. À ce système dont la lisibilité était garantie par la transcendance, Baudelaire oppose une poétique qui part du présent. Aucune forme n'y est investie de cette signification apriorique qui fait la particularité de l'« art philosophique » auquel Baudelaire consacre un court et pénétrant essai. Chaque forme dégagée est isolée pour devenir objet de contemplation. Celle-ci ne s'organise pas dans cette mise à distance inhérente à l'objectivation, mais dans un jeu d'identification par projections affectives. L'allégorie a donc perdu sa stabilité classique. Elle appartient à un univers mouvant à l'intérieur duquel elle s'offre comme un lieu ouvert au sens. Celui-ci n'est jamais formulé de façon définitive. Il est simplement esquissé pour accueillir une signification que chacun pourra y loger. Là où l'allégorie classique relevait d'un code, la formule moderne dépend d'une intention qui conduira, au tournant des années 1880, à l'affirmation – souvent ambiguë – de la notion de symbole. Et Baudelaire d'en conclure dans « Le Cygne » : « tout pour moi devient allégorie ».

Cette allégorisation permanente du fait contemporain résonne comme une formule renouvelée d'idéalisme. À propos de Delacroix, Baudelaire fait de l'allégorie un « principe supérieur » et « spirituel [1] ». Ainsi s'éclaire la mention de Théodore Rousseau comme « naturaliste entraîné sans cesse vers l'idéal [2] ». Le poète apprécie l'entraînement, il en déplore la destination toujours située hors du présent. L'œuvre de Courbet, elle, se situe à rebours de ce constat : si le présent constitue bien le champ d'action du peintre, il

1. *OC* I, p. 368 et 430.
2. *OC* II, p. 485.

ne s'incarne pas dans cette représentation renouvelée que consacre l'allégorie. Pour Baudelaire, Courbet reste prisonnier de la mimêsis comme principe d'imitation. *Du vin et du haschisch*, publié en 1851, livre une critique de la mimêsis à travers l'effroi suscité par la « peinture microscopique » de Meissonier. L'affaire est claire : l'obsession du détail relèverait chez Meissonier d'une faiblesse morale puisque « le monstre se levait régulièrement avant le jour, qu'il avait ruiné sa femme de ménage et *qu'il ne buvait que du lait*[1] ». Malfaisante, la mimêsis relève aussi d'une mécanique aussi laborieuse qu'industrielle et s'affirme, selon Baudelaire, comme « l'antithèse absolue de l'art ». D'où cette assimilation du réalisme et du positivisme en une même attitude de prosternation « devant la réalité extérieure ». Dans l'hommage posthume rendu à Delacroix, Baudelaire se fait encore plus explicite en caricaturant le credo réaliste : « Je veux représenter les choses telles qu'elles sont, ou telles qu'elles seraient, en supposant que je n'existe pas[2]. » L'argument se veut décisif. Pour Baudelaire, le réalisme livre un « univers sans l'homme ».

En 1862, Baudelaire ne voudra retenir des œuvres de Courbet que « le goût de la simplicité et de la franchise, et l'amour désintéressé, absolu de la peinture[3] ». Il y reconnaîtra la force d'un peintre, sans y trouver cette puissance suggestive qui chez Delacroix avait ouvert la voie au renouvellement de la représentation.

Imagination et photographie

Cet objectif demeure central dans l'esthétique baudelairienne. La représentation de la réalité telle que la circonscrit la vision ne peut constituer le critère de formulation de l'image. La réalité n'est rien en soi. Elle ne se forme qu'au terme d'un processus expressif qui implique essentiellement le sujet dans sa dimension

1. *OC* I, p. 382-383.
2. *L'Œuvre et la vie d'Eugène Delacroix*, p. 276.
3. *Peintres et aquafortistes*, p. 255.

présente. L'imagination métamorphose les choses et les êtres et l'image réaliste perd son caractère concret dans cette évaporation sensible qui requiert la répétition de la sensation, la fugacité d'un trait, l'immatérialité d'une lumière, l'évanescence d'une forme, la fluidité d'un ton. À la représentation mécanique de la réalité, Baudelaire oppose l'imagination développée dans le *Salon de 1859*. La même année, il définit, à propos de Gautier, « le principe de poésie » comme « l'aspiration humaine vers une réalité supérieure [1] ». Et de préciser sa conception en des termes qui ramènent à Delacroix :

> [...] la manifestation de ce principe est dans un enthousiasme, un enlèvement de l'âme ; enthousiasme tout à fait indépendant de la passion, qui est l'ivresse du cœur, et de la vérité, qui est pâture de la raison. Car la passion est chose *naturelle*, trop naturelle même, pour ne pas introduire un ton blessant, discordant, dans le domaine de la Beauté pure ; trop familière et trop violente pour ne pas scandaliser les purs Désirs, les gracieuses Mélancolies et les nobles Désespoirs qui habitent les régions surnaturelles de la Poésie.

Si Gautier et Delacroix sollicitent cette région de la sensibilité créatrice que Baudelaire nomme « surnaturalisme », Courbet est enfermé, comme Ingres, dans un esprit de système dénué de toute imagination. Ainsi reviennent les leitmotive de l'épuisement de la représentation dans le fini de convention, de la surabondance du détail qui annihile la sensation et du dessin comme illusion de pérennité. Aux yeux de Baudelaire, Ingres et Courbet répètent des formules – certes divergentes par bien des points – qui renvoient toutes à un principe extérieur à l'image. Chez Delacroix, Baudelaire découvre une capacité d'unisson qui fait de l'image le support d'une sensation que le spectateur revit indéfiniment. Il y puise un principe d'harmonie qui se réalise seulement dans la perception.

1. *OC* II, p. 114.

La voie qui s'ouvre relève d'un principe d'« enthousiasme » déjà à l'œuvre dans l'esthétique anglaise du XVIIIe siècle avec Shaftesbury et dans les cercles philosophiques allemands sous l'appellation d'*Einfühlung*. La représentation qui s'annonce avec Delacroix s'esquisse dans un acte de fusion avec la nature comme principe de réalité. Le réel n'est plus une entité à réduire à l'état d'objet afin de le saisir dans une représentation, mais l'espace expérimental d'une sensibilité élargie ; le lieu d'une effusion permanente, jusqu'à l'oubli de soi, dans le principe vital de l'univers. Cet enthousiasme, Baudelaire le colore de mélancolie en ramenant l'espace sensible qui s'ouvre devant lui à son origine tragique. L'Idéal perdu et le Paradis interdit maintiennent l'auteur des *Fleurs du mal* dans une attitude qui lie frénésie satanique et contemplation mélancolique. Ainsi, si regarder à distance un tableau de Delacroix équivaut à participer à une fantasmagorie qui s'offre comme promesse d'harmonie, le tableau vu réveille aussi le sentiment d'une perte : celle de l'idéal classique. L'« impeccable naïveté » ne peut se défaire de la conscience d'un manque que Baudelaire instrumentalise en transformant les limites de l'esthétique moderne – comme aboutissement de la tradition – en fondement de son esthétique de la modernité. À propos de Wagner, il précise :

> Dans la musique, comme dans la peinture et même dans la parole écrite, qui est cependant le plus positif des arts, il y a toujours une lacune complétée par l'imagination de l'auditeur [1].

L'audition de *Tannhaüser* emporte Baudelaire vers un ailleurs sensible que l'accessoire mythologique de Wagner habille comme un vêtement au goût du jour. La perception sensible élargit les limites de la réalité. Elle investit le spectateur et l'annule dans un instant dilaté. Désormais, l'être ne se compte plus, il appartient à une harmonie universelle dont il n'est plus tenu

1. *OC* II, p. 781-782.

à distance puisqu'il fait corps avec ce à quoi il participe. Le monde devient le sujet dans un accès euphorique qui s'apparentera à la « bizarrerie » d'un état non ordinaire de conscience. Ainsi Baudelaire introduit-il dans son esthétique l'expérience des *Paradis artificiels* comme accès à cette bizarrerie souvent évoquée dans sa critique, mais jamais définie.

À l'opposé du spleen qui remet en cause l'existence d'un sujet à ce point esseulé qu'il se voit privé de tout objet, l'effusion esthétique mène à l'ivresse d'une identification au monde. Ces deux positions aboutissent à un même constat déjà expérimenté face à la caricature ou à la mode : le sujet est vide et la sensation de plénitude n'appartient qu'à l'art comme artifice. La représentation ne peut se confondre avec l'imitation. Son fondement ne réside pas dans une mécanique de reproduction basée sur l'illusion objective du regard photographique.

L'attaque portée contre la photographie relève moins d'une lecture des œuvres exposées en 1859 que d'une position de principe. Si la photographie entend rivaliser avec la peinture au sens classique, comme le laisse supposer le développement d'un courant pictoraliste en photographie, elle doit se soumettre aux mêmes critères de jugement. Confrontée d'emblée à la triple unité du Beau, du Vrai et du Bien, elle apparaît aux yeux de Baudelaire comme un mensonge comparable à celui de la mimêsis : « Le goût exclusif du Vrai (si noble quand il est limité à ses véritables applications) opprime ici et étouffe le goût du Beau [1]. »

Procédé industriel qui pousse à ses ultimes conséquences les mécanismes de l'illusion mimétique, la photographie apparaît à Baudelaire comme un simple problème de cadrage (et non, ainsi que l'a montré Roland Barthes, comme un problème chimique de fixation de la lumière). À l'intérieur de cet espace, l'égalité règne et la représentation (picturale ou pho-

1. *Salon de 1859*, p. 124.

tographique) se mue en principe démocratique [1]. À l'instar de la toile de Meissonier, la photographie ignore toute hiérarchie et nie, par là même, toute valeur. Mieux, la photographie semble confirmer Baudelaire dans sa critique du réalisme comme négation de l'homme dans le monde. En tant que *camera oscura*, la photographie reproduit les critères inhérents à la perspective : une vision monoculaire fixe et une totale extériorité à la scène reproduite.

Pour récuser la photographie, Baudelaire n'invente pas la non-figuration. Il reste attaché à la représentation comme œuvre de traduction menée par l'imagination. Le primat de la vision maintient celui de la nature, non comme indice, mais comme support d'une création qui réinvente la réalité selon le tempérament. D'où cette « bizarrerie » cultivée dès 1855 en un sens parallèle à celui du dandy. Le bizarre suscite l'effet de surprise qui marque la différence d'un sujet en avance sur le présent. Il entraîne l'étonnement et formule une contre-culture qui prendra systématiquement à contre-pied conventions et stéréotypes. La création devient art d'attitude et quitte le champ de l'image pour trouver partout les signes d'une nouveauté que le regard appréhende au cœur même du quotidien. Le « peintre de la vie moderne » n'a plus à représenter. Il doit s'abandonner à la sensation pour découvrir au hasard du bitume les motifs d'une surprise, d'un émerveillement, d'une impression qu'il notera en une saisie que Baudelaire qualifie d'« aiguë » ou de « magique ».

Le monde dans sa globalité devient le sujet d'une suite infinie d'annotations sensibles. L'œuvre perd cette stabilité doctrinaire que lui garantissait le corps de doctrines formulé par la tradition. À sa place s'imposent des formes légères que favorisent la rapidité du croquis ou la fluidité de l'aquarelle. Chaque image devient un instantané de la sensation qui vaut par le principe inépuisable de répétition qui les anime

1. *Salon de 1859*, p. 125.

plus que par une présence significatrice en soi. Le peintre moderne que Baudelaire imagine partage avec le Don Giovanni de Mozart ce *barbaro appetito* qui lui donne sa grandeur démoniaque. Il veut retrouver « à volonté [1] » l'enfance d'un regard « qui nourrit le moi du non-moi [2] ». Et Baudelaire renvoie cet homme qui sans cesse redevient neuf à la virginité originelle de l'enfant et à celle du primitif qu'il rêve sourde à toute civilisation.

Au-delà du romantisme

L'imagination laisse fuser d'un univers aussi naturel que celui de l'enfant ou du primitif une aspiration à l'artifice qui aboutit à faire éclater la triple unité du Beau, du Vrai et du Bien. Le chapitre du *Peintre de la vie moderne* consacré au maquillage en fait la démonstration. La peinture appliquée au visage transforme la femme en une forme caricaturale et symbolique selon un rituel fétichiste que Baudelaire se plaît à détailler. Si la réalité conventionnelle telle que le dessin d'Ingres la formule s'est abolie dans l'enchaînement infini des sensations, l'exemple du maquillage permet de confirmer la perspective ouverte par la mode : le sens relève désormais d'une impulsion symbolique qui donne sa réalité au mensonge de l'apparence. D'une culture de l'allégorie, Baudelaire en vient à la préfiguration du symbolisme.

Dès 1845, Baudelaire avait cherché celui qui exprimerait cette voie de la modernité par laquelle sortir d'une tradition, même moderne. Baudelaire a un moment voulu croire que Delacroix, celui-là même qui avait mené la tradition à sa formulation ultime, était ce peintre de la vie moderne. L'esthétique qui s'organise à partir de 1855 transforme cette perspective. L'analyse de la caricature d'abord, de la mode ensuite, conduit Baudelaire à sortir du schéma clas-

1. *OC* II, p. 690.
2. *Ibid.*, p. 692.

sique de la peinture. Celle-ci ne peut répondre aux attentes exaltées de l'opiomane.

Forte de sa qualité de présence, la peinture peut-elle exprimer la frénésie éprouvée par la conscience qui s'anéantit ? Peut-elle saisir l'étendue fantasmagorique des paradis artificiels ? Comment pourrait-elle traduire la démultiplication d'un sujet devenu impersonnel ? Pour Baudelaire, le haschisch est à l'idéal classique ce que le maquillage était à la réalité conventionnelle : une forme d'artifice qui aveugle et soulage. Par lui, l'homme sort des « conditions primordiales de son existence ». Mais la déchéance morale qu'entraîne cette perte de volonté n'est pas sans finalité. Tout en étouffant la liberté humaine, le haschisch apaise la conscience de « l'indispensable douleur [1] ». Pour Baudelaire, l'artifice ne masque pas la réalité de la condition humaine. Mieux, il la révèle en l'amplifiant puisque « le haschisch ne révèle à l'individu que l'individu lui-même [2] ». Celui-ci apparaît déchiré, atomisé, perdu dans une étendue qu'il ne peut maîtriser que sous la forme d'une hallucination ou en recourant à l'artifice. La seule formulation de la réalité encore accessible relève de cet « essai permanent et successif de réformation de la nature [3] » par lequel Baudelaire définissait la mode.

Monsieur G., le peintre de la vie moderne, l'illustrateur mondain de l'*Illustrated London News*, *alias* Constantin Guys, s'impose au terme d'un cheminement méthodiquement balisé. Baudelaire le voit comme un flâneur « dirigé par la nature, tyrannisé par la circonstance [4] ». Le portrait se veut léger et fugace. L'artiste ne jouit aucunement du prestige d'une tradition qui s'ancre en images définitives. Et sans doute est-ce à dessein que Baudelaire place côte à côte Dela-

1. *OC* I, p. 438.
2. *Ibid.*, p. 440.
3. *Le Peintre de la vie moderne*, p. 239.
4. *Ibid.*, p. 218.

croix, nouvelle effigie du Commandeur, et Constantin Guys, dont l'ombre reste incertaine. Fidèle à son culte des génies, l'histoire en a fait le reproche à Baudelaire voyant ici une erreur de jugement sans penser que la rupture d'échelle historique avait un sens consciemment pesé. L'œuvre de Guys reste du registre du fugace : coups de crayon synthétiques et annotations aquarellées s'offrent comme des ébauches dont Baudelaire souligne l'aboutissement. Chaque image livrée par Constantin Guys jouit d'une indépendance totale à l'égard de la réalité puisqu'elle traduit d'abord un regard indéfiniment répété. À travers le croquis, la mémoire revit l'instant dans un éternel présent qui renonce au détail et transcende la forme pour en saisir l'esprit, pour en exalter l'expression à travers la couleur déliée. Selon Baudelaire, ce journalisme du regard livre l'expression théâtrale d'une réalité que le poète définit comme une fantasmagorie légère et aérienne. Si chez Delacroix le Sublime relevait de l'imaginaire, chez Guys, c'est le regard qui domine, car Guys « voit les choses grandement ».

Eau-forte et poème en prose

Cette fugacité de la perception, transcrite en image, exprime « le caractère personnel de l'artiste ». Baudelaire y puise son amour de l'eau-forte qu'il lie étroitement à la peinture dans son article de 1862. L'eau-forte offre la « traduction la plus nette possible du caractère de l'artiste », prévient le poète, qui précise : « Non seulement l'eau-forte sert à glorifier l'individualité de l'artiste, mais il serait même difficile à l'artiste de ne pas décrire sur la planche sa personnalité la plus intime [1]. » Sur le papier mordu par l'encre, Baudelaire découvre des « gribouillages » expressifs qui participent de cet esprit de la modernité esquissé à propos de Constantin Guys. Mais là où les croquis de l'illustrateur journalistique mettaient l'accent sur l'évaporation du présent en instantanés infinis, l'aquafortiste

1. *Peintres et aquafortistes*, p. 260.

ramène à sa propre subjectivité l'essentiel des notations gravées à l'acide. Et Baudelaire y retrouve l'association alchimique du Beau éternel et du Beau moderne. La facilité de l'effet menace alors que l'eau-forte tire sa qualité de ses exigences techniques : « [...] l'eau-forte est un art profond et dangereux, plein de traîtrises, et qui dévoile les défauts d'un esprit aussi clairement que ses qualités. Et, comme tout grand art, très compliqué sous sa simplicité apparente, il a besoin d'un long dévouement pour être mené à la perfection [1]. » Par rapport à ce qu'offrait l'œuvre éphémère de Constantin Guys, l'eau-forte restaure ce sentiment aristocratique dont Baudelaire ne veut se défaire. Celui-ci touche autant l'artiste qui s'y illustre que l'œuvre qui y retrouve quelque chose de ce Beau éternel définitivement abîmé dans le croquis mondain de Constantin Guys. L'eau-forte répond aussi à la photographie selon une stratégie que Banville, Claretie ou Gautier partagent avec Baudelaire. À l'égalité démocratique et morne de celle-ci, s'oppose l'éclat aristocratique et génial de celle-là. Si celle-ci n'existe que par la reproduction, celle-là se définit comme une traduction d'un genre nouveau.

Michelle Hannoosh a attiré l'attention sur la proximité qui existe entre la défense de l'eau-forte à laquelle se livre Baudelaire et l'élaboration du poème en prose [2]. L'un et l'autre livrent sur le mode de la fantaisie – dont Baudelaire déclare en 1859 qu'elle est « dangereuse comme la poésie en prose, comme le roman » – cette formule nouvelle qu'annonce *L'Art philosophique* : « une magie suggestive contenant à la fois l'objet et le sujet, le monde extérieur à l'artiste et l'artiste lui-même ». Ainsi mis en perspective, l'engouement pour l'eau-forte participe de cette définition d'un nouveau langage adapté aux conditions modernes de la vie urbaine. Tout en insistant à propos

1. *Peintres et aquafortistes*, p. 258.
2. M. Hannoosh, « Etching and Modern Art : Baudelaire's *Peintres et aquafortistes* », in *French Studies*, 1989, p. 57-58.

de Méryon sur la valeur urbaine de l'eau-forte, Baudelaire dédie à Arsène Houssaye les « tronçons » multiples de son *Spleen de Paris*. La vision relève pareillement du fragment comme conscience moderne :

> Nous pouvons couper où nous voulons, moi ma rêverie, vous le manuscrit, le lecteur sa lecture ; car je ne suspends pas la volonté rétive de celui-ci au fil interminable d'une intrigue superflue. Enlevez une vertèbre, et les deux morceaux de cette tortueuse fantaisie se rejoindront sans peine. Hachez-la en nombreux fragments, et vous verrez que chacun peut exister à part. Dans l'espérance que quelques-uns de ces tronçons seront assez vivants pour vous plaire et vous amuser, j'ose vous dédier le serpent tout entier [1].

Et à l'instar de ce qu'offre le travail de l'aquafortiste, le poème en prose répond à l'exigence de cette langue nouvelle qui renseignerait simultanément sur « le monde extérieur à l'artiste et [sur] l'artiste lui-même ». Baudelaire en précise le sens :

> Quel est celui de nous qui n'a pas, dans ses jours d'ambition, rêvé le miracle d'une prose poétique, musicale sans rythme et sans rime, assez souple et assez heurtée pour s'adapter aux mouvements lyriques de l'âme, aux ondulations de la rêverie, aux soubresauts de la conscience ?
>
> C'est surtout de la fréquentation des villes énormes, c'est du croisement de leurs innombrables rapports que naît cet idéal obsédant [2].

Cette gravité qui s'empare de la liberté pour donner son expression moderne au langage à travers la figure rythmique de l'arabesque, Constantin Guys l'ignore. Baudelaire l'inscrit dans l'eau-forte comme pratique de peintre. La présence de Manet ici relevait-elle du seul hasard ?

1. Baudelaire, *Le Spleen de Paris*, Paris, GF-Flammarion, 1987, p. 73.
2. *Ibid.*, p. 73-74.

Rêver Manet

Longtemps, les relations que Baudelaire entretint avec Manet n'ont été vues qu'à la lueur d'un fragment de lettre datée du 11 mai 1865, aujourd'hui trop célèbre, dans laquelle Baudelaire déclarait à Manet : « Et vous, *vous n'êtes que le premier dans la décrépitude de votre art.* » La critique contemporaine a depuis rendu compte de la réalité d'une amitié qui conduira Manet, pourtant peu aisé, à prêter à Baudelaire mille francs en 1863 et cinq cents autres deux ans plus tard. On sait aussi que le couple Manet a suivi Baudelaire jusqu'à son dernier souffle. Du côté de Baudelaire, Manet figure parmi les amis proches [1]. À plusieurs reprises, le poète a entrepris des démarches visant tantôt à favoriser l'accrochage des œuvres de Manet au Salon de 1864 (il intervient aussi pour *L'Hommage à Delacroix* de Fantin-Latour) [2], tantôt à obtenir les faveurs d'un critique ami comme Théophile Gautier pour qu'il rende compte de la présence contestée de Manet au Salon de 1865. C'est ici que se situe la lettre de Baudelaire à Manet. Ce dernier avait été meurtri par l'accueil réservé à son *Jésus insulté par les soldats* et, surtout, à son *Olympia* qui lui avait valu les foudres de la critique. Au début du mois de mai 1865, Manet avait écrit à son ami pour lui faire part de son découragement : « Je voudrais bien vous avoir ici mon cher Baudelaire, les injures pleuvent sur moi comme grêle, je ne m'étais pas encore trouvé à pareille fête... J'aurais voulu avoir votre jugement sain sur mes tableaux car tous ces cris agacent, et il est évident qu'il y a quelqu'un qui se trompe [3]. »

Osons un paradoxe. La réponse que Baudelaire adresse à Manet n'est en rien porteuse d'une objection

1. Baudelaire, *Correspondance*, texte établi, présenté et annoté par C. Pichois et J. Ziegler, Paris, Gallimard, Bibliothèque de la Pléiade, 1973, t. II, p. 538 (ci-après, *Cor* I ou *Cor* II).

2. *Ibid.*, p. 351.

3. C. Pichois (éd.), *Lettres à Baudelaire*, Neuchâtel, Éditions de la Baconnière (Études baudelairiennes IV-V), 1977, p. 233 (ci-après *LAB*).

de fond, mais le développement lucide de conceptions que Baudelaire a menées à leur terme. D'abord, remarquons que le poète a désormais abandonné la critique. Il n'y reviendra plus. Son propos se déploie donc dans l'intimité même de l'œuvre. Mieux, dans l'espace de sa formulation par l'artiste qui s'y identifie.

Reprenons la lettre de Manet. Pour Baudelaire, l'incertitude que le peintre exprime lézarde l'attitude de défi sublime et ironique qui doit être celle du peintre moderne conscient de sa situation et des exigences d'une attitude définitivement radicale. Cet héroïsme, Baudelaire l'a rencontré chez Rops, et la référence qu'il fait au graveur satanique dans sa réponse à Manet n'est sans doute pas venue au hasard. Rops est avant tout un esprit critique qui a fait ses armes dans la caricature. L'esprit provocateur de l'aquafortiste devrait servir de modèle à Manet, et Baudelaire tente un rapprochement : « Rops vous aime, Rops a compris ce que vaut votre intelligence, et m'a même confié de certaines observations faites par lui sur les gens qui vous haïssent (car il paraît que vous avez l'honneur d'inspirer de la haine) [1]. » Baudelaire montre ainsi à Manet que son attitude ne doit pas être défensive. Tel est le prix à payer pour incarner cet héroïsme qui doit nécessairement passer de l'œuvre à l'homme. D'où cette sentence qui conclut la référence au graveur : « Rops est *le seul véritable artiste* (dans le sens où j'entends, moi, et moi tout seul peut-être, le mot *artiste*) que j'aie trouvé en Belgique. » Pour Baudelaire, l'attitude de défi constitue la face morale d'une mise en œuvre de soi qui évoque l'image singulière et atypique du dandy. Ainsi, pour le poète, l'adversité même que traverse Manet constitue la marque d'une reconnaissance. Dans une lettre adressée à Mme Paul Meurice en date du 24 mai, Baudelaire y revient :

> Quand vous verrez Manet, dites-lui ce que je vous dis, que la petite ou la grande fournaise, que la raillerie,

1. Lettre à Manet du 11 mai 1865, p. 301.

> que l'insulte, que l'injustice sont des choses excellentes, et qu'il serait ingrat, s'il ne remerciait l'injustice. Je sais bien qu'il aura quelque peine à comprendre ma théorie ; les peintres veulent toujours des succès immédiats ; mais, vraiment, Manet a des facultés si brillantes et si légères qu'il serait malheureux qu'il se décourageât. Jamais il ne comblera absolument les lacunes de son tempérament. Mais il a *un tempérament* ; et il n'a pas l'air de se douter que, plus l'injustice augmente, plus la situation s'améliore, – à condition qu'il ne perde la tête (vous saurez dire tout cela gaiement, et sans le blesser) [1].

La référence au tempérament a généralement été rapportée au vocabulaire de la critique d'art. Peut-être vise-t-elle davantage le caractère de l'ami. Le problème de Manet n'est pas tant dans ce qu'il réalise que dans ce qu'il entend être. Dans sa lettre, Baudelaire s'étend longuement sur la question de la critique qui s'abat sur Manet, allant jusqu'à placer l'auteur de l'*Olympia* sur le même plan que Chateaubriand et Wagner. Pourquoi Baudelaire ne cite-t-il pas ici Delacroix ? Sans doute parce que de toute évidence Manet n'opère pas, selon lui, sur le même plan de la tradition moderne, mais sur celui de cette modernité dont il a tenté l'esquisse dans ses derniers essais. La référence à la légèreté de Manet dans la lettre à Mme Meurice se veut à ce titre révélatrice d'un lien qu'intuitivement Baudelaire trace entre Guys et Manet. Elle affirme encore plus nettement la nécessaire impopularité d'un genre « trop *personnel*, et conséquemment trop *aristocratique* » déjà revendiquée pour l'eau-forte.

Si, quelques jours après avoir écrit à Manet, Baudelaire demande à Mme Meurice de la délicatesse et de la gaîté, force est de constater que lui-même n'avait pas opté pour la demi-mesure. Après avoir élevé Manet au rang des références majeures du romantisme, il tient à le remettre à sa place qui n'est plus celle de la grande tradition mais de la modernité

1. *Cor* II, p. 500-501.

fugace explorée à travers l'œuvre de Constantin Guys. Le ton se fait brutal. Il ne l'est que d'apparence sous couvert de sincérité :

> Et pour ne pas vous inspirer trop d'orgueil, je vous dirai que ces hommes sont des modèles, chacun dans son genre, et dans un monde très riche et que vous, *vous n'êtes que le premier dans la décrépitude de votre art.* J'espère que vous ne m'en voudrez pas du *sans-façon* avec lequel je vous traite. Vous connaissez mon amitié pour vous.

Cette décrépitude annoncée qui fait tant sourciller la critique, qu'est-elle si ce n'est le cœur de l'idéalité baudelairienne ? La décrépitude perçue chez Manet n'est-elle pas celle revendiquée par Baudelaire comme conscience supérieure de sa lucidité ? N'est-elle pas celle qui jaillit des *Fleurs du mal* comme l'expression quintessenciée de la vie moderne ?

Baudelaire n'a pas économisé ses efforts pour dégager Manet de la tradition à laquelle le peintre voulait toujours s'intégrer. À Thoré-Bürger qui, dans les éditions des 15 et 16 juin 1864 de *L'Indépendance belge*, avait rendu favorablement compte de la présence de Manet au Salon, tout en critiquant ce qui lui apparaissait comme des pastiches de Vélasquez, de Goya et du Greco, Baudelaire répond en détail :

> M. Manet que l'on croit fou et enragé est simplement un homme très loyal, très simple, faisant tout ce qu'il peut pour être raisonnable, mais malheureusement marqué de romantisme depuis sa naissance.
>
> Le mot *pastiche* n'est pas juste. M. Manet n'a jamais vu de Goya, M. Manet n'a jamais vu de *Greco*. M. Manet n'a jamais vu la galerie Pourtalès. Cela vous paraît incroyable, mais cela est vrai.
>
> Moi-même, j'ai admiré avec stupéfaction ces mystérieuses coïncidences.
>
> M. Manet, à l'époque où nous jouissions de ce merveilleux musée espagnol que la stupide république française, dans son respect abusif de la propriété a rendu aux princes d'Orléans, M. Manet était un enfant et servait à bord d'un navire.

> On lui a tant parlé de ses *pastiches* de Goya que maintenant il cherche à voir des Goya.
> Il est vrai qu'il a vu des Vélasquez, je ne sais où.
> Vous doutez de tout ce que je vous dis ? Vous doutez que de si étonnants parallélismes géométriques puissent se présenter dans la nature. Eh bien ! on m'accuse, moi, d'imiter Edgar Poe ! Savez-vous pourquoi j'ai si patiemment traduit Poe ? Parce qu'il me ressemblait. La première fois que j'ai ouvert un livre de lui, j'ai vu, avec épouvante et ravissement, non seulement des sujets rêvés par moi, mais *des* PHRASES pensées par moi, et écrites par lui vingt ans auparavant [1].

La lettre livre les intentions du poète bien au-delà de celles de Manet. Baudelaire tente de séparer définitivement le peintre d'une tradition dont celui-ci ne peut constituer l'aboutissement puisque son fondement ne relève plus du Beau intemporel. Baudelaire va jusqu'à décréter que Manet a été frappé « de romantisme depuis sa naissance ». Jouant de sa propre référence à Poe, Baudelaire désenclave Manet de l'influence des Espagnols en ramenant la filiation au hasard des correspondances.

L'argument développé définit *a contrario* ce que Baudelaire attendait de Manet : un renoncement à vouloir s'inscrire dans une perspective officielle nourrie de reconnaissance et de gloire et l'abandon d'une monumentalité inhérente à la pratique du peintre. Pour respecter ce tempérament que Baudelaire pressent, Manet aurait dû renoncer à s'intégrer dans une tradition pour investir le champ ouvert par un Constantin Guys et lui donner l'ampleur d'une œuvre consciente. Manet reste dès lors tributaire d'une certaine conception de la représentation que Baudelaire avait critiquée chez Courbet et sur laquelle il avait basé son rejet du réalisme. Selon lui, Manet partage avec Guys cette « sauvagerie » seule capable de révéler l'instant ; il reconnaît en Manet cet enthousiasme pour

1. *Cor* II, p. 386.

cette vie moderne, brillante et fugace, qui se dévoile dans sa *Musique aux Tuileries* de 1862 ; il retrouve chez Manet cette poétique du flâneur pour lequel toute chose, à l'instar des cerises croquées par la *Chanteuse des rues*, peut se muer en allégorie ; il partage avec Manet cette aptitude fétichiste à isoler les êtres en objets de contemplation. L'œuvre de Manet ne participe pas pleinement de la position antisurnaturaliste par laquelle Baudelaire expédie le réalisme positiviste. Autre chose s'y amorce que le poète a sans doute pressenti sans trop savoir si ce que nous qualifierions aujourd'hui d'impressionnisme – dans ce que l'impressionnisme a de plus révolutionnaire – relevait d'une promesse ou d'une désillusion. Toute l'importance de la critique baudelairienne réside dans ces perspectives dégagées de tout système. Rendant le passé à la vitalité de la mémoire, réduisant l'avenir à la simple répétition de l'instant, éliminant toute échappée idéaliste sous le voile d'une conscience mélancolique, affirmant le présent comme seule réalité humaine, Baudelaire offre moins un édifice philosophique qu'une poétique mouvante et nécessairement insaisissable. Et il n'est pas certain que celle-ci ait totalement épuisé son actualité.

Michel DRAGUET.

EXPOSITION UNIVERSELLE
– 1855 –
BEAUX-ARTS

Ce texte de Baudelaire se compose de trois parties qui ont connu des fortunes diverses. La première et la troisième ont été publiées par *Le Pays* les 26 mai et 3 juin 1855. La deuxième, consacrée à Ingres, a été refusée par *Le Pays* et n'a été publiée que le 12 août 1855 par *Le Portefeuille*. Baudelaire éprouvera d'importantes difficultés avant de venir à bout de cet article qui prenait le contre-pied de la critique dominante. Gloire nationale retirée des Salons depuis 1834, Ingres apparaissait au centre de la section française comme une figure de référence. Quarante-trois œuvres retraçaient un parcours dont la gloire, à travers l'*Apothéose de Napoléon Ier*, retiré du plafond du salon de l'Empereur de l'Hôtel de Ville de Paris (détruit en 1871), rejaillissait sur l'Empire, concrétisant par là même la valeur institutionnelle de l'académisme.

À l'éloge que Baudelaire lui consacre, Delacroix répondra, le 10 juin 1855 (*LAB*, p. 114-115), sans beaucoup de chaleur et avec une distance qui témoigne de la lecture forcée à laquelle Baudelaire s'était livré. Delacroix n'est pas en marge du système officiel que le jeune poète critique de plus en plus vivement. Membre de la commission chargée de l'organisation de la manifestation et toujours en quête de cette notoriété qui le consacrerait *à l'intérieur* de la tradition, Delacroix ne pouvait ni partager certaines positions, ni se reconnaître dans le système développé par Baudelaire à partir de son œuvre.

Les trois textes ne seront réunis qu'en 1868 dans les *Curiosités esthétiques*. À l'origine, Baudelaire semblait vouloir y adjoindre plusieurs autres volets consacrés aux peintres anglais annoncés en introduction et à d'autres artistes français non traités dans les trois premières livraisons (voir *Cor* I, p. 313). Ce projet initial restera sans suite.

Le texte ici adopté est celui des *Curiosités esthétiques* sans les corrections proposées par Claude Pichois.

I

MÉTHODE DE CRITIQUE.
DE L'IDÉE MODERNE DU PROGRÈS
APPLIQUÉE AUX BEAUX-ARTS.
DÉPLACEMENT DE LA VITALITÉ

Il est peu d'occupations aussi intéressantes, aussi attachantes, aussi pleines de surprises et de révélations pour un critique, pour un rêveur dont l'esprit est tourné à la généralisation aussi bien qu'à l'étude des détails, et, pour mieux dire encore, à l'idée d'ordre et de hiérarchie universelle, que la comparaison des nations et de leurs produits respectifs. Quand je dis hiérarchie, je ne veux pas affirmer la suprématie de telle nation sur telle autre. Quoiqu'il y ait dans la nature des plantes plus ou moins saintes, des formes plus ou moins spirituelles, des animaux plus ou moins sacrés, et qu'il soit légitime de conclure, d'après les instigations de l'immense analogie universelle, que certaines nations – vastes animaux dont l'organisme est adéquat à leur milieu, – aient été préparées et éduquées par la Providence pour un but déterminé, but plus ou moins élevé, plus ou moins rapproché du ciel, – je ne veux pas faire ici autre chose qu'affirmer leur *égale* utilité aux yeux de CELUI qui est indéfinissable, et le miraculeux secours qu'elles se prêtent dans l'harmonie de l'univers [1].

Un lecteur, quelque peu familiarisé par la solitude (bien mieux que par les livres) à ces vastes contemplations, peut déjà deviner où j'en veux venir ; – et, pour trancher court aux ambages et aux hésitations du style par une question presque équivalente à une formule, – je le demande à tout homme de bonne foi, pourvu qu'il ait un peu pensé et un peu voyagé, – que ferait, que dirait un Winckelmann [2] moderne (nous en sommes pleins, la nation en regorge, les paresseux en raffolent), que dirait-il en face d'un produit chinois, produit étrange, bizarre, contourné dans sa forme, intense par sa couleur, et quelquefois délicat jusqu'à l'évanouissement ? Cependant c'est un échantillon de la beauté universelle ; mais il faut, pour qu'il soit compris, que le critique, le spectateur opère en lui-même une transformation qui tient du mystère, et que, par un phénomène de la volonté agissant sur l'imagination, il apprenne de lui-même à participer au milieu qui a donné naissance à cette floraison insolite. Peu d'hommes ont, – au complet, – cette grâce divine du cosmopolitisme ; mais tous peuvent l'acquérir à des degrés divers. Les mieux doués à cet égard sont ces voyageurs solitaires qui ont vécu pendant des années au fond des bois, au milieu des vertigineuses prairies, sans autre compagnon que leur fusil, contemplant, disséquant, écrivant. Aucun voile scolaire, aucun paradoxe universitaire, aucune utopie pédagogique, ne se sont interposés entre eux et la complexe vérité. Ils savent l'admirable, l'immortel, l'inévitable rapport entre la forme et la fonction. Ils ne critiquent pas, ceux-là : ils contemplent, ils étudient.

Si, au lieu d'un pédagogue, je prends un homme du monde, un intelligent, et si je le transporte dans une contrée lointaine, je suis sûr que, si les étonnements du débarquement sont grands, si l'accoutumance est plus ou moins longue, plus ou moins laborieuse, la sympathie sera tôt ou tard si vive, si pénétrante, qu'elle créera en lui un monde nouveau d'idées, monde qui fera partie intégrante de lui-même, et qui l'accompagnera, sous la forme de souvenirs, jusqu'à la mort. Ces formes de bâtiments, qui contrariaient d'abord son œil académique (tout peuple est académique en jugeant les autres, tout peuple est barbare quand il est jugé), ces végétaux inquiétants pour sa mémoire chargée des souvenirs natals, ces femmes et ces hommes dont les muscles ne vibrent pas suivant l'allure classique de son pays, dont la démarche n'est pas cadencée selon le rythme accoutumé, dont le regard n'est pas projeté avec le même magnétisme, ces odeurs qui ne sont plus celles du boudoir maternel, ces fleurs mystérieuses dont la couleur profonde entre dans l'œil despotiquement, pendant que leur forme taquine le regard, ces fruits dont le goût trompe et déplace les sens, et révèle au palais des idées qui appartiennent à l'odorat, tout ce monde d'harmonies nouvelles entrera lentement en lui, le pénétrera patiemment, comme la vapeur d'une étuve aromatisée ; toute cette vitalité inconnue sera ajoutée à sa vitalité propre ; quelques milliers d'idées et de sensations enrichiront son dictionnaire de mortel, et même il est possible que, dépassant la mesure et transformant la justice en révolte, il fasse comme le Sicambre converti, qu'il brûle ce qu'il avait adoré, et qu'il adore ce qu'il avait brûlé.

Que dirait, qu'écrirait, – je le répète, – en face de phénomènes insolites, un de ces *modernes professeurs-jurés* d'esthétique, comme les appelle Henri Heine [3], ce charmant esprit, qui serait un génie s'il se tournait plus souvent vers le divin ? L'insensé doctrinaire du Beau [4] déraisonnerait, sans doute ; enfermé dans l'aveuglante forteresse de son système, il blasphémerait la vie et la nature, et son fanatisme grec, italien ou parisien, lui persuaderait de défendre à ce peuple insolent de jouir, de rêver ou de penser par d'autres procédés que les siens propres ; – science barbouillée d'encre, goût bâtard, plus barbares que les barbares, qui a oublié la couleur du ciel, la forme du végétal, le mouvement et l'odeur de l'animalité, et dont les doigts crispés, paralysés par la plume, ne peuvent plus courir avec agilité sur l'immense clavier des *correspondances* !

J'ai essayé plus d'une fois, comme tous mes amis,

de m'enfermer dans un système pour y prêcher à mon aise. Mais un système est une espèce de damnation qui nous pousse à une abjuration perpétuelle ; il en faut toujours inventer un autre, et cette fatigue est un cruel châtiment. Et toujours mon système était beau, vaste, spacieux, commode, propre et lisse surtout ; du moins il me paraissait tel. Et toujours un produit spontané, inattendu, de la vitalité universelle venait donner un démenti à ma science enfantine et vieillotte, fille déplorable de l'utopie. J'avais beau déplacer ou étendre le critérium, il était toujours en retard sur l'homme universel, et courait sans cesse après le beau multiforme et versicolore, qui se meut dans les spirales infinies de la vie. Condamné sans cesse à l'humiliation d'une conversion nouvelle, j'ai pris un grand parti. Pour échapper à l'horreur de ces apostasies philosophiques, je me suis orgueilleusement résigné à la modestie : je me suis contenté de sentir ; je suis revenu chercher un asile dans l'impeccable naïveté. J'en demande humblement pardon aux esprits académiques de tout genre qui habitent les différents ateliers de notre fabrique artistique. C'est là que ma conscience philosophique a trouvé le repos ; et, au moins, je puis affirmer, autant qu'un homme peut répondre de ses vertus, que mon esprit jouit maintenant d'une plus abondante impartialité.

Tout le monde conçoit sans peine que, si les hommes chargés d'exprimer le beau se conformaient aux règles des professeurs-jurés, le beau lui-même disparaîtrait de la terre, puisque tous les types, toutes les idées, toutes les sensations se confondraient dans une vaste unité [5], monotone et impersonnelle, immense comme l'ennui et le néant. La variété, condition *sine qua non* de la vie, serait effacée de la vie. Tant il est vrai qu'il y a dans les productions multiples de l'art quelque chose de toujours nouveau qui échappera éternellement à la règle et aux analyses de l'école ! L'étonnement, qui est une des grandes jouissances causées par l'art et la littérature, tient à cette variété même des types et des sensations. – Le *professeur-juré*, espèce de tyran-mandarin, me fait toujours l'effet d'un impie qui se substitue à Dieu.

J'irai encore plus loin, n'en déplaise aux sophistes trop fiers qui ont pris leur science dans les livres, et, quelque délicate et difficile à exprimer que soit mon idée, je ne désespère pas d'y réussir. *Le beau est toujours bizarre.* Je ne veux pas dire qu'il soit volontairement, froidement bizarre, car dans ce cas il serait un monstre sorti des rails de la vie. Je dis qu'il contient toujours un peu de bizarrerie, de bizarrerie naïve, non voulue, inconsciente, et que c'est cette bizarrerie qui le fait être particulièrement le Beau. C'est son immatriculation, sa caractéristique. Renversez la proposition, et tâchez de concevoir un *beau banal* ! Or, comment cette bizarrerie, nécessaire, incompressible, variée à l'infini, dépendante des milieux, des climats, des mœurs, de la race, de la religion et du tempérament de l'artiste, pourra-t-elle jamais être gouvernée, amendée, redressée, par les règles utopiques conçues dans un petit temple scientifique quelconque de la planète, sans danger de mort pour l'art lui-même ? Cette dose de bizarrerie qui constitue et définit l'individualité, sans laquelle il n'y a pas de beau, joue dans l'art (que l'exactitude de cette comparaison en fasse pardonner la trivialité) le rôle du goût ou de l'assaisonnement dans les mets, les mets ne différant les uns des autres, abstraction faite de leur utilité ou de la quantité de substance nutritive qu'ils contiennent, que par l'*idée* qu'ils révèlent à la langue.

Je m'appliquerai donc, dans la glorieuse analyse de cette belle Exposition, si variée dans ses éléments, si inquiétante par sa variété, si déroutante pour la pédagogie, à me dégager de toute espèce de pédanterie. Assez d'autres parleront le jargon de l'atelier et se feront valoir au détriment des artistes. L'érudition me paraît dans beaucoup de cas puérile et peu démonstrative de sa nature. Il me serait trop facile de disserter subtilement sur la composition symétrique ou équilibrée, sur la pondération des tons, sur le ton chaud et le ton froid, etc. Ô vanité ! je préfère parler au nom du sentiment, de la morale et du plaisir. J'espère que quelques personnes, savantes sans pédantisme, trouveront mon *ignorance* de bon goût.

On raconte que Balzac (qui n'écouterait avec respect toutes les anecdotes, si petites qu'elles soient, qui se rapportent à ce grand génie ?), se trouvant un jour en face d'un beau tableau, un tableau d'hiver, tout mélancolique et chargé de frimas, clairsemé de cabanes et de paysans chétifs, – après avoir contemplé une maisonnette d'où montait une maigre fumée, s'écria : « Que c'est beau ! Mais que font-ils dans cette cabane ? à quoi pensent-ils, quels sont leurs chagrins ? les récoltes ont-elles été bonnes ? *ils ont sans doute des échéances à payer* ? »

Rira qui voudra de M. de Balzac. J'ignore quel est le peintre qui a eu l'honneur de faire vibrer, conjecturer et s'inquiéter l'âme du grand romancier, mais je pense qu'il nous a donné ainsi, avec son adorable naïveté, une excellente leçon de critique. Il m'arrivera souvent d'apprécier un tableau uniquement par la somme d'idées ou de rêveries qu'il apportera dans mon esprit.

La peinture est une évocation, une opération magique (si nous pouvions consulter là-dessus l'âme des enfants !), et quand le personnage évoqué, quand l'idée ressuscitée, se sont dressés et nous ont regardés face à face, nous n'avons pas le droit, – du moins ce serait le comble de la puérilité, – de discuter les formules évocatoires du sorcier. Je ne connais pas de problème plus confondant pour le pédantisme et le philosophisme, que de savoir en vertu de quelle loi les artistes les plus opposés par leur méthode évoquent les mêmes idées et agitent en nous des sentiments analogues.

Il est encore une erreur fort à la mode, de laquelle je veux me garder comme de l'enfer. – Je veux parler de l'idée du progrès [6]. Ce fanal obscur, invention du philosophisme actuel, breveté sans garantie de la Nature ou de la Divinité, cette lanterne moderne jette des ténèbres sur tous les objets de la connaissance ; la liberté s'évanouit, le châtiment disparaît. Qui veut y voir clair dans l'histoire doit avant tout éteindre ce fanal perfide. Cette idée grotesque, qui a fleuri sur le terrain pourri de la fatuité moderne, a déchargé chacun de son devoir, délivré toute âme de sa responsabilité, dégagé la volonté de tous les liens que lui imposait l'amour du beau : et les races amoindries, si cette navrante folie dure longtemps, s'endormiront sur l'oreiller de la fatalité dans le sommeil radoteur de la décrépitude. Cette infatuation est le diagnostic d'une décadence déjà trop visible.

Demandez à tout bon Français qui lit tous les jours *son* journal dans son estaminet, ce qu'il entend par progrès, il répondra que c'est la vapeur, l'électricité et l'éclairage au gaz, miracles inconnus aux Romains, et que ces découvertes témoignent pleinement de notre supériorité sur les anciens ; tant il s'est fait de ténèbres dans ce malheureux cerveau et tant les choses de l'ordre matériel et de l'ordre spirituel s'y sont si bizarrement confondues ! Le pauvre homme est tellement américanisé par ses philosophes zoocrates et industriels, qu'il a perdu la notion des différences qui caractérisent les phénomènes du monde physique et du monde moral, du naturel et du surnaturel.

Si une nation entend aujourd'hui la question morale dans un sens plus délicat qu'on ne l'entendait dans le siècle précédent, il y a progrès ; cela est clair. Si un artiste produit cette année une œuvre qui témoigne de plus de savoir ou de force imaginative qu'il n'en a montré l'année dernière, il est certain qu'il a progressé. Si les denrées sont aujourd'hui de meilleure qualité et à meilleur marché qu'elles n'étaient hier, c'est dans l'ordre matériel un progrès incontestable. Mais où est, je vous prie, la garantie du progrès pour le lendemain ? Car les disciples des philosophes de la vapeur et des allumettes chimiques l'entendent ainsi : le progrès ne leur apparaît que sous la forme d'une série indéfinie. Où est cette garantie ? Elle n'existe, dis-je, que dans votre crédulité et votre fatuité.

Je laisse de côté la question de savoir si, délicatisant

l'humanité en proportion des jouissances nouvelles qu'il lui apporte, le progrès indéfini ne serait pas sa plus ingénieuse et sa plus cruelle torture ; si, procédant par une opiniâtre négation de lui-même, il ne serait pas un mode de suicide incessamment renouvelé, et si, enfermé dans le cercle de feu de la logique divine, il ne ressemblerait pas au scorpion qui se perce lui-même avec sa terrible queue, cet éternel *desideratum* qui fait son éternel désespoir ?

Transportée dans l'ordre de l'imagination, l'idée du progrès (il y a eu des audacieux et des enragés de logique qui ont tenté de le faire) se dresse avec une absurdité gigantesque, une grotesquerie qui monte jusqu'à l'épouvantable. La thèse n'est plus soutenable. Les faits sont trop palpables, trop connus. Ils se raillent du sophisme et l'affrontent avec imperturbabilité. Dans l'ordre poétique et artistique, tout révélateur a rarement un précurseur. Toute floraison est spontanée, individuelle. Signorelli était-il vraiment le générateur de Michel-Ange ? Est-ce que Pérugin contenait Raphaël ? L'artiste ne relève que de lui-même. Il ne promet aux siècles à venir que ses propres œuvres. Il ne cautionne que lui-même. Il meurt sans enfants. Il a été *son roi, son prêtre et son Dieu*. C'est dans de tels phénomènes que la célèbre et orageuse formule de Pierre Leroux trouve sa véritable application [7].

Il en est de même des nations qui cultivent les arts de l'imagination avec joie et succès. La prospérité actuelle n'est garantie que pour un temps, hélas ! bien court. L'aurore fut jadis à l'orient, la lumière a marché vers le sud, et maintenant elle jaillit de l'occident. La France, il est vrai, par sa situation centrale dans le monde civilisé, semble être appelée à recueillir toutes les notions et toutes les poésies environnantes, et à les rendre aux autres peuples merveilleusement ouvrées et façonnées. Mais il ne faut jamais oublier que les nations, vastes êtres collectifs, sont soumises aux mêmes lois que les individus. Comme l'enfance, elles vagissent, balbutient, grossissent, grandissent. Comme la jeunesse et la maturité, elles produisent des œuvres sages et hardies. Comme la vieillesse, elles s'endorment sur une richesse acquise. Souvent il arrive que c'est le principe même qui a fait leur force et leur développement qui amène leur décadence [8], surtout quand ce principe, vivifié jadis par une ardeur conquérante, est devenu pour la majorité une espèce de routine. Alors, comme je le faisais entrevoir tout à l'heure, la vitalité se déplace, elle va visiter d'autres territoires et d'autres races ; et il ne faut pas croire que les nouveaux venus héritent intégralement des anciens, et qu'ils reçoivent d'eux une doctrine toute faite. Il arrive souvent (cela est arrivé au Moyen Âge) que, tout étant perdu, tout est à refaire.

Celui qui visiterait l'Exposition universelle avec l'idée préconçue de trouver en Italie les enfants de Vinci, de Raphaël et de Michel-Ange, en Allemagne l'esprit d'Albert Dürer, en Espagne l'âme de Zurbarán et de Vélasquez, se préparerait un inutile étonnement. Je n'ai ni le temps, ni la science suffisante peut-être, pour rechercher quelles sont les lois qui déplacent la vitalité artistique, et pourquoi Dieu dépouille les nations quelquefois pour un temps, quelquefois pour toujours ; je me contente de constater un fait très fréquent dans l'histoire. Nous vivons dans un siècle où il faut répéter certaines banalités, dans un siècle orgueilleux qui se croit au-dessus des mésaventures de la Grèce et de Rome.

*

L'Exposition des peintres anglais est très belle, très singulièrement belle, et digne d'une longue et patiente étude. Je voulais commencer par la glorification de nos voisins, de ce peuple si admirablement riche en poètes et en romanciers, du peuple de Shakespeare, de Crabbe et de Byron, de Maturin et de Godwin ; des concitoyens de Reynolds, de Hogarth et de Gainsborough. Mais je veux les étudier encore ; mon excuse est excellente ; c'est par une politesse extrême que je renvoie cette besogne si agréable. Je retarde pour mieux faire.

Je commence donc par une tâche plus facile : je vais étudier rapidement les principaux maîtres de l'école française, et analyser les éléments de progrès ou les ferments de ruine qu'elle contient en elle.

II

INGRES

Cette Exposition française est à la fois si vaste et généralement composée de morceaux si connus, déjà suffisamment déflorés par la curiosité parisienne, que la critique doit chercher plutôt à pénétrer intimement le tempérament de chaque artiste et les mobiles qui le font agir qu'à analyser, à raconter chaque œuvre minutieusement.

Quand David, cet astre froid, et Guérin et Girodet [9], ses satellites historiques, espèces d'abstracteurs de quintessence dans leur genre, se levèrent sur l'horizon de l'art, il se fit une grande révolution. Sans analyser ici le but qu'ils poursuivirent, sans en vérifier la légitimité, sans examiner s'ils ne l'ont pas outrepassé, constatons simplement qu'ils avaient un but, un grand but de réaction contre de trop vives et de trop aimables frivolités que je ne veux pas non plus apprécier ni caractériser ; – que ce but ils le visèrent avec persévérance, et qu'ils marchèrent à la lumière de leur soleil artificiel avec une franchise, une décision et un ensemble dignes de véritables hommes de parti. Quand l'âpre idée s'adoucit et se fit caressante sous le pinceau de Gros, elle était déjà perdue.

Je me rappelle fort distinctement le respect prodigieux qui environnait au temps de notre enfance toutes ces figures, fantastiques sans le vouloir, tous ces spectres académiques ; et moi-même je ne pouvais contempler sans une espèce de terreur religieuse tous ces grands flandrins hétéroclites, tous ces *beaux hommes* minces et solennels, toutes ces femmes bégueulement chastes, classiquement voluptueuses, les uns sauvant leur pudeur sous des sabres antiques, les autres derrière des draperies pédantesquement transparentes. Tout ce monde, véritablement hors nature, s'agitait, ou plutôt posait sous une lumière verdâtre, traduction bizarre du vrai soleil. Mais ces maîtres, trop célébrés jadis, trop méprisés aujourd'hui, eurent le grand mérite, si l'on ne veut pas trop se préoccuper de leurs procédés et de leurs systèmes bizarres, de ramener le caractère français vers le goût de l'héroïsme. Cette contemplation perpétuelle de l'histoire grecque et romaine ne pouvait, après tout, qu'avoir une influence stoïcienne salutaire ; mais ils ne furent pas toujours aussi Grecs et Romains qu'ils voulurent le paraître. David, il est vrai, ne cessa jamais d'être l'héroïque, l'inflexible David, le révélateur despote. Quant à Guérin et Girodet, il ne serait pas difficile de découvrir en eux, d'ailleurs très préoccupés, comme le prophète, de l'esprit de mélodrame, quelques légers grains corrupteurs, quelques sinistres et amusants symptômes du futur Romantisme. Ne vous semble-t-il pas que cette *Didon* [10], avec sa toilette si précieuse et si théâtrale, langoureusement étalée au soleil couchant, comme une créole aux nerfs détendus, a plus de parenté avec les premières visions de Chateaubriand qu'avec les conceptions de Virgile, et que son œil humide, noyé dans les vapeurs du keepsake, annonce presque certaines Parisiennes de Balzac ? L'*Atala* de Girodet [11] est, quoi qu'en pensent certains farceurs qui seront tout à l'heure bien vieux, un drame de beaucoup supérieur à une foule de fadaises modernes innommables.

Mais aujourd'hui nous sommes en face d'un homme d'une immense, d'une incontestable renommée, et dont l'œuvre est bien autrement difficile à comprendre et à expliquer. J'ai osé tout à l'heure, à propos de ces malheureux peintres illustres, prononcer irrespectueusement le mot : *hétéroclites*. On ne peut donc pas trouver mauvais que, pour expliquer la sensation de certains tempéraments artistiques mis en contact avec les œuvres de M. Ingres, je dise qu'ils se sentent en face d'un *hétéroclitisme* bien plus mystérieux et complexe que celui des maîtres de l'école républicaine et impériale, où cependant il a pris son point de départ.

Avant d'entrer plus décidément en matière, je tiens à constater une impression première sentie par beaucoup de personnes, et qu'elles se rappelleront inévitablement, sitôt qu'elles seront entrées dans le sanctuaire attribué aux œuvres de M. Ingres. Cette impression, difficile à caractériser, qui tient, dans des proportions inconnues, du malaise, de l'ennui et de la peur, fait penser vaguement, involontairement, aux défaillances causées par l'air raréfié, par l'atmosphère d'un laboratoire de chimie, ou par la conscience d'un milieu fantasmatique, je dirai plutôt d'un milieu qui imite le fantasmatique ; d'une population automatique et qui troublerait nos sens par sa trop visible et palpable extranéité. Ce n'est plus là ce respect enfantin dont je parlais tout à l'heure, qui nous saisit devant les *Sabines* [12], devant le *Marat* [13] dans sa baignoire, devant *Le Déluge* [14], devant le mélodramatique *Brutus* [15]. C'est une sensation puissante, il est vrai, – pourquoi nier la puissance de M. Ingres ? – mais d'un ordre inférieur, d'un ordre quasi maladif. C'est presque une sensation négative, si cela pouvait se dire. En effet, il faut l'avouer tout de suite, le célèbre peintre, révolutionaire à sa manière, a des mérites, des charmes même tellement incontestables et dont j'analyserai tout à l'heure la source, qu'il serait puéril de ne pas constater ici une lacune, une privation, un amoindrissement dans le jeu des facultés spirituelles. L'imagination qui soutenait ces grands maîtres, dévoyés dans leur gymnastique académique, l'imagination, cette reine des facultés, a disparu.

Plus d'imagination, partant plus de mouvement. Je ne pousserai pas l'irrévérence et la mauvaise volonté jusqu'à dire que c'est chez M. Ingres une résignation ;

je devine assez son caractère pour croire plutôt que c'est de sa part une immolation héroïque, un sacrifice sur l'autel des facultés qu'il considère sincèrement comme plus grandioses et plus importantes.

C'est en quoi il se rapproche, quelque énorme que paraisse ce paradoxe, d'un jeune peintre dont les débuts remarquables se sont produits récemment avec l'allure d'une insurrection. M. Courbet [16], lui aussi, est un puissant ouvrier, une sauvage et patiente volonté ; et les résultats qu'il a obtenus, résultats qui ont déjà pour quelques esprits plus de charme que ceux du grand maître de la tradition raphaélesque, à cause sans doute de leur solidité positive et de leur amoureux cynisme, ont, comme ces derniers, ceci de singulier qu'ils manifestent un esprit de sectaire, un massacreur de facultés. La politique, la littérature produisent, elles aussi, de ces vigoureux tempéraments, de ces protestants, de ces anti-surnaturalistes, dont la seule légitimation est un esprit de réaction quelquefois salutaire. La providence qui préside aux affaires de la peinture leur donne pour complices tous ceux que l'idée adverse prédominante avait lassés ou opprimés. Mais la différence est que le sacrifice héroïque que M. Ingres fait en l'honneur de la tradition et de l'idée du beau raphaélesque, M. Courbet l'accomplit au profit de la nature extérieure, positive, immédiate. Dans leur guerre à l'imagination, ils obéissent à des mobiles différents ; et deux fanatismes inverses les conduisent à la même immolation.

Maintenant, pour reprendre le cours régulier de notre analyse, quel est le but de M. Ingres ? Ce n'est pas, à coup sûr, la traduction des sentiments, des passions, des variantes de ces passions et de ces sentiments ; ce n'est pas non plus la représentation de grandes scènes historiques (malgré ses beautés italiennes, trop italiennes, le tableau du *Saint Symphorien* [17], italianisé jusqu'à l'empilement des figures, ne révèle certainement pas la sublimité d'une victime chrétienne, ni la bestialité féroce et indifférente à la fois des païens conservateurs). Que cherche donc, que rêve donc M. Ingres ? Qu'est-il venu dire en ce monde ? Quel appendice nouveau apporte-t-il à l'évangile de la peinture ?

Je croirais volontiers que son idéal est une espèce d'idéal fait moitié de santé, moitié de calme, presque d'indifférence, quelque chose d'analogue à l'idéal antique, auquel il a ajouté les curiosités et les minuties de l'art moderne. C'est cet accouplement qui donne souvent à ses œuvres leur charme bizarre. Épris ainsi d'un idéal qui mêle dans un adultère agaçant la solidité calme de Raphaël avec les recherches de la petite-maîtresse, M. Ingres devait surtout réussir dans les portraits ; et c'est en effet dans ce genre qu'il a trouvé ses plus grands, ses plus légitimes succès. Mais il n'est point un de ces peintres à l'heure, un de ces fabricants banals de portraits auxquels un homme vulgaire peut aller, la bourse à la main, demander la reproduction de sa malséante personne. M. Ingres choisit ses modèles, et il choisit, il faut le reconnaître, avec un tact merveilleux, les modèles les plus propres à faire valoir son genre de talent. Les belles femmes, les natures riches, les santés calmes et florissantes, voilà son triomphe et sa joie !

Ici cependant se présente une question discutée cent fois, et sur laquelle il est toujours bon de revenir. Quelle est la qualité du dessin de M. Ingres ? Est-il d'une qualité supérieure ? Est-il absolument intelligent ? Je serai compris de tous les gens qui ont comparé entre elles les manières de dessiner des principaux maîtres en disant que le dessin de M. Ingres est le dessin d'un homme à système. Il croit que la nature doit être corrigée, amendée ; que la tricherie heureuse, agréable, faite en vue du plaisir des yeux, est non seulement un droit, mais un devoir. On avait dit jusqu'ici que la nature devait être interprétée, traduite dans son ensemble et avec toute sa logique ; mais dans les œuvres du maître en question il y a souvent dol, ruse, violence, quelquefois tricherie et croc-en-jambe. Voici une armée de doigts trop uniformément allongés en fuseaux et dont les extrémités étroites oppriment les ongles, que Lavater, à l'inspection de cette poitrine large, de cet avant-bras musculeux, de cet ensemble un peu viril, aurait jugés devoir être carrés, symptôme d'un esprit porté aux occupations masculines, à la symétrie et aux ordonnances de l'art. Voici des figures délicates et des épaules simplement élégantes associées à des bras trop robustes, trop pleins d'une succulence raphaélique. Mais Raphaël aimait les gros bras, il fallait avant tout obéir et plaire au maître. Ici nous trouverons un nombril qui s'égare vers les côtes, là un sein qui pointe trop vers l'aisselle ; ici, – chose moins excusable (car généralement ces différentes tricheries ont une excuse plus ou moins plausible et toujours facilement devinable dans le goût immodéré du *style*), – ici, dis-je, nous sommes tout à fait déconcertés par une jambe sans nom, toute maigre, sans muscles, sans formes, et sans pli au jarret (*Jupiter et Antiope*) [18].

Remarquons aussi qu'emporté par cette préoccupation presque maladive du style, le peintre supprime souvent le modelé ou l'amoindrit jusqu'à l'invisible, espérant ainsi donner plus de valeur au contour, si bien que ses figures ont l'air de patrons d'une forme très correcte, gonflés d'une matière molle et non vivante, étrangère à l'organisme humain. Il arrive quelquefois que l'œil tombe sur des morceaux charmants, irréprochablement vivants ; mais cette méchante pensée traverse alors l'esprit, que ce n'est pas M. Ingres qui a cherché la nature, mais la nature qui a violé le peintre, et que cette haute et puissante dame l'a dompté par son ascendant irrésistible.

D'après tout ce qui précède, on comprendra facilement que M. Ingres peut être considéré comme un homme doué de hautes qualités, un amateur éloquent de la beauté, mais dénué de ce tempérament énergique qui fait la fatalité du génie. Ses préoccupations dominantes sont le goût de l'antique et le respect de l'école. Il a, en somme, l'admiration assez facile, le caractère assez éclectique, comme tous les hommes qui manquent de fatalité. Aussi le voyons-nous errer d'archaïsme en archaïsme ; Titien (*Pie VII tenant chapelle*) [19], les émailleurs de la Renaissance (*Vénus Anadyomène*) [20], Poussin et Carrache (*Vénus et Antiope*) [21], Raphaël (*Saint Symphorien*), les primitifs allemands (tous les petits tableaux du genre imagier et anecdotique), les curiosités et le bariolage persan et chinois (la petite *Odalisque*) [22], se disputent ses préférences. L'amour et l'influence de l'antiquité se sentent partout ; mais M. Ingres me paraît souvent être à l'antiquité ce que le bon ton, dans ses caprices transitoires, est aux bonnes manières naturelles qui viennent de la dignité et de la charité de l'individu.

C'est surtout dans l'*Apothéose de l'empereur Napoléon Ier* [23], tableau venu de l'Hôtel de Ville, que M. Ingres a laissé voir son goût pour les Étrusques. Cependant les Étrusques, grands simplificateurs, n'ont pas poussé la simplification jusqu'à ne pas atteler les chevaux aux chariots. Ces chevaux surnaturels (en quoi sont-ils, ces chevaux qui semblent d'une matière polie, solide, comme le cheval de bois qui prit la ville de Troie ?) possèdent-ils donc la force de l'aimant pour entraîner le char derrière eux sans traits et sans harnais ? De l'empereur Napoléon j'aurais bien envie de dire que je n'ai point retrouvé en lui cette beauté épique et destinale dont le dotent généralement ses contemporains et ses historiens ; qu'il m'est pénible de ne pas voir conserver le caractère extérieur et légendaire des grands hommes, et que le peuple, d'accord avec moi en ceci, ne conçoit guère son héros de prédilection que dans les costumes officiels des cérémonies ou sous cette historique capote gris de fer, qui, n'en déplaise aux amateurs forcenés du style, ne déparerait nullement une apothéose moderne.

Mais on pourrait faire à cette œuvre un reproche plus grave. Le caractère principal d'une apothéose doit être le sentiment surnaturel, la puissance d'ascension vers les régions supérieures, un entraînement, un vol irrésistible vers le ciel, but de toutes les aspirations humaines et habitacle classique de tous les grands hommes. Or, cette apothéose ou plutôt cet attelage tombe, tombe avec une vitesse proportionnée à sa pesanteur. Les chevaux entraînent le char vers la terre. Le tout, comme un ballon sans gaz, qui aurait gardé tout son lest, va inévitablement se briser sur la surface de la planète.

Quant à la *Jeanne d'Arc* [24] qui se dénonce par une pédanterie outrée de moyens, je n'ose en parler. Quelque peu de sympathie que j'aie montré pour M. Ingres au gré de ses fanatiques, je préfère croire que le talent le plus élevé conserve toujours des droits à l'erreur. Ici, comme dans l'*Apothéose*, absence totale de sentiment et de surnaturalisme. Où donc est-elle, cette noble pucelle, qui, selon la promesse de ce bon M. Delécluze [25], devait se venger et nous venger des polissonneries de Voltaire ? Pour me résumer, je crois qu'abstraction faite de son érudition, de son goût intolérant et presque libertin de la beauté, la faculté qui a fait de M. Ingres ce qu'il est, le puissant, l'indiscutable, l'incontrôlable dominateur, c'est la volonté, ou plutôt un immense abus de la volonté. En somme, ce qu'il est, il le fut dès le principe. Grâce à cette énergie qui est en lui, il restera tel jusqu'à la fin. Comme il n'a pas progressé, il ne vieillira pas. Ses admirateurs trop passionnés seront toujours ce qu'ils furent, amoureux jusqu'à l'aveuglement ; et rien ne sera changé en France, pas même la manie de prendre à un grand artiste des qualités bizarres qui ne peuvent être qu'à lui, et d'imiter l'inimitable.

Mille circonstances, heureuses d'ailleurs, ont concouru à la solidification de cette puissante renommée. Aux gens du monde M. Ingres s'imposait par un emphatique amour de l'antiquité et de la tradition. Aux excentriques, aux blasés, à mille esprits délicats toujours en quête de nouveautés, même de nouveautés amères, il plaisait par la bizarrerie. Mais ce qui fut bon, ou tout au moins séduisant, en lui eut un effet déplorable dans la goule des imitateurs ; c'est ce que j'aurai plus d'une fois l'occasion de démontrer.

III

EUGÈNE DELACROIX

MM. Eugène Delacroix et Ingres se partagent la faveur et la haine publiques. Depuis longtemps l'opinion a fait un cercle autour d'eux comme autour de deux lutteurs. Sans donner notre acquiescement à cet amour commun et puéril de l'antithèse, il nous faut commencer par l'examen de ces deux maîtres français, puisque autour d'eux, au-dessous d'eux, se sont groupées et échelonnées presque toutes les individualités qui composent notre personnel artistique.

En face des trente-cinq tableaux de M. Delacroix, la première idée qui s'empare du spectateur est l'idée d'une vie bien remplie, d'un amour opiniâtre, incessant de l'art. Quel est le meilleur tableau ? on ne saurait le trouver ; le plus intéressant ? on hésite. On croit découvrir par-ci par-là des échantillons de progrès ; mais si de certains tableaux plus récents témoignent que certaines importantes qualités ont été poussées à outrance, l'esprit impartial perçoit avec confusion que dès ses premières productions, dès sa jeunesse (*Dante et Virgile aux Enfers* est de 1822), M. Delacroix fut grand. Quelquefois il a été plus délicat, quelquefois plus singulier, quelquefois plus peintre, mais toujours il a été grand [26].

Devant une destinée si noblement, si heureusement remplie, une destinée bénie par la nature et menée à bonne fin par la plus admirable volonté, je sens flotter incessamment dans mon esprit les vers du grand poète :

Il naît sous le soleil de nobles créatures
Unissant ici-bas tout ce qu'on peut rêver :
Corps de fer, cœurs de flamme ; admirables natures !

Dieu semble les produire afin de se prouver ;
Il prend pour les pétrir une argile plus douce,
Et souvent passe un siècle à les parachever.

Il met, comme un sculpteur, l'empreinte de son pouce
Sur leurs fronts rayonnants de la gloire des cieux,
Et l'ardente auréole en gerbes d'or y pousse.

Ces hommes-là s'en vont, calmes et radieux,
Sans quitter un instant leur pose solennelle,
Avec l'œil immobile et le maintien des dieux.

....

Ne leur donnez qu'un jour, ou donnez-leur cent ans,
L'orage ou le repos, la palette ou le glaive :
Ils mèneront à bout leurs dessins [27] éclatants.

Leur existence étrange est le réel du rêve !
Ils exécuteront votre plan idéal,
Comme un maître savant le croquis d'un élève.

Vos désirs inconnus sous l'arceau triomphal,
Dont votre esprit en songe arrondissait la voûte,
Passent assis en croupe au dos de leur cheval.

....

De ceux-là chaque peuple en compte cinq ou six,
Cinq ou six tout au plus, dans les siècles prospères,
Types toujours vivants dont on fait des récits.

Théophile Gautier appelle cela une *Compensation*. M. Delacroix ne pouvait-il pas, à lui seul, combler les vides d'un siècle ?

Jamais artiste ne fut plus attaqué, plus ridiculisé, plus entravé. Mais que nous font les hésitations des gouvernements (je parle d'autrefois), les criailleries de quelques salons bourgeois, les dissertations haineuses de quelques académies d'estaminet et le pédantisme des joueurs de dominos ? La preuve est faite, la question est à jamais vidée, le résultat est là, visible, immense, flamboyant.

M. Delacroix a traité tous les genres ; son imagination et son savoir se sont promenés dans toutes les parties du domaine pittoresque. Il a fait (avec quel amour, avec quelle délicatesse !) de charmants petits tableaux, pleins d'intimité et de profondeur ; il a *illustré* les murailles de nos palais, il a rempli nos musées de vastes compositions.

Cette année, il a profité très légitimement de l'occasion de montrer une partie assez considérable du travail de sa vie, et de nous faire, pour ainsi dire, reviser les pièces du procès. Cette collection a été choisie avec beaucoup de tact, de manière à nous fournir des échantillons concluants et variés de son esprit et de son talent.

Voici *Dante et Virgile* [28], ce tableau d'un jeune homme, qui fut une révolution, et dont on a longtemps attribué faussement une figure à Géricault (le torse de l'homme renversé). Parmi les grands tableaux, il est permis d'hésiter entre *La Justice de Trajan* [29] et la *Prise de Constantinople par les Croisés* [30]. *La Justice de Trajan* est un tableau si prodigieusement lumineux, si aéré, si rempli de tumulte et de pompe ! L'empereur est si beau, la foule, tortillée autour des colonnes ou circulant avec le cortège, si tumultueuse, la veuve éplorée, si dramatique ! Ce tableau est celui qui fut *illustré* jadis par les petites plaisanteries de M. Karr, l'homme au bon sens de travers, sur le cheval rose [31] ; comme s'il n'existait pas des chevaux légèrement rosés, et comme si, en tout cas, le peintre n'avait pas le droit d'en faire.

Mais le tableau des *Croisés* est si profondément pénétrant, abstraction faite du sujet, par son harmonie orageuse et lugubre ! Quel ciel et quelle mer ! Tout y est tumultueux et tranquille, comme la suite d'un grand événement. La ville, échelonnée derrière les *Croisés* qui viennent de la traverser, s'allonge avec une prestigieuse vérité. Et toujours ces drapeaux miroitants, ondoyants, faisant se dérouler et claquer leurs plis lumineux dans l'atmosphère transparente ! Toujours la foule agissante, inquiète, le tumulte des armes, la pompe des vêtements, la vérité emphatique du geste dans les grandes circonstances de la vie ! Ces deux tableaux sont d'une beauté essentiellement shakespearienne. Car nul, après Shakespeare, n'excelle comme Delacroix à fondre dans une unité mystérieuse le drame et la rêverie.

Le public retrouvera tous ces tableaux d'orageuse mémoire qui furent des insurrections, des luttes et des triomphes : le *Doge Marino Faliero*[32] (Salon de 1827. – Il est curieux de remarquer que *Justinien composant ses lois* et *Le Christ au jardin des Oliviers* sont de la même année), l'*Évêque de Liège*[33], cette admirable traduction de Walter Scott, pleine de foule, d'agitation et de lumière, les *Massacres de Scio, Le Prisonnier de Chillon, Le Tasse en prison, La Noce juive*, les *Convulsionnaires de Tanger*[34], etc., etc. Mais comment définir cet ordre de tableaux charmants, tels que *Hamlet*[35], dans la scène du crâne, et les *Adieux de Roméo et Juliette*[36], si profondément pénétrants et attachants, que l'œil qui a trempé son regard dans leurs petits mondes mélancoliques ne peut plus les fuir, que l'esprit ne peut plus les éviter ?

Et le tableau quitté *nous* tourmente et *nous* suit[37].

Ce n'est pas là le *Hamlet* tel que nous l'a fait voir Rouvière[38], tout récemment encore et avec tant d'éclat, âcre, malheureux et violent, poussant l'inquiétude jusqu'à la turbulence. C'est bien la bizarrerie romantique du grand tragédien ; mais Delacroix, plus fidèle peut-être, nous a montré un *Hamlet* tout délicat et pâlot, aux mains blanches et féminines, une nature exquise, mais molle, légèrement indécise, avec un œil presque atone.

Voici la fameuse tête de la *Madeleine* renversée[39], au sourire bizarre et mystérieux, et si surnaturellement belle qu'on ne sait si elle est auréolée par la mort, ou embellie par les pâmoisons de l'amour divin.

À propos des *Adieux de Roméo et Juliette*, j'ai une remarque à faire que je crois fort importante. J'ai tant entendu plaisanter de la laideur des femmes de Delacroix, sans pouvoir comprendre ce genre de plaisanterie, que je saisis l'occasion pour protester contre ce préjugé. M. Victor Hugo le partageait, à ce qu'on m'a dit. Il déplorait, – c'était dans les beaux temps du Romantisme, – que celui à qui l'opinion publique faisait une gloire parallèle à la sienne commît de si monstrueuses erreurs à l'endroit de la beauté[40]. Il lui est arrivé d'appeler les femmes de Delacroix des grenouilles. Mais M. Victor Hugo est un grand poète sculptural qui a l'œil fermé à la spiritualité.

Je suis fâché que le *Sardanapale* n'ait pas reparu cette année. On y aurait vu de très belles femmes, claires, lumineuses, roses, autant qu'il m'en souvient du moins. Sardanapale lui-même était beau comme une femme. Généralement les femmes de Delacroix peuvent se diviser en deux classes : les unes, faciles à comprendre, souvent mythologiques, sont nécessairement belles (la Nymphe couchée et vue de dos, dans le plafond de la galerie d'Apollon). Elles sont riches, très fortes, plantureuses, abondantes, et jouissent d'une transparence de chair merveilleuse et de chevelures admirables.

Quant aux autres, quelquefois des femmes historiques (la *Cléopâtre* [41] regardant l'aspic), plus souvent des femmes de caprice, de tableaux de genre, tantôt des Marguerite, tantôt des Ophélia, des Desdémone, des Sainte Vierge même, des Madeleine, je les appellerais volontiers des femmes d'intimité. On dirait qu'elles portent dans les yeux un secret douloureux, impossible à enfouir dans les profondeurs de la dissimulation. Leur pâleur est comme une révélation des batailles intérieures. Qu'elles se distinguent par le charme du crime ou par l'odeur de la sainteté, que leurs gestes soient alanguis ou violents, ces femmes malades du cœur ou de l'esprit ont dans les yeux le plombé de la fièvre ou la nitescence anormale et bizarre de leur mal, dans le regard, l'intensité du surnaturalisme.

Mais toujours, et quand même, ce sont des femmes *distinguées*, essentiellement *distinguées* ; et enfin, pour tout dire en un seul mot, M. Delacroix me paraît être l'artiste le mieux doué pour exprimer la femme moderne, surtout la femme moderne dans sa manifestation héroïque, dans le sens infernal ou divin. Ces femmes ont même la beauté physique moderne, l'air de rêverie, mais la gorge abondante, avec une poitrine un peu étroite, le bassin ample, et des bras et des jambes charmants.

Les tableaux nouveaux et inconnus du public sont *Les Deux Foscari*, la *Famille arabe*, la *Chasse aux lions*, une *Tête de vieille femme* [42] (un portrait par M. Delacroix est une rareté). Ces différentes peintures servent à constater la prodigieuse certitude à laquelle le maître est arrivé. La *Chasse aux lions* est une véritable explosion de couleur (que ce mot soit pris dans le bon sens). Jamais couleurs plus belles, plus intenses, ne pénétrèrent jusqu'à l'âme par le canal des yeux.

Par le premier et rapide coup d'œil jeté sur l'ensemble de ces tableaux, et par leur examen minutieux et attentif, sont constatées plusieurs vérités irréfutables. D'abord il faut remarquer, et c'est très important, que, vu à une distance trop grande pour analyser ou même comprendre le sujet, un tableau de Delacroix a déjà produit sur l'âme une impression riche, heureuse ou mélancolique. On dirait que cette peinture, comme les sorciers et les magnétiseurs, projette sa pensée à distance. Ce singulier phénomène tient à la puissance du coloriste, à l'accord parfait des tons, et à l'harmonie (préétablie dans le cerveau du peintre) entre la couleur et le sujet. Il semble que cette couleur, qu'on me pardonne ces subterfuges de langage pour exprimer des idées fort délicates, pense par elle-même, indépendamment des objets qu'elle habille. Puis ces admirables accords de sa couleur font souvent rêver d'harmonie et de mélodie, et l'impression qu'on emporte de ses tableaux est souvent quasi musicale. Un poète a essayé d'exprimer ces sensations subtiles dans des vers dont la sincérité peut faire passer la bizarrerie :

> Delacroix, lac de sang, hanté des mauvais anges,
> Ombragé par un bois de sapins toujours vert,
> Où, sous un ciel chagrin, des fanfares étranges
> Passent comme un soupir étouffé de Weber [43].

Lac de sang : le rouge ; – *hanté des mauvais anges* : surnaturalisme ; – *un bois toujours vert* : le vert, complémentaire du rouge ; – *un ciel chagrin* : les fonds tumultueux et orageux de ses tableaux ; – *les fanfares* et *Weber* : idées de musique romantique que réveillent les harmonies de sa couleur.

Du dessin de Delacroix, si absurdement, si niaisement critiqué, que faut-il dire, si ce n'est qu'il est des vérités élémentaires complètement méconnues ; qu'un bon dessin n'est pas une ligne dure, cruelle, despotique, immobile, enfermant une figure comme une camisole de force ; que le dessin doit être comme la nature, vivant et agité ; que la simplification dans le dessin est une monstruosité, comme la tragédie dans le monde dramatique ; que la nature nous présente une série infinie de lignes courbes, fuyantes, brisées, suivant une loi de génération impeccable, où le parallélisme est toujours indécis et sinueux, où les concavités et les convexités se correspondent et se poursuivent ; que M. Delacroix satisfait admirablement à toutes ces conditions et que, quand même son dessin laisserait percer quelquefois des défaillances ou des outrances, il a au moins cet immense mérite d'être une protestation perpétuelle et efficace contre la barbare invasion de la ligne droite, cette ligne tragique et systématique, dont actuellement les ravages sont déjà immenses dans la peinture et dans la sculpture ?

Une autre qualité, très grande, très vaste, du talent de M. Delacroix, et qui fait de lui le peintre aimé des poètes, c'est qu'il est essentiellement littéraire. Non seulement sa peinture a parcouru, toujours avec succès, le champ des hautes littératures, non seulement elle a traduit, elle a fréquenté Arioste, Byron, Dante, Walter Scott, Shakespeare, mais elle sait révéler des idées d'un ordre plus élevé, plus fines, plus profondes que la plupart des peintures modernes. Et remarquez bien que ce n'est jamais par la grimace, par la minutie, par la tricherie de moyens, que M. Delacroix arrive à ce prodigieux résultat ; mais par l'ensemble, par l'accord profond, complet, entre sa couleur, son sujet, son dessin, et par la dramatique gesticulation de ses figures.

Edgar Poe dit, je ne sais plus où [44], que le résultat de l'opium pour les sens est de revêtir la nature entière d'un intérêt surnaturel qui donne à chaque objet un sens plus profond, plus volontaire, plus despotique. Sans avoir recours à l'opium, qui n'a connu ces admirables heures, véritables fêtes du cerveau, où les sens plus attentifs perçoivent des sensations plus retentissantes, où le ciel d'un azur plus transparent s'enfonce comme un abîme plus infini, où les sons tintent musicalement, où les couleurs parlent, où les parfums racontent des mondes d'idées ? Eh bien, la peinture de Delacroix me paraît la traduction de ces beaux jours de l'esprit. Elle est revêtue d'intensité et sa splendeur est privilégiée. Comme la nature perçue par des nerfs ultra-sensibles, elle révèle le surnaturalisme.

Que sera M. Delacroix pour la postérité ? Que dira de lui cette redresseuse de torts ? Il est déjà facile, au point de sa carrière où il est parvenu, de l'affirmer sans trouver trop de contradicteurs. Elle dira, comme nous, qu'il fut un accord unique des facultés les plus étonnantes ; qu'il eut comme Rembrandt le sens de l'intimité et la magie profonde, l'esprit de combinaison et de décoration comme Rubens et Lebrun, la couleur féerique comme Véronèse, etc. ; mais qu'il eut aussi une qualité *sui generis*, indéfinissable et définissant la partie mélancolique et ardente du siècle, quelque chose de tout à fait nouveau, qui a fait de lui un artiste unique, sans générateur, sans précédent, probablement sans successeur, un anneau si précieux qu'il n'en est point de rechange, et qu'en le supprimant, si une pareille chose était possible, on supprimerait un monde d'idées et de sensations, on ferait une lacune trop grande dans la chaîne historique.

L'ART PHILOSOPHIQUE

Ce texte a été publié pour la première fois en 1868, à Paris, chez Michel Lévy frères. Asselineau ou Banville l'avait fait précéder de la présente remarque liminaire :

> Cet article, retrouvé dans les papiers de l'auteur, n'était évidemment pas prêt pour l'impression. Toutefois, malgré ses lacunes, il nous a paru assez achevé dans les parties principales d'exposition et d'analyse pour être placé ici. Il complète les études de Charles Baudelaire sur l'art contemporain, en nous livrant ses idées sur un sujet qui le préoccupa longtemps et qui revenait souvent dans ses conversations.

Au texte publié s'ajoutaient trois feuillets de notes laissées de côté par les éditeurs. Baudelaire y avait jeté quelques idées générales reprises, pour partie, dans *L'Art philosophique.* Le premier feuillet était consacré à la « Peinture didactique. Note sur l'utopie de Chenavard ». Le deuxième fragment se proposait d'approfondir la rhétorique des « peintres qui pensent ». Celle-ci est mise en relation étroite avec la conscience moderne de la vie urbaine. Le troisième feuillet annonçait une étude serrée de la peinture d'idée lyonnaise avec une mise en parallèle des peintres et des littérateurs.

À travers ce texte, Baudelaire espérait développer son opposition à l'enseignement dans l'art telle qu'il l'avait esquissée en 1857 dans ses *Notes nouvelles sur Edgar Poe*. À partir de cette date, le projet de consacrer un opuscule aux *Peintres raisonneurs* connaîtra différentes formulations. Claude Pichois les a développées à partir de la correspondance (*OC* II, p. 1377-1378). En 1863, Baudelaire s'arrête sur un titre qui lui paraît définitif, *La Peinture didactique*, et qu'il inclut dans le sommaire de ses œuvres complètes à l'intention de Julien Lemer.

Le texte ici adopté est celui de *L'Art romantique* tel que l'a établi et corrigé Claude Pichois.

Qu'est-ce que l'art pur suivant la conception moderne ? C'est créer une magie suggestive contenant à la fois l'objet et le sujet, le monde extérieur à l'artiste et l'artiste lui-même [1].

Qu'est-ce que l'art philosophique suivant la conception de Chenavard et de l'école allemande ? C'est un art plastique qui a la prétention de remplacer le livre, c'est-à-dire de rivaliser avec l'imprimerie pour enseigner l'histoire, la morale et la philosophie.

Il y a en effet des époques de l'histoire où l'art plastique est destiné à peindre les archives historiques d'un peuple et ses croyances religieuses.

Mais, depuis plusieurs siècles, il s'est fait dans l'histoire de l'art comme une séparation de plus en plus marquée des pouvoirs, il y a des sujets qui appartiennent à la peinture, d'autres à la musique, d'autres à la littérature.

Est-ce par une fatalité des décadences qu'aujourd'hui chaque art manifeste l'envie d'empiéter sur l'art voisin, et que les peintres introduisent des gammes musicales dans la peinture, les sculpteurs, de la couleur dans la sculpture, les littérateurs, des moyens plastiques dans la littérature, et d'autres artistes, ceux dont nous avons à nous occuper aujourd'hui, une sorte de philosophie encyclopédique dans l'art plastique lui-même ?

Toute bonne sculpture, toute bonne peinture, toute bonne musique, suggère les sentiments et les rêveries qu'elle veut suggérer.

Mais le raisonnement, la déduction appartiennent au livre.

Ainsi l'art philosophique est un retour vers l'imagerie nécessaire à l'enfance des peuples, et s'il était rigoureusement fidèle à lui-même, il s'astreindrait à juxtaposer autant d'images successives qu'il en est contenu dans une phrase quelconque qu'il voudrait exprimer.

Encore avons-nous le droit de douter que la phrase hiéroglyphique fût plus claire que la phrase typographiée.

Nous étudierons donc l'art philosophique comme une monstruosité où se sont montrés de beaux talents.

Remarquons encore que l'art philosophique suppose une absurdité pour légitimer sa raison d'existence, à savoir l'intelligence du peuple relativement aux beaux-arts.

Plus l'art voudra être philosophiquement clair, plus il se dégradera et remontera vers l'hiéroglyphe enfantin ; plus au contraire l'art se détachera de l'enseignement et plus il montera vers la beauté pure et désintéressée.

L'Allemagne, comme on le sait et comme il serait facile de le deviner si on ne le savait pas, est le pays qui a le plus donné dans l'erreur de l'art philosophique.

Nous laisserons de côté des sujets bien connus, et par exemple, Overbeck n'étudiant la beauté dans le passé que pour mieux enseigner la religion ; Cornelius et Kaulbach, pour enseigner l'histoire et la philosophie (encore remarquerons-nous que Kaulbach ayant à traiter un sujet purement pittoresque, la *Maison des fous* [2], n'a pas pu s'empêcher de le traiter par catégories et, pour ainsi dire, d'une manière aristotélique, tant est indestructible l'antinomie de l'esprit poétique pur et de l'esprit didactique).

Nous nous occuperons aujourd'hui, comme premier échantillon de l'art philosophique, d'un artiste allemand beaucoup moins connu, mais qui, selon nous, était infiniment mieux doué au point de vue de l'art pur, je veux parler de M. Alfred Rethel, mort fou, il y a peu de temps, après avoir illustré une chapelle sur les bords du Rhin, et qui n'est connu à Paris que par huit estampes gravées sur bois dont les deux dernières ont paru à l'Exposition universelle [3].

Le premier de ses poèmes (nous sommes obligé de nous servir de cette expression en parlant d'une école qui assimile l'art plastique à la pensée écrite), le premier de ses poèmes date de 1848 et est intitulé *La Danse des morts en 1848*.

C'est un poème réactionnaire dont le sujet est l'usurpation de tous les pouvoirs et la séduction opérée sur le peuple par la déesse fatale de la mort.

(Description minutieuse de chacune des six planches qui composent le poème et la traduction exacte des légendes en vers qui les accompagnent. – Analyse du mérite artistique de M. Alfred Rethel, ce qu'il y a d'original en lui [génie de l'allégorie épique à la manière allemande], ce qu'il y a de postiche en lui [imitations des différents maîtres du passé, d'Albert Dürer, d'Holbein, et même de maîtres plus modernes] – de la valeur morale du poème, caractère satanique et byronien, caractère de désolation.) Ce que je trouve de vraiment original dans le poème, c'est qu'il se produisit dans un instant où presque toute l'humanité européenne s'était engouée avec bonne foi des sottises de la révolution.

Deux planches se faisant antithèse. La première : *Première Invasion du choléra à Paris, au bal de l'Opéra* [4]. Les masques roides, étendus par terre, caractère hideux d'une pierrette dont les pointes sont en l'air et le masque dénoué ; les musiciens qui se sauvent avec leurs instruments ; allégorie du fléau impassible sur son banc ; caractère généralement macabre de la composition. La seconde, une espèce de *bonne mort* faisant contraste ; un homme vertueux et paisible est surpris par la Mort dans son sommeil ; il est situé dans un lieu haut, un lieu sans doute où il a vécu de longues années ; c'est une chambre dans un clocher d'où l'on aperçoit les champs et un vaste horizon, un lieu fait pour pacifier l'esprit ; le vieux bonhomme est endormi dans un fauteuil grossier, la Mort joue un air enchanteur sur le violon. Un grand soleil coupé en deux par la ligne de l'horizon, darde en haut ses rayons géométriques. – *C'est la fin d'un beau jour.*

Un petit oiseau s'est perché sur le bord de la fenêtre et regarde dans la chambre ; vient-il écouter le violon de la Mort, ou est-ce une allégorie de l'âme prête à s'envoler ?

Il faut, dans la traduction des œuvres d'art philosophiques, apporter une grande minutie et une grande attention ; là les lieux, le décor, les meubles, les ustensiles (voir Hogarth), tout est allégorie, allusion, hiéroglyphes, rébus.

M. Michelet a tenté d'interpréter minutieusement la *Melancholia* d'Albert Dürer [5] ; son interprétation est suspecte, relativement à la seringue, particulièrement.

D'ailleurs, même à l'esprit d'un artiste philosophe, les accessoires s'offrent, non pas avec un caractère littéral et précis, mais avec un caractère poétique, vague et confus, et souvent c'est le traducteur qui invente *les intentions*.

*

L'art philosophique n'est pas aussi étranger à la nature française qu'on le croirait. La France aime le mythe, la morale, le rébus ; ou, pour mieux dire, pays de raisonnement, elle aime l'effort de l'esprit.

C'est surtout l'école romantique qui a réagi contre ces tendances raisonnables et qui a fait prévaloir la gloire de l'art pur ; et de certaines tendances, particulièrement celles de M. Chenavard, réhabilitation de l'art hiéroglyphique, sont une réaction contre l'école de l'art pour l'art.

Y a-t-il des climats philosophiques comme il y a des climats amoureux ? Venise a pratiqué l'amour de l'art pour l'art ; Lyon est une ville philosophique. Il y a une philosophie lyonnaise, une école de poésie lyonnaise, une école de peinture lyonnaise, et enfin une école de peinture philosophique lyonnaise.

Ville singulière, bigote et marchande, catholique et protestante, pleine de brumes et de charbons, les idées s'y débrouillent difficilement. Tout ce qui vient de Lyon est minutieux, lentement élaboré et craintif ; l'abbé Noirot, Laprade, Soulary, Chenavard, Janmot. On dirait que les cerveaux y sont enchifrenés. Même dans Soulary je trouve cet esprit de catégorie qui brille surtout dans les travaux de Chenavard et qui se manifeste aussi dans les chansons de Pierre Dupont.

Le cerveau de Chenavard [6] ressemble à la ville de Lyon ; il est brumeux, fuligineux, hérissé de pointes, comme la ville de clochers et de fourneaux. Dans ce cerveau les choses ne se mirent pas clairement, elles ne se réfléchissent qu'à travers un milieu de vapeurs.

Chenavard n'est pas peintre ; il méprise ce que nous entendons par peinture. Il serait injuste de lui appliquer la fable de La Fontaine (ils sont trop verts pour des goujats) [7] ; car je crois que, quand bien même Chenavard pourrait peindre avec autant de dextérité que qui que ce soit, il n'en mépriserait pas moins le ragoût et l'agrément de l'art.

Disons tout de suite que Chenavard a une énorme supériorité sur tous les artistes : s'il n'est pas assez animal, ils sont beaucoup trop peu spirituels.

Chenavard sait lire et raisonner, et il est devenu ainsi l'ami de tous les gens qui aiment le raisonnement ; il est remarquablement instruit et possède la pratique de la méditation.

L'amour des bibliothèques s'est manifesté en lui dès sa jeunesse ; accoutumé tout jeune à associer une idée à chaque forme plastique, il n'a jamais fouillé des cartons de gravures ou contemplé des musées de tableaux que comme des répertoires de la pensée humaine générale. Curieux de religions et doué d'un esprit encyclopédique, il devait naturellement aboutir à la conception impartiale d'un système syncrétique.

Quoique lourd et difficile à manœuvrer, son esprit a des séductions dont il sait tirer grand profit, et s'il a longtemps attendu avant de jouer un rôle, croyez bien que ses ambitions, malgré son apparente bonhomie, n'ont jamais été petites.

(Premiers tableaux de Chenavard : – *M. de Dreux-Brézé et Mirabeau.* – *La Convention votant la mort de Louis XVI* [8]. Chenavard a bien choisi son moment pour exhiber son système de philosophie historique, exprimé par le crayon.)

Divisons ici notre travail en deux parties, dans l'une nous analyserons le mérite intrinsèque de l'artiste doué d'une habileté étonnante de composition et bien plus grande qu'on ne le soupçonnerait, si l'on prenait trop au sérieux le dédain qu'il professe pour les ressources de son art – habileté à dessiner les femmes ; – dans l'autre nous examinerons le mérite que j'appelle extrinsèque, c'est-à-dire le système philosophique.

Nous avons dit qu'il avait bien choisi son moment, c'est-à-dire le lendemain d'une révolution.

(M. Ledru-Rollin [9] – trouble général des esprits, et vive préoccupation publique relativement à la philosophie de l'histoire.)

L'humanité est analogue à l'homme.

Elle a ses âges et ses plaisirs, ses travaux, ses conceptions analogues à ses âges.

(Analyse du calendrier emblématique [10] de Chenavard. – Que tel art appartient à tel âge de l'humanité comme telle passion à tel âge de l'homme.

L'âge de l'homme se divise en *enfance*, laquelle correspond dans l'humanité à la période historique depuis Adam jusqu'à Babel ; en *virilité*, laquelle correspond à la période depuis Babel jusqu'à Jésus-Christ, lequel sera considéré comme le zénith de la vie humaine ; en *âge moyen*, qui correspond depuis Jésus-Christ jusqu'à Napoléon ; et enfin en *vieillesse*, qui correspond à la période dans laquelle nous entrerons prochainement et dont le commencement est marqué par la suprématie de l'Amérique et de l'industrie.

L'âge total de l'humanité sera de huit mille quatre cents ans.

De quelques opinions particulières de Chenavard [11]. De la supériorité absolue de Périclès.

Bassesse du paysage, – signe de décadence.

La suprématie simultanée de la musique et de l'industrie, – signe de décadence.

Analyse au point de vue de l'art pur de quelques-uns de ses cartons exposés en 1855 [12].)

Ce qui sert à parachever le caractère utopique et de décadence de Chenavard lui-même, c'est qu'il voulait embrigader sous sa direction les artistes comme des ouvriers pour exécuter en grand ses cartons et les colorier d'une manière barbare.

Chenavard est un grand esprit de décadence et il restera comme signe monstrueux du temps.

*

M. Janmot, lui aussi, est de Lyon [13].

C'est un esprit religieux et élégiaque, il a dû être marqué jeune par la bigoterie lyonnaise.

Les poèmes de Rethel sont bien charpentés comme poèmes.

Le Calendrier historique de Chenavard est une fantaisie d'une symétrie irréfutable, mais l'*Histoire d'une âme* [14] est trouble et confuse.

La religiosité qui y est empreinte avait donné à cette série de compositions une grande valeur pour le journalisme clérical, alors qu'elles furent exposées au passage du Saumon ; plus tard nous les avons revues à l'Exposition universelle, où elles furent l'objet d'un auguste dédain.

Une explication en vers a été faite par l'artiste, qui n'a servi qu'à mieux montrer l'indécision de sa conception et qu'à mieux embarrasser l'esprit des spectateurs philosophes auxquels elle s'adressait.

Tout ce que j'ai compris, c'est que ces tableaux représentaient les états successifs de l'âme à différents âges ; cependant, comme il y avait toujours deux êtres en scène, un garçon et une fille, mon esprit s'est fatigué à chercher si la pensée intime du poème n'était pas l'histoire parallèle de deux jeunes âmes ou l'histoire du double élément mâle et femelle d'une même âme.

Tous ces reproches mis de côté, qui prouvent simplement que M. Janmot n'est pas un cerveau philosophiquement solide, il faut reconnaître qu'au point de vue de l'art pur il y avait dans la composition de ces scènes, et même dans la couleur amère dont elles étaient revêtues, un charme infini et difficile à décrire, quelque chose des douceurs de la solitude, de la sacristie, de l'église et du cloître ; une mysticité inconsciente et enfantine. J'ai senti quelque chose d'analogue devant quelques tableaux de Lesueur et quelques toiles espagnoles.

(Analyse de quelques-uns des sujets, particulièrement la *Mauvaise Instruction*, le *Cauchemar*, où brillait une remarquable entente du fantastique. Une espèce de *promenade mystique* des deux jeunes gens sur la montagne, etc., etc.)

*

Tout esprit profondément sensible et bien doué pour les arts (il ne faut pas confondre la sensibilité de l'imagination avec celle du cœur) sentira comme moi que tout art doit se suffire à lui-même et en même temps rester dans les limites providentielles ; cependant l'homme garde ce privilège de pouvoir toujours développer de grands talents dans un genre faux ou en violant la constitution naturelle de l'art.

Quoique je considère les artistes philosophes comme des hérétiques, je suis arrivé à admirer souvent leurs efforts par un effet de ma raison propre.

Ce qui me paraît surtout constater leur caractère d'hérétique, c'est leur inconséquence ; car ils dessinent très bien, très spirituellement, et s'ils étaient logiques dans leur mise en œuvre de l'art assimilé à tout moyen d'enseignement, ils devraient courageusement remonter vers toutes les innombrables et barbares conventions de l'art hiératique.

SALON DE 1859

Après les éditions de 1845 et de 1846, Baudelaire revient à la formule du Salon en 1859 sans plus céder aux conventions du genre. L'essai a été publié en feuilleton dans la *Revue française* des 10 et 20 juin, 1er et 20 juillet 1859. Il porte alors comme titre *Lettre à M. le Directeur de la Revue française sur le Salon de 1859*. La forme épistolaire permet à Baudelaire de justifier le parti pris subjectif de son propos. Baudelaire n'a aucune intention de rendre compte du Salon. Il entend en revanche parcourir la manifestation en s'appuyant sur les idées méthodiquement explorées et exposées depuis 1855.

Ce choix explique la désinvolture de Baudelaire qui, depuis la fin du mois de janvier 1859, séjourne à Honfleur dans la Maison-Joujou. Le poète y compose notamment une importante série de poèmes qui entrera dans la deuxième édition des *Fleurs du mal*. De retour à Paris en mars, Baudelaire a le loisir de visiter le Salon, peu après le 15 avril, date de son inauguration. À la fin du mois, il regagne Honfleur d'où il annonce à Poulet-Malassis que son *Salon de 1859* est achevé. Ce dernier attend alors le manuscrit des *Curiosités esthétiques*. Baudelaire compte y intégrer son *Salon de 1859* après l'avoir « rentabilisé » en feuilleton dans une revue. Il se tourne vers la *Revue française*, une des rares qui lui reste ouverte, et vers son directeur,

Jean Morel. Le texte ne recevra pour ainsi dire aucun écho. La revue va mal et cessera de paraître avec le numéro du 20 juillet dont Baudelaire semble ne pas avoir eu connaissance. Pour ce dernier, le *Salon de 1859* constitue un élément essentiel de sa critique et il insiste auprès de Lemer et de Garnier sur la place qu'il convient de lui donner dans l'établissement de ses œuvres complètes. Le texte ne rencontrera son public qu'avec la publication, en 1868, des *Curiosités esthétiques.*

La correspondance à Nadar éclaire la conception ainsi que les procédés de rédaction du poète. Le 14 mai 1859, Baudelaire joue les provocateurs en écrivant à Nadar : « J'écris maintenant un *Salon* sans l'avoir vu. *Mais j'ai un livret.* Sauf la fatigue de deviner les tableaux, c'est une excellente méthode, que je te recommande. On craint de trop louer ou de trop blâmer ; on arrive ainsi à l'impartialité » (*Corr* I, p. 575). Deux jours plus tard, le critique fanfaron se ravise et avoue avoir effectué une visite du Salon, « [...] UNE SEULE, consacrée à chercher les nouveautés, mais j'en ai trouvé bien peu » (*Corr* I, p. 578). Pour ce qui relève du domaine connu, Baudelaire préconise de laisser travailler la mémoire que le livret excitera. Et d'en conclure : « Cette méthode, je le répète, n'est pas mauvaise, à la condition qu'on possède bien *son personnel.* » Un constat finalement « naturel » pour un essai qui entendait mettre en évidence la valeur de l'imagination.

Le texte ici adopté est celui des *Curiosités esthétiques.*

LETTRES À M. LE DIRECTEUR DE LA « REVUE FRANÇAISE »

I

L'ARTISTE MODERNE

Mon cher M*** [1], quand vous m'avez fait l'honneur de me demander l'analyse du *Salon*, vous m'avez dit : « Soyez bref ; ne faites pas un catalogue, mais un aperçu général, quelque chose comme le récit d'une rapide promenade philosophique à travers les peintures. » Eh bien, vous serez servi à souhait ; non pas parce que votre programme s'accorde (et il s'accorde en effet) avec ma manière de concevoir ce genre d'article si ennuyeux qu'on appelle le *Salon* ; non pas que cette méthode soit plus facile que l'autre, la brièveté réclamant toujours plus d'efforts que la prolixité ; mais simplement parce que, surtout dans le cas présent, il n'y en a pas d'autre possible. Certes, mon embarras eût été plus grave si je m'étais trouvé perdu dans une forêt d'originalités, si le tempérament français moderne, soudainement modifié, purifié et rajeuni, avait donné des fleurs si vigoureuses et d'un parfum si varié qu'elles eussent créé des étonnements irrépressibles, provoqué des éloges abondants, une admiration bavarde, et nécessité dans la langue critique des catégories nouvelles. Mais rien de tout cela, heureusement (pour moi). Nulle explosion ; pas de génies inconnus. Les pensées suggérées par l'aspect de ce Salon sont d'un ordre si simple, si ancien, si classique, que peu de pages me suffiront sans doute pour les développer. Ne vous étonnez donc pas que la banalité dans le peintre ait engendré le *lieu commun* dans l'écrivain. D'ailleurs, vous n'y perdrez rien ; car existe-t-il (je me plais à constater que vous êtes en cela de mon avis) quelque chose de plus charmant, de plus fertile et d'une nature plus positivement *excitante* que le lieu commun ?

Avant de commencer, permettez-moi d'exprimer un regret, qui ne sera, je le crois, que rarement exprimé. On nous avait annoncé que nous aurions des hôtes à recevoir, non pas précisément des hôtes inconnus ; car l'exposition de l'avenue Montaigne [2] a déjà fait connaître au public parisien quelques-uns de ces charmants artistes qu'il avait trop longtemps ignorés. Je m'étais donc fait une fête de renouer connaissance avec Leslie [3], ce riche, naïf et noble *humourist*, expression des plus accentuées de l'esprit britannique ; avec les deux Hunt [4], l'un naturaliste opiniâtre, l'autre ardent et volontaire créateur du préraphaélisme ; avec Maclise [5], l'audacieux compositeur, aussi fougueux que sûr de lui-même ; avec Millais [6], ce poète si minutieux ; avec J. Chalon [7], ce Claude mêlé de Watteau, historien des belles fêtes d'après-midi dans les grands parcs italiens ; avec Grant [8], cet héritier naturel de Reynolds ; avec Hook [9], qui sait inonder d'une lumière magique ses *Rêves vénitiens* ; avec cet étrange Paton [10], qui ramène l'esprit vers Fuseli et brode avec une patience d'un autre âge de gracieux chaos panthéistiques ; avec Cattermole [11], l'aquarelliste *peintre d'histoire*, et avec cet autre, si étonnant, dont le nom m'échappe [12], un architecte songeur, qui bâtit sur le papier des villes dont les ponts ont des éléphants pour piliers, et laissent passer entre leurs nombreuses jambes de colosses, toutes voiles dehors, des trois-mâts gigantesques ! On avait même préparé le logement pour ces amis de l'imagination et de la couleur singulière, pour ces favoris de la muse bizarre ; mais hélas ! pour des raisons que j'ignore, et dont l'exposé ne peut pas, je crois, prendre place dans votre journal, mon espérance a été déçue. Ainsi, ardeurs tragiques, gesticulations à la Kean et à la Macready [13], intimes gentillesses du *home*, splendeurs orientales réfléchies dans le poétique miroir de l'esprit anglais, verdures écossaises, fraîcheurs enchanteresses, profondeurs fuyantes des aquarelles grandes comme des décors, quoique si petites, nous ne vous contemplerons pas, cette fois du moins. Représentants enthousiastes de l'imagination et des facultés les plus précieuses de l'âme, fûtes-vous donc si mal reçus la première fois, et nous jugez-vous indignes de vous comprendre ?

Ainsi, mon cher M***, nous nous en tiendrons à la France, forcément ; et croyez que j'éprouverais une immense jouissance à prendre le ton lyrique pour parler des artistes de mon pays ; mais malheureusement, dans un esprit critique tant soit peu exercé, le patriotisme ne joue pas un rôle absolument tyrannique, et nous avons à faire quelques aveux humiliants. La première fois que je mis les pieds au Salon, je fis, dans l'escalier même, la rencontre d'un de nos critiques les plus subtils et les plus estimés, et, à la première question, à la question naturelle que je devais lui adresser, il répondit : « Plat, médiocre ; j'ai rarement vu un *Salon* aussi maussade. » Il avait à la fois tort et raison. Une exposition qui possède de nombreux ouvrages de Delacroix, de Penguilly, de Fromentin, ne peut pas être maussade ; mais, par un examen général, je vis qu'il était dans le vrai. Que dans tous les temps, la médiocrité ait dominé, cela est indubitable ; mais qu'elle règne plus que jamais, qu'elle devienne absolument triomphante et encombrante, c'est ce qui est aussi vrai qu'affligeant. Après avoir quelque temps promené mes yeux sur tant de platitudes menées à bonne fin, tant de niaiseries soigneusement léchées, tant de bêtises ou de faussetés habilement construites, je fus naturellement conduit par le cours de mes réflexions à considérer l'artiste dans le passé, et à le mettre en regard avec l'artiste dans le présent ; et puis le terrible, l'éternel pourquoi se dressa, comme d'habitude, inévitablement au bout de ces décourageantes réflexions. On dirait que la petitesse, la puérilité, l'incuriosité, le calme plat de la fatuité ont succédé à l'ardeur, à la noblesse et à la turbulente ambition, aussi bien dans les beaux-arts que dans la littérature ; et que rien, pour le moment, ne nous donne lieu d'espérer des floraisons spirituelles aussi abondantes que celles de la Restauration. Et je ne suis pas le seul qu'oppriment ces amères réflexions, croyez-le bien ; et je vous le prouverai tout à l'heure. Je me disais donc : Jadis, qu'était l'artiste (Lebrun ou David, par exemple) ? Lebrun, érudition, imagination, connaissance du passé, amour du grand. David, ce colosse injurié par des mirmidons, n'était-il pas aussi l'amour du passé, l'amour du grand uni à l'érudition ? Et aujourd'hui, qu'est-il, l'artiste ce frère antique du poète ? Pour bien répondre à cette question, mon cher M***, il ne faut pas craindre d'être trop dur. Un scandaleux favoritisme appelle quelquefois une réaction équivalente. L'artiste, aujourd'hui et depuis de nombreuses années, est, malgré son absence de mérite, un simple *enfant gâté*. Que d'honneurs, que d'argent prodigués à des hommes sans âme et sans instruction ! Certes, je ne suis pas partisan de l'introduction dans un art de moyens qui lui sont étrangers ; cependant, pour citer un exemple, je ne puis pas m'empêcher d'éprouver de la sympathie pour un artiste tel que Chenavard, toujours aimable, aimable comme les livres, et gracieux jusque dans ses lourdeurs. Au moins avec celui-là (qu'il soit la cible des plaisanteries du rapin, que m'importe ?) je suis sûr de pouvoir causer de Virgile ou de Platon. Préault a un don charmant, c'est un goût instinctif qui le jette sur le beau comme l'animal chasseur sur sa proie naturelle. Daumier est doué d'un bon sens lumineux qui colore toute sa conversation. Ricard, malgré le papillotage et le bondissement de son discours, laisse voir à chaque instant qu'il sait beaucoup et qu'il a beaucoup comparé. Il est inutile, je pense, de parler de la conversation d'Eugène Delacroix, qui est un mélange admirable de solidité philosophique, de légèreté spirituelle et d'enthousiasme brûlant. Et après ceux-là, je ne me rappelle plus personne qui soit digne de converser avec un philosophe ou un poète. En dehors, vous ne trouverez guère que l'*enfant gâté*. Je vous en supplie, je vous en conjure, dites-moi dans quel salon, dans quel cabaret, dans quelle réunion mondaine ou intime vous avez entendu un mot spirituel prononcé par l'*enfant gâté*, un mot profond, brillant, concentré, qui fasse penser ou rêver, un mot suggestif enfin ! Si un tel mot a été lancé, ce n'a peut-être pas été par un politique ou un philosophe, mais bien par quelque homme de profession bizarre, un chasseur, un marin, un empailleur ; par un artiste, un *enfant gâté*, jamais.

L'*enfant gâté* a hérité du privilège, légitime alors, de ses devanciers. L'enthousiasme qui a salué David, Guérin, Girodet, Gros, Delacroix, Bonington, illumine encore d'une lumière charitable sa chétive personne ; et, pendant que de bons poètes, de vigoureux historiens gagnent laborieusement leur vie, le financier abêti paye magnifiquement les indécentes petites sottises de l'*enfant gâté*. Remarquez bien que, si cette faveur s'appliquait à des hommes méritants, je ne me plaindrais pas. Je ne suis pas de ceux qui envient à une chanteuse ou à une danseuse, parvenue au sommet de son art, une fortune acquise par un labeur et un danger quotidiens. Je craindrais de tomber dans le vice de feu Girardin [14], de sophistique mémoire, qui reprochait un jour à Théophile Gautier de faire payer son imagination beaucoup plus cher que les services d'un sous-préfet. C'était, si vous vous en souvenez bien, dans ces jours néfastes où le public épouvanté l'entendit parler latin ; *pecudesque locutæ* ! Non, je ne suis pas injuste à ce point ; mais il est bon de hausser la voix et de crier haro sur la bêtise contemporaine, quand, à la même époque où un ravissant tableau de Delacroix trouvait difficilement acheteur à mille francs, les figures imperceptibles de Meissonier [15] se faisaient payer dix et vingt fois plus. Mais ces *beaux* temps sont passés ; nous sommes tombés plus bas, et M. Meissonier, qui, malgré tous ses mérites, eut le malheur d'introduire et de populariser le goût du petit, est un véritable géant auprès des faiseurs de babioles actuelles.

Discrédit de l'imagination, mépris du grand, amour (non, ce mot est trop beau), pratique exclusive du métier, telles sont, je crois, quant à l'artiste, les raisons principales de son abaissement. Plus on possède d'imagination, mieux il faut posséder le métier pour accompagner celle-ci dans ses aventures et surmonter les difficultés qu'elle recherche avidement. Et mieux on possède son métier, moins il faut s'en prévaloir et le montrer, pour laisser l'imagination briller de tout son éclat. Voilà ce que dit la sagesse ; et la sagesse dit encore : Celui qui ne possède que de l'habileté est une bête, et l'imagination qui veut s'en passer est une folle. Mais si simples que soient ces choses, elles sont au-dessus ou au-dessous de l'artiste moderne. Une fille de concierge se dit : « J'irai au Conservatoire, je débuterai à la Comédie-Française, et je réciterai les vers de Corneille jusqu'à ce que j'obtienne les droits de ceux qui les ont récités très longtemps. » Et elle le fait comme elle l'a dit. Elle est très classiquement monotone et très classiquement ennuyeuse et ignorante ; mais elle a réussi à ce qui était très facile, c'est-à-dire à obtenir par sa patience les privilèges de sociétaire. Et l'*enfant gâté*, le peintre moderne se dit : « Qu'est-ce que l'imagination ? Un danger et une fatigue. Qu'est-ce que la lecture et la contemplation du passé ? Du temps perdu. Je serai classique, non pas comme Bertin [16] (car le classique change de place et de nom), mais comme... Troyon, par exemple. » Et il le fait comme il l'a dit. Il peint, il peint ; et il bouche son âme, et il peint encore, jusqu'à ce qu'il ressemble enfin à l'artiste à la mode, et que par sa bêtise et son habileté il mérite le suffrage et l'argent du public. L'imitateur de l'imitateur trouve ses imitateurs, et chacun poursuit ainsi son rêve de grandeur, bouchant de mieux en mieux son âme, et surtout ne *lisant rien*, pas même *Le Parfait Cuisinier*, qui pourtant aurait pu lui ouvrir une carrière moins lucrative, mais plus glorieuse. Quand il possède bien l'art des sauces, des patines, des glacis, des frottis, des jus, des ragoûts (je parle peinture), l'*enfant gâté* prend de fières attitudes, et se répète avec plus de conviction que jamais que tout le reste est inutile.

Il y avait un paysan allemand qui vint trouver un peintre et qui lui dit : « – Monsieur le peintre, je veux que vous fassiez *mon portrait*. Vous me représenterez assis à l'entrée principale de ma ferme, dans le grand fauteuil qui me vient de mon père. À côté de moi, vous peindrez ma femme avec sa quenouille ; derrière nous, allant et venant, mes filles qui préparent notre souper de famille. Par la grande avenue à gauche débouchent ceux de mes fils qui reviennent des champs, après avoir ramené les bœufs à l'étable ; d'autres, avec mes petits-fils, font rentrer les charrettes remplies de foin. Pendant que je contemple ce spectacle, n'oubliez pas, je vous prie, les bouffées de ma pipe qui sont nuancées par le soleil couchant. Je veux aussi *qu'on entende* les sons de l'Angélus qui sonne au clocher voisin. C'est là que nous nous sommes tous mariés, les pères et les fils. Il est important que vous peigniez *l'air de satisfaction* dont je jouis à cet instant de la journée, en contemplant à la fois *ma famille et ma richesse augmentée du labeur d'une journée* [17] ! »

Vive ce paysan ! Sans s'en douter, il comprenait la peinture. L'amour de sa profession avait élevé son *imagination*. Quel est celui de nos artistes à la mode qui serait digne d'exécuter ce portrait, et dont l'imagination peut se dire au niveau de celle-là ?

II

LE PUBLIC MODERNE ET LA PHOTOGRAPHIE

Mon cher M***, si j'avais le temps de vous égayer, j'y réussirais facilement en feuilletant le catalogue et en faisant un extrait de tous les titres ridicules et de tous les sujets cocasses qui ont l'ambition d'attirer les yeux. C'est là l'esprit français. Chercher à étonner par des moyens d'étonnement étrangers à l'art en question est la grande ressource des gens qui ne sont pas *naturellement* peintres. Quelquefois même, mais toujours en France, ce vice entre dans des hommes qui ne sont pas dénués de talent et qui le déshonorent ainsi par un mélange adultère. Je pourrais faire défiler sous vos yeux le titre comique à la manière des vaudevillistes, le titre sentimental auquel il ne manque que le point d'exclamation, le titre calembour, le titre profond et philosophique, le titre trompeur, ou titre à piège, dans le genre de *Brutus, lâche César* [18] ! « Ô race incrédule et dépravée ! dit Notre-Seigneur, jusques à quand serai-je avec vous ? jusques à quand souffrirai-je [19] ? » Cette race, en effet, artistes et public, a si peu foi dans la peinture, qu'elle cherche sans cesse à la déguiser et à l'envelopper comme une médecine désagréable dans des capsules de sucre ; et quel sucre, grand Dieu ! Je vous signalerai deux titres de tableaux que d'ailleurs je n'ai pas vus : *Amour et Gibelotte* [20] ! Comme la curiosité se trouve tout de suite en *appétit*, n'est-ce pas ? Je cherche à combiner intimement ces deux idées, l'idée de l'amour et l'idée d'un lapin dépouillé et arrangé en ragoût. Je ne puis vraiment pas supposer que l'imagination du peintre soit allée jusqu'à adapter un carquois, des ailes et un bandeau sur le cadavre d'un animal domestique ; l'allégorie serait vraiment trop obscure. Je crois plutôt que le titre a été composé suivant la recette de *Misanthropie et Repentir* [21]. Le vrai titre serait donc : *Personnes amoureuses mangeant une gibelotte*. Maintenant, sont-ils jeunes ou vieux, un ouvrier et une grisette, ou bien un invalide et une vagabonde sous une tonnelle poudreuse ? Il faudrait avoir vu le tableau. – *Monarchique, catholique et soldat* [22] ! Celui-ci est dans le genre noble, le genre *paladin, Itinéraire de Paris à Jérusalem* (Chateaubriand, pardon ! les choses les plus nobles peuvent devenir des moyens de caricature, et les paroles politiques d'un chef d'empire des pétards de rapin). Ce tableau ne peut représenter qu'un personnage qui fait trois choses *à la fois*, se bat, communie et assiste au petit lever de Louis XIV. Peut-être est-ce un guerrier tatoué de fleurs de lys et d'images de dévotion. Mais à quoi bon s'égarer ? Disons simplement que c'est un moyen, perfide et stérile, d'étonnement. Ce qu'il y a de plus déplorable, c'est que le tableau, si singulier que cela puisse paraître, est peut-être bon. *Amour et Gibelotte* aussi. N'ai-je pas remarqué un excellent petit groupe de sculpture dont malheureusement je n'avais pas noté le numéro, et quand j'ai voulu connaître le sujet, j'ai, à quatre reprises et infructueusement, relu le catalogue. Enfin vous m'avez charitablement instruit que cela s'appelait *Toujours et Jamais* [23]. Je me suis senti sincèrement affligé de voir qu'un homme d'un vrai talent cultivât inutilement le rébus.

Je vous demande pardon de m'être diverti quelques instants à la manière des petits journaux. Mais, quelque frivole que vous paraisse la matière, vous y trouverez cependant, en l'examinant bien, un symptôme déplorable. Pour me résumer d'une manière paradoxale, je vous demanderai, à vous et à ceux de mes amis qui sont plus instruits que moi dans l'histoire de l'art, si le goût du bête, le goût du spirituel (qui est la même chose) ont existé de tout temps, si *Appartement à louer* [24] et autres conceptions alambiquées ont paru dans tous les âges pour soulever le même enthousiasme, si la Venise de Véronèse et de Bassan a été affligée par ces logogriphes, si les yeux de Jules Romain, de Michel-Ange, de Bandinelli, ont été effarés par de semblables monstruosités ; je demande, en un mot, si M. Biard est éternel et omniprésent, comme Dieu. Je ne le crois pas, et je considère ces horreurs comme une grâce spéciale attribuée à la race française. Que ses artistes lui en inoculent le goût, cela est vrai ; qu'elle exige d'eux qu'ils satisfassent à ce besoin, cela est non moins vrai ; car si l'artiste abêtit le public, celui-ci le lui rend bien. Ils sont deux termes corrélatifs qui agissent l'un sur l'autre avec une égale puissance. Aussi admirons avec quelle rapidité nous nous enfonçons dans la voie du progrès (j'entends par progrès la domination progressive de la matière) [25], et quelle diffusion merveilleuse se fait tous les jours de l'habileté commune, de celle qui peut s'acquérir par la patience.

Chez nous le peintre naturel, comme le poète naturel, est presque un monstre. Le goût exclusif du Vrai (si noble quand il est limité à ses véritables applications) opprime ici et étouffe le goût du Beau. Où il faudrait ne voir que le Beau (je suppose une belle peinture, et l'on peut aisément deviner celle que je me figure), notre public ne cherche que le Vrai. Il n'est pas artiste, naturellement artiste ; philosophe peut-être, moraliste, ingénieur, amateur d'anecdotes instructives, tout ce qu'on voudra, mais jamais spontanément artiste. Il sent ou plutôt il juge successivement, analytiquement. D'autres peuples, plus favorisés, sentent tout de suite, tout à la fois, synthétiquement.

Je parlais tout à l'heure des artistes qui cherchent à étonner le public. Le désir d'étonner et d'être étonné est très légitime. *It is a happiness to wonder*, « c'est un bonheur d'être étonné » ; mais aussi, *it is a happiness to dream*, « c'est un bonheur de rêver [26] ». Toute la question, si vous exigez que je vous confère le titre d'artiste ou d'amateur des beaux-arts, est donc de savoir par quels procédés vous voulez créer ou sentir l'étonnement. Parce que le Beau est *toujours* étonnant, il serait absurde de supposer que ce qui est étonnant est *toujours* beau. Or notre public, qui est singulièrement impuissant à sentir le bonheur de la rêverie ou de l'admiration (signe des petites âmes), veut être étonné par des moyens étrangers à l'art, et ses artistes obéissants se conforment à son goût ; ils veulent le frapper, le surprendre, le stupéfier par des stratagèmes indignes, parce qu'ils le savent incapable de s'extasier devant la tactique naturelle de l'art véritable.

Dans ces jours déplorables, une industrie nouvelle se produisit, qui ne contribua pas peu à confirmer la sottise dans sa foi et à ruiner ce qui pouvait rester de divin dans l'esprit français. Cette foule idolâtre postulait un idéal digne d'elle et approprié à sa nature, cela est bien entendu. En matière de peinture et de statuaire, le *Credo* actuel des gens du monde, surtout en France (et je ne crois pas que qui que ce soit ose affirmer le contraire), est celui-ci : « Je crois à la nature et je ne crois qu'à la nature (il y a de bonnes raisons pour cela). Je crois que l'art est et ne peut être que la reproduction exacte de la nature (une secte timide et dissidente veut que les objets de nature répugnante soient écartés, ainsi un pot de chambre ou un squelette). Ainsi l'industrie qui nous donnerait un résultat identique à la nature serait l'art absolu. » Un Dieu vengeur a exaucé les vœux de cette multitude. Daguerre fut son messie. Et alors elle se dit : « Puisque la photographie nous donne toutes les garanties désirables d'exactitude (ils croient cela, les insensés !), l'art, c'est la photographie. » À partir de ce moment, la société immonde se rua, comme un seul Narcisse, pour contempler sa triviale image sur le métal. Une folie, un fanatisme extraordinaire s'empara de tous ces nouveaux adorateurs du soleil. D'étranges abominations se produisirent. En associant et en groupant des drôles et des drôlesses, attifés comme les bouchers et les blanchisseuses dans le carnaval, en priant ces *héros* de vouloir bien continuer, pour le temps nécessaire à l'opération, leur grimace de circonstance, on se flatta de rendre les scènes, tragiques ou gracieuses, de l'histoire ancienne. Quelque écrivain démocrate a dû voir là le moyen, à bon marché, de répandre dans le peuple le dégoût de l'histoire et de la peinture, commettant ainsi un double sacrilège et insultant à la fois la divine peinture et l'art sublime du comédien. Peu de temps après, des milliers d'yeux avides se penchaient sur les trous du stéréoscope comme sur les lucarnes de l'infini. L'amour de l'obscénité, qui est aussi vivace dans le cœur naturel de l'homme que l'amour de soi-même, ne laissa pas échapper une si belle occasion de se satisfaire. Et qu'on ne dise pas que les enfants qui reviennent de l'école prenaient seuls plaisir à ces sottises ; elles furent l'engouement du monde. J'ai entendu une belle dame, une dame du beau monde, non pas du mien, répondre à ceux qui lui cachaient discrètement de pareilles images, se chargeant ainsi d'avoir de la pudeur pour elle : « Donnez toujours ; il n'y a rien de trop fort pour moi. » Je jure que j'ai entendu cela ; mais qui me croira ? « Vous voyez bien que ce sont de grandes dames ! » dit Alexandre Dumas. « Il y en a de plus grandes encore ! » dit Cazotte [27].

Comme l'industrie photographique était le refuge de tous les peintres manqués, trop mal doués ou trop paresseux pour achever leurs études, cet universel engouement portait non seulement le caractère de l'aveuglement et de l'imbécillité, mais avait aussi la couleur d'une vengeance. Qu'une si stupide conspiration, dans laquelle on trouve, comme dans toutes les autres, les méchants et les dupes, puisse réussir d'une manière absolue, je ne le crois pas, ou du moins je ne veux pas le croire ; mais je suis convaincu que les progrès mal appliqués de la photographie ont beaucoup contribué, comme d'ailleurs tous les progrès purement matériels, à l'appauvrissement du génie artistique français, déjà si rare. La Fatuité moderne aura beau rugir, éructer tous les borborygmes de sa ronde personnalité, vomir tous les sophismes indigestes dont une philosophie récente l'a bourrée à gueule-que-veux-tu, cela tombe sous le sens que l'industrie, faisant irruption dans l'art, en devient la plus mortelle ennemie, et que la confusion des fonctions empêche qu'aucune soit bien remplie. La poésie et le progrès sont deux ambitieux qui se haïssent d'une haine instinctive, et, quand ils se rencontrent dans le même chemin, il faut que l'un des deux serve l'autre. S'il est permis à la photographie de suppléer l'art dans quelques-unes de ses fonctions, elle l'aura bientôt supplanté ou corrompu tout à fait, grâce à l'alliance naturelle qu'elle trouvera dans la sottise de la multitude. Il faut donc qu'elle rentre dans son véritable devoir, qui est d'être la servante des sciences et des arts, mais la très humble servante, comme l'imprimerie et la sténographie, qui n'ont ni créé ni suppléé la littérature. Qu'elle enrichisse rapidement l'album du voyageur et rende à ses yeux la précision qui manquerait à sa mémoire [28], qu'elle orne la bibliothèque du naturaliste, exagère les animaux microscopiques, fortifie même de quelques renseignements les hypothèses de l'astronome ; qu'elle soit enfin le secrétaire et le garde-note de quiconque a besoin dans sa profession d'une absolue exactitude matérielle, jusque-là rien de mieux. Qu'elle sauve de l'oubli les ruines pendantes, les livres, les estampes et les manuscrits que le temps dévore, les choses précieuses dont la forme va disparaître et qui demandent une place dans les archives de notre mémoire, elle sera remerciée et applaudie. Mais s'il lui est permis d'empiéter sur le domaine de l'impalpable et de l'imaginaire, sur tout ce qui ne vaut que parce que l'homme y ajoute de son âme, alors malheur à nous !

Je sais bien que plusieurs me diront : « La maladie que vous venez d'expliquer est celle des imbéciles. Quel homme, digne du nom d'artiste, et quel amateur véritable a jamais confondu l'art avec l'industrie [29] ? » Je le sais, et cependant je leur demanderai à mon tour s'ils croient à la contagion du bien et du mal, à l'action des foules sur les individus et à l'obéissance involontaire, forcée, de l'individu à la foule. Que l'artiste agisse sur le public, et que le public réagisse sur l'artiste, c'est une loi incontestable et irrésistible ; d'ailleurs les faits, terribles témoins, sont faciles à étudier ; on peut constater le désastre. De jour en jour l'art diminue le respect de lui-même, se prosterne devant la réalité extérieure, et le peintre devient de plus en plus enclin à peindre, non pas ce qu'il rêve, mais ce qu'il voit. Cependant *c'est un bonheur de rêver*, et c'était une gloire d'exprimer ce qu'on rêvait ; mais, que dis-je ! connaît-il encore ce bonheur ?

L'observateur de bonne foi affirmera-t-il que l'invasion de la photographie et la grande folie industrielle sont tout à fait étrangères à ce résultat déplorable ?

Est-il permis de supposer qu'un peuple dont les yeux s'accoutument à considérer les résultats d'une science matérielle comme les produits du beau n'a pas singulièrement, au bout d'un certain temps, diminué la faculté de juger et de sentir, ce qu'il y a de plus éthéré et de plus immatériel ?

III

LA REINE DES FACULTÉS

Dans ces derniers temps nous avons entendu dire de mille manières différentes : « Copiez la nature ; ne copiez que la nature. Il n'y a pas de plus grande jouissance ni de plus beau triomphe qu'une copie excellente de la nature. » Et cette doctrine, ennemie de l'art, prétendait être appliquée non seulement à la peinture, mais à tous les arts, même au roman, même à la poésie. À ces doctrinaires si satisfaits de la nature un homme imaginatif aurait certainement eu le droit de répondre : « Je trouve inutile et fastidieux de représenter ce qui est, parce que rien de ce qui est ne me satisfait. La nature est laide, et je préfère les monstres de ma fantaisie à la trivialité positive. » Cependant il eût été plus philosophique de demander aux doctrinaires en question, d'abord s'ils sont bien certains de l'existence de la nature extérieure, ou, si cette question eût paru trop bien faite pour réjouir leur causticité, s'ils sont bien sûrs de connaître *toute la nature*, tout ce qui est contenu dans la nature. Un oui eût été la plus fanfaronne et la plus extravagante des réponses. Autant que j'ai pu comprendre ces singulières et avilissantes divagations, la doctrine voulait dire, je lui fais l'honneur de croire qu'elle voulait dire : L'artiste, le vrai artiste, le vrai poète, ne doit peindre que selon qu'il voit et qu'il sent. Il doit être *réellement* fidèle à sa propre nature. Il doit éviter comme la mort d'emprunter les yeux et les sentiments d'un autre homme, si grand qu'il soit ; car alors les productions qu'il nous donnerait seraient, relativement à lui, des mensonges, et non des *réalités*. Or, si les pédants dont je parle (il y a de la pédanterie même dans la bassesse), et qui ont des représentants partout, cette théorie flattant également l'impuissance et la paresse, ne voulaient pas que la chose fût entendue ainsi, croyons simplement qu'ils voulaient dire : « Nous n'avons pas d'imagination, et nous décrétons que personne n'en aura. »

Mystérieuse faculté que cette reine des facultés ! Elle touche à toutes les autres ; elle les excite, elle les envoie au combat. Elle leur ressemble quelquefois au point de se confondre avec elles, et cependant elle est toujours bien elle-même, et les hommes qu'elle n'agite pas sont facilement reconnaissables à je ne sais quelle malédiction qui dessèche leurs productions comme le figuier de l'Évangile.

Elle est l'analyse, elle est la synthèse ; et cependant des hommes habiles dans l'analyse et suffisamment aptes à faire un résumé peuvent être privés d'imagination. Elle est cela, et elle n'est pas tout à fait cela. Elle est la sensibilité, et pourtant il y a des personnes très sensibles, trop sensibles peut-être, qui en sont privées. C'est l'imagination qui a enseigné à l'homme le sens moral de la couleur, du contour, du son et du parfum. Elle a créé, au commencement du monde, l'analogie et la métaphore. Elle décompose toute la création, et, avec les matériaux amassés et disposés suivant des règles dont on ne peut trouver l'origine que dans le plus profond de l'âme, elle crée un monde nouveau, elle produit la sensation du neuf. Comme elle a créé le monde (on peut bien dire cela, je crois, même dans un sens religieux), il est juste qu'elle le gouverne. Que dit-on d'un guerrier sans imagination ? Qu'il peut faire un excellent soldat, mais que, s'il commande des armées, il ne fera pas de conquêtes. Le cas peut se comparer à celui d'un poète ou d'un romancier qui enlèverait à l'imagination le commandement des facultés pour le donner, par exemple, à la connaissance de la langue ou à l'observation des faits. Que dit-on d'un diplomate sans imagination ? Qu'il peut très bien connaître l'histoire des traités et des alliances dans le passé, mais qu'il ne devinera pas les traités et les alliances contenus dans l'avenir. D'un savant sans imagination ? Qu'il a appris tout ce qui, ayant été enseigné, pouvait être appris, mais qu'il ne trouvera pas les lois non encore devinées. L'imagination est la reine du vrai, et le *possible* est une des provinces du vrai. Elle est positivement apparentée avec l'infini.

Sans elle, toutes les facultés, si solides ou si aiguisées qu'elles soient, sont comme si elles n'étaient pas, tandis que la faiblesse de quelques facultés secondaires, excitées par une imagination vigoureuse, est un malheur secondaire. Aucune ne peut se passer d'elle, et elle peut suppléer quelques-unes. Souvent ce que celles-ci cherchent et ne trouvent qu'après les essais successifs de plusieurs méthodes non adaptées à la nature des choses, fièrement et simplement elle le devine. Enfin elle joue un rôle puissant même dans la morale ; car, permettez-moi d'aller jusque-là, qu'est-ce que la vertu sans imagination ? Autant dire la vertu sans la pitié, la vertu sans le ciel ; quelque chose de dur, de cruel, de stérilisant, qui, dans certains pays, est devenu la bigoterie, et dans certains autres le protestantisme.

Malgré tous les magnifiques privilèges que j'attribue à l'imagination, je ne ferai pas à vos lecteurs l'injure de leur expliquer que mieux elle est secourue et plus elle est puissante, et que ce qu'il y a de plus fort dans les batailles avec l'idéal, c'est une belle imagination disposant d'un immense magasin d'observations. Cependant, pour revenir à ce que je disais tout à l'heure relativement à cette permission de suppléer que doit l'imagination à son origine divine, je veux vous citer un exemple, un tout petit exemple, dont vous ne ferez pas mépris, je l'espère. Croyez-vous que l'auteur d'*Antony*, du *Comte Hermann*, de *Monte-Cristo*, soit un savant ? Non, n'est-ce pas ? Croyez-vous qu'il soit versé dans la pratique des arts, qu'il en ait fait une étude patiente ? Pas davantage. Cela serait même, je crois, antipathique à sa nature. Eh bien, il est un exemple qui prouve que l'imagination, quoique non servie par la pratique et la connaissance des termes techniques, ne peut pas proférer de sottises hérétiques en une matière qui est, pour la plus grande partie, de son ressort. Récemment je me trouvais dans un wagon [30], et je rêvais à l'article que j'écris présentement ; je rêvais surtout à ce singulier renversement des choses qui a permis, dans un siècle, il est vrai, où, pour le châtiment de l'homme, tout lui a été permis, de mépriser la plus honorable et la plus utile des facultés morales, quand je vis, traînant sur un coussin voisin, un numéro égaré de *L'Indépendance belge.* Alexandre Dumas s'était chargé d'y faire le compte rendu des ouvrages du Salon [31]. La circonstance me commandait la curiosité. Vous pouvez deviner quelle fut ma joie quand je vis mes rêveries pleinement vérifiées par un exemple que me fournissait le hasard. Que cet homme, qui a l'air de représenter la vitalité universelle, louât magnifiquement une époque qui fut pleine de vie, que le créateur du drame romantique chantât, sur un ton qui ne manquait pas de grandeur, je vous assure, le temps heureux où, à côté de la nouvelle école littéraire, florissait la nouvelle école de peinture : Delacroix, les Devéria [32], Boulanger [33], Poterlet [34], Bonington [35], etc., le beau sujet d'étonnement ! direz-vous. C'est bien là son affaire ! *Laudator temporis acti* ! Mais qu'il louât spirituellement Delacroix, qu'il expliquât nettement le genre de folie de ses adversaires, et qu'il allât plus loin même, jusqu'à montrer en quoi péchaient les plus forts parmi les peintres de plus récente célébrité ; que lui, Alexandre Dumas, si abandonné, si coulant, montrât si bien, par exemple, que Troyon n'a pas de génie et ce qui lui manque même pour simuler le génie, dites-moi, mon cher ami, trouvez-vous cela aussi simple ? Tout cela, sans doute, était écrit avec ce *lâché* dramatique dont il a pris l'habitude en causant avec son innombrable auditoire ; mais cependant que de grâce et de soudaineté dans l'expression du vrai ! Vous avez fait déjà ma conclusion : Si Alexandre Dumas, qui n'est pas un savant, ne possédait pas heureusement une riche imagination, il n'aurait dit que des sottises ; il a dit des choses sensées et les a bien dites, parce que... (il faut bien achever) parce que l'imagination, grâce à sa nature suppléante, contient l'esprit critique.

Il reste, cependant, à mes contradicteurs une ressource, c'est d'affirmer qu'Alexandre Dumas n'est pas l'auteur de son *Salon.* Mais cette insulte est si vieille et cette ressource si banale, qu'il faut l'abandonner aux amateurs de friperie, aux faiseurs de *courriers* et de *chroniques.* S'ils ne l'ont pas déjà ramassée, ils la ramasseront.

Nous allons entrer plus intimement dans l'examen des fonctions de cette faculté *cardinale* (sa richesse ne rappelle-t-elle pas des idées de pourpre ?). Je vous raconterai simplement ce que j'ai appris de la bouche d'un maître homme [36], et, de même qu'à cette époque je vérifiais, avec la joie d'un homme qui s'instruit, ses préceptes si simples sur toutes les peintures qui tombaient sous mon regard, nous pourrons les appliquer successivement, comme une pierre de touche, sur quelques-uns de nos peintres.

IV

LE GOUVERNEMENT DE L'IMAGINATION

Hier soir, après vous avoir envoyé les dernières pages de ma lettre, où j'avais écrit, mais non sans une certaine timidité : *Comme l'imagination a créé le monde, elle le gouverne,* je feuilletais *La Face nocturne de la Nature* [37] et je tombai sur ces lignes, que je cite uniquement parce qu'elles sont la paraphrase justificative de la ligne qui m'inquiétait : « *By imagination, I do not simply mean to convey the common notion implied by that much abused word, which is only* fancy, *but the* constructive *imagination, which is a much higher function, and which, in as much as man is made in the like-*

ness of God, bears a distant relation to that sublime power by which the Creator projects, creates, and upholds his universe. » – « Par imagination, je ne veux pas seulement exprimer l'idée commune impliquée dans ce mot dont on fait si grand abus, laquelle est simplement *fantaisie*, mais bien l'imagination *créatrice*, qui est une fonction beaucoup plus élevée, et qui, en tant que l'homme est fait à la ressemblance de Dieu, garde un rapport éloigné avec cette puissance sublime par laquelle le Créateur conçoit, crée et entretient son univers. » Je ne suis pas du tout honteux, mais au contraire très heureux de m'être rencontré avec cette excellente Mme Crowe, de qui j'ai toujours admiré et envié la faculté de croire, aussi développée en elle que chez d'autres la défiance.

Je disais que j'avais entendu, il y a longtemps déjà, un homme vraiment savant et profond dans son art exprimer sur ce sujet les idées les plus vastes et cependant les plus simples. Quand je le vis pour la première fois, je n'avais pas d'autre expérience que celle que donne un amour excessif ni d'autre raisonnement que l'instinct. Il est vrai que cet amour et cet instinct étaient passablement vifs ; car, très jeunes, mes yeux remplis d'images peintes ou gravées n'avaient jamais pu se rassasier, et je crois que les mondes pourraient finir, *impavidum ferient* [38], avant que je devienne iconoclaste. Évidemment il voulut être plein d'indulgence et de complaisance ; car nous causâmes tout d'abord de lieux communs, c'est-à-dire des questions les plus vastes et les plus profondes. Ainsi, de la nature, par exemple. « La nature n'est qu'un dictionnaire », répétait-il fréquemment. Pour bien comprendre l'étendue du sens impliqué dans cette phrase, il faut se figurer les usages nombreux et ordinaires du dictionnaire. On y cherche le sens des mots, la génération des mots, l'étymologie des mots ; enfin on en extrait tous les éléments qui composent une phrase et un récit ; mais personne n'a jamais considéré le dictionnaire comme une composition dans le sens poétique du mot. Les peintres qui obéissent à l'imagination cherchent dans leur dictionnaire les éléments qui s'accordent à leur conception ; encore, en les ajustant avec un certain art, leur donnent-ils une physionomie toute nouvelle. Ceux qui n'ont pas d'imagination copient le dictionnaire. Il en résulte un très grand vice, le vice de la banalité, qui est plus particulièrement propre à ceux d'entre les peintres que leur spécialité rapproche davantage de la nature extérieure, par exemple les paysagistes, qui généralement considèrent comme un triomphe de ne pas montrer leur personnalité. À force de contempler, ils oublient de sentir et de penser.

Pour ce grand peintre, toutes les parties de l'art, dont l'un prend celle-ci et l'autre celle-là pour la principale, n'étaient, ne sont, veux-je dire, que les très humbles servantes d'une faculté unique et supérieure.

Si une exécution très nette est nécessaire, c'est pour que le langage du rêve soit très nettement traduit ; qu'elle soit très rapide, c'est pour que rien ne se perde de l'impression extraordinaire qui accompagnait la conception ; que l'attention de l'artiste se porte même sur la propreté matérielle des outils, cela se conçoit sans peine, toutes les précautions devant être prises pour rendre l'exécution agile et décisive.

Dans une pareille méthode, qui est essentiellement logique, tous les personnages, leur disposition relative, le paysage ou l'intérieur qui leur sert de fond ou d'horizon, leurs vêtements, tout enfin doit servir à illuminer l'idée génératrice et porter encore sa couleur originelle, sa livrée, pour ainsi dire. Comme un rêve est placé dans une atmosphère qui lui est propre, de même une conception, devenue composition, a besoin de se mouvoir dans un milieu coloré qui lui soit particulier. Il y a évidemment un ton particulier attribué à une partie quelconque du tableau qui devient clef et qui gouverne les autres. Tout le monde sait que le jaune, l'orangé, le rouge, inspirent et représentent des idées de joie, de richesse, de gloire et d'amour ; mais il y a des milliers d'atmosphères jaunes ou rouges, et toutes les autres couleurs seront affectées logiquement et dans une quantité proportionnelle par l'atmosphère dominante. L'art du coloriste tient évidemment par de certains côtés aux mathématiques et à la musique. Cependant ses opérations les plus délicates se font par un sentiment auquel un long exercice a donné une sûreté inqualifiable. On voit que cette grande loi d'harmonie générale condamne bien des papillotages et bien des crudités, même chez les peintres les plus illustres. Il y a des tableaux de Rubens qui non seulement font penser à un feu d'artifice coloré, mais même à plusieurs feux d'artifice tirés sur le même emplacement. Plus un tableau est grand, plus la touche doit être large, cela va sans dire ; mais il est bon que les touches ne soient pas matériellement fondues ; elles se fondent naturellement à une distance voulue par la loi sympathique qui les a associées. La couleur obtient ainsi plus d'énergie et de fraîcheur.

Un bon tableau, fidèle et égal au rêve qui l'a enfanté, doit être produit comme un monde. De même que la création, telle que nous la voyons, est le résultat de plusieurs créations dont les précédentes sont toujours complétées par la suivante ; ainsi un tableau conduit harmoniquement consiste en une série de tableaux superposés, chaque nouvelle couche donnant au rêve plus de réalité et le faisant monter d'un degré vers la perfection. Tout au contraire, je me rappelle avoir vu dans les ateliers de Paul Delaroche et d'Horace Vernet de vastes tableaux, non pas ébauchés, mais commencés, c'est-à-dire absolument finis dans de certaines parties, pendant que certaines autres n'étaient encore indiquées que par un contour noir ou blanc. On pourrait comparer ce genre d'ouvrage à un travail purement manuel qui doit couvrir une certaine quantité d'espace en un temps déterminé, ou à une longue route divisée en un grand nombre d'étapes. Quand une étape est faite, elle n'est plus à faire, et quand toute la route est parcourue, l'artiste est délivré de son tableau.

Tous ces préceptes sont évidemment modifiés plus ou moins par le tempérament varié des artistes. Cependant je suis convaincu que c'est là la méthode la plus sûre pour les imaginations riches. Conséquemment, de trop grands écarts faits hors de la méthode en question témoignent d'une importance anormale et injuste donnée à quelque partie secondaire de l'art.

Je ne crains pas qu'on dise qu'il y a absurdité à supposer une même éducation appliquée à une foule d'individus différents. Car il est évident que les rhétoriques et les prosodies ne sont pas des tyrannies inventées arbitrairement, mais une collection de règles réclamées par l'organisation même de l'être spirituel. Et jamais les prosodies et les rhétoriques n'ont empêché l'originalité de se produire distinctement. Le contraire, à savoir qu'elles ont aidé l'éclosion de l'originalité, serait infiniment plus vrai.

Pour être bref, je suis obligé d'omettre une foule de corollaires résultant de la formule principale, où est, pour ainsi dire, contenu tout le formulaire de la véritable esthétique, et qui peut être exprimée ainsi : Tout l'univers visible n'est qu'un magasin d'images et de signes auxquels l'imagination donnera une place et une valeur relative ; c'est une espèce de pâture que l'imagination doit digérer et transformer. Toutes les facultés de l'âme humaine doivent être subordonnées à l'imagination, qui les met en réquisition toutes à la fois. De même que bien connaître le dictionnaire n'implique pas nécessairement la connaissance de l'art de la composition, et que l'art de la composition lui-même n'implique pas l'imagination universelle, ainsi un bon peintre peut n'être pas un grand peintre. Mais un grand peintre est forcément un bon peintre, parce que l'imagination universelle renferme l'intelligence de tous les moyens et le désir de les acquérir.

Il est évident que, d'après les notions que je viens d'élucider tant bien que mal (il y aurait encore tant de choses à dire, particulièrement sur les parties concordantes de tous les arts et les ressemblances dans leurs méthodes !), l'immense classe des artistes, c'est-à-dire des hommes qui se sont voués à l'expression de l'art, peut se diviser en deux camps bien distincts : celui-ci, qui s'appelle lui-même *réaliste*, mot à double entente et dont le sens n'est pas bien déterminé, et que nous appellerons, pour mieux caractériser son erreur, un *positiviste*, dit : « Je veux représenter les choses telles qu'elles sont, ou bien qu'elles seraient, en supposant que je n'existe pas. » L'univers sans l'homme. Et celui-là, l'imaginatif, dit : « Je veux illuminer les choses avec mon esprit et en projeter le reflet sur les autres esprits. » Bien que ces deux méthodes absolument contraires puissent agrandir ou amoindrir tous les sujets, depuis la scène religieuse jusqu'au plus modeste paysage, toutefois l'homme d'imagination a dû généralement se produire dans la peinture religieuse et dans la fantaisie, tandis que la peinture dite de genre et le paysage devaient offrir en apparence de vastes ressources aux esprits paresseux et difficilement excitables.

Outre les imaginatifs et les soi-disant réalistes, il y a encore une classe d'hommes, timides et obéissants, qui mettent tout leur orgueil à obéir à un code de fausse dignité. Pendant que ceux-ci croient représenter la nature et que ceux-là veulent peindre leur âme, d'autres se conforment à des règles de pure convention, tout à fait arbitraires, non tirées de l'âme humaine, et simplement imposées par la routine d'un atelier célèbre. Dans cette classe très nombreuse, mais si peu intéressante, sont compris les faux amateurs de l'antique, les faux amateurs du style, et en un mot tous les hommes qui par leur impuissance ont élevé le poncif aux honneurs du style.

V

RELIGION, HISTOIRE, FANTAISIE

À chaque nouvelle exposition, les critiques remarquent que les peintures religieuses font de plus en plus défaut. Je ne sais s'ils ont raison quant au nombre ; mais certainement ils ne se trompent pas quant à la qualité. Plus d'un écrivain religieux, naturellement enclin, comme les écrivains démocrates, à suspendre le beau à la croyance, n'a pas manqué d'attribuer à l'absence de foi cette difficulté d'exprimer les choses de la foi. Erreur qui pourrait être philosophiquement démontrée, si les faits ne nous prouvaient pas suffisamment le contraire, et si l'histoire de la peinture ne nous offrait pas des artistes impies et athées produisant d'excellentes œuvres religieuses. Disons donc simplement que la religion étant la plus haute *fiction* de l'esprit humain (je parle exprès comme parlerait un athée professeur de beaux-arts, et rien n'en doit être conclu contre ma foi), elle réclame de ceux qui se vouent à l'expression de ses actes et de ses sentiments l'imagination la plus vigoureuse et les efforts les plus tendus. Ainsi le personnage de Polyeucte exige du poète et du comédien une ascension spirituelle et un enthousiasme beaucoup plus vif que tel personnage vulgaire épris d'une vulgaire créature de la terre, ou même qu'un héros purement politique. La seule concession qu'on puisse raisonnablement faire aux partisans de la théorie qui considère la foi comme l'unique source d'inspiration religieuse, est que le poète, le comédien et l'artiste, au moment où ils exécutent l'ouvrage en question, croient à la réalité de ce qu'ils représentent, échauffés qu'ils sont par la nécessité. Ainsi l'art est le seul domaine spirituel où l'homme puisse dire : « Je croirai si je veux, et si je ne veux pas, je ne croirai pas. » La cruelle et humiliante maxime : *Spiritus flat ubi vult*, perd ses droits en matière d'art.

J'ignore si MM. Legros [39] et Amand Gautier [40] possèdent la foi comme l'entend l'Église, mais très certainement ils ont eu, en composant chacun un excellent ouvrage de piété, la foi suffisante pour l'objet en vue. Ils ont prouvé que, même au XIXe siècle, l'artiste peut produire un bon tableau de religion, pourvu que son imagination soit apte à s'élever jusque-là. Bien que les peintures plus importantes d'Eugène Delacroix nous attirent et nous réclament, j'ai trouvé bon, mon cher M***, de citer tout d'abord deux noms inconnus ou peu connus. La fleur oubliée ou ignorée ajoute à son parfum naturel le parfum paradoxal de son obscurité, et sa valeur positive est augmentée par la joie de l'avoir découverte. J'ai peut-être tort d'ignorer entièrement M. Legros, mais j'avouerai que je n'avais encore vu aucune production signée de son nom. La première fois que j'aperçus son tableau, j'étais avec notre ami commun, M. C..., dont j'attirai les yeux sur cette production si humble et si pénétrante. Il n'en pouvait pas nier les singuliers mérites ; mais cet aspect *villageois*, tout ce petit monde vêtu de velours, de coton, d'indienne et de cotonnade que l'*Angelus* rassemble le soir sous la voûte de l'église de nos grandes villes, avec ses sabots et ses parapluies, tout voûté par le travail, tout ridé par l'âge, tout parcheminé par la brûlure du chagrin, troublait un peu ses yeux, amoureux, comme ceux d'un bon connaisseur, des beautés élégantes et mondaines. Il obéissait évidemment à cette humeur française qui craint surtout d'être dupe, et qu'a si cruellement raillée l'écrivain français [41] qui en était le plus singulièrement obsédé. Cependant l'esprit du vrai critique, comme l'esprit du vrai poète, doit être ouvert à toutes les beautés ; avec la même facilité il jouit de la grandeur éblouissante de César triomphant et de la grandeur du pauvre habitant des faubourgs incliné sous le regard de son Dieu. Comme les voilà bien *revenues* et retrouvées les sensations de rafraîchissement qui habitent les voûtes de l'église catholique, et l'humilité qui jouit d'elle-même, et la confiance du pauvre dans le Dieu juste, et l'espérance du secours, si ce n'est l'oubli des infortunes présentes ! Ce qui prouve que M. Legros est un esprit vigoureux, c'est que l'accoutrement vulgaire de son sujet ne nuit pas du tout à la grandeur morale du même sujet, mais qu'au contraire la trivialité est ici comme un assaisonnement dans la charité et la tendresse. Par une association mystérieuse que les esprits délicats comprendront, l'enfant grotesquement habillé qui tortille avec gaucherie sa casquette dans le temple de Dieu, m'a fait penser à l'âne de Sterne et à ses macarons. Que l'âne soit comique en mangeant un gâteau, cela ne diminue rien de la sensation d'attendrissement qu'on éprouve en voyant le misérable esclave de la ferme cueillir quelques douceurs dans la main d'un philosophe. Ainsi l'enfant du pauvre, tout embarrassé de sa contenance, goûte, en tremblant, aux confitures célestes. J'oubliais de dire que l'exécution de cette œuvre pieuse est d'une remarquable solidité ; la couleur un peu triste et la minutie des détails s'harmonisent avec le caractère éternellement *précieux* de la dévotion. M. C... me fit remarquer que les fonds ne fuyaient pas assez loin et que les personnages semblaient un peu plaqués sur la décoration qui les entoure. Mais ce défaut, je l'avoue, en me rappelant l'ardente naïveté des vieux tableaux, fut pour moi comme un charme de plus. Dans une œuvre moins intime et moins pénétrante, il n'eût pas été tolérable.

M. Amand Gautier est l'auteur d'un ouvrage qui avait déjà, il y a quelques années, frappé les yeux de la critique, ouvrage remarquable à bien des égards, refusé, je crois, par le jury, mais qu'on put étudier aux vitres d'un des principaux marchands du boulevard : je veux parler d'une cour d'un *Hôpital de folles* ; sujet qu'il avait traité, non pas selon la méthode philosophique et germanique, celle de Kaulbach [42], par exemple, qui fait penser aux catégories d'Aristote, mais avec le sentiment dramatique français, uni à une observation fidèle et intelligente. Les amis de l'auteur disent que *tout* dans l'ouvrage était minutieusement exact : têtes, gestes, physionomies, et copié d'après la nature. Je ne le crois pas, d'abord parce que j'ai surpris dans l'arrangement du tableau des symptômes du contraire, et ensuite parce que ce qui est positivement et universellement exact n'est jamais admirable. Cette année-ci, M. Amand Gautier a exposé un unique ouvrage qui porte simplement pour titre les *Sœurs de charité*. Il faut une véritable puissance pour dégager la poésie sensible contenue dans ces longs vêtements uniformes, dans ces coiffures rigides et dans ces attitudes modestes et sérieuses comme la vie des personnes de religion. Tout dans le tableau de M. Gautier concourt au développement de la pensée principale : ces longs murs blancs, ces arbres correctement alignés, cette façade simple jusqu'à la pauvreté, les attitudes droites et sans coquetterie féminine, tout ce sexe réduit à la discipline comme le soldat, et dont le visage brille tristement des pâleurs rosées de la virginité consacrée, donnent la sensation de l'éternel, de l'invariable, du devoir agréable dans sa monotonie. J'ai éprouvé, en étudiant cette toile peinte avec une touche large et simple comme le sujet, ce je ne sais quoi que jettent dans l'âme certains Lesueur et les meilleurs Philippe de Champagne, ceux qui expriment les habitudes monastiques. Si, parmi les personnes qui me lisent, quelques-unes voulaient chercher ces tableaux, je crois bon de les avertir qu'elles les trouveront au bout de la galerie, dans la partie gauche du bâtiment, au fond d'un vaste salon carré où l'on a interné une multitude de toiles innommables, soi-disant religieuses pour la plupart. L'aspect de ce salon est si froid, que les promeneurs y sont plus rares, comme dans un coin de jardin que le soleil ne visite pas. C'est dans ce capharnaüm de faux *ex-voto*, dans cette immense voie lactée de plâtreuses sottises, qu'ont été reléguées ces deux modestes toiles.

L'imagination de Delacroix ! Celle-là n'a jamais craint d'escalader les hauteurs difficiles de la religion ; le ciel lui appartient, comme l'enfer, comme la guerre, comme l'Olympe, comme la volupté. Voilà bien le type du peintre-poète ! Il est bien un des rares élus, et l'étendue de son esprit comprend la religion dans son domaine. Son imagination, ardente comme les chapelles ardentes, brille de toutes les flammes et de toutes les pourpres. Tout ce qu'il y a de douleur dans la *passion* le passionne ; tout ce qu'il y a de splendeur dans l'Église l'illumine. Il verse tour à tour sur ses toiles inspirées le sang, la lumière et les ténèbres. Je crois qu'il ajouterait volontiers, comme surcroît, son faste naturel aux majestés de l'Évangile. J'ai vu une petite *Annonciation* [43], de Delacroix, où l'ange visitant

Marie n'était pas seul, mais conduit en cérémonie par deux autres anges, et l'effet de cette cour céleste était puissant et charmant. Un de ses tableaux de jeunesse, le *Christ aux Oliviers* [44] (« Seigneur, détournez de moi ce calice », à Saint-Paul, rue Saint-Antoine), ruisselle de tendresse féminine et d'onction poétique. La douleur et la pompe, qui éclatent si haut dans la religion, font toujours écho dans son esprit.

Eh bien, mon cher ami, cet homme extraordinaire qui a lutté avec Scott, Byron, Goethe, Shakespeare, Arioste, Tasse, Dante et l'Évangile, qui a illuminé l'histoire des rayons de sa palette et versé sa fantaisie à flots dans nos yeux éblouis, cet homme, avancé dans le nombre de ses jours, mais marqué d'une opiniâtre jeunesse, qui depuis l'adolescence a consacré tout son temps à exercer sa main, sa mémoire et ses yeux pour préparer des armes plus sûres à son imagination, ce génie a trouvé récemment un professeur pour lui enseigner son art, dans un jeune *chroniqueur* dont le sacerdoce s'était jusque-là borné à rendre compte de la robe de madame une telle au dernier bal de l'Hôtel de Ville. Ah ! les chevaux *roses*, ah ! les paysans *lilas*, ah ! les fumées *rouges* (quelle audace, une fumée rouge !), ont été traités d'une *verte* façon. L'œuvre de Delacroix a été mis en poudre et jeté aux quatre vents du ciel. Ce genre d'articles, parlé d'ailleurs dans tous les salons bourgeois, commence invariablement par ces mots : « Je dois dire que je n'ai pas la prétention d'être un connaisseur, les mystères de la peinture me sont lettre close, *mais cependant*, etc. » (en ce cas, pourquoi en parler ?) et finit généralement par une phrase pleine d'aigreur qui équivaut à un regard d'envie jeté sur les bienheureux qui comprennent l'incompréhensible.

Qu'importe, me direz-vous, qu'importe la sottise si le génie triomphe ? Mais, mon cher, il n'est pas superflu de mesurer la force de résistance à laquelle se heurte le génie, et toute l'importance de ce jeune chroniqueur se réduit, mais c'est bien suffisant, à représenter l'esprit moyen de la bourgeoisie. Songez donc que cette comédie se joue contre Delacroix depuis 1822, et que depuis cette époque, toujours exact au rendez-vous, votre peintre nous a donné à chaque exposition plusieurs tableaux parmi lesquels il y avait au moins un chef-d'œuvre, montrant infatigablement, pour me servir de l'expression polie et indulgente de M. Thiers, « cet élan de la supériorité qui ranime les espérances un peu découragées *par le mérite trop modéré de tout le reste* [45] ». Et il ajoutait plus loin : « Je ne sais quel souvenir des grands artistes me *saisit* à l'aspect de ce tableau (*Dante et Virgile*). Je retrouve cette puissance sauvage, ardente, mais naturelle, qui cède sans effort à son propre entraînement... Je ne crois pas m'y tromper, M. Delacroix *a reçu le génie* ; qu'il avance avec assurance, qu'il se livre aux *immenses* travaux, condition *indispensable* du talent... » Je ne sais pas combien de fois dans sa vie M. Thiers a été prophète, mais il le fut ce jour-là. Delacroix s'est livré aux *immenses travaux*, et il n'a pas désarmé l'opinion. À voir cet épanchement majestueux, intarissable, de peinture, il serait facile de deviner l'homme à qui j'entendais dire un soir : « Comme tous ceux de mon âge, j'ai connu plusieurs passions ; mais ce n'est que dans le travail que je me suis senti parfaitement heureux. » Pascal dit que les toges, la pourpre et les panaches ont été très heureusement inventés pour imposer au vulgaire, pour marquer d'une étiquette ce qui est vraiment respectable ; et cependant les distinctions officielles dont Delacroix a été l'objet n'ont pas fait taire l'ignorance. Mais à bien regarder la chose, pour les gens qui, comme moi, veulent que les affaires d'art ne se traitent qu'entre aristocrates et qui croient que c'est la rareté des élus qui fait le paradis, tout est ainsi pour le mieux. Homme privilégié ! la Providence lui garde des ennemis en réserve. Homme heureux parmi les heureux ! non seulement son talent triomphe des obstacles, mais il en fait naître de nouveaux pour en triompher encore ! Il est aussi grand que les anciens, dans un siècle et dans un pays où les anciens n'auraient pas pu vivre. Car, lorsque j'entends porter jusqu'aux étoiles des hommes comme Raphaël et Véronèse, avec une intention visible de diminuer le mérite qui s'est produit après eux, tout en accordant mon enthousiasme à ces grandes ombres qui n'en ont pas besoin, je me demande si un mérite, qui est *au moins* l'égal du leur (admettons un instant, par pure complaisance, qu'il lui soit inférieur), n'est pas infiniment plus *méritant*, puisqu'il s'est victorieusement développé dans une atmosphère et un terroir hostiles ? Les nobles artistes de la Renaissance eussent été bien coupables de n'être pas grands, féconds et sublimes, encouragés et excités qu'ils étaient par une compagnie illustre de seigneurs et de prélats, que dis-je ? par la multitude elle-même qui était artiste en ces âges d'or ! Mais l'artiste moderne qui s'est élevé très haut *malgré* son siècle, qu'en dirons-nous, si ce n'est de certaines choses que ce siècle n'acceptera pas, et qu'il faut laisser dire aux âges futurs ?

Pour revenir aux peintures religieuses, dites-moi si vous vîtes jamais mieux exprimée la solennité nécessaire de la *Mise au tombeau* [46]. Croyez-vous sincèrement que Titien eût inventé cela ? Il eût conçu, il a conçu la chose autrement ; mais je préfère cette manière-ci. Le décor, c'est le caveau lui-même, emblème de la vie souterraine que doit mener longtemps la religion nouvelle ! Au-dehors, l'air et la lumière qui glisse en rampant dans la spirale. La *Mère* va s'évanouir, elle se soutient à peine ! Remarquons en passant qu'Eugène Delacroix, au lieu de faire de la très sainte Mère une femmelette d'album, lui donne toujours un geste et une ampleur tragiques qui conviennent parfaitement à cette reine des mères. Il est impossible qu'un amateur un peu poète ne sente pas son imagination frappée, non pas d'une impression historique, mais d'une impression poétique, religieuse, universelle, en contemplant ces quelques hommes qui descendent soigneusement le cadavre de leur Dieu au fond d'une crypte, dans ce sépulcre que le monde adorera, « le seul, dit superbement René, qui n'aura rien à rendre à la fin des siècles ! »

Le *Saint Sébastien* [47] est une merveille non pas seulement comme peinture, c'est aussi un délice de tristesse. *La Montée au Calvaire* [48] est une composition compliquée, ardente et savante. « *Elle devait*, nous dit l'artiste qui connaît son monde, *être exécutée dans de grandes proportions* à Saint-Sulpice, dans la chapelle des fonts baptismaux, dont la destination a été changée. » Bien qu'il eût pris toutes ses précautions, disant clairement au public : « Je veux vous montrer le projet, en petit, d'un très grand travail qui m'avait été confié », les critiques n'ont pas manqué, comme à l'ordinaire, pour lui reprocher de ne savoir peindre que des esquisses [49].

Le voilà couché sur des verdures sauvages, avec une mollesse et une tristesse féminines, le poète illustre qui enseigna l'*art d'aimer* [50]. Ses grands amis de Rome sauront-ils vaincre la rancune impériale ? Retrouvera-t-il un jour les somptueuses voluptés de la prodigieuse cité ? Non, de ces pays sans gloire s'épanchera vainement le long et mélancolique fleuve des *Tristes* ; ici il vivra, ici il mourra. « Un jour, ayant passé l'Ister vers son embouchure et étant un peu écarté de la troupe des chasseurs, je me trouvai à la vue des flots du Pont-Euxin. Je découvris un tombeau de pierre, sur lequel croissait un laurier. J'arrachai les herbes qui couvraient quelques lettres latines, et bientôt je parvins à lire ce premier vers des élégies d'un poète infortuné :

“ Mon livre, vous irez à Rome, et vous irez à Rome sans moi. ”

« Je ne saurais vous peindre ce que j'éprouvai en retrouvant au fond de ce désert le tombeau d'Ovide. Quelles tristes réflexions ne fis-je point sur les peines de l'exil, qui étaient aussi les miennes, et sur l'inutilité des talents pour le bonheur ! Rome, qui jouit aujourd'hui des tableaux du plus ingénieux de ses poètes, Rome a vu couler vingt ans, d'un œil sec, les larmes d'Ovide. Ah ! moins ingrats que les peuples d'Ausonie, les sauvages habitants des bords de l'Ister se souviennent encore de l'Orphée qui parut dans leurs forêts ! Ils viennent danser autour de ses cendres ; ils ont même retenu quelque chose de son langage : tant leur est douce la mémoire de ce Romain qui s'accusait d'être le barbare, parce qu'il n'était pas entendu du Sarmate ! »

Ce n'est pas sans motif que j'ai cité, à propos d'Ovide, ces réflexions d'Eudore. Le ton mélancolique du poète des *Martyrs* s'adapte à ce tableau, et la tristesse languissante du prisonnier chrétien s'y réfléchit heureusement. Il y a là l'ampleur de touche et de sentiments qui caractérisait la plume qui a écrit *Les Natchez* ; et je reconnais, dans la sauvage idylle d'Eugène Delacroix, une *histoire parfaitement belle* parce qu'il y a mis la *fleur du désert, la grâce de la cabane et une simplicité à conter la douleur que je ne me flatte pas d'avoir conservées* [51]. Certes je n'essaierai pas de traduire avec ma plume la volupté si triste qui s'exhale de ce verdoyant *exil.* Le catalogue, parlant ici la langue si nette et si brève des notices de Delacroix, nous dit simplement, et cela vaut mieux : « Les uns l'examinent avec curiosité, les autres lui font accueil à leur manière, et lui offrent des fruits sauvages et du lait de jument. » Si triste qu'il soit, le poète des élégances n'est pas insensible à cette grâce barbare, au charme de cette hospitalité rustique. Tout ce qu'il y a dans Ovide de délicatesse et de fertilité a passé dans la peinture de Delacroix ; et, comme l'exil a donné au brillant poète la tristesse qui lui manquait, la mélancolie a revêtu de son vernis enchanteur le plantureux paysage du peintre. Il m'est impossible de dire : Tel tableau de Delacroix est le meilleur de ses tableaux ; car c'est toujours le vin du même tonneau, capiteux, exquis, *sui generis* ; mais on peut dire qu'*Ovide chez les Scythes* est une de ces étonnantes œuvres comme Delacroix seul sait les concevoir et les peindre. L'artiste qui a produit cela peut se dire un homme heureux, et heureux aussi se dira celui qui pourra tous les jours en rassasier son regard. L'esprit s'y enfonce avec une lente et gourmande volupté, comme dans le ciel, dans l'horizon de la mer, dans des yeux pleins de pensée, dans une tendance féconde et grosse de rêverie. Je suis convaincu que ce tableau a un charme tout particulier pour les esprits délicats ; je jurerais presque qu'il a dû plaire plus que d'autres, peut-être, aux tempéraments nerveux et poétiques, à M. Fromentin, par exemple, dont j'aurai le plaisir de vous entretenir tout à l'heure.

Je tourmente mon esprit pour en arracher quelque formule qui exprime bien la *spécialité* d'Eugène Delacroix. Excellent dessinateur, prodigieux coloriste, compositeur ardent et fécond, tout cela est évident, tout cela a été dit. Mais d'où vient qu'il produit la sensation de nouveauté ? Que nous donne-t-il de plus que le passé ? Aussi grand que les grands, aussi habile que les habiles, pourquoi nous plaît-il davantage ? On pourrait dire que, doué d'une plus riche imagination, il exprime surtout l'intime du cerveau, l'aspec étonnant des choses, tant son ouvrage garde fidèlement la marque et l'humeur de sa conception. C'est l'infini dans le fini. C'est le rêve ! et je n'entends pas par ce mot les capharnaüms de la nuit, mais la vision produite par une intense méditation, ou, dans les cerveaux moins fertiles, par un excitant artificiel. En un mot, Eugène Delacroix peint surtout l'*âme* dans ses belles heures. Ah ! mon cher ami, cet homme me donne quelquefois l'envie de durer autant qu'un patriarche, ou, malgré tout ce qu'il faudrait de courage à un mort pour consentir à revivre (« Rendez-moi aux enfers ! » disait l'infortuné ressuscité par la sorcière thessalienne), d'être ranimé à temps pour assister aux enchantements et aux louanges qu'il excitera dans l'âge futur. Mais à quoi bon ? Et quand ce vœu puéril serait exaucé, de voir une prophétie réalisée, quel bénéfice en tirerai-je, si ce n'est la honte de reconnaître que j'étais une âme faible et possédée du besoin de voir approuver ses convictions [52] ?

L'esprit français épigrammatique, combiné avec un élément de pédanterie, destiné à relever d'un peu de sérieux sa légèreté naturelle, devait engendrer une école que Théophile Gautier, dans sa bénignité, appelle poliment l'école néo-grecque, et que je nommerai, si vous le voulez bien, l'école des *pointus* [53]. Ici l'érudition a pour but de déguiser l'absence d'imagination. La plupart du temps, il ne s'agit dès lors que de transporter la vie commune et vulgaire dans un cadre grec ou romain. Dezobry et Barthélemy [54] seront ici d'un grand secours, et des pastiches des fresques d'Herculanum, avec leurs teintes pâles obtenues par des frottis impalpables, permettront au peintre d'esquiver toutes les difficultés d'une peinture riche et solide. Ainsi d'un côté le bric-à-brac (élément sérieux), de l'autre la transposition des vulgarités de la vie dans le régime antique (élément de surprise et de succès), suppléeront désormais à toutes les conditions requises pour la bonne peinture. Nous verrons donc des moutards antiques jouer à la balle antique et au cerceau antique, avec d'antiques poupées et d'antiques joujoux ; des bambins idylliques jouer à la madame et au monsieur (*Ma sœur n'y est pas*) [55] ; des amours enfourchant des bêtes aquatiques (*Décoration pour une salle de bains*) [56] et des *Marchandes d'amour* à foison, qui offriront leur marchandise suspendue par les ailes, comme un lapin par les oreilles, et qu'on devrait renvoyer à la place de la Morgue, qui est le lieu où se fait un abondant commerce d'oiseaux plus naturels. L'Amour, l'inévitable Amour, l'immortel Cupidon des confiseurs, joue dans cette école un rôle dominateur et universel. Il est le président de cette république galante et minaudière. C'est un poisson qui s'accommode à toutes les sauces. Ne sommes-nous pas cependant bien las de voir la couleur et le marbre prodigués en faveur de ce vieux polisson, ailé comme un insecte, ou comme un canard, que Thomas Hood [57] nous montre accroupi, et, comme un impotent, écrasant de sa molle obésité le nuage qui lui sert de coussin ? De sa main gauche il tient en manière de sabre son arc appuyé contre sa cuisse ; de la droite il exécute avec sa flèche le commandement : Portez armes ! sa chevelure est frisée dru comme une perruque de cocher ; ses joues rebondissantes oppriment ses narines et ses yeux ; sa chair, ou plutôt sa viande, capitonnée, tubuleuse et soufflée, comme les graisses suspendues aux crochets des bouchers, est sans doute distendue par les soupirs de l'idylle universelle ; à son dos montagneux sont accrochées deux ailes de papillon.

« Est-ce bien là l'incube qui oppresse le sein des belles ?... Ce personnage est-il le partenaire disproportionné pour lequel soupire Pastorella, dans la plus étroite des couchettes virginales ? La platonique Amanda (qui est tout âme), fait-elle donc, quand elle disserte sur l'Amour, allusion à cet être trop palpable, qui est tout corps ? Et Bélinda croit-elle, en vérité, que ce Sagittaire ultra-substantiel puisse être embusqué dans son dangereux œil bleu ?

« La légende raconte qu'une fille de Provence s'amouracha de la statue d'Apollon et en mourut. Mais demoiselle passionnée délira-t-elle jamais et se dessécha-t-elle devant le piédestal de cette monstrueuse figure ? ou plutôt ne serait-ce pas un emblème indécent qui servirait à expliquer la timidité et la résistance proverbiale des filles à l'approche de l'Amour ?

« Je crois facilement qu'il lui faut *tout un cœur* pour lui tout seul ; car il doit le bourrer jusqu'à la réplétion. Je crois à sa *confiance* ; car il a l'air sédentaire et peu propre à la marche. Qu'il soit prompt à *fondre*, cela tient à sa graisse, et s'il brûle avec *flamme*, il en est de même de tous les corps gras. Il a des *langueurs* comme tous les corps d'un pareil tonnage, et il est naturel qu'un si gros soufflet *soupire*.

« Je ne nie pas qu'il s'*agenouille* aux pieds des dames, puisque c'est la posture des éléphants ; qu'il *jure* que cet hommage sera *éternel* ; certes il serait malaisé de concevoir qu'il en fût autrement. Qu'il *meure*, je n'en fais aucun doute, avec une pareille corpulence et un cou si court ! S'il est *aveugle*, c'est l'enflure de sa joue de cochon qui lui bouche la vue. Mais qu'il loge dans l'œil bleu de Bélinda, ah ! je me sens hérétique, je ne le croirai jamais ; car elle n'a jamais eu une étable * dans l'œil ! »

* Une étable contient *plusieurs* cochons, et, de plus, il y a calembour ; on peut deviner quel est le sens du mot *sty* au figuré [58].

Cela est doux à lire, n'est-ce pas ? et cela nous venge un peu de ce gros poupard troué de fossettes qui représente l'idée populaire de l'Amour. Pour moi, si j'étais invité à représenter l'Amour, il me semble que je le peindrais sous la forme d'un cheval enragé qui dévore son maître, ou bien d'un démon aux yeux cernés par la débauche et l'insomnie, traînant, comme un spectre ou un galérien, des chaînes bruyantes à ses chevilles, et secouant d'une main une fiole de poison, de l'autre le poignard sanglant du crime.

L'école en question, dont le principal caractère (à mes yeux) est un perpétuel agacement, touche à la fois au proverbe, au rébus et au vieux-neuf. Comme rébus, elle est, jusqu'à présent, restée inférieure à *L'Amour fait passer le Temps* et *Le Temps fait passer l'Amour*, qui ont le mérite d'un rébus sans pudeur, exact et irréprochable. Par sa manie d'habiller à l'antique la vie triviale moderne, elle commet sans cesse ce que j'appellerais volontiers une caricature à l'inverse. Je crois lui rendre un grand service en lui indiquant, si elle veut devenir plus agaçante encore, le petit livre de M. Édouard Fournier [59] comme une source inépuisable de sujets. Revêtir des costumes du passé toute l'histoire, toutes les professions et toutes les industries modernes, voilà, je pense, pour la peinture, un infaillible et infini moyen d'étonnement. L'honorable érudit y prendra lui-même quelque plaisir.

Il est impossible de méconnaître chez M. Gérome [60] de nobles qualités, dont les premières sont la recherche du nouveau et le goût des grands sujets ; mais son originalité (si toutefois il y a originalité) est souvent d'une nature laborieuse et à peine visible. Froidement il réchauffe les sujets par de petits ingrédients et par des expédients puérils. L'idée d'un combat de coqs [61] appelle naturellement le souvenir de Manille ou de l'Angleterre. M. Gérome essayera de surprendre notre curiosité en transportant ce jeu dans une espèce de pastorale antique. Malgré de grands et nobles efforts, *Le Siècle d'Auguste* [62], par exemple, – qui est encore une preuve de cette tendance française de M. Gérome à chercher le succès ailleurs que dans la seule peinture, – il n'a été jusqu'à présent, et ne sera, ou du moins cela est fort à craindre, que le premier des esprits pointus. Que ces jeux romains soient exactement représentés [63], que la couleur locale soit scrupuleusement observée, je n'en veux point douter ; je n'élèverai pas à ce sujet le moindre soupçon (cependant, puisque voici le rétiaire, où est le mirmillon ?) ; mais baser un succès sur de pareils éléments, n'est-ce pas jouer un jeu, sinon déloyal, au moins dangereux, et susciter une résistance méfiante chez beaucoup de gens qui s'en iront hochant la tête et se demandant s'il est bien certain que les choses se passassent absolument ainsi ? En supposant même qu'une pareille critique soit injuste (car on reconnaît généralement chez M. Gérome un esprit curieux du passé et avide d'instruction), elle est la punition méritée d'un artiste qui substitue l'amusement d'une page érudite aux jouissances de la pure peinture. La facture de M. Gérome, il faut bien le dire, n'a jamais été forte ni originale. Indécise, au contraire, et faiblement caractérisée, elle a toujours oscillé entre Ingres et Delaroche. J'ai d'ailleurs à faire un reproche plus vif au tableau en question. Même pour montrer l'endurcissement dans le crime et dans la débauche, même pour nous faire soupçonner les bassesses secrètes de la goinfrerie, il n'est pas nécessaire de faire alliance avec la caricature, et je crois que l'habitude du commandement, surtout quand il s'agit de commander au monde, donne, à défaut de vertus, une certaine noblesse d'attitude dont s'éloigne beaucoup trop ce soi-disant César, ce boucher, ce marchand de vins obèse, qui tout au plus pourrait, comme le suggère sa pose satisfaite et provocante, aspirer au rôle de directeur du journal des *Ventrus* et des satisfaits [64].

Le Roi Candaule [65] est encore un piège et une distraction. Beaucoup de gens s'extasient devant le mobilier et la décoration du lit royal ; voilà donc une chambre à coucher asiatique ! quel triomphe ! Mais est-il bien vrai que la terrible reine, si jalouse d'elle-même, qui se sentait autant souillée par le regard que par la main, ressemblât à cette plate marionnette ? Il y a, d'ailleurs, un grand danger dans un tel sujet, situé à égale distance du tragique et du comique. Si l'anecdote asiatique n'est pas traitée d'une manière asiatique, funeste, sanglante, elle suscitera toujours le comique ; elle appellera invariablement dans l'esprit les polissonneries de Baudouin et des Biard [66] du XVIIIe siècle, où une porte entrebâillée permet à deux yeux écarquillés de surveiller le jeu d'une seringue entre les appas exagérés d'une marquise.

Jules César [67] ! quelle splendeur de soleil couché le nom de cet homme jette dans l'imagination ! Si jamais homme sur la terre a ressemblé à la Divinité, ce fut César. Puissant et séduisant ! brave, savant et généreux ! Toutes les forces, toutes les gloires et toutes les élégances ! Celui dont la grandeur dépassait toujours la victoire, et qui a grandi jusque dans la mort ; celui dont la poitrine, traversée par le couteau, ne donnait passage qu'au cri de l'amour paternel, et qui trouvait la blessure du fer moins cruelle que la blessure de l'ingratitude ! Certainement, cette fois, l'imagination de M. Gérome a été enlevée ; elle subissait une crise heureuse quand elle a conçu son César *seul*, étendu devant son trône culbuté, et ce cadavre de Romain qui fut pontife, guerrier, orateur, historien et maître du monde, remplissant une salle immense et déserte. On a critiqué cette manière de montrer le sujet ; on ne saurait trop la louer. L'effet en est vraiment grand. Ce terrible résumé suffit. Nous savons tous assez l'histoire romaine pour nous figurer tout ce qui est sous-entendu, le désordre qui a précédé et le tumulte qui a suivi. Nous devinons Rome derrière cette muraille, et nous entendons les cris de ce peuple stupide et délivré, à la fois ingrat envers la victime et envers l'assassin : « Faisons Brutus César ! » Reste à expliquer, relativement à la peinture elle-même, quelque chose d'inexplicable. César ne peut pas être un maugrabin ; il avait la peau très blanche ; il n'est pas puéril, d'ailleurs, de rappeler que le dictateur avait autant de soin de sa personne qu'un dandy raffiné. Pourquoi donc cette couleur terreuse dont la face et le bras sont revêtus ? J'ai entendu alléguer le ton cadavéreux dont la mort frappe les visages. Depuis combien de temps, en ce cas, faut-il supposer que le vivant est devenu cadavre ? Les promoteurs d'une pareille excuse doivent regretter la putréfaction. D'autres se contentent de faire remarquer que le bras et la tête sont enveloppés par l'ombre. Mais cette excuse impliquerait que M. Gérome est incapable de représenter une chair blanche dans une pénombre, et cela n'est pas croyable. J'abandonne donc forcément la recherche de ce mystère. Telle qu'elle est, et avec tous ses défauts, cette toile est la meilleure et incontestablement la plus frappante qu'il nous ait montrée depuis longtemps.

Les victoires françaises engendrent sans cesse un grand nombre de peintures militaires. J'ignore ce que vous pensez, mon cher M***, de la peinture militaire considérée comme métier et spécialité. Pour moi, je ne crois pas que le patriotisme commande le goût du faux ou de l'insignifiant. Ce genre de peinture, si l'on y veut bien réfléchir, exige la fausseté ou la nullité. Une bataille *vraie* n'est pas un tableau ; car, pour être intelligible et conséquemment intéressante comme *bataille*, elle ne peut être représentée que par des lignes blanches, bleues ou noires, simulant les bataillons en ligne. Le terrain devient, dans une composition de ce genre comme dans la réalité, plus important que les hommes. Mais, dans de pareilles conditions, il n'y a plus de tableau, ou du moins il n'y a qu'un tableau de tactique et de topographie. M. Horace Vernet [68] crut une fois, plusieurs fois même, résoudre la difficulté par une série d'épisodes accumulés et juxtaposés. Dès lors, le tableau, privé d'unité, ressemble à ces mauvais drames où une surcharge d'incidents parasites empêche d'apercevoir l'idée mère, la conception génératrice. Donc, en dehors du tableau fait pour les tacticiens et les topographes, que nous devons exclure de l'art pur, un tableau militaire n'est intelligible et intéressant qu'à la condition d'être *un simple épisode de la vie militaire*. Ainsi l'a très bien compris M. Pils [69], par exemple, dont nous avons souvent admiré les spirituelles et solides compositions ; ainsi, autrefois, Charlet et Raffet [70]. Mais même dans le simple épisode, dans la simple représentation d'une mêlée d'hommes sur un petit espace déterminé, que de faussetés, que d'exagérations et quelle monotonie l'œil du spectateur a souvent à souffrir ! J'avoue que ce qui m'afflige le plus en ces sortes de spectacles, ce n'est pas cette abondance de blessures, cette prodigalité hideuse de membres écharpés, mais bien l'immobilité dans la violence et l'épouvantable et froide grimace d'une fureur stationnaire. Que de justes critiques ne pourrait-on pas faire encore ! D'abord ces longues bandes de troupes monochromes, telles que les habillent les gouvernements modernes, supportent difficilement le pittoresque, et les artistes, à leurs heures belliqueuses, cherchent plutôt dans le passé, comme l'a fait M. Penguilly dans le *Combat des Trente* [71], un prétexte plausible pour développer une belle variété d'armes et de costumes. Il y a ensuite dans le cœur de l'homme un certain amour de la victoire exagéré jusqu'au mensonge, qui donne souvent à ces toiles un faux air de plaidoiries. Cela n'est pas peu propre à refroidir, dans un esprit raisonnable, un enthousiasme d'ailleurs tout prêt à éclore. Alexandre Dumas, pour avoir à ce sujet rappelé récemment la fable : *Ah ! si les lions savaient peindre* [72] ! s'est attiré une verte remontrance d'un de ses confrères. Il est juste de dire que le moment n'était pas très bien choisi [73], et qu'il aurait dû ajouter que tous les peuples étalent naïvement le même défaut sur leurs théâtres et dans leurs musées. Voyez, mon cher, jusqu'à quelle folie une passion exclusive et étrangère aux arts peut entraîner un écrivain patriote : je feuilletais un jour un recueil célèbre représentant les victoires françaises accompagnées d'un texte [74]. Une de ces estampes figurait la conclusion d'un traité de paix. Les personnages français, bottés, éperonnés, hautains, insultaient presque du regard des diplomates humbles et embarrassés ; et le texte louait l'artiste d'avoir su exprimer chez les uns la vigueur morale par l'énergie des muscles, et chez les autres la lâcheté et la faiblesse par une rondeur de formes toute féminine ! Mais laissons de côté ces puérilités, dont l'analyse trop longue est un hors-d'œuvre, et n'en tirons que cette morale, à savoir, qu'on peut manquer de pudeur même dans l'expression des sentiments les plus nobles et les plus magnifiques.

Il y a un tableau militaire que nous devons louer, et avec tout notre zèle ; mais ce n'est point une bataille ; au contraire, c'est presque une pastorale. Vous avez déjà deviné que je veux parler du tableau de M. Tabar [75]. Le livret dit simplement : *Guerre de Crimée, Fourrageurs.* Que de verdure, et quelle belle verdure, doucement ondulée suivant le mouvement des collines ! L'âme respire ici un parfum compliqué ; c'est la fraîcheur végétale, c'est la beauté tranquille d'une nature qui fait rêver plutôt que penser, et en même temps c'est la contemplation de cette vie ardente, aventureuse, où chaque journée appelle un labeur différent. C'est une idylle traversée par la guerre. Les gerbes sont empilées ; la moisson nécessaire est faite et l'ouvrage est sans doute fini, car le clairon jette au milieu des airs un rappel retentissant. Les soldats reviennent par bandes, montant et descendant les ondulations du terrain avec une désinvolture nonchalante et régulière. Il est difficile de tirer un meilleur parti d'un sujet aussi simple ; tout y est poétique, la nature et l'homme ; tout y est vrai et pittoresque, jusqu'à la ficelle ou à la bretelle unique qui soutient çà et là le pantalon rouge. L'uniforme égaye ici, avec l'ardeur du coquelicot ou du pavot, un vaste océan de verdure. Le sujet, d'ailleurs, est d'une nature suggestive ; et, bien que la scène se passe en Crimée, avant d'avoir ouvert le catalogue, ma pensée, devant cette armée de moissonneurs, se porta d'abord vers nos troupes d'Afrique, que l'imagination se figure toujours si prêtes à tout, si industrieuses, si véritablement *romaines.*

Ne vous étonnez pas de voir un désordre apparent succéder pendant quelques pages à la méthodique allure de mon compte rendu. J'ai dans le triple titre de ce chapitre adopté le mot *fantaisie* non sans quelque raison. *Peinture de genre* implique un certain prosaïsme, et *peinture romanesque*, qui remplissait un peu mieux mon idée, exclut l'idée du fantastique. C'est dans ce genre surtout qu'il faut choisir avec sévérité ; car la fantaisie est d'autant plus dangereuse qu'elle est plus facile et plus ouverte ; dangereuse comme la poésie en prose, comme le roman, elle ressemble à l'amour qu'inspire une prostituée et qui tombe bien vite dans la puérilité ou dans la bassesse ; dangereuse comme toute liberté absolue. Mais la fantaisie est vaste comme l'univers multiplié par tous les êtres pensants qui l'habitent. Elle est la première chose venue interprétée par le premier venu ; et, si celui-là n'a pas l'âme qui jette une lumière magique et surnaturelle sur l'obscurité naturelle des choses, elle est une inutilité horrible, elle est la première venue souillée par le premier venu. Ici donc, plus d'analogie, sinon de hasard ; mais au contraire trouble et contraste, un champ bariolé par l'absence d'une culture régulière.

En passant, nous pouvons jeter un regard d'admiration et presque de regret sur les charmantes productions de quelques hommes qui, dans l'époque de noble renaissance dont j'ai parlé au début de ce travail, représentaient le joli, le précieux, le délicieux, Eugène Lami [76] qui, à travers ses paradoxaux petits personnages, nous fait voir un monde et un goût disparus, et Wattier, ce savant qui a tant aimé Watteau. Cette époque était si belle et si féconde, que les artistes en ce temps-là n'oubliaient aucun besoin de l'esprit. Pendant qu'Eugène Delacroix et Devéria créaient le grand et le pittoresque, d'autres, spirituels et nobles dans la petitesse, peintres du boudoir et de la beauté légère, augmentaient incessamment l'album actuel de l'élégance idéale. Cette renaissance était grande en tout, dans l'héroïque et dans la vignette. Dans de plus fortes proportions aujourd'hui, M. Chaplin [77], excellent peintre d'ailleurs, continue quelquefois, mais avec un peu de lourdeur, ce culte du joli ; cela sent moins le monde et un peu plus l'atelier. M. Nanteuil [78] est un des plus nobles, des plus assidus producteurs qui honorent la seconde phase de cette époque. Il a mis un doigt d'eau dans son vin ; mais il peint et il compose toujours avec énergie et imagination. Il y a une fatalité dans les enfants de cette école victorieuse. Le romantisme est une grâce, céleste ou infernale, à qui nous devons des stigmates éternels. Je ne puis jamais contempler la collection des ténébreuses et blanches vignettes dont Nanteuil illustrait les ouvrages des auteurs, ses amis, sans sentir comme un petit vent frais qui fait se hérisser le souvenir. Et M. Baron [79], n'est-ce pas là aussi un homme curieusement doué, et, sans exagérer son mérite outre mesure, n'est-il pas délicieux de voir tant de facultés employées dans de capricieux et modestes ouvrages ? Il compose admirablement, groupe avec esprit, colore avec ardeur, et jette une flamme amusante dans tous ses drames ; drames, car il a la composition dramatique et quelque chose qui ressemble au génie de l'opéra. Si j'oubliais de le remercier, je serais bien ingrat ; je lui dois une sensation délicieuse. Quand, au sortir d'un taudis, sale et mal éclairé, un homme se trouve tout d'un coup transporté dans un appartement propre, orné de meubles ingénieux et revêtu de couleurs caressantes, il sent son esprit s'illuminer et ses fibres s'apprêter aux choses du bonheur. Tel le plaisir physique que m'a causé l'*Hôtellerie de Saint-Luc*. Je venais de considérer avec tristesse tout un chaos, plâtreux et terreux, d'horreur et de vulgarité, et, quand je m'approchai de cette riche et lumineuse peinture, je sentis mes entrailles crier : Enfin, nous voici dans la belle société ! Comme elles sont fraîches, ces eaux qui amènent par troupes ces convives distingués sous ce portique ruisselant de lierre et de roses ! Comme elles sont splendides, toutes ces femmes avec leurs compagnons, ces maîtres peintres qui se connaissent en beauté, s'engouffrant dans ce repaire de la joie pour célébrer leur patron ! Cette composition, si riche, si gaie, et en même temps si noble et si élégante d'attitude, est un des meilleurs rêves de bonheur parmi ceux que la peinture a jusqu'à présent essayé d'exprimer.

Par ses dimensions, l'*Ève* de M. Clésinger [80] fait une antithèse naturelle avec toutes les charmantes et mignonnes créatures dont nous venons de parler. Avant l'ouverture du Salon, j'avais entendu beaucoup jaser de cette *Ève* prodigieuse, et, quand j'ai pu la voir, j'étais si prévenu contre elle, que j'ai trouvé tout d'abord qu'on en avait beaucoup trop ri. Réaction toute naturelle, mais qui était, de plus, favorisée par mon amour incorrigible du *grand.* Car il faut, mon cher, que je vous fasse un aveu qui vous fera peut-être sourire : dans la nature et dans l'art, je préfère, en supposant l'égalité de mérite, les choses *grandes* à toutes les autres, les grands animaux, les grands paysages, les grands navires, les grands hommes, les grandes femmes, les grandes églises, et, transformant, comme tant d'autres, mes goûts en principes, je crois que la dimension n'est pas une considération sans importance aux yeux de la Muse. D'ailleurs, pour revenir à l'*Ève* de M. Clésinger, cette figure possède d'autres mérites : un mouvement heureux, l'élégance tourmentée du goût florentin, un modelé soigné, surtout dans les parties inférieures du corps, les genoux, les cuisses et le ventre, tel enfin qu'on devait l'attendre d'un sculpteur, un fort bon ouvrage qui méritait mieux que ce qui en a été dit.

Vous rappelez-vous les débuts de M. Hébert [81], des débuts heureux et presque tapageurs ? Son second tableau attira surtout les yeux ; c'était, si je ne me trompe, le portrait d'une femme onduleuse et plus qu'opaline, presque douée de transparence, et se tordant, maniérée, mais exquise, dans une atmosphère d'enchantement. Certainement le succès était mérité, et M. Hébert s'annonçait de manière à être toujours le bienvenu, comme un homme plein de distinction. Malheureusement ce qui fit sa juste notoriété fera peut-être un jour sa décadence. Cette *distinction* se limite trop volontiers aux charmes de la morbidesse et aux langueurs monotones de l'album et du keepsake.

Il est incontestable qu'il peint fort bien, mais non pas avec assez d'autorité et d'énergie pour cacher une faiblesse de conception. Je cherche à creuser sous tout ce que je vois d'aimable en lui, et j'y trouve je ne sais quelle ambition mondaine, le parti pris de plaire par des moyens acceptés d'avance par le public, et enfin un certain défaut, horriblement difficile à définir, que j'appellerai, faute de mieux, le défaut de tous les *littératisants*. Je désire qu'un artiste soit lettré, mais je souffre quand je le vois cherchant à capter l'imagination par des ressources situées aux extrêmes limites, sinon même au-delà de son art.

M. Baudry [82], bien que sa peinture ne soit pas toujours suffisamment solide, est plus naturellement artiste. Dans ses ouvrages on devine les bonnes et amoureuses études italiennes, et cette figure de petite fille, qui s'appelle, je crois, *Guillemette*, a eu l'honneur de faire penser plus d'un critique aux spirituels et vivants portraits de Vélasquez. Mais enfin il est à craindre que M. Baudry ne reste qu'un homme distingué. Sa *Madeleine pénitente* est bien un peu frivole et lestement peinte, et, somme toute, à ses toiles de cette année je préfère son ambitieux, son compliqué et courageux tableau de la *Vestale*.

M. Diaz [83] est un exemple curieux d'une fortune facile obtenue par une faculté unique. Les temps ne sont pas encore loin de nous où il était un engouement. La gaieté de sa couleur, plutôt scintillante que riche, rappelait les heureux bariolages des étoffes orientales. Les yeux s'y amusaient si sincèrement, qu'ils oubliaient volontiers d'y chercher le contour et le modelé. Après avoir usé en vrai prodigue de cette faculté unique dont la nature l'avait prodigalement doué, M. Diaz a senti s'éveiller en lui une ambition plus difficile. Ces premières velléités s'exprimèrent par des tableaux d'une dimension plus grande que ceux où nous avions généralement pris tant de plaisir. Ambition qui fut sa perte. Tout le monde a remarqué l'époque où son esprit fut travaillé de jalousie à l'endroit de Corrège et de Prud'hon. Mais on eût dit que son œil, accoutumé à noter le scintillement d'un petit monde, ne voyait plus de couleurs vives dans un grand espace. Son coloris pétillant tournait au plâtre et à la craie ; ou peut-être, ambitieux désormais de modeler avec soin, oubliait-il volontairement les qualités qui jusque-là avaient fait sa gloire. Il est difficile de déterminer les causes qui ont si rapidement diminué la vive personnalité de M. Diaz ; mais il est permis de supposer que ces louables désirs lui sont venus trop tard. Il y a de certaines réformes impossibles à un certain âge, et rien n'est plus dangereux, dans la pratique des arts, que de renvoyer toujours au lendemain les études indispensables. Pendant de longues années on se fie à un instinct généralement heureux, et quand on veut enfin corriger une éducation de hasard et acquérir les principes négligés jusqu'alors, il n'est plus temps. Le cerveau a pris des habitudes incorrigibles, et la main, réfractaire et troublée, ne sait pas plus exprimer ce qu'elle exprimait si bien autrefois que les nouveautés dont maintenant on la charge. Il est vraiment bien désagréable de dire de pareilles choses à propos d'un homme d'une aussi notoire valeur que M. Diaz. Mais je ne suis qu'un écho ; tout haut ou tout bas, avec malice ou avec tristesse, chacun a déjà prononcé ce que j'écris aujourd'hui.

Tel n'est pas M. Bida [84] : on dirait, au contraire, qu'il a stoïquement répudié la couleur et toutes ses pompes pour donner plus de valeur et de lumière aux caractères que son crayon se charge d'exprimer. Et il les exprime avec une intensité et une profondeur remarquables. Quelquefois une teinte légère et transparente appliquée dans une partie lumineuse, rehausse agréablement le dessin sans en rompre la sévère unité. Ce qui marque surtout les ouvrages de M. Bida, c'est l'intime expression des figures. Il est impossible de les attribuer indifféremment à telle ou telle race, ou de supposer que ces personnages sont d'une religion qui n'est pas la leur. À défaut des explications du livret (*Prédication maronite dans le Liban*, *Corps de garde d'Arnautes au Caire*), tout esprit exercé devinerait aisément les différences.

M. Chifflart [85] est un grand prix de Rome, et, miracle ! il a une originalité. Le séjour dans la ville éternelle n'a pas éteint les forces de son esprit ; ce qui, après tout, ne prouve qu'une chose, c'est que ceux-là seuls y meurent qui sont trop faibles pour y vivre, et que l'école n'humilie que ceux qui sont voués à l'humilité. Tout le monde, avec raison, reproche aux deux dessins de M. Chifflart (*Faust au combat*, *Faust au sabbat*) trop de noirceur et de ténèbres, surtout pour des dessins aussi compliqués. Mais le style en est vraiment beau et grandiose. Quel rêve chaotique ! Méphisto et son ami Faust, invincibles et invulnérables, traversent au galop, l'épée haute, tout l'orage de la guerre. Ici la Marguerite, longue, sinistre, inoubliable, est suspendue et se détache comme un remords sur le disque de la lune, immense et pâle. Je sais le plus grand gré à M. Chifflart d'avoir traité ces poétiques sujets héroïquement et dramatiquement, et d'avoir rejeté bien loin toutes les fadaises de la mélancolie apprise. Le bon Ary Scheffer [86], qui refaisait sans cesse un Christ semblable à son Faust et un Faust semblable à son Christ, tous deux semblables à un pianiste prêt à épancher sur les touches d'ivoire ses tristesses incomprises, aurait eu besoin de voir ces deux vigoureux dessins pour comprendre qu'il n'est permis de traduire les poètes que quand on sent en soi une énergie égale à la leur. Je ne crois pas que le solide crayon qui a dessiné ce sabbat et cette tuerie s'abandonne jamais à la niaise mélancolie des demoiselles.

Parmi les jeunes célébrités, l'une des plus solidement établie est celle de M. Fromentin [87]. Il n'est précisément ni un paysagiste ni un peintre de genre. Ces deux terrains sont trop restreints pour contenir sa large et souple fantaisie. Si je disais de lui qu'il est un conteur de voyages, je ne dirais pas assez ; car il y a beaucoup de voyageurs sans poésie et sans âme, et son âme est une des plus poétiques et des plus précieuses que je connaisse. Sa peinture proprement dite, sage, puissante, bien gouvernée, procède évidemment d'Eugène Delacroix. Chez lui aussi on retrouve cette savante et naturelle intelligence de la couleur, si rare parmi nous. Mais la lumière et la chaleur, qui jettent dans quelques cerveaux une espèce de folie tropicale, les agitent d'une fureur inapaisable et les poussent à des danses inconnues, ne versent dans son âme qu'une contemplation douce et reposée. C'est l'extase plutôt que le fanatisme. Il est présumable que je suis moi-même atteint quelque peu d'une nostalgie qui m'entraîne vers le soleil ; car de ces toiles lumineuses s'élève pour moi une vapeur enivrante, qui se condense bientôt en désirs et en regrets. Je me surprends à envier le sort de ces hommes étendus sous ces ombres bleues, et dont les yeux, qui ne sont ni éveillés ni endormis, n'expriment, si toutefois ils expriment quelque chose, que l'amour du repos et le sentiment du bonheur qu'inspire une immense lumière. L'esprit de M. Fromentin tient un peu de la femme, juste autant qu'il faut pour ajouter une grâce à la force. Mais une faculté qui n'est certes pas féminine, et qu'il possède à un degré éminent, est de saisir les parcelles du beau égarées sur la terre, de suivre le beau à la piste partout où il a pu se glisser à travers les trivialités de la nature déchue. Aussi il n'est pas difficile de comprendre de quel amour il aime les noblesses de la vie patriarcale, et avec quel intérêt il contemple ces hommes en qui subsiste encore quelque chose de l'antique héroïsme. Ce n'est pas seulement des étoffes éclatantes et des armes curieusement ouvragées que ses yeux sont épris, mais surtout de cette gravité et de ce dandysme patricien qui caractérisent les chefs des tribus puissantes. Tels nous apparurent, il y a quatorze ans à peu près, ces sauvages du Nord-Amérique, conduits par le peintre Catlin [88], qui, même dans leur état de déchéance, nous faisaient rêver à l'art de Phidias et aux grandeurs homériques. Mais à quoi bon m'étendre sur ce sujet ? Pourquoi expliquer ce que M. Fromentin a si bien expliqué lui-même dans ses deux charmants livres : *Un été dans le Sahara* et le

Sahel ? Tout le monde sait que M. Fromentin raconte ses voyages d'une manière double, et qu'il les écrit aussi bien qu'il les peint, avec un style qui n'est pas celui d'un autre. Les peintres anciens aimaient aussi à avoir le pied dans deux domaines et à se servir de deux outils pour exprimer leur pensée. M. Fromentin a réussi comme écrivain et comme artiste, et ses œuvres écrites ou peintes sont si charmantes, que s'il était permis d'abattre et de couper l'une des tiges pour donner à l'autre plus de solidité, plus de *robur*, il serait vraiment bien difficile de choisir. Car pour gagner peut-être, il faudrait se résigner à perdre beaucoup.

On se souvient d'avoir vu, à l'Exposition de 1855, d'excellents petits tableaux, d'une couleur riche et intense, mais d'un fini précieux, où dans les costumes et les figures se reflétait un curieux amour du passé ; ces charmantes toiles étaient signées du nom de Liès [89]. Non loin d'eux, des tableaux exquis, non moins précieusement travaillés, marqués des mêmes qualités et de la même passion rétrospective, portaient le nom de Leys [90]. Presque le même peintre, presque le même nom. Cette lettre déplacée ressemble à un de ces jeux intelligents du hasard, qui a quelquefois l'esprit pointu comme un homme. L'un est élève de l'autre ; on dit qu'une vive amitié les unit. Mais MM. Leys et Liès sont-ils donc élevés à la dignité de Dioscures ? Faut-il, pour jouir de l'un, que nous soyons privés de l'autre ? M. Liès s'est présenté, cette année, sans son Pollux ; M. Leys nous refera-t-il visite sans Castor ? Cette comparaison est d'autant plus légitime, que M. Leys a été, je crois, le maître de son ami, et que c'est aussi Pollux qui voulut céder à son frère la moitié de son immortalité. *Les Maux de la guerre* ! quel titre ! Le prisonnier vaincu, lanciné par le brutal vainqueur qui le suit, les paquets de butin en désordre, les filles insultées, tout un monde ensanglanté, malheureux et abattu, le reître puissant, roux et velu, la gouge qui, je crois, n'est pas là, mais qui pouvait y être, cette *fille peinte* du Moyen Âge, qui suivait les soldats avec l'autorisation du prince et de l'Église, comme la courtisane du Canada accompagnait les guerriers au manteau de castor, les charrettes qui cahotent durement les faibles, les petits et les infirmes, tout cela devait nécessairement produire un tableau saisissant, vraiment poétique [91]. L'esprit se porte tout d'abord vers Callot ; mais je crois n'avoir rien vu, dans la longue série de ses œuvres, qui soit plus dramatiquement composé. J'ai cependant deux reproches à faire à M. Liès : la lumière est trop généralement répandue, ou plutôt éparpillée ; la couleur, monotonement claire, papillote. En second lieu, la première impression que l'œil reçoit fatalement en tombant sur ce tableau est l'impression désagréable, inquiétante d'un treillage. M. Liès a cerclé de noir, non seulement le contour général de ses figures, mais encore toutes les parties de leur accoutrement, si bien que chacun des personnages apparaît comme un morceau de vitrail monté sur une armature de plomb. Notez que cette apparence contrariante est encore renforcée par la clarté générale des tons.

M. Penguilly [92] est aussi un amoureux du passé. Esprit ingénieux, curieux, laborieux. Ajoutez, si vous voulez, toutes les épithètes les plus honorables et les plus gracieuses qui peuvent s'appliquer à la poésie de second ordre, à ce qui n'est pas absolument le grand, nu et simple. Il a la minutie, la patience ardente et la propreté d'un bibliomane. Ses ouvrages sont travaillés comme les armes et les meubles des temps anciens. Sa peinture a le poli du métal et le tranchant du rasoir. Pour son imagination, je ne dirai pas qu'elle est positivement grande, mais elle est singulièrement active, impressionnable et curieuse. J'ai été ravi par cette *Petite Danse macabre*, qui ressemble à une bande d'ivrognes attardés, qui va moitié se traînant et moitié dansant et qu'entraîne son capitaine décharné. Examinez, je vous prie, toutes les petites grisailles qui servent de cadre et de commentaire à la composition principale. Il n'y en a pas une qui ne soit un excellent petit tableau. Les artistes modernes négligent beaucoup trop ces magnifiques allégories du Moyen Âge, où l'immortel grotesque s'enlaçait en folâtrant, comme il fait encore, à l'immortel horrible. Peut-être nos nerfs trop délicats ne peuvent-ils plus supporter un symbole trop clairement redoutable. Peut-être aussi, mais c'est bien douteux, est-ce la charité qui nous conseille d'éviter tout ce qui peut affliger nos semblables. Dans les derniers jours de l'an passé, un éditeur de la rue Royale mit en vente un paroissien d'un style très recherché, et les annonces publiées par les journaux nous instruisirent que toutes les vignettes qui encadraient le texte avaient été copiées sur d'anciens ouvrages de la même époque, de manière à donner à l'ensemble une précieuse unité de style, mais qu'une exception unique avait été faite relativement aux figures macabres, qu'on avait soigneusement évité de reproduire, disait la note rédigée sans doute par l'éditeur, *comme n'étant plus du goût de ce siècle*, si éclairé, aurait-il dû ajouter, pour se conformer tout à fait au goût dudit siècle.

Le mauvais goût du siècle en cela me fait peur [93].

Il y a un brave journal où chacun sait tout et parle de tout, où chaque rédacteur, universel et encyclopédique comme les citoyens de la vieille Rome, peut enseigner tour à tour politique, religion, économie, beaux-arts, philosophie, littérature. Dans ce vaste monument de la niaiserie, penché vers l'avenir comme la tour de Pise, et où s'élabore le bonheur du genre humain, il y a un très honnête homme qui ne veut pas qu'on admire M. Penguilly. Mais la raison, mon cher M***, la raison ? – Parce qu'il y a dans son œuvre une *monotonie fatigante*. – Ce mot n'a sans doute pas trait à l'imagination de M. Penguilly, qui est excessivement pittoresque et variée. Ce penseur a voulu dire qu'il n'aimait pas un peintre qui traitait tous les sujets avec le même style. Parbleu ! c'est le *sien* ! Vous voulez donc qu'il en change ?

Je ne veux pas quitter cet aimable artiste, dont tous les tableaux, cette année, sont également intéressants, sans vous faire remarquer plus particulièrement les

Petites Mouettes [94] : l'azur intense du ciel et de l'eau, deux quartiers de roche qui font une porte ouverte sur l'infini (vous savez que l'infini paraît plus profond quand il est plus resserré), une nuée, une multitude, une avalanche, une *plaie* d'oiseaux blancs, et la solitude ! Considérez cela, mon cher ami, et dites-moi ensuite si vous croyez que M. Penguilly soit dénué d'esprit poétique.

Avant de terminer ce chapitre j'attirerai aussi vos yeux sur le tableau de M. Leighton, le seul artiste anglais, je présume, qui ait été exact au rendez-vous [95] : *Le comte Pâris se rend à la maison des Capulets pour chercher sa fiancée Juliette, et la trouve inanimée* [96]. Peinture riche et minutieuse, avec des tons violents et un fini précieux, ouvrage plein d'opiniâtreté, mais dramatique, emphatique même ; car nos amis d'outre-Manche ne représentent pas les sujets tirés du théâtre comme des scènes *vraies*, mais comme des scènes *jouées* avec l'exagération nécessaire, et ce défaut, si c'en est un, prête à ces ouvrages je ne sais quelle beauté étrange et paradoxale.

Enfin, si vous avez le temps de retourner au Salon, n'oubliez pas d'examiner les peintures sur émail de M. Marc Baud [97]. Cet artiste, dans un genre ingrat et mal apprécié, déploie des qualités surprenantes, celles d'un vrai peintre. Pour tout dire, en un mot, il peint grassement là où tant d'autres étalent platement des couleurs pauvres ; il sait *faire grand* dans le petit.

VI

LE PORTRAIT

Je ne crois pas que les oiseaux du ciel se chargent jamais de pourvoir aux frais de ma table, ni qu'un lion me fasse l'honneur de me servir de fossoyeur et de croque-mort ; cependant, dans la Thébaïde que mon cerveau s'est faite, semblable aux solitaires agenouillés qui ergotaient contre cette incorrigible tête de mort encore farcie de toutes les mauvaises raisons de la chair périssable et mortelle, je dispute parfois avec des monstres grotesques, des hantises du plein jour, des spectres de la rue, du salon, de l'omnibus. En face de moi, je vois l'Âme de la Bourgeoisie, et croyez bien que si je ne craignais pas de maculer à jamais la tenture de ma cellule, je lui jetterais volontiers, et avec une vigueur qu'elle ne soupçonne pas, mon écritoire à la face. Voilà ce qu'elle me dit aujourd'hui, cette vilaine Âme, qui n'est pas une hallucination : « En vérité, les poètes sont de singuliers fous de prétendre que l'imagination soit nécessaire dans toutes les fonctions de l'art. Qu'est-il besoin d'imagination, par exemple, pour faire un portrait ? Pour peindre mon âme, mon âme si visible, si claire, si notoire ? Je pose, et en réalité c'est moi, le modèle, qui consens à faire le gros de la besogne. Je suis le véritable fournisseur de l'artiste. Je suis, à moi tout seul, toute la matière. » Mais je lui réponds : « *Caput mortuum*, tais-toi ! Brute hyperboréenne des anciens jours, éternel Esquimau porte-lunettes, ou plutôt porte-écailles, que toutes les visions de Damas, tous les tonnerres et les éclairs ne sauraient éclairer ! plus la matière est, en apparence, positive et solide, et plus la besogne de l'imagination est subtile et laborieuse. Un portrait ! Quoi de plus simple et de plus compliqué, de plus évident et de plus profond ? Si La Bruyère eût été privé d'imagination, aurait-il pu composer ses *Caractères*, dont cependant la matière, si évidente, s'offrait si complaisamment à lui ? Et si restreint qu'on suppose un sujet historique quelconque, quel historien peut se flatter de le peindre et de l'*illuminer* sans imagination ? »

Le portrait, ce genre en apparence si modeste, nécessite une immense intelligence. Il faut sans doute que l'obéissance de l'artiste y soit grande, mais sa divination doit être égale. Quand je vois un bon portrait, je devine tous les efforts de l'artiste, qui a dû voir d'abord ce qui se faisait voir, mais aussi deviner ce qui se cachait. Je le comparais tout à l'heure à l'historien, je pourrais aussi le comparer au comédien, qui par devoir adopte tous les caractères et tous les costumes. Rien, si l'on veut bien examiner la chose, n'est indifférent dans un portrait. Le geste, la grimace, le vêtement, le décor même, tout doit servir à représenter un *caractère*. De grands peintres, et d'excellents peintres, David, quand il n'était qu'un artiste du XVIIIe siècle et après qu'il fut devenu un chef d'école, Holbein, dans tous ses portraits, ont visé à exprimer avec sobriété mais avec intensité le caractère qu'ils se chargeaient de peindre. D'autres ont cherché à faire davantage ou à faire autrement. Reynolds et Gérard ont ajouté l'élément romanesque, toujours en accord avec le naturel du personnage ; ainsi un ciel orageux et tourmenté, des fonds légers et aériens, un mobilier poétique, une attitude alanguie, une démarche aventureuse, etc. C'est là un procédé dangereux, mais non pas condamnable, qui malheureusement réclame du génie. Enfin, quel que soit le moyen le plus visiblement employé par l'artiste, que cet artiste soit Holbein, David, Vélasquez ou Lawrence, un bon portrait m'apparaît toujours comme une biographie dramatisée, ou plutôt comme le drame naturel inhérent à tout homme. D'autres ont voulu restreindre les moyens. Était-ce par impuissance de les employer tous ? était-ce dans l'espérance d'obtenir une plus grande intensité d'expression ? Je ne sais ; ou plutôt je serais incliné à croire qu'en ceci, comme en bien d'autres choses humaines, les deux raisons sont également acceptables. Ici, mon cher ami, je suis obligé, je le crains fort, de toucher à une de vos admirations. Je veux parler de l'école d'Ingres en général, et en particulier de sa méthode appliquée au portrait. Tous les élèves n'ont pas strictement et humblement suivi les préceptes du maître [98]. Tandis que M. Amaury-Duval [99] outrait courageusement l'ascétisme de l'école, M. Lehmann [100] essayait quelquefois de faire pardonner la genèse de ses tableaux par quelques mixtures adultères. En somme on peut dire que l'enseignement a été despotique, et qu'il a laissé dans la peinture française une trace douloureuse. Un homme plein d'entêtement, doué de quelques facultés précieuses, mais décidé à nier l'utilité de celles qu'il ne possède pas, s'est attribué cette gloire extraordinaire, exceptionnelle, d'éteindre le soleil. Quant à quelques tisons fumeux, encore égarés dans l'espace, les disciples de l'homme se sont chargés de piétiner dessus. Exprimée par ces simplificateurs, la nature a paru plus intelligible ; cela est incontestable ; mais combien elle est devenue moins belle et moins excitante, cela est évident. Je suis obligé de confesser que j'ai vu quelques portraits peints par MM. Flandrin et Amaury-Duval, qui, sous l'apparence fallacieuse de peinture, offraient d'admirables échantillons de modelé. J'avouerai même que le caractère visible de ces portraits, moins tout ce qui est relatif à la couleur et à la lumière, était vigoureusement et soigneusement exprimé, d'une manière pénétrante. Mais je demande s'il y a loyauté à abréger les difficultés d'un art par la suppression de quelques-unes de ses parties. Je trouve que M. Chenavard est plus courageux et plus franc [101]. Il a simplement répudié la couleur comme une pompe dangereuse, comme un élément passionnel et damnable, et s'est fié au simple crayon pour exprimer toute la valeur de l'idée. M. Chenavard est incapable de nier tout le bénéfice que la paresse tire du procédé qui consiste à exprimer la forme d'un objet sans la lumière diversement colorée qui s'attache à chacune de ses molécules ; seulement il prétend que ce sacrifice est glorieux et utile, et que la forme et l'idée y gagnent également. Mais les élèves de M. Ingres ont très inutilement conservé un semblant de couleur. Ils croient ou feignent de croire qu'ils font de la peinture.

Voici un autre reproche, un éloge peut-être aux yeux de quelques-uns, qui les atteint plus vivement : leurs portraits ne sont pas vraiment ressemblants. Parce que je réclame sans cesse l'application de l'imagination, l'introduction de la poésie dans toutes les fonctions de l'art, personne ne supposera que je désire, dans le portrait surtout, une altération consciencieuse du modèle. Holbein connaît Érasme ; il l'a si bien connu et si bien étudié qu'il le crée de nouveau et qu'il l'évoque, visible, immortel, superlatif. M. Ingres trouve un modèle grand, pittoresque, séduisant. « Voilà sans doute, se dit-il, un curieux caractère ; beauté ou grandeur, j'exprimerai cela soigneusement ; je n'en omettrai rien, mais *j'y ajouterai quelque chose qui est indispensable* : le style. » Et nous savons ce qu'il entend par le style ; ce n'est pas la qualité naturellement poétique du sujet qu'il en faut extraire pour la rendre plus visible. C'est une poésie étrangère, empruntée généralement au passé. J'aurais le droit de conclure que si M. Ingres ajoute quelque chose à son modèle, c'est par impuissance de le faire à la fois grand et vrai. De quel droit ajouter ? N'empruntez à la tradition que l'art de peindre et non pas les moyens de sophistiquer. Cette dame parisienne, ravissant échantillon des grâces évaporées d'un salon français, il la dotera malgré elle d'une certaine lourdeur, d'une bonhomie romaine. Raphaël l'exige. Ces bras sont d'un galbe très pur et d'un contour bien séduisant, sans aucun doute ; mais, un peu graciles, il leur manque, pour arriver au style *préconçu*, une certaine dose d'embonpoint et de suc matronal. M. Ingres est victime d'une obsession qui le contraint sans cesse à déplacer, à transposer et à altérer le beau. Ainsi font tous ses élèves, dont chacun, en se mettant à l'ouvrage, se prépare toujours, selon son goût dominant, à *déformer* son modèle. Trouvez-vous que ce défaut soit léger et ce reproche immérité ?

Parmi les artistes qui se contentent du pittoresque naturel de l'original se font surtout remarquer M. Bonvin [102], qui donne à ses portraits une vigoureuse et surprenante vitalité, et M. Heim [103], dont quelques esprits superficiels se sont autrefois moqués, et qui cette année encore, comme en 1855, nous a révélé, dans une procession de croquis, une merveilleuse intelligence de la grimace humaine. On n'entendra pas, je présume, le mot dans un sens désagréable. Je veux parler de la grimace naturelle et professionnelle qui appartient à chacun.

M. Chaplin et M. Besson [104] savent faire des portraits. Le premier ne nous a rien montré en ce genre cette année ; mais les amateurs qui suivent attentivement les expositions et qui savent à quelles œuvres antécédentes de cet artiste je fais allusion, en ont comme moi éprouvé du regret. Le second, qui est un fort bon peintre, a de plus toutes les qualités littéraires et tout l'esprit nécessaire pour représenter *dignement* des comédiennes. Plus d'une fois, en considérant les portraits vivants et lumineux de M. Besson, je me suis pris à songer à toute la grâce et à toute l'application que les artistes du XVIIIe siècle mettaient dans les images qu'ils nous ont léguées de leurs *étoiles* préférées.

À différentes époques, divers portraitistes ont obtenu la vogue, les uns par leurs qualités et d'autres par leurs défauts. Le public, qui aime passionnément sa propre image, n'aime pas à demi l'artiste auquel il donne plus volontiers commission de la représenter. Parmi tous ceux qui ont su arracher cette faveur, celui qui m'a paru la mériter le mieux, parce qu'il est toujours resté un franc et véritable artiste, est M. Ricard [105]. On a vu quelquefois dans sa peinture un manque de solidité ; on lui a reproché, avec exagération, son goût pour Van Dyck, Rembrandt et Titien, sa grâce quelquefois anglaise, quelquefois italienne. Il y a là tant soit peu d'injustice. Car l'imitation est le vertige des esprits souples et brillants, et souvent même une preuve de supériorité. À des instincts de peintre tout à fait remarquables M. Ricard unit une connaissance très vaste de l'histoire de son art, un esprit critique plein de finesse, et il n'y a pas un seul ouvrage de lui où toutes ces qualités ne se fassent deviner. Autrefois il faisait peut-être ses modèles trop jolis ; encore dois-je dire que dans les portraits dont je parle le défaut en question a pu être *exigé* par le modèle ; mais la partie virile et noble de son esprit a bien vite prévalu. Il a vraiment une intelligence toujours apte à peindre l'*âme* qui pose devant lui. Ainsi le portrait de cette vieille dame, où l'âge n'est pas lâchement dissimulé, révèle tout de suite un caractère reposé, une douceur et une charité qui appellent la confiance. La simplicité de regard et d'attitude s'accorde heureusement avec cette couleur chaude et mollement dorée qui me semble faite pour traduire les douces pensées du soir. Voulez-vous reconnaître l'énergie dans la jeunesse, la grâce dans la santé, la candeur dans une physionomie frémissante de vie, considérez le portrait de Mlle L. J. Voilà certes un vrai et grand portrait. Il est certain qu'un beau modèle, s'il ne donne pas du talent, ajoute du moins un charme au talent. Mais combien peu de peintres pourraient rendre, par une exécution mieux appropriée, la solidité d'une nature opulente et pure, et le ciel si profond de cet œil avec sa large étoile de velours ! Le contour du visage, les ondulations de ce large front adolescent casqué de lourds cheveux, la richesse des lèvres, le grain de cette peau éclatante, tout y est soigneusement exprimé, et surtout ce qui est le plus charmant et le plus difficile à peindre, je ne sais quoi de malicieux qui est toujours mêlé à l'innocence, et cet air noblement extatique et curieux qui, dans l'espèce humaine comme chez les animaux, donne aux jeunes physionomies une si mystérieuse gentillesse. Le nombre des portraits produits par M. Ricard est actuellement très considérable ; mais celui-ci est un bon parmi les bons, et l'activité de ce remarquable esprit, toujours en éveil et en recherche, nous en promet bien d'autres.

D'une manière sommaire, mais suffisante, je crois avoir expliqué pourquoi le portrait, le vrai portrait, ce genre si modeste en apparence, est en fait si difficile à produire. Il est donc naturel que j'aie peu d'échantillons à citer. Bien d'autres artistes, Mme O'Connell par exemple, savent peindre une tête humaine ; mais je serais obligé, à propos de telle qualité ou de tel défaut, de tomber dans des rabâchages, et nous sommes convenus, au commencement, que je me contenterais, autant que possible, d'expliquer, à propos de chaque genre, ce qui peut être considéré comme l'idéal.

VII

LE PAYSAGE

Si tel assemblage d'arbres, de montagnes, d'eaux et de maisons, que nous appelons un paysage, est beau, ce n'est pas par lui-même, mais par moi, par ma grâce propre, par l'idée ou le sentiment que j'y attache. C'est dire suffisamment, je pense, que tout paysagiste qui ne sait pas traduire un sentiment par un assemblage de matière végétale ou minérale n'est pas un artiste. Je sais bien que l'imagination humaine peut, par un effort singulier, concevoir un instant la nature sans l'homme, et toute la masse suggestive éparpillée dans l'espace, sans un contemplateur pour en extraire la comparaison, la métaphore et l'allégorie. Il est certain que tout cet ordre et toute cette harmonie n'en gardent pas moins la qualité inspiratrice qui y est providentiellement déposée ; mais, dans ce cas, faute d'une intelligence qu'elle pût inspirer, cette qualité serait comme si elle n'était pas. Les artistes qui veulent exprimer la nature, moins les sentiments qu'elle inspire, se soumettent à une opération bizarre qui consiste à tuer en eux l'homme pensant et sentant, et malheureusement, croyez que, pour la plupart, cette opération n'a rien de bizarre ni de douloureux. Telle est l'école qui, aujourd'hui et depuis longtemps, a prévalu. J'avouerai, avec tout le monde, que l'école moderne des paysagistes est singulièrement forte et habile ; mais dans ce triomphe et cette prédominance d'un genre inférieur, dans ce culte niais de la nature, non épurée, non expliquée par l'imagination, je vois un signe évident d'abaissement général. Nous saisirons sans doute quelques différences d'habileté pratique entre tel et tel paysagiste ; mais ces différences sont bien petites. Élèves de maîtres divers, ils peignent tous fort bien, et presque tous oublient qu'un site naturel n'a de valeur que le sentiment actuel que l'artiste y sait mettre. La plupart tombent dans le défaut que je signalais au commencement de cette étude : ils prennent le dictionnaire de l'art pour l'art lui-même ; ils copient un mot du dictionnaire, croyant copier un poème. Or un poème ne se copie jamais : il veut être composé. Ainsi ils ouvrent une fenêtre, et tout l'espace compris dans le carré de la fenêtre, arbres, ciel et maison, prend pour eux la valeur d'un poème tout fait. Quelques-uns vont plus loin encore. À leurs yeux, une étude est un tableau. M. Français nous montre un arbre, un arbre antique, énorme, il est vrai, et il nous dit : voilà un paysage. La supériorité de pratique que montrent MM. Anastasi, Leroux, Breton, Belly, Chintreuil [106], etc., ne sert qu'à rendre plus désolante et visible la lacune universelle. Je sais que M. Daubigny [107] veut et sait faire davantage. Ses paysages ont une grâce et une fraîcheur qui fascinent tout d'abord. Ils transmettent tout de suite à l'âme du spectateur le sentiment originel dont ils sont pénétrés. Mais on dirait que cette qualité n'est obtenue par M. Daubigny qu'aux dépens du fini et de la perfection dans le détail. Mainte peinture de lui, spirituelle d'ailleurs et charmante, manque de solidité. Elle a la grâce, mais aussi la mollesse et l'inconsistance d'une improvisation. Avant tout, cependant, il faut rendre à M. Daubigny cette justice que ses œuvres sont généralement poétiques, et je les préfère avec leurs défauts à beaucoup d'autres plus parfaites, mais privées de la qualité qui le distingue.

M. Millet [108] cherche particulièrement le style ; il ne s'en cache pas, il en fait montre et gloire. Mais une partie du ridicule que j'attribuais aux élèves de M. Ingres s'attache à lui. Le style lui porte malheur. Ses paysans sont des pédants qui ont d'eux-mêmes une trop haute opinion. Ils étalent une manière d'abrutissement sombre et fatal qui me donne l'envie de les haïr. Qu'ils moissonnent, qu'ils sèment, qu'ils fassent paître des vaches, qu'ils tondent des animaux, ils ont toujours l'air de dire : « Pauvres déshérités de ce monde, c'est pourtant nous qui le fécondons ! Nous accomplissons une mission, nous exerçons un sacerdoce ! » Au lieu d'extraire simplement la poésie naturelle de son sujet, M. Millet veut à tout prix y ajouter quelque chose. Dans leur monotone laideur, tous ces petits parias ont une prétention philosophique, mélancolique et raphaélesque. Ce malheur, dans la peinture de M. Millet, gâte toutes les belles qualités qui attirent tout d'abord le regard vers lui.

M. Troyon [109] est le plus bel exemple de l'habileté sans âme. Aussi quelle popularité ! Chez un public sans âme, il la méritait. Tout jeune, M. Troyon a peint avec la même certitude, la même habileté, la même insensibilité. Il y a de longues années, il nous étonnait déjà par l'aplomb de sa fabrication, par la *rondeur* de son jeu, comme on dit au théâtre, par son mérite infaillible, modéré et inconnu. C'est une âme, je le veux bien, mais trop à la portée de toutes les âmes. L'usurpation de ces talents de second ordre ne peut pas avoir lieu sans créer des injustices. Quand un autre animal que le lion se fait la part du lion, il y a infailliblement de modestes créatures dont la modeste part se trouve beaucoup trop diminuée. Je veux dire que dans les talents de second ordre cultivant avec succès un genre inférieur, il y en a plusieurs qui valent bien M. Troyon, et qui peuvent trouver singulier de ne pas obtenir tout ce qui leur est dû, quand celui-ci prend beaucoup plus que ce qui lui appartient. Je me garderai bien de citer ces noms ; la victime se sentirait peut-être aussi offensée que l'usurpateur.

Les deux hommes que l'opinion publique a toujours marqués comme les plus importants dans la spécialité du paysage sont MM. Rousseau [110] et Corot [111]. Avec de pareils artistes, il faut être plein de réserve et de respect. M. Rousseau a le travail compliqué, plein de ruses et de repentirs. Peu d'hommes ont plus sincèrement aimé la lumière et l'ont mieux rendue. Mais la silhouette générale des formes est souvent difficile à saisir. La vapeur lumineuse, pétillante et ballottée, trouble la carcasse des êtres. M. Rousseau m'a toujours ébloui ; mais il m'a quelquefois fatigué. Et puis il tombe dans le fameux défaut moderne, qui naît d'un amour aveugle de la nature, de rien que la nature ; il prend une simple étude pour une composition. Un marécage miroitant, fourmillant d'herbes humides et marqueté de plaques lumineuses, un tronc d'arbre rugueux, une chaumière à la toiture fleurie, un petit bout de nature enfin, deviennent à ses yeux amoureux un tableau suffisant et parfait. Tout le charme qu'il sait mettre dans ce lambeau arraché à la planète ne suffit pas toujours pour faire oublier l'absence de construction.

Si M. Rousseau, souvent incomplet, mais sans cesse inquiet et palpitant, a l'air d'un homme qui, tourmenté de plusieurs diables, ne sait auquel entendre, M. Corot, qui est son antithèse absolue, n'a pas assez souvent le diable au corps. Si défectueuse et même injuste que soit cette expression, je la choisis comme rendant approximativement la raison qui empêche ce savant artiste d'éblouir et d'étonner. Il étonne lentement, je le veux bien, il enchante peu à peu ; mais il faut savoir pénétrer dans sa science, car, chez lui, il n'y a pas de papillotage, mais partout une infaillible rigueur d'harmonie. De plus, il est un des rares, le seul peut-être, qui ait gardé un profond sentiment de la construction, qui observe la valeur proportionnelle de chaque détail dans l'ensemble, et, s'il est permis de comparer la composition d'un paysage à la structure humaine, qui sache toujours où placer les ossements et quelle dimension il leur faut donner. On sent, on devine que M. Corot dessine abréviativement et largement, ce qui est la seule méthode pour amasser avec célérité une grande quantité de matériaux précieux. Si un seul homme avait pu retenir l'école française moderne dans son amour impertinent et fastidieux du détail, certes c'était lui. Nous avons entendu reprocher à cet éminent artiste sa couleur un peu trop douce et sa lumière presque crépusculaire. On dirait que pour lui toute la lumière qui inonde le monde est partout baissée d'un ou de plusieurs tons. Son regard, fin et judicieux, comprend plutôt tout ce qui confirme l'harmonie que ce qui accuse le contraste. Mais, en supposant qu'il n'y ait pas trop d'injustice dans ce reproche, il faut remarquer que nos expositions de peinture ne sont pas propices à l'effet des bons tableaux, surtout de ceux qui sont conçus et exécutés avec sagesse et modération. Un son de voix clair, mais modeste et harmonieux, se perd dans une réunion de cris étourdissants ou ronflants, et les Véronèse les plus lumineux paraîtraient souvent gris et pâles s'ils étaient entourés de certaines peintures modernes plus criardes que des foulards de village.

Il ne faut pas oublier, parmi les mérites de M. Corot, son excellent enseignement, solide, lumineux, méthodique. Des nombreux élèves qu'il a formés, soutenus ou retenus loin des entraînements de l'époque, M. Lavieille est celui que j'ai le plus agréablement remarqué. Il y a de lui un paysage fort simple : une chaumière sur une lisière de bois, avec une route qui s'y enfonce. La blancheur de la neige fait un contraste agréable avec l'incendie du soir qui s'éteint lentement derrière les innombrables mâtures de la forêt sans feuilles. Depuis quelques années, les paysagistes ont plus fréquemment appliqué leur esprit aux beautés pittoresques de la saison triste. Mais personne, je crois, ne les sent mieux que M. Lavieille [112]. Quelques-uns des effets qu'il a souvent rendus me semblent des extraits du bonheur de l'hiver. Dans la tristesse de ce paysage, qui porte la livrée obscurément blanche et rose des beaux jours d'hiver à leur déclin, il y a une volupté élégiaque irrésistible que connaissent tous les amateurs de promenades solitaires.

Permettez-moi, mon cher, de revenir encore à ma manie, je veux dire aux regrets que j'éprouve de voir la part de l'imagination dans le paysage de plus en plus réduite. Çà et là, de loin en loin, apparaît la trace d'une protestation, un talent libre et grand qui n'est plus dans le goût du siècle. M. Paul Huet, par exemple, *un vieux de la vieille*, celui-là [113] ! (je puis appliquer aux débris d'une grandeur militante comme le *Romantisme*, déjà si lointaine, cette expression familière et grandiose) ; M. Paul Huet, reste fidèle aux goûts de sa jeunesse. Les huit peintures, maritimes ou rustiques, qui doivent servir à la décoration d'un salon, sont de véritables poèmes pleins de légèreté, de richesse et de fraîcheur. Il me paraît superflu de détailler les talents d'un artiste aussi élevé et qui a autant produit ; mais ce qui me paraît en lui de plus louable et de plus remarquable, c'est que pendant que le goût de la minutie va gagnant tous les esprits de proche en proche, lui, constant dans son caractère et sa méthode, il donne à toutes ses compositions un caractère amoureusement poétique.

Cependant il m'est venu cette année un peu de consolation, par deux artistes de qui je ne l'aurais pas attendue. M. Jadin [114], qui jusqu'ici avait trop modestement, cela est évident maintenant, limité sa gloire au chenil et à l'écurie, a envoyé une splendide vue de Rome prise de l'*Arco di Parma*. Il y a là, d'abord les qualités habituelles de M. Jadin, l'énergie et la solidité, mais de plus une impression poétique parfaitement bien saisie et rendue. C'est l'impression glorieuse et mélancolique du soir descendant sur la cité sainte, un soir solennel, traversé de bandes pourprées, pompeux et ardent comme la religion romaine. M. Clésinger, à qui la sculpture ne suffit plus, ressemble à ces enfants d'un sang turbulent et d'une ardeur capricante, qui veulent escalader toutes les hauteurs pour y inscrire leur nom. Ses deux paysages, *Isola Farnese* et *Castel Fusana*, sont d'un aspect pénétrant, d'une native et sévère mélancolie. Les eaux y sont plus lourdes et plus solennelles qu'ailleurs, la solitude plus silencieuse, les arbres eux-mêmes plus monumentaux. On a souvent ri de l'emphase de M. Clésinger ; mais ce n'est pas par la petitesse qu'il prêtera jamais à rire. Vice pour vice, je pense comme lui que l'excès en tout vaut mieux que la mesquinerie.

Oui, l'imagination fait le paysage [115]. Je comprends qu'un esprit appliqué à prendre des notes ne puisse pas s'abandonner aux prodigieuses rêveries contenues dans les spectacles de la nature présente ; mais pourquoi l'imagination fuit-elle l'atelier du paysagiste ? Peut-être les artistes qui cultivent ce genre se défient-ils beaucoup trop de leur mémoire et adoptent-ils une méthode de copie immédiate, qui s'accommode parfaitement à la paresse de leur esprit. S'ils avaient vu comme j'ai vu récemment, chez M. Boudin [116] qui, soit dit en passant, a exposé un fort bon et fort sage tableau (le *Pardon de sainte Anne Palud*), plusieurs centaines d'études au pastel improvisées en face de la mer et du ciel, ils comprendraient ce qu'ils n'ont pas l'air de comprendre, c'est-à-dire la différence qui sépare une étude d'un tableau. Mais M. Boudin, qui pourrait s'enorgueillir de son dévouement à son art, montre très modestement sa curieuse collection. Il sait bien qu'il faut que tout cela devienne tableau par le moyen de l'impression poétique rappelée à volonté ; et il n'a pas la prétention de donner ses notes pour des tableaux. Plus tard, sans aucun doute, il nous étalera dans des peintures achevées les prodigieuses magies de l'air et de l'eau. Ces études si rapidement et si fidèlement croquées d'après ce qu'il y a de plus inconstant, de plus insaisissable dans sa forme et dans sa couleur, d'après des vagues et des nuages, portent toujours, écrits en marge, la date, l'heure et le vent ; ainsi, par exemple : *8 octobre, midi, vent de nord-ouest.* Si vous avez eu quelquefois le loisir de faire connaissance avec ces beautés météorologiques, vous pourriez vérifier par mémoire l'exactitude des observations de M. Boudin. La légende cachée avec la main, vous devineriez la saison, l'heure et le vent. Je n'exagère rien. J'ai vu. À la fin tous ces nuages aux formes fantastiques et lumineuses, ces ténèbres chaotiques, ces immensités vertes et roses, suspendues et ajoutées les unes aux autres, ces fournaises béantes, ces firmaments de satin noir ou violet, fripé, roulé ou déchiré, ces horizons en deuil ou ruisselants de métal fondu, toutes ces profondeurs, toutes ces splendeurs, me montèrent au cerveau comme une boisson capiteuse ou comme l'éloquence de l'opium. Chose assez curieuse, il ne m'arriva pas une seule fois, devant ces magies liquides ou aériennes, de me plaindre de l'absence de l'homme. Mais je me garde bien de tirer de la plénitude de ma jouissance un conseil pour qui que ce soit, non plus que pour M. Boudin. Le conseil serait trop dangereux. Qu'il se rappelle que l'homme, comme dit Robespierre, qui avait soigneusement fait ses *humanités*, ne voit jamais l'homme sans plaisir ; et, s'il veut gagner un peu de popularité, qu'il se garde bien de croire que le public soit arrivé à un égal enthousiasme pour la solitude.

Ce n'est pas seulement les peintures de marine qui font défaut, un genre pourtant si poétique ! (je ne prends pas pour marines des drames militaires qui se jouent sur l'eau), mais aussi un genre que j'appellerais volontiers le paysage des grandes villes, c'est-à-dire la collection des grandeurs et des beautés qui résultent d'une puissante agglomération d'hommes et de monuments, le charme profond et compliqué d'une capitale âgée et vieillie dans les gloires et les tribulations de la vie.

Il y a quelques années, un homme puissant et singulier, un officier de marine, dit-on [117], avait commencé une série d'études à l'eau-forte d'après les points de vue les plus pittoresques de Paris. Par l'âpreté, la finesse et la certitude de son dessin, M. Méryon rappelait les vieux et excellents aquafortistes. J'ai rarement vu représentée avec plus de poésie la solennité naturelle d'une ville immense. Les majestés de la pierre accumulée, les clochers *montrant du doigt le ciel* [118], les obélisques de l'industrie vomissant contre le firmament leurs coalitions de fumée, les prodigieux échafaudages des monuments en réparation, appliquant sur le corps solide de l'architecture leur architecture à jour d'une beauté si paradoxale, le ciel tumultueux, chargé de colère et de rancune, la profondeur des perspectives augmentée par la pensée de tous les drames qui y sont contenus, aucun des éléments complexes dont se compose le douloureux et glorieux décor de la civilisation n'était oublié. Si Victor

Hugo a vu ces excellentes estampes, il a dû être content ; il a retrouvé, dignement représentée, sa

> Morne Isis, couverte d'un voile !
> Araignée à l'immense toile,
> Où se prennent les nations !
> Fontaine d'urnes obsédée !
> Mamelle sans cesse inondée,
> Où, pour se nourrir de l'idée,
> Viennent les générations !
>
> ....
>
> Ville qu'un orage enveloppe [119] !

Mais un démon cruel a touché le cerveau de M. Méryon ; un délire mystérieux a brouillé ces facultés qui semblaient aussi solides que brillantes. Sa gloire naissante et ses travaux ont été soudainement interrompus. Et depuis lors nous attendons toujours avec anxiété des nouvelles consolantes de ce singulier officier, qui était devenu en un jour un puissant artiste, et qui avait dit adieu aux solennelles aventures de l'Océan pour peindre la noire majesté de la plus inquiétante des capitales.

Je regrette encore, et j'obéis peut-être à mon insu aux accoutumances de ma jeunesse, le paysage romantique, et même le paysage romanesque qui existait déjà au XVIIIe siècle. Nos paysagistes sont des animaux beaucoup trop herbivores. Ils ne se nourrissent pas volontiers des ruines, et, sauf un petit nombre d'hommes tels que Fromentin, le ciel et le désert les épouvantent. Je regrette ces grands lacs qui représentent l'immobilité dans le désespoir, les immenses montagnes, escaliers de la planète vers le ciel, d'où tout ce qui paraissait grand paraît petit, les châteaux forts (oui, mon cynisme ira jusque-là), les abbayes crénelées qui se mirent dans les mornes étangs, les ponts gigantesques, les constructions ninivites, habitées par le vertige, et enfin tout ce qu'il faudrait inventer, si tout cela n'existait pas !

Je dois confesser en passant que, bien qu'il ne soit pas doué d'une originalité de manière bien décidée, M. Hildebrandt [120], par son énorme exposition d'aquarelles, m'a causé un vif plaisir. En parcourant ces amusants albums de voyage, il me semble toujours que je *revois*, que je reconnais ce que je n'ai jamais vu. Grâce à lui, mon imagination fouettée s'est promenée à travers trente-huit paysages romantiques, depuis les remparts sonores de la Scandinavie jusqu'aux pays lumineux des ibis et des cigognes, depuis le Fiord de Séraphîtus [122] jusqu'au pic de Ténériffe. La lune et le soleil ont tour à tour illuminé ces décors, l'un versant sa tapageuse lumière, l'autre ses patients enchantements.

Vous voyez, mon cher ami, que je ne puis jamais considérer le choix du sujet comme indifférent, et que, malgré l'amour nécessaire qui doit féconder le plus humble morceau, je crois que le sujet fait pour l'artiste une partie du génie, et pour moi, barbare malgré tout, une partie du plaisir. En somme, je n'ai trouvé parmi les paysagistes que des talents sages ou petits, avec une très grande paresse d'imagination. Je n'ai pas vu chez eux, chez tous, du moins, le charme naturel, si simplement exprimé, des savanes et des prairies de Catlin (je parie qu'ils ne savent même pas ce que c'est que Catlin), non plus que la beauté surnaturelle des paysages de Delacroix, non plus que la magnifique imagination qui coule dans les dessins de Victor Hugo, comme le mystère dans le ciel. Je parle de ses dessins à l'encre de Chine, car il est trop évident qu'en poésie notre poète est le roi des paysagistes [122].

Je désire être ramené vers les dioramas dont la magie brutale et énorme sait m'imposer une utile illusion. Je préfère contempler quelques décors de théâtre, où je trouve artistement exprimés et tragiquement concentrés mes rêves les plus chers. Ces choses, parce qu'elles sont fausses, sont infiniment plus près du vrai ; tandis que la plupart de nos paysagistes sont des menteurs, justement parce qu'ils ont négligé de mentir.

VIII

SCULPTURE

Au fond d'une bibliothèque antique, dans le demi-jour propice qui caresse et suggère les longues pensées, Harpocrate, debout et solennel, un doigt posé sur sa bouche, vous commande le silence, et, comme un pédagogue pythagoricien, vous dit : Chut ! avec un geste plein d'autorité. Apollon et les Muses, fantômes impérieux, dont les formes divines éclatent dans la pénombre, surveillent vos pensées, assistent à vos travaux, et vous encouragent au sublime.

Au détour d'un bosquet, abritée sous de lourds ombrages, l'éternelle Mélancolie mire son visage auguste dans les eaux d'un bassin, immobiles comme elle. Et le rêveur qui passe, attristé et charmé, contemplant cette grande figure aux membres robustes, mais alanguis par une peine secrète, dit : Voilà ma sœur !

Avant de vous jeter dans le confessionnal, au fond de cette petite chapelle ébranlée par le trot des omnibus, vous êtes arrêté par un fantôme décharné et magnifique, qui soulève discrètement l'énorme couvercle de son sépulcre pour vous supplier, créature passagère, de penser à l'éternité ! Et au coin de cette allée fleurie qui mène à la sépulture de ceux qui vous sont encore chers, la figure prodigieuse du Deuil, prostrée, échevelée, noyée dans le ruisseau de ses larmes, écrasant de sa lourde désolation les restes poudreux d'un homme illustre, vous enseigne que richesse, gloire, patrie même, sont de pures frivolités, devant ce je ne sais quoi que personne n'a nommé ni défini [123], que l'homme n'exprime que par des adverbes mystérieux, tels que : peut-être, jamais, toujours ! et qui contient, quelques-uns l'espèrent, la béatitude infinie, tant désirée, ou l'angoisse sans trêve dont la raison moderne repousse l'image avec le geste convulsif de l'agonie.

L'esprit charmé par la musique des eaux jaillissantes, plus douce que la voix des nourrices, vous tombez dans un boudoir de verdure, où Vénus et Hébé, déesses badines qui présidèrent quelquefois à votre vie, étalent sous des alcôves de feuillage les rondeurs de leurs membres charmants qui ont puisé dans la fournaise le rose éclat de la vie. Mais ce n'est guère que dans les jardins du temps passé que vous trouverez ces délicieuses surprises ; car des trois matières excellentes qui s'offrent à l'imagination pour remplir le rêve sculptural, bronze, terre cuite et marbre, la dernière seule, dans notre âge, jouit fort injustement, selon nous, d'une popularité presque exclusive.

Vous traversez une grande ville vieillie dans la civilisation, une de celles qui contiennent les archives les plus importantes de la vie universelle, et vos yeux sont tirés en haut, *sur sum, ad sidera* ; car sur les places publiques, aux angles des carrefours, des personnages immobiles, plus grands que ceux qui passent à leurs pieds, vous racontent dans un langage muet les pompeuses légendes de la gloire, de la guerre, de la science et du martyre. Les uns montrent le ciel, où ils ont sans cesse aspiré ; les autres désignent le sol d'où ils se sont élancés. Ils agitent ou contemplent ce qui fut la passion de leur vie et qui en est devenu l'emblème : un outil, une épée, un livre, une torche, *vitaï lampada* [124] ! Fussiez-vous le plus insouciant des hommes, le plus malheureux ou le plus vil, mendiant ou banquier, le fantôme de pierre s'empare de vous pendant quelques minutes, et vous commande, au nom du passé, de penser aux choses qui ne sont pas de la terre.

Tel est le rôle divin de la sculpture [125].

Qui peut douter qu'une puissante imagination ne soit nécessaire pour remplir un si magnifique programme ? Singulier art qui s'enfonce dans les ténèbres du temps, et qui déjà, dans les âges primitifs, produisait des œuvres dont s'étonne l'esprit civilisé ! Art, où ce qui doit être compté comme qualité en peinture peut devenir vice ou défaut, où la perfection est d'autant plus nécessaire que le moyen, plus complet en apparence, mais plus barbare et plus enfantin, donne toujours, même aux plus médiocres œuvres, un semblant de fini et de perfection. Devant un objet tiré de la nature et représenté par la sculpture, c'est-à-dire rond, fuyant, autour duquel on peut tourner librement, et, comme l'objet naturel lui-même, environné d'atmosphère, le paysan, le sauvage, l'homme primitif, n'éprouvent aucune indécision ; tandis qu'une peinture, par ses prétentions immenses, par sa nature paradoxale et abstractive, les inquiète et les trouble. Il nous faut remarquer ici que le bas-relief est déjà un mensonge, c'est-à-dire un pas fait vers un art plus civilisé, s'éloignant d'autant de l'idée pure de sculpture. On se souvient que Catlin faillit être mêlé à une querelle fort dangereuse entre des chefs sauvages, ceux-ci plaisantant celui-là dont il avait peint le portrait de profil, et lui reprochant de s'être laissé voler la moitié de son visage [126]. Le singe, quelquefois surpris par une magique peinture de nature, tourne derrière l'image pour en trouver l'envers. Il résulte des conditions barbares dans lesquelles la sculpture est enfermée, qu'elle réclame, en même temps qu'une exécution très parfaite, une spiritualité très élevée. Autrement elle ne produira que l'objet étonnant dont peuvent s'ébahir le singe et le sauvage. Il en résulte aussi que l'œil de l'amateur lui-même, quelquefois fatigué par la monotone blancheur de toutes ces grandes poupées, exactes dans toutes leurs proportions de longueur et d'épaisseur, abdique son autorité. Le médiocre ne lui semble pas toujours méprisable, et, à moins qu'une statue ne soit outrageusement détestable, il peut la prendre pour bonne ; mais une sublime pour mauvaise, jamais ! Ici, plus qu'en toute autre matière, le beau s'imprime dans la mémoire d'une manière indélébile. Quelle force prodigieuse l'Égypte, la Grèce, Michel-Ange, Coustou et quelques autres ont mise dans ces fantômes immobiles ! Quel regard dans ces yeux sans prunelle ! De même que la poésie lyrique ennoblit tout, même la passion, la sculpture, la vraie, solennise tout, même le mouvement ; elle donne à tout ce qui est humain quelque chose d'éternel et qui participe de la dureté de la matière employée. La colère devient calme, la tendresse sévère, le rêve ondoyant et brillanté de la peinture se transforme en méditation solide et obstinée. Mais si l'on veut songer combien de perfections il faut réunir pour obtenir cet austère enchantement, on ne s'étonnera pas de la fatigue et du découragement qui s'emparent souvent de notre esprit en parcourant les galeries des sculptures modernes, où le but divin est presque toujours méconnu, et le joli, le minutieux, complaisamment substitués au grand.

Nous avons le goût de facile composition, et notre dilettantisme peut s'accommoder tour à tour de toutes les grandeurs et de toutes les coquetteries. Nous savons aimer l'art mystérieux et sacerdotal de l'Égypte et de Ninive, l'art de la Grèce, charmant et raisonnable à la fois, l'art de Michel-Ange, précis comme une science, prodigieux comme le rêve, l'habileté du XVIIIe siècle, qui est la fougue dans la vérité ; mais dans ces différents modes de la sculpture, il y a la puissance d'expression et la richesse de sentiment, résultat inévitable d'une imagination profonde qui chez nous maintenant fait trop souvent défaut. On ne trouvera donc pas surprenant que je sois bref dans l'examen des œuvres de cette année. Rien n'est plus doux que d'admirer, rien n'est plus désagréable que de critiquer. La grande faculté, la principale, ne brille que comme les images des patriotes romains, par son absence. C'est donc ici le cas de remercier M. Franceschi pour son *Andromède* [127]. Cette figure, généralement remarquée, a suscité quelques critiques selon nous trop faciles. Elle a cet immense mérite d'être poétique, excitante et noble. On a dit que c'était un plagiat, et que M. Franceschi avait simplement mis debout une figure couchée de Michel-Ange. Cela n'est pas vrai. La langueur de ces formes menues quoique grandes, l'élégance paradoxale de ces membres est bien le fait d'un auteur moderne. Mais quand même il aurait emprunté son inspiration au passé, j'y verrais un motif d'éloge plutôt que de critique ; il n'est pas donné à tout le monde d'imiter ce qui est grand, et quand ces imitations sont le fait d'un jeune homme, qui a naturellement un grand espace de vie ouvert devant lui, c'est bien plutôt pour la critique une raison d'espérance que de défiance.

Quel diable d'homme que M. Clésinger [128] ! Tout ce qu'on peut dire de plus beau sur son compte, c'est qu'à voir cette facile production d'œuvres si diverses, on devine une intelligence ou plutôt un tempérament toujours en éveil, un homme qui a l'amour de la sculpture dans le ventre. Vous admirez un morceau merveilleusement réussi ; mais tel autre morceau dépare complètement la statue. Voilà une figure d'un jet élancé et enthousiasmant ; mais voici des draperies qui, voulant paraître légères, sont tubulées et tortillées comme du macaroni. M. Clésinger attrape quelquefois le mouvement, il n'obtient jamais l'élégance complète. La beauté de style et de caractère qu'on a tant louée dans ses bustes de dames romaines n'est pas décidée ni parfaite. On dirait que souvent, dans son ardeur précipitée du travail, il oublie des muscles et néglige le mouvement si précieux du modelé. Je ne veux pas parler de ses malheureuses *Saphos*, je sais que maintes fois il a fait beaucoup mieux ; mais même dans ses statues les mieux réussies, un œil exercé est affligé par cette méthode abréviative qui donne aux membres et au visage humain ce fini et ce poli banal de la cire coulée dans un moule. Si Canova fut quelquefois charmant, ce ne fut certes pas grâce à ce défaut. Tout le monde a loué fort justement son *Taureau romain* ; c'est vraiment un fort bel ouvrage ; mais, si j'étais M. Clésinger, je n'aimerais pas être loué si magnifiquement pour avoir fait l'image d'une bête, si noble et superbe qu'elle fût. Un sculpteur tel que lui doit avoir d'autres ambitions et caresser d'autres images que celles des taureaux.

Il y a un *Saint Sébastien* d'un élève de Rude, M. Just Becquet [129], qui est une patiente et vigoureuse sculpture. Elle fait à la fois penser à la peinture de Ribera et à l'âpre statuaire espagnole. Mais si l'enseignement de M. Rude, qui eut une si grande action sur l'école de notre temps, a profité à quelques-uns, à ceux sans doute qui savaient commenter cet enseignement par leur esprit naturel, il a précipité les autres, trop dociles, dans les plus étonnantes erreurs. Voyez, par exemple, cette *Gaule* [130] ! La première forme que la Gaule revêt dans votre esprit est celle d'une personne de grande allure, libre, puissante, de forme robuste et dégagée, la fille bien découplée des forêts, la femme sauvage et guerrière, dont la voix était écoutée dans les conseils de la patrie. Or, dans la malheureuse figure dont je parle, tout ce qui constitue la force et la beauté est absent. Poitrine, hanches, cuisses, jambes, tout ce qui doit faire relief est creux. J'ai vu sur les tables de dissection de ces cadavres ravagés par la maladie et par une misère continue de quarante ans. L'auteur a-t-il voulu représenter l'affaiblissement, l'épuisement d'une femme qui n'a pas connu d'autre nourriture que le gland des chênes, et a-t-il pris l'antique et forte Gaule pour la femelle décrépite d'un Papou ? Cherchons une explication moins ambitieuse, et croyons simplement qu'ayant entendu répéter fréquemment qu'il fallait copier fidèlement le modèle, et n'étant pas doué de la clairvoyance nécessaire pour en choisir un beau, il a copié le plus laid de tous avec une parfaite dévotion. Cette statue a trouvé des éloges, sans doute pour son œil de Velléda d'album lancé à l'horizon. Cela ne m'étonne pas.

Voulez-vous contempler encore une fois, mais sous une autre forme, le contraire de la sculpture ? Regardez ces deux petits mondes dramatiques inventés par M. Butté et qui représentent, je crois, la *Tour de Babel* et le *Déluge* [131]. Mais le sujet importe peu, d'ailleurs, quand par sa nature ou par la manière dont il est traité, l'essence même de l'art se trouve détruite. Ce monde lilliputien, ces processions en miniature, ces petites foules serpentant dans des quartiers de roche, font penser à la fois aux plans en relief du musée de marine, aux pendules-tableaux à musique et aux paysages avec forteresse, pont-levis et garde montante, qui se font voir chez les pâtissiers et les marchands de joujoux. Il m'est extrêmement désagréable d'écrire de pareilles choses, surtout quand il s'agit d'œuvres où d'ailleurs on trouve de l'imagination et de l'ingéniosité, et si j'en parle, c'est parce qu'elles servent à constater, importantes en cela seulement, l'un des plus grands vices de l'esprit, qui est la désobéissance opiniâtre aux règles constitutives de l'art. Quelles sont les qualités, si belles qu'on les suppose, qui pourraient contrebalancer une si défectueuse énormité ? Quel cerveau bien portant peut concevoir sans horreur une peinture en relief, une sculpture agitée par la mécanique, une ode sans rimes, un roman versifié, etc. ? Quand le but naturel d'un art est méconnu, il est naturel d'appeler à son secours tous les moyens étrangers à cet art. Et à propos de M. Butté, qui a voulu représenter dans de petites proportions de vastes scènes exigeant une quantité innombrable de personnages, nous pouvons remarquer que les anciens reléguaient toujours ces tentatives dans le bas-relief, et que, parmi les modernes, de très grands et très habiles sculpteurs ne les ont jamais osées sans détriment et sans danger. Les deux conditions essentielles, l'unité d'impression et la totalité d'effet, se trouvent douloureusement offensées, et, si grand que soit le talent du *metteur en scène*, l'esprit inquiet se demande s'il n'a pas déjà senti une impression analogue chez Curtius. Les vastes et magnifiques groupes qui ornent les jardins de Versailles ne sont pas une réfutation complète de mon opinion ; car, outre qu'ils ne sont pas toujours également réussis, et que quelques-uns, par leur caractère de débandade, surtout parmi ceux où presque toutes les figures sont verticales, ne serviraient au contraire qu'à confirmer ladite opinion, je ferai de plus remarquer que c'est là une sculpture toute spéciale où les défauts, quelquefois très voulus, disparaissent sous un feu d'artifice liquide, sous une pluie lumineuse ; enfin c'est un art complété par l'hydraulique, un art inférieur en somme. Cependant les plus parfaits parmi ces groupes ne sont tels que parce qu'ils se rapprochent davantage de la vraie sculpture et que, par leurs attitudes penchées et leurs entrelacements, les figures créent cette arabesque générale de la composition, immobile et fixe dans la peinture, mobile et variable dans la sculpture comme dans les pays de montagnes.

Nous avons déjà, mon cher M***, parlé des *esprits pointus* [133], et nous avons reconnu que parmi ces esprits pointus, tous plus ou moins entachés de désobéissance à l'idée de l'art pur, il y en avait cependant un ou deux intéressants. Dans la sculpture, nous retrouvons les mêmes malheurs. Certes M. Frémiet est un bon sculpteur [134] ; il est habile, audacieux, subtil, cherchant l'effet étonnant, le trouvant quelquefois ; mais, c'est là son malheur, le cherchant souvent à côté de la voie naturelle. L'*Orang-outang entraînant une femme au fond des bois* (ouvrage refusé, que naturellement je n'ai pas vu), est bien l'idée d'un esprit pointu. Pourquoi pas un crocodile, un tigre, ou toute autre bête susceptible de manger une femme ? Non pas ! songez bien qu'il ne s'agit pas de manger, mais de violer. Or le singe seul, le singe gigantesque, à la fois plus et moins qu'un homme, a manifesté quelquefois un appétit humain pour la femme. Voilà donc le moyen d'étonnement trouvé ! «*Il* l'entraîne ; saura-t-*elle* résister ? » telle est la question que se fera tout le public féminin. Un sentiment bizarre, compliqué, fait en partie de terreur et en partie de curiosité priapique, enlèvera le succès. Cependant, comme M. Frémiet est un excellent ouvrier, l'animal et la femme seront également bien imités et modelés. En vérité, de tels sujets ne sont pas dignes d'un talent aussi mûr, et le jury s'est bien conduit en repoussant ce vilain drame.

Si M. Frémiet me dit que je n'ai pas le droit de scruter les intentions et de parler de ce que je n'ai pas vu, je me rabattrai humblement sur son *Cheval de saltimbanque*. Pris en lui-même, le petit cheval est charmant ; son épaisse crinière, son mufle carré, son air spirituel, sa croupe avalée, ses petites jambes solides et grêles à la fois, tout le désigne comme un de ces humbles animaux qui ont de la race. Ce hibou, perché sur son dos, m'inquiète (car je suppose que je n'ai pas lu le livret), et je me demande pourquoi l'oiseau de Minerve est posé sur la création de Neptune ? Mais j'aperçois les marionnettes accrochées à la selle : L'idée de sagesse représentée par le hibou m'entraîne à croire que les marionnettes figurent les frivolités du monde. Reste à expliquer l'utilité du cheval, qui, dans le langage apocalyptique, peut fort bien symboliser l'intelligence, la volonté, la vie. Enfin, j'ai positivement et patiemment découvert que l'ouvrage de M. Frémiet représente l'intelligence humaine portant partout avec elle l'idée de la sagesse et le goût de la folie. Voilà bien l'immortelle antithèse philosophique, la contradiction essentiellement humaine sur laquelle pivote depuis le commencement des âges toute philosophie et toute littérature, depuis les règnes tumultueux d'Ormuz et d'Ahrimane jusqu'au révérend Maturin, depuis Manès jusqu'à Shakespeare !... Mais un voisin que j'irrite veut bien m'avertir que je cherche midi à quatorze heures, et que cela représente simplement le cheval d'un saltimbanque... Ce hibou solennel, ces marionnettes mystérieuses n'ajoutaient donc aucun sens nouveau à l'idée *cheval* ? En tant que simple cheval, en quoi augmentent-elles son mérite ? Il fallait évidemment intituler cet ouvrage : *Cheval de saltimbanque, en l'absence du saltimbanque, qui est allé tirer les cartes et boire un coup dans un cabaret supposé du voisinage* ! Voilà le vrai titre !

MM. Carrier [135], Oliva [136] et Prouha [137] sont plus modestes que M. Frémiet et moi ; ils se contentent d'étonner par la souplesse et l'habileté de leur art. Tous les trois, avec des facultés plus ou moins tendues, ont une visible sympathie pour la sculpture vivante du XVIIIe et du XVIIe siècle. Ils ont aimé et étudié Caffieri, Puget, Coustou, Houdon, Pigalle, Francin. Depuis longtemps les vrais amateurs ont admiré les bustes de M. Oliva, vigoureusement modelés, où la vie respire, où le regard même étincelle. Celui qui représente le *Général Bizot* est un des bustes les plus *militaires* que j'aie vus. *M. de Mercey* est un chef-d'œuvre de finesse. Tout le monde a remarqué récemment dans la cour du Louvre une charmante figure de M. Prouha qui rappelait les grâces nobles et mignardes de la Renaissance. M. Carrier peut se féliciter et se dire content de lui. Comme les maîtres qu'il affectionne, il possède l'énergie et l'esprit. Un peu trop de décolleté et de débraillé dans le costume contraste peut-être malheureusement avec le fini vigoureux et patient des visages. Je ne trouve pas que ce soit un défaut de chiffonner une chemise ou une cravate et de tourmenter agréablement les revers d'un habit, je parle seulement d'un manque d'accord relativement à l'idée d'ensemble ; et encore avouerai-je volontiers que je crains d'attribuer trop d'importance à cette observation, et les bustes de M. Carrier m'ont causé un assez vif plaisir pour me faire oublier cette petite impression toute fugitive.

Vous vous rappelez, mon cher, que nous avons déjà parlé de *Jamais et Toujours* [138], je n'ai pas encore pu trouver l'explication de ce titre logogriphique. Peut-être est-ce un coup de désespoir, ou un caprice sans motif, comme *Rouge et Noir*. Peut-être M. Hébert a-t-il cédé à ce goût de MM. Commerson et Paul de Kock [139], qui les pousse à voir une pensée dans le choc fortuit de toute antithèse. Quoi qu'il en soit, il a fait une charmante sculpture de chambre, dira-t-on (quoiqu'il soit douteux que le bourgeois et la bourgeoise en veuillent décorer leur boudoir), espèce de vignette en sculpture, mais qui cependant pourrait peut-être, exécutée dans de plus grandes proportions, faire une excellente décoration funèbre dans un cimetière ou dans une chapelle. La jeune fille, d'une forme riche et souple, est enlevée et balancée avec une légèreté harmonieuse ; et son corps, convulsé dans une extase ou dans une agonie, reçoit avec résignation le baiser de l'immense squelette. On croit généralement, peut-être parce que l'antiquité ne le connaissait pas ou le connaissait peu, que le squelette doit être exclu du domaine de la sculpture. C'est une grande erreur. Nous le voyons apparaître au Moyen Âge, se comportant et s'étalant avec toute la maladresse cynique et toute la superbe de l'idée sans art. Mais, depuis lors jusqu'au XVIIIe siècle, climat historique de l'amour et des roses, nous voyons le squelette fleurir avec bonheur dans tous les sujets où il lui est permis de s'introduire. Le sculpteur comprit bien vite tout ce qu'il y a de beauté mystérieuse et abstraite dans cette maigre carcasse, à qui la chair sert d'habit, et qui est comme le plan du poème humain. Et cette grâce, caressante, mordante, presque scientifique, se dresse à son tour, claire et purifiée des souillures de l'humus, parmi les grâces innombrables que l'Art avait déjà extraites de l'ignorante Nature. Le squelette de M. Hébert n'est pas, à proprement parler, un squelette. Je ne crois pas cependant que l'artiste ait voulu esquiver, comme on dit, la difficulté. Si ce puissant personnage porte ici le caractère vague des fantômes, des larves et des lamies, s'il est encore, en de certaines parties, revêtu d'une peau parcheminée qui se colle aux jointures comme les membranes d'un palmipède, s'il s'enveloppe et se drape à moitié d'un immense suaire soulevé çà et là par les saillies des articulations, c'est que sans doute l'auteur voulait surtout exprimer l'idée vaste et flottante du néant. Il a réussi, et son fantôme est *plein de vide*.

L'agréable occurrence de ce sujet macabre m'a fait regretter que M. Christophe [140] n'ait pas exposé deux morceaux de sa composition, l'un d'une nature tout à fait analogue, l'autre plus gracieusement allégorique. Ce dernier représente une femme nue, d'une grande et vigoureuse tournure florentine (car M. Christophe n'est pas de ces artistes faibles, en qui l'enseignement positif et minutieux de Rude a détruit l'imagination), et qui, vue en face, présente au spectateur un visage souriant et mignard, un visage de théâtre. Une légère draperie, habilement tortillée, sert de suture entre cette jolie tête de convention et la robuste poitrine sur laquelle elle a l'air de s'appuyer. Mais, en faisant un pas de plus à gauche ou à droite, vous découvrez le secret de l'allégorie, la morale de la fable, je veux dire la véritable tête révulsée, se pâmant dans les larmes et l'agonie. Ce qui avait d'abord enchanté vos yeux, c'était un masque, c'était le masque universel, votre masque, mon masque, joli éventail dont une main habile se sert pour voiler aux yeux du monde la douleur ou le remords. Dans cet ouvrage, tout est charmant et robuste. Le caractère vigoureux du corps fait un contraste pittoresque avec l'expression mystique d'une idée toute mondaine, et la surprise n'y joue pas un rôle plus important qu'il n'est permis. Si jamais l'auteur consent à jeter cette conception dans le commerce, sous la forme d'un bronze de petite dimension, je puis, sans imprudence, lui prédire un immense succès.

Quant à l'autre idée, si charmante qu'elle soit, ma foi, je n'en répondrais pas ; d'autant moins que, pour être pleinement exprimée, elle a besoin de deux matières, l'une claire et terne pour exprimer le squelette, l'autre sombre et brillante pour rendre le vêtement, ce qui augmenterait naturellement l'horreur de l'idée et son impopularité. Hélas !

Les charmes de l'horreur n'enivrent que les forts [141] !

Figurez-vous un grand squelette féminin tout prêt à partir pour une fête. Avec sa face aplatie de négresse, son sourire sans lèvre et sans gencive, et son regard qui n'est qu'un trou plein d'ombre, l'horrible chose qui fut une belle femme a l'air de chercher vaguement dans l'espace l'heure délicieuse du rendez-vous ou l'heure solennelle du sabbat inscrite au cadran invisible des siècles. Son buste, disséqué par le temps, s'élance coquettement de son corsage, comme de son cornet un bouquet desséché, et toute cette pensée funèbre se dresse sur le piédestal d'une fastueuse crinoline. Qu'il me soit permis, pour abréger, de citer un lambeau rimé dans lequel j'ai essayé non pas d'*illustrer*, mais d'expliquer le plaisir subtil contenu dans cette figurine, à peu près comme un lecteur soigneux barbouille de crayon les marges de son livre :

Fière, autant qu'un vivant, de sa noble stature,
Avec son gros bouquet, son mouchoir et ses gants
Elle a la nonchalance et la désinvolture
D'une coquette maigre aux airs extravagants.

Vit-on jamais au bal une taille plus mince ?
Sa robe, exagérée en sa royale ampleur,
S'écroule abondamment sur un pied sec que pince
Un soulier pomponné joli comme une fleur.

La ruche qui se joue au bord des clavicules,
Comme un ruisseau lascif qui se frotte au rocher,
Défend pudiquement des lazzi ridicules
Les funèbres appas qu'elle tient à cacher.

Ses yeux profonds sont faits de vide et de ténèbres,
Et son crâne, de fleurs artistement coiffé,
Oscille mollement sur ses frêles vertèbres.
Ô charme du néant follement attifé !

Aucuns t'appelleront une caricature,
Qui ne comprennent pas, amants ivres de chair,
L'élégance sans nom de l'humaine armature !
Tu réponds, grand squelette, à mon goût le plus cher !

Viens-tu troubler, avec ta puissante grimace,
La fête de la vie .... ?

Je crois, mon cher, que nous pouvons nous arrêter ici ; je citerais de nouveaux échantillons que je n'y pourrais trouver que de nouvelles preuves superflues à l'appui de l'idée principale qui a gouverné mon travail depuis le commencement, à savoir que les talents les plus ingénieux et les plus patients ne sauraient suppléer le goût du grand et la sainte fureur de l'imagination. On s'est amusé, depuis quelques années, à critiquer, plus qu'il n'est permis, un de nos amis les plus chers ; eh bien ! je suis de ceux qui confessent, et sans rougir, que, quelle que soit l'habileté développée annuellement par nos sculpteurs, je ne retrouve pas dans leurs œuvres (depuis la disparition de David) [142] le plaisir immatériel que m'ont donné si souvent les rêves tumultueux, même incomplets, d'Auguste Préault [143].

IX

ENVOI

Enfin, il m'est permis de proférer l'irrésistible *ouf* ! que lâche avec tant de bonheur tout simple mortel, non privé de sa rate et condamné à une course forcée, quand il peut se jeter dans l'oasis de repos tant espérée depuis longtemps. Dès le commencement, je l'avouerai volontiers, les caractères béatifiques qui composent le mot FIN apparaissaient à mon cerveau, revêtus de leur peau noire, comme de petits baladins éthiopiens qui exécuteraient la plus aimable des danses de *caractère*. MM. les artistes, je parle des vrais artistes, de ceux-là qui pensent comme moi que tout ce qui n'est pas la perfection devrait se cacher, et que tout ce qui n'est pas sublime est inutile et coupable, de ceux-là qui savent qu'il y a une épouvantable profondeur dans la première idée venue, et que, parmi les manières innombrables de l'exprimer, il n'y en a tout au plus que deux ou trois d'excellentes (je suis moins sévère que La Bruyère) [144] ; ces artistes-là, dis-je, toujours mécontents et non rassasiés, comme des âmes enfermées, ne prendront pas de travers certains badinages et certaines humeurs quinteuses dont ils souffrent aussi souvent que le critique. Eux aussi, ils savent que rien n'est plus fatigant que d'expliquer ce que tout le monde devrait savoir. Si l'ennui et le mépris peuvent être considérés comme des passions, pour eux aussi le mépris et l'ennui ont été les passions les plus difficilement rejetables, les plus fatales, les plus sous la main. Je m'impose à moi-même les dures conditions que je voudrais voir chacun s'imposer ; je me dis sans cesse : *à quoi bon* ? et je me demande, en supposant que j'aie exposé quelques bonnes raisons : à qui et à quoi peuvent-elles servir ? Parmi les nombreuses omissions que j'ai commises, il y en a de volontaires ; j'ai fait exprès de négliger une foule de talents évidents, trop reconnus pour être loués, pas assez singuliers, en bien ou en mal, pour servir de thème à la critique. Je m'étais imposé de chercher l'Imagination à travers le Salon, et, l'ayant rarement trouvée, je n'ai dû parler que d'un petit nombre d'hommes. Quant aux omissions ou erreurs involontaires que j'ai pu commettre, la Peinture me les pardonnera, comme à un homme qui, à défaut de connaissances étendues, a l'amour de la Peinture jusque dans les nerfs. D'ailleurs, ceux qui peuvent avoir quelque raison de se plaindre trouveront des vengeurs ou des consolateurs bien nombreux, sans compter celui de nos amis que vous chargerez de l'analyse de la prochaine exposition, et à qui vous donnerez les mêmes libertés que vous avez bien voulu m'accorder. Je souhaite de tout mon cœur qu'il rencontre plus de motifs d'étonnement ou d'éblouissement que je n'en ai consciencieusement trouvé. Les nobles et excellents artistes que j'invoquais tout à l'heure diront comme moi : en résumé, beaucoup de pratique et d'habileté, mais très peu de génie ! C'est ce que tout le monde dit. Hélas ! je suis d'accord avec tout le monde. Vous voyez, mon cher M***, qu'il était bien inutile d'expliquer ce que chacun d'eux pense comme nous. Ma seule consolation est d'avoir peut-être su plaire, dans l'étalage de ces lieux communs, à deux ou trois personnes qui me devinent quand je pense à elles, et au nombre desquelles je vous prie de vouloir bien vous compter.

Votre très dévoué collaborateur et ami.

LE PEINTRE
DE LA VIE MODERNE

Avant d'être repris dans *L'Art romantique* publié en 1868 par Michel Lévy frères, cet essai a paru dans *Le Figaro* des 26 et 29 novembre et 3 décembre 1863 précédé d'un avertissement qui reconnaissait à Baudelaire, si souvent maltraité par les rédacteurs du *Figaro*, le mérite du talent.

Le critique, pressé par Constantin Guys, avait insisté pour que l'identité du modèle restât secrète. Ce n'est que dans *L'Art romantique*, paru en 1868, que l'éditeur du texte, Asselineau ou Banville, dévoilera l'identité du modèle. L'avertissement mérite d'être reproduit :

> Tout le monde sait qu'il s'agit ici de M. Constantin Guys, dont les merveilleuses aquarelles sont connues et recherchées des amateurs et des artistes. On verra dès les premières pages suivantes pour quels motifs de délicatesse et de déférence Charles Baudelaire s'est abstenu de désigner son ami autrement que par des initiales dans le cours de cette étude. Nous avons respecté dans le texte cette condescendance de Charles Baudelaire, sans revendiquer ailleurs que dans cette note les droits de l'histoire.

À travers l'œuvre de Guys, Baudelaire découvre le transitoire et tire parti d'une poétique de la surprise dont témoigne, sur le versant poétique, le célèbre « À une passante », publié en octobre 1860. Claude

Pichois (*OC* II, p. 1418) a souligné la facilité d'écriture qui caractérise les parties consacrées à Guys. Par contraste, Baudelaire semble avoir éprouvé quelque difficulté à formuler sa conception de la peinture de mœurs ou à synthétiser l'apport de *La Femme au dix-huitième siècle* des Goncourt.

Ce texte essentiel semble avoir évolué dans l'esprit de Baudelaire bien au-delà de sa parution. Envisageant son intégration dans ses écrits complets, Baudelaire en revoit le titre. À Lemer et à Garnier, il en propose un nouveau : « Le peintre de la *modernité* (Constantin Guys de Sainte-Hélène) ». Ce changement témoigne de la place centrale que le présent texte occupait dans la formulation de cette idée nouvelle qu'était la modernité.

Le texte ici adopté est celui de *L'Art romantique*.

I

LE BEAU, LA MODE ET LE BONHEUR

Il y a dans le monde, et même dans le monde des artistes, des gens qui vont au musée du Louvre, passent rapidement, et sans leur accorder un regard, devant une foule de tableaux très intéressants quoique de *second ordre*, et se plantent rêveurs devant un Titien ou un Raphaël, un de ceux que la gravure a le plus popularisés ; puis sortent satisfaits, plus d'un se disant : « Je connais mon musée. » Il existe aussi des gens qui, ayant lu jadis Bossuet et Racine, croient posséder l'histoire de la littérature.

Par bonheur se présentent de temps en temps des redresseurs de torts, des critiques, des amateurs, des curieux qui affirment que tout n'est pas dans Raphaël, que tout n'est pas dans Racine, que les *poetae minores* ont du bon, du solide et du délicieux ; et, enfin, que pour tant aimer la beauté générale, qui est exprimée par les poètes et les artistes classiques, on n'en a pas moins tort de négliger la beauté particulière, la beauté de circonstance et le trait de mœurs.

Je dois dire que le monde, depuis plusieurs années, s'est un peu corrigé. Le prix que les amateurs attachent aujourd'hui aux gentillesses gravées et coloriées du dernier siècle prouve qu'une réaction a eu lieu dans le sens où le public en avait besoin ; Debucourt, les Saint-Aubin et bien d'autres, sont entrés dans le dictionnaire des artistes dignes d'être étudiés. Mais ceux-là représentent le passé ; or, c'est à la peinture des mœurs du présent que je veux m'attacher aujourd'hui. Le passé est intéressant non seulement par la beauté qu'ont su en extraire les artistes pour qui il était le présent, mais aussi comme passé, pour sa valeur historique. Il en est de même du présent. Le plaisir que nous retirons de la représentation du présent tient non seulement à la beauté dont il peut être revêtu, mais aussi à sa qualité essentielle de présent.

J'ai sous les yeux une série de gravures de modes commençant avec la Révolution et finissant à peu près au Consulat [1]. Ces costumes, qui font rire bien des gens irréfléchis, de ces gens graves sans vraie gravité, présentent un charme d'une nature double, artistique et historique. Ils sont très souvent beaux et spirituellement dessinés ; mais ce qui m'importe au moins autant, et ce que je suis heureux de retrouver dans tous ou presque tous, c'est la morale et l'esthétique du temps. L'idée que l'homme se fait du beau s'imprime dans tout son ajustement, chiffonne ou raidit son habit, arrondit ou aligne son geste, et même pénètre subtilement, à la longue, les traits de son visage. L'homme finit par ressembler à ce qu'il voudrait être. Ces gravures peuvent être traduites en beau et en laid ; en laid, elles deviennent des caricatures ; en beau, des statues antiques.

Les femmes qui étaient revêtues de ces costumes ressemblaient plus ou moins aux unes ou aux autres, selon le degré de poésie ou de vulgarité dont elles étaient marquées. La matière vivante rendait ondoyant ce qui nous semble trop rigide. L'imagination du spectateur peut encore aujourd'hui faire marcher et frémir cette *tunique* et ce *schall* [2]. Un de ces jours, peut-être, un drame [3] paraîtra sur un théâtre quelconque, où nous verrons la résurrection de ces costumes sous lesquels nos pères se trouvaient tout aussi enchanteurs que nous-mêmes dans nos pauvres vêtements (lesquels ont aussi leur grâce, il est vrai, mais d'une nature plutôt morale et spirituelle), et s'ils sont portés et animés par des comédiennes et des comédiens intelligents, nous nous étonnerons d'en avoir pu rire si étourdiment. Le passé, tout en gardant le piquant du fantôme, reprendra la lumière et le mouvement de la vie, et se fera présent.

Si un homme impartial feuilletait une à une *toutes* les modes françaises depuis l'origine de la France jusqu'au jour présent, il n'y trouverait rien de choquant ni même de surprenant. Les transitions y seraient aussi abondamment ménagées que dans l'échelle du monde animal. Point de lacune, donc, point de surprise. Et s'il ajoutait à la vignette qui représente chaque époque la pensée philosophique dont celle-ci était le plus occupée ou agitée, pensée dont la vignette suggère inévitablement le souvenir, il verrait quelle profonde harmonie régit tous les membres de l'histoire, et que, même dans les siècles qui nous paraissent les plus monstrueux et les plus fous, l'immortel appétit du beau a toujours trouvé sa satisfaction.

C'est ici une belle occasion, en vérité, pour établir une théorie rationnelle et historique du beau, en opposition avec la théorie du beau unique et absolu ; pour montrer que le beau est toujours, inévitablement, d'une composition double, bien que l'impression qu'il produit soit une ; car la difficulté de discerner les éléments variables du beau dans l'unité de l'impression n'infirme en rien la nécessité de la variété dans sa composition. Le beau est fait d'un élément éternel, invariable, dont la quantité est excessivement difficile à déterminer, et d'un élément relatif, circonstanciel, qui sera, si l'on veut, tour à tour ou tout ensemble, l'époque, la mode, la morale, la passion. Sans ce second élément, qui est comme l'enveloppe amusante, titillante, apéritive, du divin gâteau, le premier élément serait indigestible, inappréciable, non adapté et non approprié à la nature humaine. Je défie qu'on découvre un échantillon quelconque de beauté qui ne contienne pas ces deux éléments [4].

Je choisis, si l'on veut, les deux échelons extrêmes de l'histoire. Dans l'art hiératique, la dualité se fait voir au premier coup d'œil ; la partie de beauté éternelle ne se manifeste qu'avec la permission et sous la règle de la religion à laquelle appartient l'artiste. Dans l'œuvre la plus frivole d'un artiste raffiné appartenant à une de ces époques que nous qualifions trop vaniteusement de civilisées, la dualité se montre également ; la portion éternelle de beauté sera en même temps voilée et exprimée, sinon par la mode, au moins par le tempérament particulier de l'auteur. La dualité de l'art est une conséquence fatale de la dualité de l'homme. Considérez, si cela vous plaît, la partie éternellement subsistante comme l'âme de l'art, et l'élément variable comme son corps. C'est pourquoi Stendhal, esprit impertinent, taquin, répugnant même, mais dont les impertinences provoquent utilement la méditation, s'est rapproché de la vérité plus que beaucoup d'autres, en disant que *le Beau n'est que la promesse du bonheur* [5]. Sans doute cette définition dépasse le but ; elle soumet beaucoup trop le beau à l'idéal infiniment variable du bonheur ; elle dépouille trop lestement le beau de son caractère aristocratique ; mais elle a le grand mérite de s'éloigner décidément de l'erreur des académiciens.

J'ai plus d'une fois déjà expliqué ces choses ; ces lignes en disent assez pour ceux qui aiment ces jeux de la pensée abstraite ; mais je sais que les lecteurs français, pour la plupart, ne s'y complaisent guère, et j'ai hâte moi-même d'entrer dans la partie positive et réelle de mon sujet.

II

LE CROQUIS DE MŒURS

Pour le croquis de mœurs, la représentation de la vie bourgeoise et les spectacles de la mode, le moyen le plus expéditif et le moins coûteux est évidemment le meilleur. Plus l'artiste y mettra de beauté, plus l'œuvre sera précieuse ; mais il y a dans la vie triviale, dans la métamorphose journalière des choses extérieures, un mouvement rapide qui commande à l'artiste une égale vélocité d'exécution. Les gravures à plusieurs teintes du XVIIIe siècle ont obtenu de nouveau les faveurs de la mode, comme je le disais tout à l'heure ; le pastel, l'eau-forte, l'aquatinte ont fourni tour à tour leurs contingents à cet immense dictionnaire de la vie moderne disséminé dans les bibliothèques, dans les cartons des amateurs et derrière les vitres des plus vulgaires boutiques. Dès que la lithographie parut [6], elle se montra tout de suite très apte à cette énorme tâche, si frivole en apparence. Nous avons dans ce genre de véritables monuments. On a justement appelé les œuvres de Gavarni et de Daumier des compléments de *La Comédie humaine* [7]. Balzac lui-même, j'en suis très convaincu, n'eût pas été éloigné d'adopter cette idée, laquelle est d'autant plus juste que le génie de l'artiste peintre de mœurs est un génie d'une nature mixte, c'est-à-dire où il entre une bonne partie d'esprit littéraire. Observateur, flâneur, philosophe, appelez-le comme vous voudrez ; mais vous serez certainement amené, pour caractériser cet artiste, à le gratifier d'une épithète que vous ne sauriez appliquer au peintre des choses éternelles, ou du moins plus durables, des choses héroïques ou religieuses. Quelquefois il est poète ; plus souvent il se rapproche du romancier ou du moraliste ; il est le peintre de la circonstance et de tout ce qu'elle suggère d'éternel. Chaque pays, pour son plaisir et pour sa gloire, a possédé quelques-uns de ces hommes-là. Dans notre époque actuelle, à Daumier et à Gavarni, les premiers noms qui se présentent à la mémoire, on peut ajouter Devéria [8], Maurin, Numa, historiens des grâces interlopes de la Restauration, Wattier, Tassaert, Eugène Lami, celui-là presque anglais à force d'amour pour les élégances aristocratiques, et même Trimolet et

Traviès, ces chroniqueurs de la pauvreté et de la petite vie [9].

III

L'ARTISTE, HOMME DU MONDE, HOMME DES FOULES ET ENFANT

Je veux entretenir aujourd'hui le public d'un homme singulier, originalité si puissante et si décidée, qu'elle se suffit à elle-même et ne recherche même pas l'approbation. Aucun de ses dessins n'est signé, si l'on appelle signature ces quelques lettres, faciles à contrefaire, qui figurent un nom, et que tant d'autres apposent fastueusement au bas de leurs plus insouciants croquis. Mais tous ses ouvrages sont signés de son âme éclatante, et les amateurs qui les ont vus et appréciés les reconnaîtront facilement à la description que j'en veux faire. Grand amoureux de la foule et de l'incognito, M. C. G. [10] pousse l'originalité jusqu'à la modestie. M. Thackeray, qui, comme on sait, est très curieux des choses d'art, et qui dessine lui-même les *illustrations* de ses romans, parla un jour de M. G. dans un petit journal de Londres. Celui-ci s'en fâcha comme d'un outrage à sa pudeur. Récemment encore, quand il apprit que je me proposais de faire une appréciation de son esprit et de son talent, il me supplia, d'une manière très impérieuse, de supprimer son nom et de ne parler de ses ouvrages que comme des ouvrages d'un anonyme. J'obéirai humblement à ce bizarre désir. Nous feindrons de croire, le lecteur et moi, que M. G. n'existe pas, et nous nous occuperons de ses dessins et de ses aquarelles, pour lesquels il professe un dédain de patricien, comme feraient des savants qui auraient à juger de précieux documents historiques, fournis par le hasard, et dont l'auteur doit rester éternellement inconnu. Et même, pour rassurer complètement ma conscience, on supposera que tout ce que j'ai à dire de sa nature, si curieusement et si mystérieusement éclatante, est plus ou moins justement suggéré par les œuvres en question ; pure hypothèse poétique, conjecture, travail d'imagination.

M. G. est vieux. Jean-Jacques commença, dit-on, à écrire à quarante-deux ans. Ce fut peut-être vers cet âge que M. G., obsédé par toutes les images qui remplissaient son cerveau, eut l'audace de jeter sur une feuille blanche de l'encre et des couleurs. Pour dire la vérité, il dessinait comme un barbare, comme un enfant, se fâchant contre la maladresse de ses doigts et la désobéissance de son outil. J'ai vu un grand nombre de ces barbouillages primitifs, et j'avoue que la plupart des gens qui s'y connaissent ou prétendent s'y connaître auraient pu, sans déshonneur, ne pas deviner le génie latent qui habitait dans ces ténébreuses ébauches. Aujourd'hui, M. G., qui a trouvé, à lui tout seul, toutes les petites ruses du métier, et qui a fait, sans conseils, sa propre éducation, est devenu un puissant maître à sa manière, et n'a gardé de sa première ingénuité que ce qu'il en faut pour ajouter à ses riches facultés un assaisonnement inattendu. Quand il rencontre un de ces essais de son *jeune âge*, il le déchire ou le brûle avec une honte des plus amusantes.

Pendant dix ans, j'ai désiré faire la connaissance de M. G., qui est, par nature, très voyageur et très cosmopolite. Je savais qu'il avait été longtemps attaché à un journal anglais illustré [11], et qu'on y avait publié des gravures d'après ses croquis de voyage (Espagne, Turquie, Crimée). J'ai vu depuis lors une masse considérable de ces dessins improvisés sur les lieux mêmes, et j'ai pu *lire* ainsi un compte rendu minutieux et journalier de la campagne de Crimée, bien préférable à tout autre. Le même journal avait aussi publié, toujours sans signature, de nombreuses compositions du même auteur, d'après les ballets et les opéras nouveaux. Lorsque enfin je le trouvai, je vis tout d'abord que je n'avais pas affaire précisément à un *artiste*, mais plutôt à un *homme du monde*. Entendez ici, je vous prie, le mot *artiste* dans un sens très restreint, et le mot *homme du monde* dans un sens très étendu. *Homme du monde*, c'est-à-dire homme du monde entier, homme qui comprend le monde et les raisons mystérieuses et légitimes de tous ses usages ; *artiste*, c'est-à-dire spécialiste, homme attaché à sa palette comme le serf à la glèbe. M. G. n'aime pas être appelé artiste. N'a-t-il pas un peu raison ? Il s'intéresse au monde entier ; il veut savoir, comprendre, apprécier tout ce qui se passe à la surface de notre sphéroïde. L'artiste vit très peu, ou même pas du tout, dans le monde moral et politique. Celui qui habite dans le quartier Bréda ignore ce qui se passe dans le faubourg Saint-Germain. Sauf deux ou trois exceptions qu'il est inutile de nommer, la plupart des artistes sont, il faut bien le dire, des brutes très adroites, de purs manœuvres, des intelligences de village, des cervelles de hameau. Leur conversation, forcément bornée à un cercle très étroit, devient très vite insupportable à l'*homme du monde*, au citoyen spirituel de l'univers.

Ainsi, pour entrer dans la compréhension de M. G., prenez note tout de suite de ceci : c'est que la *curiosité* peut être considérée comme le point de départ de son génie.

Vous souvenez-vous d'un tableau (en vérité, c'est un tableau !) écrit par la plus puissante plume de cette époque, et qui a pour titre *L'Homme des foules* [12] ? Derrière la vitre d'un café, un convalescent, contemplant la foule avec jouissance, se mêle, par la pensée, à toutes les pensées qui s'agitent autour de lui. Revenu récemment des ombres de la mort, il aspire avec délices tous les germes et tous les effluves de la vie ; comme il a été sur le point de tout oublier, il se souvient et veut avec ardeur se souvenir de tout. Finalement, il se précipite à travers cette foule à la recherche d'un inconnu dont la physionomie entrevue l'a, en un clin d'œil, fasciné. La curiosité est devenue une passion fatale, irrésistible !

Supposez un artiste qui serait toujours, spirituellement, à l'état du convalescent, et vous aurez la clef du caractère de M. G.

Or, la convalescence est comme un retour vers l'enfance. Le convalescent jouit au plus haut degré, comme l'enfant, de la faculté de s'intéresser vivement aux choses, même les plus triviales en apparence. Remontons, s'il se peut, par un effort rétrospectif de l'imagination, vers nos plus jeunes, nos plus matinales impressions, et nous reconnaîtrons qu'elles avaient une singulière parenté avec les impressions, si vivement colorées, que nous reçûmes plus tard à la suite d'une maladie physique, pourvu que cette maladie ait laissé pures et intactes nos facultés spirituelles. L'enfant voit tout en *nouveauté* ; il est toujours *ivre*. Rien ne ressemble plus à ce qu'on appelle l'inspiration, que la joie avec laquelle l'enfant absorbe la forme et la couleur. J'oserai pousser plus loin ; j'affirme que l'inspiration a quelque rapport avec la *congestion*, et que toute pensée sublime est accompagnée d'une secousse nerveuse, plus ou moins forte, qui retentit jusque dans le cervelet. L'homme de génie a les nerfs solides ; l'enfant les a faibles. Chez l'un, la raison a pris une place considérable ; chez l'autre, la sensibilité occupe presque tout l'être. Mais le génie n'est que l'*enfance retrouvée* à volonté, l'enfance douée maintenant, pour s'exprimer, d'organes virils et de l'esprit analytique qui lui permet d'ordonner la somme de matériaux involontairement amassée. C'est à cette curiosité profonde et joyeuse qu'il faut attribuer l'œil fixe et animalement extatique des enfants devant le *nouveau*, quel qu'il soit, visage ou paysage, lumière, dorure, couleurs, étoffes chatoyantes, enchantement de la beauté embellie par la toilette. Un de mes amis me disait un jour qu'étant fort petit, il assistait à la toilette de son père, et qu'alors il contemplait, avec une stupeur mêlée de délices, les muscles des bras, les dégradations de couleurs de la peau nuancée de rose et de jaune, et le réseau bleuâtre des veines. Le tableau de la vie extérieure le pénétrait déjà de respect et s'emparait de son cerveau. Déjà la forme l'obsédait et le possédait. La prédestination montrait précocement le bout de son nez. La *damna-*

tion était faite. Ai-je besoin de dire que cet enfant est aujourd'hui un peintre célèbre ?

Je vous priais tout à l'heure de considérer M. G. comme un éternel convalescent ; pour compléter votre conception, prenez-le aussi pour un homme-enfant, pour un homme possédant à chaque minute le génie de l'enfance, c'est-à-dire un génie pour lequel aucun aspect de la vie n'est *émoussé.*

Je vous ai dit que je répugnais à l'appeler un pur artiste, et qu'il se défendait lui-même de ce titre avec une modestie nuancée de pudeur aristocratique. Je le nommerais volontiers un *dandy*, et j'aurais pour cela quelques bonnes raisons ; car le mot *dandy* implique une quintessence de caractère et une intelligence subtile de tout le mécanisme moral de ce monde ; mais, d'un autre côté, le dandy aspire à l'insensibilité, et c'est par là que M. G., qui est dominé, lui, par une passion insatiable, celle de voir et de sentir, se détache violemment du dandysme. *Amabam amare*, disait saint Augustin. « J'aime passionnément la passion », dirait volontiers M. G. Le dandy est blasé, ou il feint de l'être, par politique et raison de caste. M. G. a horreur des gens blasés. Il possède l'art si difficile (les esprits raffinés me comprendront) d'être *sincère sans ridicule.* Je le décorerais bien du nom de philosophe, auquel il a droit à plus d'un titre, si son amour excessif des choses visibles, tangibles, condensées à l'état plastique, ne lui inspirait une certaine répugnance de celles qui forment le royaume impalpable du métaphysicien. Réduisons-le donc à la condition de pur moraliste pittoresque, comme La Bruyère.

La foule est son domaine, comme l'air est celui de l'oiseau, comme l'eau celui du poisson. Sa passion et sa profession, c'est d'*épouser la foule.* Pour le parfait flâneur, pour l'observateur passionné, c'est une immense jouissance que d'élire domicile dans le nombre, dans l'ondoyant, dans le mouvement, dans le fugitif et l'infini. Être hors de chez soi, et pourtant se sentir partout chez soi ; voir le monde, être au centre du monde et rester caché au monde, tels sont quelques-uns des moindres plaisirs de ces esprits indépendants, passionnés, impartiaux, que la langue ne peut que maladroitement définir. L'observateur est un *prince* qui jouit partout de son incognito. L'amateur de la vie fait du monde sa famille, comme l'amateur du beau sexe compose sa famille de toutes les beautés trouvées, trouvables et introuvables ; comme l'amateur de tableaux vit dans une société enchantée de rêves peints sur toile. Ainsi l'amoureux de la vie universelle entre dans la foule comme dans un immense réservoir d'électricité. On peut aussi le comparer, lui, à un miroir aussi immense que cette foule ; à un kaléidoscope doué de conscience, qui, à chacun de ses mouvements, représente la vie multiple et la grâce mouvante de tous les éléments de la vie. C'est un *moi* insatiable du *non-moi,* qui, à chaque instant, le rend et l'exprime en images plus vivantes que la vie elle-même, toujours instable et fugitive. « Tout homme, disait un jour M. G. dans une de ces conversations qu'il illumine d'un regard intense et d'un geste évocateur, tout homme qui n'est pas accablé par un de ces chagrins d'une nature trop positive pour ne pas absorber toutes les facultés, et *qui s'ennuie au sein de la multitude*, est un sot ! un sot ! et je le méprise ! »

Quand M. G., à son réveil, ouvre les yeux et qu'il voit le soleil tapageur donnant l'assaut aux carreaux des fenêtres, il se dit avec remords, avec regrets : « Quel ordre impérieux ! quelle fanfare de lumière ! Depuis plusieurs heures déjà, de la lumière partout ! de la lumière perdue par mon sommeil ! Que de choses *éclairées* j'aurais pu voir et que je n'ai pas vues ! » Et il part ! et il regarde couler le fleuve de la vitalité, si majestueux et si brillant. Il admire l'éternelle beauté et l'étonnante harmonie de la vie dans les capitales, harmonie si providentiellement maintenue dans le tumulte de la liberté humaine. Il contemple les paysages de la grande ville, paysages de pierre caressés par la brume ou frappés par les soufflets du soleil. Il jouit des beaux équipages, des fiers chevaux, de la propreté éclatante des grooms, de la dextérité des valets, de la démarche des femmes onduleuses, des beaux enfants, heureux de vivre et d'être bien habillés ; en un mot, de la vie universelle. Si une mode, une coupe de vêtement a été légèrement transformée, si les nœuds de rubans, les boucles ont été détrônés par les cocardes, si le bavolet s'est élargi et si le chignon est descendu d'un cran sur la nuque, si la ceinture a été exhaussée et la jupe amplifiée, croyez qu'à une distance énorme *son œil d'aigle* l'a déjà deviné. Un régiment passe, qui va peut-être au bout du monde, jetant dans l'air des boulevards ses fanfares entraînantes et légères comme l'espérance ; et voilà que l'œil de M. G. a déjà vu, inspecté, analysé les armes, l'allure et la physionomie de cette troupe. Harnachements, scintillements, musique, regards décidés, moustaches lourdes et sérieuses, tout cela entre pêle-mêle en lui ; et dans quelques minutes, le poème qui en résulte sera virtuellement composé. Et voilà que son âme vit avec l'âme de ce régiment qui marche comme un seul animal, fière image de la joie dans l'obéissance !

Mais le soir est venu. C'est l'heure bizarre et douteuse où les rideaux du ciel se ferment, où les cités s'allument. Le gaz fait tache sur la pourpre du couchant. Honnêtes ou déshonnêtes, raisonnables ou fous, les hommes se disent : « Enfin la journée est finie ! » Les sages et les mauvais sujets pensent au plaisir, et chacun court dans l'endroit de son choix boire la coupe de l'oubli. M. G. restera le dernier partout où peut resplendir la lumière, retentir la poésie, fourmiller la vie, vibrer la musique ; partout où une passion peut *poser* pour son œil, partout où l'homme naturel et l'homme de convention se montrent dans une beauté bizarre, partout où le soleil éclaire les joies rapides de l'*animal dépravé* [13] ! « Voilà, certes, une journée bien employée », se dit certain lecteur que nous avons tous connu, « chacun de nous a bien assez de génie pour la remplir de la même façon. » Non ! peu d'hommes sont doués de la faculté de voir ; il y en a moins encore qui possèdent la puissance d'exprimer. Maintenant, à l'heure où les autres dorment, celui-ci est penché sur sa table, dardant sur une feuille de papier le même regard qu'il attachait tout à l'heure sur les choses, s'escrimant avec son crayon, sa plume, son pinceau, faisant jaillir l'eau du verre au plafond, essuyant sa plume sur sa chemise, pressé, violent, actif, comme s'il craignait que les images ne lui échappent, querelleur quoique seul, et se bousculant lui-même. Et les choses renaissent sur le papier, naturelles et plus que naturelles, belles et plus que belles, singulières et douées d'une vie enthousiaste comme l'âme de l'auteur. La fantasmagorie a été extraite de la nature. Tous les matériaux dont la mémoire s'est encombrée se classent, se rangent, s'harmonisent et subissent cette idéalisation forcée qui est le résultat d'une perception *enfantine*, c'est-à-dire d'une perception aiguë, magique à force d'ingénuité !

IV

LA MODERNITÉ

Ainsi il va, il court, il cherche. Que cherche-t-il ? À coup sûr, cet homme, tel que je l'ai dépeint, ce solitaire doué d'une imagination active, toujours voyageant à travers *le grand désert d'hommes*, a un but plus élevé que celui d'un pur flâneur, un but plus général, autre que le plaisir fugitif de la circonstance. Il cherche ce quelque chose qu'on nous permettra d'appeler la *modernité* ; car il ne se présente pas de meilleur mot pour exprimer l'idée en question. Il s'agit, pour lui, de dégager de la mode ce qu'elle peut contenir de poétique dans l'historique, de tirer l'éternel du transitoire. Si nous jetons un coup d'œil sur nos expositions de tableaux modernes, nous sommes frappés de la tendance générale des artistes à habiller tous les sujets de costumes anciens. Presque tous se servent des modes et des meubles de la Renaissance, comme David se servait des modes et des meubles romains. Il y a cependant cette différence, que David, ayant choisi des sujets particulièrement grecs ou romains, ne pouvait pas faire autrement que de les habiller à l'antique, tandis que les peintres actuels, choisissant des sujets d'une nature générale applicable à toutes les époques, s'obstinent à les affubler des costumes du Moyen Âge, de la Renaissance ou de l'Orient. C'est évidemment le signe d'une grande paresse ; car il est beaucoup plus commode de déclarer que tout est absolument laid dans l'habit d'une époque, que de s'appliquer à en extraire la beauté mystérieuse qui y peut être contenue, si minime ou si légère qu'elle soit. La modernité, c'est le transitoire, le fugitif, le contingent, la moitié de l'art, dont l'autre moitié est l'éternel et l'immuable. Il y a eu une modernité pour chaque peintre ancien ; la plupart des beaux portraits qui nous restent des temps antérieurs sont revêtus des costumes de leur époque. Ils sont parfaitement harmonieux, parce que le costume, la coiffure et même le geste, le regard et le sourire (chaque époque a son port, son regard et son sourire) forment un tout d'une complète vitalité. Cet élément transitoire, fugitif, dont les métamorphoses sont si fréquentes, vous n'avez pas le droit de le mépriser ou de vous en passer. En le supprimant, vous tombez forcément dans le vide d'une beauté abstraite et indéfinissable, comme celle de l'unique femme avant le premier péché. Si au costume de l'époque, qui s'impose nécessairement, vous en substituez un autre, vous faites un contresens qui ne peut avoir d'excuse que dans le cas d'une mascarade voulue par la mode. Ainsi, les déesses, les nymphes et les sultanes du XVIIIe siècle sont des portraits *moralement* ressemblants.

Il est sans doute excellent d'étudier les anciens maîtres pour apprendre à peindre, mais cela ne peut être qu'un exercice superflu si votre but est de comprendre le caractère de la beauté présente. Les draperies de Rubens ou de Véronèse ne vous enseigneront pas à faire de la *moire antique*, du *satin à la reine*, ou toute autre étoffe de nos fabriques, soulevée, balancée par la crinoline ou les jupons de mousseline empesée. Le tissu et le grain ne sont pas les mêmes que dans les étoffes de l'ancienne Venise ou dans celles portées à la cour de Catherine [14]. Ajoutons aussi que la coupe de la jupe et du corsage est absolument différente, que les plis sont disposés dans un système nouveau, et enfin que le geste et le port de la femme actuelle donnent à sa robe une vie et une physionomie qui ne sont pas celles de la femme ancienne. En un mot, pour que toute *modernité* soit digne de devenir antiquité, il faut que la beauté mystérieuse que la vie humaine y met involontairement en ait été extraite. C'est à cette tâche que s'applique particulièrement M. G.

J'ai dit que chaque époque avait son port, son regard et son geste. C'est surtout dans une vaste galerie de portraits (celle de Versailles, par exemple) que cette proposition devient facile à vérifier. Mais elle peut s'étendre plus loin encore. Dans l'unité qui s'appelle nation, les professions, les castes, les siècles introduisent la variété, non seulement dans les gestes et les manières, mais aussi dans la forme positive du visage. Tel nez, telle bouche, tel front remplissent l'intervalle d'une durée que je ne prétends pas déterminer ici, mais qui certainement peut être soumise à un calcul. De telles considérations ne sont pas assez familières aux portraitistes ; et le grand défaut de M. Ingres, en particulier, est de vouloir imposer à chaque type qui pose sous son œil un perfectionnement plus ou moins complet, emprunté au répertoire des idées classiques.

En pareille matière, il serait facile et même légitime de raisonner *a priori*. La corrélation perpétuelle de ce qu'on appelle *l'âme* avec ce qu'on appelle *le corps* explique très bien comment tout ce qui est matériel ou effluve du spirituel représente et représentera toujours le spirituel d'où il dérive. Si un peintre patient et minutieux, mais d'une imagination médiocre, ayant à peindre une courtisane du temps présent, *s'inspire* (c'est le mot consacré) d'une courtisane de Titien ou de Raphaël, il est infiniment probable qu'il fera une œuvre fausse, ambiguë et obscure. L'étude d'un chef-d'œuvre de ce temps et de ce genre ne lui enseignera ni l'attitude, ni le regard, ni la grimace, ni l'aspect vital d'une de ces créatures que le dictionnaire de la mode a successivement classées sous les titres grossiers ou badins d'*impures*, de *filles entretenues*, de *lorettes* et de *biches*.

La même critique s'applique rigoureusement à l'étude du militaire, du dandy, de l'animal même, chien ou cheval, et de tout ce qui compose la vie extérieure d'un siècle. Malheur à celui qui étudie dans l'antique autre chose que l'art pur, la logique, la méthode générale ! Pour s'y trop plonger, il perd la mémoire du présent ; il abdique la valeur et les privilèges fournis par la circonstance ; car presque toute notre originalité vient de l'estampille que le *temps* imprime à nos sensations. Le lecteur comprend d'avance que je pourrais vérifier facilement mes assertions sur de nombreux objets autres que la femme. Que diriez-vous, par exemple, d'un peintre de marines (je pousse l'hypothèse à l'extrême) qui, ayant à reproduire la *beauté* sobre et élégante du navire moderne, fatiguerait ses yeux à étudier les formes surchargées, contournées, l'arrière monumental du navire ancien et les voilures compliquées du XVIe siècle ? Et que penseriez-vous d'un artiste que vous auriez chargé de faire le portrait d'un pur-sang, célèbre dans les solennités du turf, s'il allait confiner ses contemplations dans les musées, s'il se contentait d'observer le cheval dans les galeries du passé, dans Van Dyck, Bourguignon ou Van der Meulen ?

M. G., dirigé par la nature, tyrannisé par la circonstance, a suivi une voie toute différente. Il a commencé par contempler la vie, et ne s'est ingénié que tard à apprendre les moyens d'exprimer la vie. Il en est résulté une originalité saisissante, dans laquelle ce qui peut rester de barbare et d'ingénu apparaît comme une preuve nouvelle d'obéissance à l'impression, comme une flatterie à la vérité. Pour la plupart d'entre nous, surtout pour les gens d'affaires, aux yeux de qui la nature n'existe pas, si ce n'est dans ses rapports d'utilité avec leurs affaires, le fantastique réel de la vie est singulièrement émoussé. M. G. l'absorbe sans cesse ; il en a la mémoire et les yeux pleins.

V

L'ART MNÉMONIQUE

Ce mot *barbarie*, qui est venu peut-être trop souvent sous ma plume, pourrait induire quelques personnes à croire qu'il s'agit ici de quelques dessins informes que l'imagination seule du spectateur sait transformer en choses parfaites. Ce serait mal me comprendre. Je veux parler d'une barbarie inévitable, synthétique, enfantine, qui reste souvent visible dans un art parfait (mexicaine, égyptienne ou ninivite), et qui dérive du besoin de voir les choses grandement, de les considérer surtout dans l'effet de leur ensemble. Il n'est pas superflu d'observer ici que beaucoup de gens ont accusé de barbarie tous les peintres dont le regard est synthétique et abréviateur, par exemple M. Corot, qui s'applique tout d'abord à tracer les lignes principales d'un paysage, son ossature et sa physionomie. Ainsi, M. G., traduisant fidèlement ses propres impressions, marque avec une énergie instinctive les points culminants ou lumineux d'un objet (ils peuvent être culminants ou lumineux au point de vue dramatique), ou ses principales caractéristiques, quelquefois même avec une exagération utile pour la mémoire humaine ; et l'imagination du spectateur, subissant à son tour cette mnémonique si despotique, voit avec netteté l'impression produite par les choses sur l'esprit de M. G. Le spectateur est ici le traducteur d'une traduction toujours claire et enivrante.

Il est une condition qui ajoute beaucoup à la force vitale de cette traduction *légendaire* de la vie extérieure. Je veux parler de la méthode de dessiner de M. G. Il dessine de mémoire, et non d'après le modèle, sauf dans les cas (la guerre de Crimée, par exemple) où il y a nécessité urgente de prendre des notes immédiates, précipitées, et d'arrêter les lignes principales d'un sujet. En fait, tous les bons et vrais dessinateurs dessinent d'après l'image écrite dans leur cerveau, et non d'après la nature. Si l'on nous objecte les admirables croquis de Raphaël, de Watteau et de beaucoup d'autres, nous dirons que ce sont là des notes très minutieuses, il est vrai, mais de pures notes. Quand un véritable artiste en est venu à l'exécution définitive de son œuvre, le modèle lui serait plutôt un *embarras* qu'un secours. Il arrive même que des hommes tels que Daumier et M. G., accoutumés dès longtemps à exercer leur mémoire et à la remplir d'images, trouvent devant le modèle et la multiplicité de détails qu'il comporte leur faculté principale troublée et comme paralysée.

Il s'établit alors un duel entre la volonté de tout voir, de ne rien oublier, et la faculté de la mémoire qui a pris l'habitude d'absorber vivement la couleur générale et la silhouette, l'arabesque du contour. Un artiste ayant le sentiment parfait de la forme, mais accoutumé à exercer surtout sa mémoire et son imagination, se trouve alors comme assailli par une émeute de détails, qui tous demandent justice avec la furie d'une foule amoureuse d'égalité absolue. Toute justice se trouve forcément violée ; toute harmonie détruite, sacrifiée ; mainte trivialité devient énorme ; mainte petitesse, usurpatrice. Plus l'artiste se penche avec impartialité vers le détail, plus l'anarchie augmente. Qu'il soit myope ou presbyte, toute hiérarchie et toute subordination disparaissent. C'est un accident qui se présente souvent dans les œuvres d'un de nos peintres les plus en vogue, dont les défauts d'ailleurs sont si bien appropriés aux défauts de la foule, qu'ils ont singulièrement servi sa popularité. La même analogie se fait deviner dans la pratique de l'art du comédien, art si mystérieux, si profond, tombé aujourd'hui dans la confusion des décadences. M. Frédérick Lemaître compose un rôle avec l'ampleur et la largeur du génie. Si étoilé que soit son jeu de détails lumineux, il reste toujours synthétique et sculptural. M. Bouffé compose les siens avec une minutie de myope et de bureaucrate. En lui tout éclate, mais rien ne se fait voir, rien ne veut être gardé par la mémoire [15].

Ainsi, dans l'exécution de M. G. se montrent deux choses : l'une, une contention de mémoire résurrectionniste, évocatrice, une mémoire qui dit à chaque chose : « Lazare, lève-toi ! » ; l'autre, un feu, une ivresse de crayon, de pinceau, ressemblant presque à une fureur. C'est la peur de n'aller pas assez vite, de laisser échapper le fantôme avant que la synthèse n'en soit extraite et saisie ; c'est cette terrible peur qui possède tous les grands artistes et qui leur fait désirer si ardemment de s'approprier tous les moyens d'expression, pour que jamais les ordres de l'esprit ne soient altérés par les hésitations de la main ; pour que finalement l'exécution, l'exécution idéale, devienne aussi inconsciente, aussi *coulante* que l'est la digestion pour le cerveau de l'homme bien portant qui a dîné. M. G. commence par de légères indications au crayon, qui ne marquent guère que la place que les objets doivent tenir dans l'espace. Les plans principaux sont indiqués ensuite par des teintes au lavis, des masses vaguement, légèrement colorées d'abord, mais reprises plus tard et chargées successivement de couleurs plus intenses. Au dernier moment, le contour des objets est définitivement cerné par de l'encre. À moins de les avoir vus, on ne se douterait pas des effets surprenants qu'il peut obtenir par cette méthode si simple et presque élémentaire. Elle a cet incomparable avantage, qu'à n'importe quel point de son progrès, chaque dessin a l'air suffisamment fini ; vous nommerez cela une ébauche si vous voulez, mais ébauche parfaite. Toutes les valeurs y sont en pleine harmonie, et s'il les veut pousser plus loin, elles marcheront toujours de front vers le perfectionnement désiré. Il prépare ainsi vingt dessins à la fois avec une pétulance et une joie charmantes, amusantes même pour lui ; les croquis s'empilent et se superposent par dizaines, par centaines, par milliers. De temps à autre il les parcourt, les feuillette, les examine, et puis il en choisit quelques-uns dont il augmente plus ou moins l'intensité, dont il charge les ombres et allume progressivement les lumières.

Il attache une immense importance aux fonds, qui, vigoureux ou légers, sont toujours d'une qualité et d'une nature appropriées aux figures. La gamme des tons et l'harmonie générale sont strictement observées, avec un génie qui dérive plutôt de l'instinct que de l'étude. Car M. G. possède naturellement ce talent mystérieux du coloriste, véritable don que l'étude peut accroître, mais qu'elle est, par elle-même, je crois, impuissante à créer. Pour tout dire en un mot, notre singulier artiste exprime à la fois le geste et l'attitude solennelle ou grotesque des êtres et leur explosion lumineuse dans l'espace.

VI

LES ANNALES DE LA GUERRE

La Bulgarie, la Turquie, la Crimée, l'Espagne ont été de grandes fêtes pour les yeux de M. G., ou plutôt de l'artiste imaginaire que nous sommes convenus d'appeler M. G. ; car je me souviens de temps en temps que je me suis promis, pour mieux rassurer sa modestie, de supposer qu'il n'existait pas. J'ai compulsé ces archives de la guerre d'Orient (champs de bataille jonchés de débris funèbres, charrois de matériaux, embarquements de bestiaux et de chevaux), tableaux vivants et surprenants, décalqués sur la vie elle-même, éléments d'un pittoresque précieux que beaucoup de peintres en renom, placés dans les mêmes circonstances, auraient étourdiment négligés ; cependant, de ceux-là, j'excepterai volontiers M. Horace Vernet, véritable gazetier plutôt que peintre essentiel, avec lequel M. G., artiste plus délicat, a des rapports visibles, si on veut ne le considérer que comme archiviste de la vie. Je puis affirmer que nul journal, nul récit écrit, nul livre, n'exprime aussi bien, dans tous ses détails douloureux et dans sa sinistre ampleur, cette grande épopée de la guerre de Crimée. L'œil se promène tour à tour aux bords du Danube, aux rives du Bosphore, au cap Kerson, dans la plaine de Balaklava, dans les champs d'Inkermann, dans les campements anglais, français, turcs et piémontais, dans les rues de Constantinople, dans les hôpitaux et dans toutes les solennités religieuses et militaires.

Une des compositions qui se sont le mieux gravées dans mon esprit est la *Consécration d'un terrain funèbre à Scutari par l'évêque de Gibraltar*[16]. Le caractère pittoresque de la scène, qui consiste dans le contraste de la nature orientale environnante avec les attitudes et les uniformes occidentaux des assistants, est rendu d'une manière saisissante, suggestive et grosse de rêveries. Les soldats et les officiers ont ces airs ineffaçables de *gentlemen*, résolus et discrets, qu'ils portent au bout du monde, jusque dans les garnisons de la colonie du Cap et les établissements de l'Inde : les prêtres anglais font vaguement songer à des huissiers ou à des agents de change qui seraient revêtus de toques et de rabats.

Ici nous sommes à Schumla, chez Omer-Pacha[17] : hospitalité turque, pipes et café ; tous les visiteurs sont rangés sur des divans, ajustant à leurs lèvres des pipes, longues comme des sarbacanes, dont le foyer repose à leurs pieds. Voici les *Kurdes à Scutari*[18], troupes étranges dont l'aspect fait rêver à une invasion de hordes barbares ; voici les bachi-bouzouks, non moins singuliers avec leurs officiers européens, hongrois ou polonais, dont la physionomie de dandies tranche bizarrement sur le caractère baroquement oriental de leurs soldats.

Je rencontre un dessin magnifique où se dresse un seul personnage, gros, robuste, l'air à la fois pensif, insouciant et audacieux ; de grandes bottes lui montent au-delà des genoux ; son habit militaire est caché par un lourd et vaste paletot strictement boutonné ; à travers la fumée de son cigare, il regarde l'horizon sinistre et brumeux ; l'un de ses bras blessé est appuyé sur une cravate en sautoir. Au bas, je lis ces mots griffonnés au crayon : *Canrobert on the battle field of Inkermann. Taken on the spot.*

Quel est ce cavalier, aux moustaches blanches, d'une physionomie si vivement dessinée, qui, la tête relevée, a l'air de humer la terrible poésie d'un champ de bataille, pendant que son cheval, flairant la terre, cherche son chemin entre les cadavres amoncelés, pieds en l'air, faces crispées, dans des attitudes étranges ? Au bas du dessin, dans un coin, se font lire ces mots : *Myself at Inkermann.*

J'aperçois M. Baraguay-d'Hilliers, avec le Séraskier, passant en revue l'artillerie à Béchichtash. J'ai rarement vu un portrait militaire plus ressemblant, buriné d'une main plus hardie et plus spirituelle.

Un nom, sinistrement illustre depuis les désastres de Syrie [19], s'offre à ma vue : *Achmet-Pacha, général en chef à Kalafat, debout devant sa hutte avec son état-major, se fait présenter deux officiers européens.* Malgré l'ampleur de sa bedaine turque, Achmet-Pacha a, dans l'attitude et le visage, le grand air aristocratique qui appartient généralement aux races dominatrices.

La bataille de Balaklava se présente plusieurs fois dans ce curieux recueil, et sous différents aspects [20]. Parmi les plus frappants, voici l'historique charge de cavalerie chantée par la trompette héroïque d'Alfred Tennyson, poète de la reine [21] : une foule de cavaliers roulent avec une vitesse prodigieuse jusqu'à l'horizon entre les lourds nuages de l'artillerie. Au fond, le paysage est barré par une ligne de collines verdoyantes.

De temps en temps, des tableaux religieux reposent l'œil attristé par tous ces chaos de poudre et ces turbulences meurtrières. Au milieu de soldats anglais de différentes armes, parmi lesquels éclate le pittoresque uniforme des Écossais enjuponnés, un prêtre anglican lit l'office du dimanche ; trois tambours, dont le premier est supporté par les deux autres, lui servent de pupitre [22].

En vérité, il est difficile à la simple plume de traduire

ce poème fait de mille croquis, si vaste et si compliqué, et d'exprimer l'ivresse qui se dégage de tout ce pittoresque, douloureux souvent, mais jamais larmoyant, amassé sur quelques centaines de pages, dont les maculatures et les déchirures disent, à leur manière, le trouble et le tumulte au milieu desquels l'artiste y déposait ses souvenirs de la journée. Vers le soir, le courrier emportait vers Londres les notes et les dessins de M. G., et souvent celui-ci confiait ainsi à la poste plus de dix croquis improvisés sur papier pelure, que les graveurs et les abonnés du journal attendaient impatiemment.

Tantôt apparaissent des ambulances où l'atmosphère elle-même semble malade, triste et lourde ; chaque lit y contient une douleur ; tantôt c'est l'hôpital de Péra, où je vois, causant avec deux sœurs de charité, longues, pâles et droites comme des figures de Lesueur, un visiteur au costume négligé, désigné par cette bizarre légende : *My humble self.* Maintenant, sur des sentiers âpres et sinueux, jonchés de quelques débris d'un combat déjà ancien, cheminent lentement des animaux, mulets, ânes ou chevaux, qui portent sur leurs flancs, dans deux grossiers fauteuils, des blessés livides et inertes. Sur de vastes neiges, des chameaux au poitrail majestueux, la tête haute, conduits par des Tartares, traînent des provisions ou des munitions de toute sorte : c'est tout un monde guerrier, vivant, affairé et silencieux ; c'est des campements, des bazars où s'étalent des échantillons de toutes les fournitures, espèces de villes barbares improvisées pour la circonstance. À travers ces baraques, sur ces routes pierreuses ou neigeuses, dans ces défilés, circulent des uniformes de plusieurs nations, plus ou moins endommagés par la guerre ou altérés par l'adjonction de grosses pelisses et de lourdes chaussures.

Il est malheureux que cet album, disséminé maintenant en plusieurs lieux, et dont les pages précieuses ont été retenues par les graveurs chargés de les traduire ou par les rédacteurs de l'*Illustrated London News*, n'ait pas passé sous les yeux de l'Empereur.

J'imagine qu'il aurait complaisamment, et non sans attendrissement, examiné les faits et gestes de ses soldats, tous exprimés minutieusement, au jour le jour, depuis les actions les plus éclatantes jusqu'aux occupations les plus triviales de la vie, par cette main de soldat artiste, si ferme et si intelligente.

VII

POMPES ET SOLENNITÉS

La Turquie a fourni aussi à notre cher G. d'admirables motifs de compositions : les fêtes du Baïram [23], splendeurs profondes et ruisselantes, au fond desquelles apparaît, comme un soleil pâle, l'ennui permanent du sultan défunt ; rangés à la gauche du souverain, tous les officiers de l'ordre civil ; à sa droite, tous ceux de l'ordre militaire, dont le premier est Saïd-Pacha, sultan d'Égypte, alors présent à Constantinople ; des cortèges et des pompes solennelles défilant vers la petite mosquée voisine du palais [24], et, parmi ces foules, des fonctionnaires turcs, véritables caricatures de décadence, écrasant leurs magnifiques chevaux sous le poids d'une obésité fantastique ; les lourdes voitures massives, espèces de carrosses à la Louis XIV, dorés et agrémentés par le caprice oriental, d'où jaillissent quelquefois des regards curieusement féminins, dans le strict intervalle que laissent aux yeux les bandes de mousseline collées sur le visage ; les danses frénétiques des baladins du *troisième sexe* (jamais l'expression bouffonne de Balzac [25] ne fut plus applicable que dans le cas présent, car, sous la palpitation de ces lueurs tremblantes, sous l'agitation de ces amples vêtements, sous cet ardent maquillage des joues, des yeux et des sourcils, dans ces gestes hystériques et convulsifs, dans ces longues chevelures flottant sur les reins, il vous serait difficile, pour ne pas dire impossible, de deviner la virilité) ; enfin, les femmes galantes (si toutefois l'on peut prononcer le mot de galanterie à propos de l'Orient), généralement composées de Hongroises, de Valaques, de Juives, de Polonaises, de Grecques et d'Arméniennes ; car, sous un gouvernement despotique, ce sont les races opprimées, et, parmi elles, celles surtout qui ont le plus à souffrir, qui fournissent le plus de sujets à la prostitution. De ces femmes, les unes ont conservé le costume national, les vestes brodées, à manches courtes, l'écharpe tombante, les vastes pantalons, les babouches retroussées, les mousselines rayées ou lamées et tout le clinquant du pays natal ; les autres, et ce sont les plus nombreuses, ont adopté le signe principal de la civilisation, qui, pour une femme, est invariablement la crinoline, en gardant toutefois, dans un coin de leur ajustement, un léger souvenir caractéristique de l'Orient, si bien qu'elles ont l'air de Parisiennes qui auraient voulu se déguiser.

M. G. excelle à peindre le faste des scènes officielles, les pompes et les solennités nationales, non pas froidement, didactiquement, comme les peintres qui ne voient dans ces ouvrages que des corvées lucratives, mais avec toute l'ardeur d'un homme épris d'espace, de perspective, de lumière faisant nappe ou explosion, et s'accrochant en gouttes ou en étincelles aux aspérités des uniformes et des toilettes de cour. *La fête commémorative de l'indépendance dans la cathédrale d'Athènes* [26] fournit un curieux exemple de ce talent. Tous ces petits personnages, dont chacun est si bien à sa place, rendent plus profond l'espace qui les contient. La cathédrale est immense et décorée de tentures solennelles. Le roi Othon et la reine, debout sur une estrade, sont revêtus du costume traditionnel, qu'ils portent avec une aisance merveilleuse, comme pour témoigner de la sincérité de leur adoption et du patriotisme hellénique le plus raffiné. La taille du roi est sanglée comme celle du plus coquet palikare, et sa jupe s'évase avec toute l'exagération du dandysme national. En face d'eux s'avance le patriarche, vieillard aux épaules voûtées, à la grande barbe blanche, dont les petits yeux sont protégés par des lunettes vertes, et portant dans tout son être les signes d'un flegme oriental consommé. Tous les personnages qui peuplent cette composition sont des portraits, et l'un des plus curieux, par la bizarrerie de sa physionomie aussi peu hellénique que possible, est celui d'une dame allemande, placée à côté de la reine et attachée à son service.

Dans les collections de M. G., on rencontre souvent l'Empereur des Français, dont il a su réduire la figure, sans nuire à la ressemblance, à un croquis infaillible, et qu'il exécute avec la certitude d'un paraphe. Tantôt l'Empereur passe des revues, lancé au galop de son cheval et accompagné d'officiers dont les traits sont facilement reconnaissables, ou de princes étrangers, européens, asiatiques ou africains, à qui il fait, pour ainsi dire, les honneurs de Paris. Quelquefois il est immobile sur un cheval dont les pieds sont aussi assurés que les quatre pieds d'une table, ayant à sa gauche l'Impératrice en costume d'amazone, et, à sa droite, le petit Prince impérial, chargé d'un bonnet à poils et se tenant militairement sur un petit cheval hérissé comme les poneys que les artistes anglais lancent volontiers dans leurs paysages ; quelquefois disparaissant au milieu d'un tourbillon de lumière et de poussière dans les allées du bois de Boulogne ; d'autres fois se promenant lentement à travers les acclamations du faubourg Saint-Antoine. Une surtout de ces aquarelles m'a ébloui par son caractère magique. Sur le bord d'une loge d'une richesse lourde et princière, l'Impératrice apparaît dans une attitude tranquille et reposée ; l'Empereur se penche légèrement comme pour mieux voir le théâtre ; au-dessous, deux cents gardes, debout, dans une immobilité militaire et presque hiératique, reçoivent sur leur brillant uniforme les éclaboussures de la rampe. Derrière la bande de feu, dans l'atmosphère idéale de la scène, les comédiens chantent, déclament, gesticulent harmonieusement ; de l'autre côté s'étend un abîme de lumière vague, un espace circulaire encombré de figures humaines à tous les étages : c'est le lustre et le public.

Les mouvements populaires, les clubs et les solennités de 1848 avaient également fourni à M. G. une série de compositions pittoresques dont la plupart ont été gravées par l'*Illustrated London News*. Il y a quelques années, après un séjour en Espagne, très fructueux pour son génie, il composa aussi un album de même nature, dont je n'ai vu que des lambeaux. L'insouciance avec laquelle il donne ou prête ses dessins l'expose souvent à des pertes irréparables.

VIII

LE MILITAIRE

Pour définir une fois de plus le genre de sujets préférés par l'artiste, nous dirons que c'est *la pompe de la vie*, telle qu'elle s'offre dans les capitales du monde civilisé, la pompe de la vie militaire, de la vie élégante, de la vie galante. Notre observateur est toujours exact à son poste, partout où coulent les désirs profonds et impétueux, les Orénoques du cœur humain, la guerre, l'amour, le jeu ; partout où s'agitent les fêtes et les fictions qui représentent ces grands éléments de bonheur et d'infortune. Mais il montre une prédilection très marquée pour le militaire, pour le soldat, et je crois que cette affection dérive non seulement des vertus et des qualités qui passent forcément de l'âme du guerrier dans son attitude et sur son visage, mais aussi de la parure voyante dont sa profession le revêt. M. Paul de Molènes [27] a écrit quelques pages aussi charmantes que sensées, sur la coquetterie militaire et sur le sens moral de ces costumes étincelants dont tous les gouvernements se plaisent à habiller leurs troupes. M. G. signerait volontiers ces lignes-là.

Nous avons parlé déjà de l'idiotisme de beauté particulier à chaque époque, et nous avons observé que chaque siècle avait, pour ainsi dire, sa grâce personnelle. La même remarque peut s'appliquer aux professions ; chacune tire sa beauté extérieure des lois morales auxquelles elle est soumise. Dans les unes, cette beauté sera marquée d'énergie, et, dans les autres, elle portera les signes visibles de l'oisiveté. C'est comme l'emblème du caractère, c'est l'estampille de la fatalité. Le militaire, pris en général, a sa beauté, comme le dandy et la femme galante ont la leur, d'un goût essentiellement différent. On trouvera naturel que je néglige les professions où un exercice exclusif et violent déforme les muscles et marque le visage de servitude. Accoutumé aux surprises, le militaire est difficilement étonné. Le signe particulier de la beauté sera donc, ici, une insouciance martiale, un mélange singulier de placidité et d'audace ; c'est une beauté qui dérive de la nécessité d'être prêt à mourir à chaque minute. Mais le visage du militaire idéal devra être marqué d'une grande simplicité ; car, vivant en commun comme les moines et les écoliers, accoutumés à se décharger des soucis journaliers de la vie sur une paternité abstraite, les soldats sont, en beaucoup de choses, aussi simples que les enfants ; et, comme les enfants, le devoir étant accompli, ils sont faciles à amuser et portés aux divertissements violents. Je ne crois pas exagérer en affirmant que toutes ces considérations morales jaillissent naturellement des croquis et des aquarelles de M. G. Aucun type militaire n'y manque, et tous sont saisis avec une espèce de joie enthousiaste : le vieil officier d'infanterie, sérieux et triste, affligeant son cheval de son obésité ; le joli officier d'état-major, pincé dans sa taille, se dandinant des épaules, se penchant sans timidité sur le fauteuil des dames, et qui, vu de dos, fait penser aux insectes les plus sveltes et les plus élégants ; le zouave et le tirailleur, qui portent dans leur allure un caractère excessif d'audace et d'indépendance, et comme un sentiment plus vif de responsabilité personnelle ; la désinvolture agile et gaie de la cavalerie légère ; la physionomie vaguement professorale et académique des corps spéciaux, comme l'artillerie et le génie, souvent confirmée par l'appareil peu guerrier des lunettes : aucun de ces modèles, aucune de ces nuances ne sont négligés, et tous sont résumés, définis avec le même amour et le même esprit.

J'ai actuellement sous les yeux une de ces compositions d'une physionomie générale vraiment héroïque, qui représente une tête de colonne d'infanterie ; peut-être ces hommes reviennent-ils d'Italie et font-ils une halte sur les boulevards devant l'enthousiasme de la multitude ; peut-être viennent-ils d'accomplir une longue étape sur les routes de la Lombardie ; je ne sais. Ce qui est visible, pleinement intelligible, c'est le caractère ferme, audacieux, même dans sa tranquillité, de tous ces visages hâlés par le soleil, la pluie et le vent.

Voilà bien l'uniformité d'expression créée par l'obéissance et les douleurs supportées en commun, l'air résigné du courage éprouvé par les longues fatigues. Les pantalons retroussés et emprisonnés dans les guêtres, les capotes flétries par la poussière, vaguement décolorées, tout l'équipement enfin a pris lui-même l'indestructible physionomie des êtres qui reviennent de loin et qui ont couru d'étranges aventures. On dirait que tous ces hommes sont plus solidement appuyés sur leurs reins, plus carrément installés sur leurs pieds, plus d'aplomb que ne peuvent l'être les autres hommes. Si Charlet, qui fut toujours à la recherche de ce genre de beauté et qui l'a si souvent trouvé, avait vu ce dessin, il en eût été singulièrement frappé [28].

IX

LE DANDY [29]

L'homme riche, oisif, et qui, même blasé, n'a pas d'autre occupation que de courir à la piste du bonheur ; l'homme élevé dans le luxe et accoutumé dès sa jeunesse à l'obéissance des autres hommes, celui enfin qui n'a pas d'autre profession que l'élégance, jouira toujours, dans tous les temps, d'une physionomie distincte, tout à fait à part. Le dandysme est une institution vague, aussi bizarre que le duel ; très ancienne, puisque César, Catilina, Alcibiade nous en fournissent des types éclatants ; très générale, puisque Chateaubriand l'a trouvée dans les forêts et au bord des lacs du Nouveau-Monde. Le dandysme, qui est une institution en dehors des lois, a des lois rigoureuses auxquelles sont strictement soumis tous ses sujets, quelles que soient d'ailleurs la fougue et l'indépendance de leur caractère.

Les romanciers anglais ont, plus que les autres, cultivé le roman de *high life*, et les Français qui, comme M. de Custine, ont voulu spécialement écrire des romans d'amour, ont d'abord pris soin, et très judicieusement, de doter leurs personnages de fortunes assez vastes pour payer sans hésitation toutes leurs fantaisies ; ensuite ils les ont dispensés de toute profession. Ces êtres n'ont pas d'autre état que de cultiver l'idée du beau dans leur personne, de satisfaire leurs passions, de sentir et de penser. Ils possèdent ainsi, à leur gré et dans une vaste mesure, le temps et l'argent, sans lesquels la fantaisie, réduite à l'état de rêverie passagère, ne peut guère se traduire en action. Il est malheureusement bien vrai que, sans le loisir et l'argent, l'amour ne peut être qu'une orgie de roturier ou l'accomplissement d'un devoir conjugal. Au lieu du caprice brûlant ou rêveur, il devient une répugnante *utilité*.

Si je parle de l'amour à propos du dandysme, c'est que l'amour est l'occupation naturelle des oisifs. Mais le dandy ne vise pas à l'amour comme but spécial. Si j'ai parlé d'argent, c'est parce que l'argent est indispensable aux gens qui se font un culte de leurs passions ; mais le dandy n'aspire pas à l'argent comme à une chose essentielle ; un crédit indéfini pourrait lui suffire ; il abandonne cette grossière passion aux mortels vulgaires. Le dandysme n'est même pas, comme beaucoup de personnes peu réfléchies paraissent le croire, un goût immodéré de la toilette et de l'élégance matérielle. Ces choses ne sont pour le parfait dandy qu'un symbole de la supériorité aristocratique de son esprit. Aussi, à ses yeux, épris avant tout de *distinction*, la perfection de la toilette consiste-t-elle dans la simplicité absolue, qui est, en effet, la meilleure manière de se distinguer. Qu'est-ce donc que cette passion qui, devenue doctrine, a fait des adeptes dominateurs, cette institution non écrite qui a formé une caste si hautaine ? C'est avant tout le besoin ardent de se faire une originalité, contenu dans les limites extérieures des convenances. C'est une espèce de culte de soi-même, qui peut survivre à la recherche du bonheur à trouver dans autrui, dans la femme, par exemple ; qui peut survivre même à tout ce qu'on appelle les illusions. C'est le plaisir d'étonner et la satisfaction orgueilleuse de ne jamais être étonné. Un dandy peut être un homme blasé, peut être un homme souffrant ; mais, dans ce dernier cas, il sourira comme le Lacédémonien sous la morsure du renard.

On voit que, par de certains côtés, le dandysme confine au spiritualisme et au stoïcisme. Mais un dandy ne peut jamais être un homme vulgaire. S'il commettait un crime, il ne serait pas déchu peut-être ; mais si ce crime naissait d'une source triviale, le déshonneur serait irréparable. Que le lecteur ne se scandalise pas de cette gravité dans le frivole, et qu'il se souvienne qu'il y a une grandeur dans toutes les folies, une force dans tous les excès. Étrange spiritualisme ! Pour ceux qui en sont à la fois les prêtres et les victimes, toutes les conditions matérielles compliquées auxquelles ils se soumettent, depuis la toilette irréprochable à toute heure du jour et de la nuit jusqu'aux tours les plus périlleux du sport, ne sont qu'une gymnastique propre à fortifier la volonté et à discipliner l'âme. En vérité, je n'avais pas tout à fait tort de considérer le dandysme comme une espèce de religion. La règle monastique la plus rigoureuse, l'ordre irrésistible du *Vieux de la Montagne*, qui commandait le suicide à ses disciples enivrés, n'étaient pas plus despotiques ni plus obéis que cette doctrine de l'élégance et de l'originalité, qui impose, elle aussi, à ses ambitieux et humbles sectaires, hommes souvent pleins de fougue, de passion, de courage, d'énergie contenue, la terrible formule : *Perinde ac cadaver !*

Que ces hommes se fassent nommer raffinés, incroyables, beaux, lions ou dandys, tous sont issus d'une même origine ; tous participent du même caractère d'opposition et de révolte ; tous sont des représentants de ce qu'il y a de meilleur dans l'orgueil humain, de ce besoin, trop rare chez ceux d'aujourd'hui, de combattre et de détruire la trivialité. De là naît, chez les dandys, cette attitude hautaine de caste provocante, même dans sa froideur. Le dandysme apparaît surtout aux époques transitoires où la démocratie n'est pas encore toute-puissante, où l'aristocratie n'est que partiellement chancelante et avilie. Dans le trouble de ces époques quelques hommes déclassés, dégoûtés, désœuvrés, mais tous riches de force native, peuvent concevoir le projet de fonder une espèce nouvelle d'aristocratie, d'autant plus difficile à rompre qu'elle sera basée sur les facultés les plus précieuses, les plus indestructibles, et sur les dons célestes que le travail et l'argent ne peuvent conférer. Le dandysme est le dernier éclat d'héroïsme dans les décadences ; et le type du dandy retrouvé par le voyageur dans l'Amérique du Nord n'infirme en aucune façon cette idée : car rien n'empêche de supposer que les tribus que nous nommons *sauvages* soient les débris de grandes civilisations disparues. Le dandysme est un soleil couchant ; comme l'astre qui décline, il est superbe, sans chaleur et plein de mélancolie. Mais, hélas ! la marée montante de la démocratie, qui envahit tout et qui nivelle tout, noie jour à jour ces derniers représentants de l'orgueil humain et verse des flots d'oubli sur les traces de ces prodigieux myrmidons. Les dandys se font chez nous de plus en plus rares, tandis que chez nos voisins, en Angleterre, l'état social et la constitution (la vraie constitution, celle qui s'exprime par les mœurs) laisseront longtemps encore une place aux héritiers de Sheridan, de Brummel et de Byron, si toutefois il s'en présente qui en soient dignes.

Ce qui a pu paraître au lecteur une digression n'en est pas une, en vérité. Les considérations et les rêveries morales qui surgissent des dessins d'un artiste sont, dans beaucoup de cas, la meilleure traduction que le critique en puisse faire ; les suggestions font partie d'une idée mère, et, en les montrant successivement, on peut la faire deviner. Ai-je besoin de dire que M. G., quand il crayonne un de ses dandys sur le papier, lui donne toujours son caractère historique, légendaire même, oserais-je dire, s'il n'était pas question du temps présent et de choses considérées généralement comme folâtres ? C'est bien là cette légèreté d'allures, cette certitude de manières, cette simplicité dans l'air de domination, cette façon de porter un habit et de diriger un cheval, ces attitudes toujours calmes mais révélant la force, qui nous font penser, quand notre regard découvre un de ces êtres privilégiés en qui le joli et le redoutable se confondent si mystérieusement : « Voilà peut-être un homme riche, mais plus certainement un Hercule sans emploi. »

Le caractère de beauté du dandy consiste surtout dans l'air froid qui vient de l'inébranlable résolution de ne pas être ému ; on dirait un feu latent qui se fait deviner, qui pourrait mais qui ne veut pas rayonner. C'est ce qui est, dans ces images, parfaitement exprimé.

X

LA FEMME [30]

L'être qui est, pour la plupart des hommes, la source des plus vives, et même, disons-le à la honte des voluptés philosophiques, des plus durables jouissances ; l'être vers qui ou au profit de qui tendent tous leurs efforts ; cet être terrible et incommunicable comme Dieu (avec cette différence que l'infini ne se communique pas parce qu'il aveuglerait et écraserait le fini, tandis que l'être dont nous parlons n'est peut-être incompréhensible que parce qu'il n'a rien à communiquer) ; cet être en qui Joseph de Maistre voyait *un bel animal* dont les grâces égayaient et rendaient plus facile le jeu sérieux de la politique [31] ; pour qui et par qui se font et défont les fortunes ; pour qui, mais surtout *par qui* les artistes et les poètes composent leurs plus délicats bijoux ; de qui dérivent les plaisirs les plus énervants et les douleurs les plus fécondantes, la femme, en un mot, n'est pas seulement pour l'artiste en général, et pour M. G. en particulier, la femelle de l'homme. C'est plutôt une divinité, un astre, qui préside à toutes les conceptions du cerveau mâle ; c'est un miroitement de toutes les grâces de la nature condensées dans un seul être ; c'est l'objet de l'admiration et de la curiosité la plus vive que le tableau de la vie puisse offrir au contemplateur. C'est une espèce d'idole, stupide peut-être, mais éblouissante, enchanteresse, qui tient les destinées et les volontés suspendues à ses regards. Ce n'est pas, dis-je, un animal dont les membres, correctement assemblés, fournissent un parfait exemple d'harmonie ; ce n'est même pas le type de beauté pure, tel que peut le rêver le sculpteur dans ses plus sévères méditations ; non, ce ne serait pas encore suffisant pour en expliquer le mystérieux et complexe enchantement. Nous n'avons que faire ici de Winckelmann et de Raphaël ; et je suis bien sûr que M. G., malgré toute l'étendue de son intelligence (cela soit dit sans lui faire injure), négligerait un morceau de la statuaire antique, s'il lui fallait perdre ainsi l'occasion de savourer un portrait de Reynolds ou de Lawrence. Tout ce qui orne la femme, tout ce qui sert à illustrer sa beauté, fait partie d'elle-même ; et les artistes qui se sont particulièrement appliqués à l'étude de cet être énigmatique raffolent autant de tout le *mundus muliebris* que de la femme elle-même. La femme est sans doute une lumière, un regard, une invitation au bonheur, une parole quelquefois ; mais elle est surtout une harmonie générale, non seulement dans son allure et le mouvement de ses membres, mais aussi dans les mousselines, les gazes, les vastes et chatoyantes nuées d'étoffes dont elle s'enveloppe, et qui sont comme les attributs et le piédestal de sa divinité ; dans le métal et le minéral qui serpentent autour de ses bras et de son cou, qui ajoutent leurs étincelles au feu de ses regards, ou qui jasent doucement à ses oreilles. Quel poète oserait, dans la peinture du plaisir causé par l'apparition d'une beauté, séparer la femme de son costume ? Quel est l'homme qui, dans la rue, au théâtre, au bois, n'a pas joui, de la manière la plus désintéressée, d'une toilette savamment composée, et n'en a pas emporté une image inséparable de la beauté de celle à qui elle appartenait, faisant ainsi des deux, de la femme et de la robe, une totalité indivisible ? C'est ici le lieu, ce me semble, de revenir sur certaines questions relatives à la mode et à la parure, que je n'ai fait qu'effleurer au commencement de cette étude, et de venger l'art de la toilette des ineptes calomnies dont l'accablent certains amants très équivoques de la nature.

XI

ÉLOGE DU MAQUILLAGE [32]

Il est une chanson, tellement triviale et inepte qu'on ne peut guère la citer dans un travail qui a quelques prétentions au sérieux, mais qui traduit fort bien, en style de vaudevilliste, l'esthétique des gens qui ne pensent pas. *La nature embellit la beauté !* Il est présumable que le *poète*, s'il avait pu parler en français, aurait dit : *La simplicité embellit la beauté !* ce qui équivaut à cette *vérité*, d'un genre tout à fait inattendu : Le *rien* embellit ce qui est.

La plupart des erreurs relatives au beau naissent de la fausse conception du XVIIIe siècle relative à la morale. La nature fut prise dans ce temps-là comme base, source et type de tout bien et de tout beau possibles. La négation du péché originel ne fut pas pour peu de chose dans l'aveuglement général de cette époque. Si toutefois nous consentons à en référer simplement au fait visible, à l'expérience de tous les âges et à la *Gazette des tribunaux* [33], nous verrons que la nature n'enseigne rien, ou presque rien, c'est-à-dire qu'elle *contraint* l'homme à dormir, à boire, à manger, et à se garantir, tant bien que mal, contre les hostilités de l'atmosphère. C'est elle aussi qui pousse l'homme à tuer son semblable, à le manger, à le séquestrer, à le torturer ; car, sitôt que nous sortons de l'ordre des nécessités et des besoins pour entrer dans celui du luxe et des plaisirs, nous voyons que la nature ne peut conseiller que le crime. C'est cette infaillible nature qui a créé le parricide et l'anthropophagie, et mille autres abominations que la pudeur et la délicatesse nous empêchent de nommer. C'est la philosophie (je parle de la bonne), c'est la religion qui nous ordonne de nourrir des parents pauvres et infirmes. La nature (qui n'est pas autre chose que la voix de notre intérêt) nous commande de les assommer. Passez en revue, analysez tout ce qui est naturel, toutes les actions et les désirs du pur homme naturel, vous ne trouverez rien que d'affreux. Tout ce qui est beau et noble est le résultat de la raison et du calcul. Le crime, dont l'animal a puisé le goût dans le ventre de sa mère, est originellement naturel. La vertu, au contraire, est *artificielle*, surnaturelle, puisqu'il a fallu, dans tous les temps et chez toutes les nations, des dieux et des prophètes pour l'enseigner à l'humanité animalisée, et que l'homme, *seul*, eût été impuissant à la découvrir. Le mal se fait sans effort, *naturellement*, par fatalité ; le bien est toujours le produit d'un art. Tout ce que je dis de la nature comme mauvaise conseillère en matière de morale, et de la raison comme véritable rédemptrice et réformatrice, peut être transporté dans l'ordre du beau. Je suis ainsi conduit à regarder la parure comme un des signes de la noblesse primitive de l'âme humaine. Les races que notre civilisation, confuse et pervertie, traite volontiers de sauvages, avec un orgueil et une fatuité tout à fait risibles, comprennent, aussi bien que l'enfant, la haute spiritualité de la toilette. Le sauvage et le baby témoignent, par leur aspiration naïve vers le brillant, vers les plumages bariolés, les étoffes chatoyantes, vers la majesté superlative des formes artificielles, de leur dégoût pour le réel, et prouvent ainsi, à leur insu, l'immatérialité de leur âme. Malheur à celui qui, comme Louis XV (qui fut non le produit d'une vraie civilisation, mais d'une récurrence de barbarie), pousse la dépravation jusqu'à ne plus goûter que la *simple nature* ⋆ !

La mode doit donc être considérée comme un symptôme du goût de l'idéal surnageant dans le cerveau humain au-dessus de tout ce que la vie naturelle y accumule de grossier, de terrestre et d'immonde, comme une déformation sublime de la nature, ou plutôt comme un essai permanent et successif de réformation de la nature. Aussi a-t-on sensément fait observer (sans en découvrir la raison) que toutes les modes sont charmantes, c'est-à-dire relativement charmantes, chacune étant un effort nouveau, plus ou moins heureux, vers le beau, une approximation quelconque d'un idéal dont le désir titille sans cesse l'esprit humain non satisfait. Mais les modes ne doivent pas être, si l'on veut bien les goûter, considérées comme choses mortes ; autant vaudrait admirer les défroques suspendues, lâches et inertes comme la peau de saint Barthélemy, dans l'armoire d'un fripier. Il faut se les figurer vitalisées, vivifiées par les belles femmes qui les portèrent. Seulement ainsi on en comprendra le sens et l'esprit. Si donc l'aphorisme : *Toutes les modes sont charmantes*, vous choque comme trop absolu, dites, et vous serez sûr de ne pas vous tromper : Toutes furent légitimement charmantes.

La femme est bien dans son droit, et même elle

⋆ On sait que Mme Dubarry, quand elle voulait éviter de recevoir le roi, avait soin de mettre du rouge. C'était un signe suffisant. Elle fermait ainsi sa porte. C'était en s'embellissant qu'elle faisait fuir ce royal disciple de la nature.

accomplit une espèce de devoir en s'appliquant à paraître magique et surnaturelle ; il faut qu'elle étonne, qu'elle charme ; idole, elle doit se dorer pour être adorée. Elle doit donc emprunter à tous les arts les moyens de s'élever au-dessus de la nature pour mieux subjuguer les cœurs et frapper les esprits. Il importe fort peu que la ruse et l'artifice soient connus de tous, si le succès en est certain et l'effet toujours irrésistible. C'est dans ces considérations que l'artiste philosophe trouvera facilement la légitimation de toutes les pratiques employées dans tous les temps par les femmes pour consolider et diviniser, pour ainsi dire, leur fragile beauté. L'énumération en serait innombrable ; mais, pour nous restreindre à ce que notre temps appelle vulgairement *maquillage*, qui ne voit que l'usage de la poudre de riz, si niaisement anathématisé par les philosophes candides, a pour but et pour résultat de faire disparaître du teint toutes les taches que la nature y a outrageusement semées, et de créer une unité abstraite dans le grain et la couleur de la peau, laquelle unité, comme celle produite par le maillot, rapproche immédiatement l'être humain de la statue, c'est-à-dire d'un être divin et supérieur ? Quant au noir artificiel qui cerne l'œil et au rouge qui marque la partie supérieure de la joue, bien que l'usage en soit tiré du même principe, du besoin de surpasser la nature, le résultat est fait pour satisfaire à un besoin tout opposé. Le rouge et le noir représentent la vie, une vie surnaturelle et excessive ; ce cadre noir rend le regard plus profond et plus singulier, donne à l'œil une apparence plus décidée de fenêtre ouverte sur l'infini ; le rouge, qui enflamme la pommette, augmente encore la clarté de la prunelle et ajoute à un beau visage féminin la passion mystérieuse de la prêtresse.

Ainsi, si je suis bien compris, la peinture du visage ne doit pas être employée dans le but vulgaire, inavouable, d'imiter la belle nature et de rivaliser avec la jeunesse. On a d'ailleurs observé que l'artifice n'embellissait pas la laideur et ne pouvait servir que la beauté. Qui oserait assigner à l'art la fonction stérile d'imiter la nature ? Le maquillage n'a pas à se cacher, à éviter de se laisser deviner ; il peut, au contraire, s'étaler, sinon avec affectation, au moins avec une espèce de candeur.

Je permets volontiers à ceux-là que leur lourde gravité empêche de chercher le beau jusque dans ses plus minutieuses manifestations, de rire de mes réflexions et d'en accuser la puérile solennité ; leur jugement austère n'a rien qui me touche ; je me contenterai d'en appeler auprès des véritables artistes, ainsi que des femmes qui ont reçu en naissant une étincelle de ce feu sacré dont elles voudraient s'illuminer tout entières.

XII

LES FEMMES ET LES FILLES

Ainsi M. G., s'étant imposé la tâche de chercher et d'expliquer la beauté dans la *modernité*, représente volontiers des femmes très parées et embellies par toutes les pompes artificielles, à quelque ordre de la société qu'elles appartiennent. D'ailleurs, dans la collection de ses œuvres comme dans le fourmillement de la vie humaine, les différences de caste et de race, sous quelque appareil de luxe que les sujets se présentent, sautent immédiatement à l'œil du spectateur.

Tantôt, frappées par la clarté diffuse d'une salle de spectacle, recevant et renvoyant la lumière avec leurs yeux, avec leurs bijoux, avec leurs épaules, apparaissent, resplendissantes comme des portraits dans la loge qui leur sert de cadre, des jeunes filles du meilleur monde. Les unes, graves et sérieuses, les autres, blondes et évaporées. Les unes étalent avec une insouciance aristocratique une gorge précoce, les autres montrent avec candeur une poitrine garçonnière. Elles ont l'éventail aux dents, l'œil vague ou fixe ; elles sont théâtrales et solennelles comme le drame ou l'opéra qu'elles font semblant d'écouter.

Tantôt, nous voyons se promener nonchalamment, dans les allées des jardins publics, d'élégantes familles, les femmes se traînant avec un air tranquille au bras de leurs maris, dont l'air solide et satisfait révèle une fortune faite et le contentement de soi-même. Ici l'apparence cossue remplace la distinction sublime. De petites filles maigrelettes, avec d'amples jupons, et ressemblant par leurs gestes et leur tournure à de petites femmes, sautent à la corde, jouent au cerceau ou se rendent des visites en plein air, répétant ainsi la comédie donnée à domicile par leurs parents.

Émergeant d'un monde inférieur, fières d'apparaître enfin au soleil de la rampe, des filles de petits théâtres, minces, fragiles, adolescentes encore, secouent sur leurs formes virginales et maladives des travestissements absurdes, qui ne sont d'aucun temps et qui font leur joie.

À la porte d'un café, s'appuyant aux vitres illuminées par-devant et par-derrière, s'étale un de ces imbéciles, dont l'élégance est faite par son tailleur et la tête par son coiffeur. À côté de lui, les pieds soutenus par l'indispensable tabouret, est assise sa maîtresse, grande drôlesse à qui il ne manque presque rien (ce presque rien, c'est presque tout, c'est la distinction) pour ressembler à une grande dame. Comme son joli compagnon, elle a tout l'orifice de sa petite bouche occupé par un cigare disproportionné. Ces deux êtres ne pensent pas. Est-il bien sûr même qu'ils regardent ? à moins que, Narcisses de l'imbécillité, ils ne contemplent la foule comme un fleuve qui leur rend leur image. En réalité, ils existent bien plutôt pour le plaisir de l'observateur que pour leur plaisir propre.

Voici, maintenant, ouvrant leurs galeries pleines de lumière et de mouvement, ces Valentinos, ces Casinos, ces Prados (autrefois des Tivolis, des Idalies, des Folies, des Paphos) [34], ces capharnaüms où l'exubérance de la jeunesse fainéante se donne carrière. Des femmes, qui ont exagéré la mode jusqu'à en altérer la grâce et en détruire l'intention, balayent fastueusement les parquets avec la queue de leurs robes et la pointe de leurs châles ; elles vont, elles viennent, passent et repassent, ouvrant un œil étonné comme celui des animaux, ayant l'air de ne rien voir, mais examinant tout.

Sur un fond d'une lumière infernale ou sur un fond d'aurore boréale, rouge, orangé, sulfureux, rose (le rose révélant une idée d'extase dans la frivolité), quelquefois violet (couleur affectionnée des chanoinesses, braise qui s'éteint derrière un rideau d'azur), sur ces fonds magiques, imitant diversement les feux de Bengale, s'enlève l'image variée de la beauté interlope. Ici majestueuse, là légère, tantôt svelte, grêle même, tantôt cyclopéenne ; tantôt petite et pétillante, tantôt lourde et monumentale. Elle a inventé une élégance provocante et barbare, ou bien elle vise, avec plus ou moins de bonheur, à la simplicité usitée dans un meilleur monde. Elle s'avance, glisse, danse, roule avec son poids de jupons brodés qui lui sert à la fois de piédestal et de balancier ; elle darde son regard sous son chapeau, comme un portrait dans son cadre. Elle représente bien la sauvagerie dans la civilisation. Elle a sa beauté qui lui vient du Mal, toujours dénuée de spiritualité, mais quelquefois teintée d'une fatigue qui joue la mélancolie. Elle porte le regard à l'horizon, comme la bête de proie ; même égarement, même distraction indolente, et aussi, parfois, même fixité d'attention. Type de bohème errant sur les confins d'une société régulière, la trivialité de sa vie, qui est une vie de ruse et de combat, se fait fatalement jour à travers son enveloppe d'apparat. On peut lui appliquer justement ces paroles du maître inimitable, de La Bruyère : « Il y a dans quelques femmes une grandeur artificielle attachée au mouvement des yeux, à un air de tête, aux façons de marcher, et qui ne va pas plus loin [35]. »

Les considérations relatives à la courtisane peuvent, jusqu'à un certain point, s'appliquer à la comédienne ; car, elle aussi, elle est une créature d'apparat, un objet de plaisir public. Mais ici la conquête, la proie, est d'une nature plus noble, plus spirituelle. Il s'agit d'obtenir la faveur générale, non pas seulement par la pure beauté physique, mais aussi par des talents de l'ordre le plus rare. Si par un côté la comédienne touche à la courtisane, par l'autre elle confine au poète. N'oublions pas qu'en dehors de la beauté naturelle, et même de l'artificielle, il y a dans tous les êtres un idiotisme de métier, une caractéristique qui peut se traduire physiquement en laideur, mais aussi en une sorte de beauté professionnelle.

Dans cette galerie immense de la vie de Londres et de la vie de Paris, nous rencontrons les différents types de la femme errante, de la femme révoltée à tous les étages : d'abord la femme galante, dans sa première fleur, visant aux airs patriciens, fière à la fois de sa jeunesse et de son luxe, où elle met tout son génie et toute son âme, retroussant délicatement avec deux doigts un large pan du satin, de la soie ou du velours qui flotte autour d'elle, et posant en avant son pied pointu dont la chaussure trop ornée suffirait à la dénoncer, à défaut de l'emphase un peu vive de toute sa toilette ; en suivant l'échelle, nous descendons jusqu'à ces esclaves qui sont confinées dans ces bouges, souvent décorés comme des cafés ; malheureuses placées sous la plus avare tutelle, et qui ne possèdent rien en propre, pas même l'excentrique parure qui sert de condiment à leur beauté.

Parmi celles-là, les unes, exemples d'une fatuité innocente et monstrueuse, portent dans leurs têtes et dans leurs regards, audacieusement levés, le bonheur évident d'exister (en vérité pourquoi ?). Parfois elles trouvent, sans les chercher, des poses d'une audace et d'une noblesse qui enchanteraient le statuaire le plus délicat, si le statuaire moderne avait le courage et l'esprit de ramasser la noblesse partout, même dans la fange ; d'autres fois elles se montrent prostrées dans des attitudes désespérées d'ennui, dans des indolences d'estaminet, d'un cynisme masculin, fumant des cigarettes pour tuer le temps, avec la résignation du fatalisme oriental ; étalées, vautrées sur des canapés, la jupe arrondie par-derrière et par-devant en un double éventail, ou accrochées en équilibre sur des tabourets et des chaises ; lourdes, mornes, stupides, extravagantes, avec des yeux vernis par l'eau-de-vie et des fronts bombés par l'entêtement. Nous sommes descendus jusqu'au dernier degré de la spirale, jusqu'à la *fœmina simplex* du satirique latin [36]. Tantôt nous voyons se dessiner, sur le fond d'une atmosphère où l'alcool et le tabac ont mêlé leurs vapeurs, la maigreur enflammée de la phtisie ou les rondeurs de l'adiposité, cette hideuse santé de la fainéantise. Dans un chaos brumeux et doré, non soupçonné par les chastetés indigentes, s'agitent et se convulsent des nymphes macabres et des poupées vivantes dont l'œil enfantin laisse échapper une clarté sinistre ; cependant que derrière un comptoir chargé de bouteilles de liqueurs se prélasse une grosse mégère dont la tête, serrée dans un sale foulard qui dessine sur le mur l'ombre de ses pointes sataniques, fait penser que tout ce qui est voué au Mal est condamné à porter des cornes.

En vérité, ce n'est pas plus pour complaire au lecteur que pour le scandaliser que j'ai étalé devant ses yeux de pareilles images ; dans l'un ou l'autre cas, c'eût été lui manquer de respect. Ce qui les rend précieuses et les consacre, c'est les innombrables pensées qu'elles font naître, généralement sévères et noires. Mais si, par hasard, quelqu'un malavisé cherchait dans ces compositions de M. G., disséminées un peu partout, l'occasion de satisfaire une malsaine curiosité, je le préviens charitablement qu'il n'y trouvera rien de ce qui peut exciter une imagination malade. Il ne rencontrera rien que le vice inévitable, c'est-à-dire le regard du démon embusqué dans les ténèbres, ou l'épaule de Messaline miroitant sous le gaz ; rien que l'art pur, c'est-à-dire la beauté particulière du mal, le beau dans l'horrible. Et même, pour le redire en passant, la sensation générale qui émane de tout ce capharnaüm contient plus de tristesse que de drôlerie. Ce qui fait la beauté particulière de ces images, c'est leur fécondité morale. Elles sont grosses de suggestions, mais de suggestions cruelles, âpres, que ma plume, bien qu'accoutumée à lutter contre les représentations plastiques, n'a peut-être traduites qu'insuffisamment.

XIII

LES VOITURES

Ainsi se continuent, coupées par d'innombrables embranchements, ces longues galeries du *high life* et du *low life*. Émigrons pour quelques instants vers un monde, sinon pur, au moins plus raffiné ; respirons des parfums, non pas plus salutaires peut-être, mais plus délicats. J'ai déjà dit que le pinceau de M. G., comme celui d'Eugène Lami [37], était merveilleusement propre à représenter les pompes du dandysme et l'élégance de la lionnerie. Les attitudes du riche lui sont familières ; il sait, d'un trait de plume léger, avec une certitude qui n'est jamais en défaut, représenter la certitude de regard, de geste et de pose qui, chez les êtres privilégiés, est le résultat de la monotonie dans le bonheur. Dans cette série particulière de dessins se reproduisent sous mille aspects les incidents du sport, des courses, des chasses, des promenades dans les bois, les *ladies* orgueilleuses, les frêles *misses*, conduisant d'une main sûre des coursiers d'une pureté de galbe admirable, coquets, brillants, capricieux eux-mêmes comme des femmes. Car M. G. connaît non seulement le cheval général, mais s'applique aussi heureusement à exprimer la beauté personnelle des chevaux. Tantôt ce sont des haltes et, pour ainsi dire, des campements de voitures nombreuses, d'où, hissés sur les coussins, sur les sièges, sur les impériales, des jeunes gens sveltes et des femmes accoutrées des costumes excentriques autorisés par la saison assistent à quelque solennité du turf qui file dans le lointain ; tantôt un cavalier galope gracieusement à côté d'une calèche découverte, et son cheval a l'air, par ses courbettes, de saluer à sa manière. La voiture emporte au grand trot, dans une allée zébrée d'ombre et de lumière, les beautés couchées comme dans une nacelle, indolentes, écoutant vaguement les galanteries qui tombent dans leur oreille et se livrant avec paresse au vent de la promenade.

La fourrure ou la mousseline leur monte jusqu'au menton et déborde comme une vague par-dessus la portière. Les domestiques sont roides et perpendiculaires, inertes et se ressemblant tous ; c'est toujours l'effigie monotone et sans relief de la servilité, ponctuelle, disciplinée ; leur caractéristique est de n'en point avoir. Au fond, le bois verdoie ou roussit, poudroie ou s'assombrit, suivant l'heure et la saison. Ses retraites se remplissent de brumes automnales, d'ombres bleues, de rayons jaunes, d'effulgences rosées, ou de minces éclairs qui hachent l'obscurité comme des coups de sabre.

Si les innombrables aquarelles relatives à la guerre d'Orient ne nous avaient pas montré la puissance de M. G. comme paysagiste, celles-ci suffiraient à coup sûr. Mais ici, il ne s'agit plus des terrains déchirés de Crimée, ni des rives théâtrales du Bosphore ; nous retrouvons ces paysages familiers et intimes qui font la parure circulaire d'une grande ville, et où la lumière jette des effets qu'un artiste vraiment romantique ne peut pas dédaigner.

Un autre mérite qu'il n'est pas inutile d'observer en ce lieu, c'est la connaissance remarquable du harnais et de la carrosserie. M. G. dessine et peint une voiture, et toutes les espèces de voitures, avec le même soin et la même aisance qu'un peintre de marines consommé tous les genres de navires. Toute sa carrosserie est parfaitement orthodoxe ; chaque partie est à sa place et rien n'est à reprendre. Dans quelque attitude qu'elle soit jetée, avec quelque allure qu'elle soit lancée, une voiture, comme un vaisseau, emprunte au mouvement une grâce mystérieuse et complexe très difficile à sténographier. Le plaisir que l'œil de l'artiste en reçoit est tiré, ce semble, de la série de figures géométriques que cet objet, déjà si compliqué, navire ou carrosse, engendre successivement et rapidement dans l'espace.

Nous pouvons parier à coup sûr que, dans peu d'années, les dessins de M. G. deviendront des archives précieuses de la vie civilisée. Ses œuvres seront recherchées par les curieux autant que celles des Debucourt, des Moreau, des Saint-Aubin, des Carle Vernet, des Lami, des Devéria, des Gavarni, et de tous ces artistes exquis qui, pour n'avoir peint que le familier et le joli, n'en sont pas moins, à leur manière, de sérieux historiens. Plusieurs d'entre eux ont même trop sacrifié au joli, et introduit quelquefois dans leurs compositions un *style* classique étranger au sujet ; plusieurs ont arrondi volontairement des angles, aplani les rudesses de la vie, amorti ces fulgurants éclats. Moins adroit qu'eux, M. G. garde un mérite profond qui est bien à lui : il a rempli volontairement une fonction que d'autres artistes dédaignent et qu'il appartenait surtout à un homme du monde de remplir. Il a cherché partout la beauté passagère, fugace, de la vie présente, le caractère de ce que le lecteur nous a permis d'appeler la *modernité*. Souvent bizarre, violent, excessif, mais toujours poétique, il a su concentrer dans ses dessins la saveur amère ou capiteuse du vin de la Vie.

PEINTRES ET AQUAFORTISTES

Paru dans *Le Boulevard* le 14 septembre 1862. Un premier état de cet article, plus court, avait été publié dans la livraison de la deuxième quinzaine de la *Revue anecdotique*, en avril 1862, sous le titre annonciateur *L'eau-forte est à la mode.*

L'essai de Baudelaire fait l'éloge de l'eau-forte qui, depuis le début du XIXe siècle, avait été largement supplantée par la pratique du burin et par le développement considérable de la lithographie. Le retour à l'eau-forte sera l'œuvre des peintres qui, dans le sillage d'un Chassériau, y découvrent un mode d'expression plus pictural que strictement graphique. Cela explique notamment l'intérêt qu'y prendront les paysagistes. Très vite, l'eau-forte retrouve ses droits. Elle jouira du soutien des écrivains qui y découvriront une pratique renouvelée de l'illustration. Poulet-Malassis invitera ainsi Bracquemond, Legros ou Rops à réaliser des frontispices qui accompagnent l'œuvre en permettant parallèlement la mise en place d'un commerce lucratif auprès des bibliophiles et amateurs d'estampes. Au tournant des années 1850, l'eau-forte de peintre (par opposition avec l'eau-forte de graveur, qui relève seulement d'une démarche technique) connaît un réel essor. Lorsqu'il quitte Bruxelles pour Paris, en 1862, Rops abandonne la lithographie dans laquelle il s'était exprimé pour adopter l'eau-forte apprise auprès de Bracquemond. Le graveur namurois en fera la promotion comme instrument d'une conscience enracinée dans une modernité désormais indissociable de Paris.

Ce développement de l'eau-forte sera couronné, en mai 1862, par la création de la Société des aquafortistes. Celle-ci est née de la volonté des peintres aquafortistes encadrés et encouragés par l'imprimeur Auguste Delâtre (1822-1907) et par l'éditeur et marchand Alfred Cadart (1828-1875). Delâtre avait à son actif, notamment, l'impression des *Eaux-fortes sur Paris* de Méryon et celle de la *Suite française* de Whistler. De son côté, Cadart avait édité en 1859 *Paris qui s'en va, Paris qui vient*, recueil de textes de Champfleury, Delvau, Gautier, Monselet et La Fizelière, avec une suite d'eaux-fortes dues à Léopold Flameng. La première livraison de la Société des aquafortistes, du 1er septembre 1862, sera suivie par plusieurs recueils d'eaux-fortes originales de Jongkind, Daubigny, Manet. En janvier 1864, la société lancera son hebdomadaire, *L'Union des arts, Nouvelles des beaux-arts, des lettres et des théâtres*, en annonçant la collaboration de Baudelaire. Ce dernier quittera Paris pour Bruxelles avant d'avoir concrétisé cette promesse qui témoigne néanmoins de la permanence de sa relation avec la Société des aquafortistes.

Il est par ailleurs intéressant de constater qu'au sein de ce cercle d'aquafortistes, la photographie éveille un certain intérêt. Cadart s'associera au photographe Félix Chevalier pour publier un album de photographies et des suites d'eau-forte. Cela témoigne d'une révision du statut de la photographie dégagée du pictoralisme tant critiqué par Baudelaire. La photographie trouve sa signification dans la sensation d'instantanéité révélée par le mouvement des lumières et par le jeu des cadrages. Cette sensibilité à la lumière, à l'œuvre dans la photographie, recoupe, en négatif, celle que les peintres ressentent dans l'eau-forte. Quelle était la position de Baudelaire sur ce point ? Nul ne peut le dire. Tout au plus constaterons-nous l'intérêt du poète pour la technique de l'eau-forte qu'il situait, en avril 1862, dans le registre de la mode. Celle-ci adhère pleinement aux exigences du « peintre de la vie moderne ».

Depuis l'époque climatérique où les arts et la littérature ont fait en France une explosion simultanée, le sens du beau, du fort et même du pittoresque a toujours été diminuant et se dégradant. Toute la gloire de l'École française, pendant plusieurs années, a paru se concentrer dans un seul homme (ce n'est certes pas de M. Ingres que je veux parler) dont la fécondité et l'énergie, si grandes qu'elles soient, ne suffisaient pas à nous consoler de la pauvreté du reste [1]. Il y a peu de temps encore, on peut s'en souvenir, régnaient sans contestation la peinture proprette, le joli, le niais, l'entortillé, et aussi les prétentieuses rapinades, qui, pour représenter un excès contraire, n'en sont pas moins odieuses pour l'œil d'un vrai amateur. Cette pauvreté d'idées, ce tatillonnage dans l'expression, et enfin tous les ridicules connus de la peinture française, suffisent à expliquer l'immense succès des tableaux de Courbet dès leur première apparition. Cette réaction, faite avec les turbulences fanfaronnes de toute réaction, était positivement nécessaire. Il faut rendre à Courbet cette justice, qu'il n'a pas peu contribué à rétablir le goût de la simplicité et de la franchise, et l'amour désintéressé, absolu, de la peinture.

Plus récemment encore, deux autres artistes, jeunes encore, se sont manifestés avec une vigueur peu commune.

Je veux parler de M. Legros [2] et de M. Manet. On se souvient des vigoureuses productions de M. Legros, *L'Angélus* (1859), qui exprimait si bien la dévotion triste et résignée des paroisses pauvres ; *L'Ex-voto*, qu'on a admiré dans un Salon plus récent et dans la galerie Martinet, et dont M. de Balleroy [3] a fait l'acquisition ; un tableau de moines agenouillés devant un livre saint comme s'ils en discutaient humblement et pieusement l'interprétation, une assemblée de professeurs, vêtus de leur costume officiel, se livrant à une discussion scientifique, et qu'on peut admirer maintenant chez M. Ricord [4].

M. Manet est l'auteur du *Guitariste* [5], qui a produit une vive sensation au Salon dernier. On verra au prochain Salon plusieurs tableaux de lui empreints de la saveur espagnole la plus forte, et qui donnent à croire que le génie espagnol s'est réfugié en France. MM. Manet et Legros unissent à un goût décidé pour la réalité, la réalité moderne, – ce qui est déjà un bon symptôme, – cette imagination vive et ample, sensible, audacieuse, sans laquelle, il faut bien le dire, toutes les meilleures facultés ne sont que des serviteurs sans maîtres, des agents sans gouvernement.

Il était naturel que, dans ce mouvement actif de rénovation, une part fût faite à la gravure. Dans quel discrédit et dans quelle indifférence est tombé ce noble art de la gravure, hélas ! on ne le voit que trop bien. Autrefois, quand était annoncée une planche reproduisant un tableau célèbre, les amateurs venaient s'inscrire à l'avance pour obtenir les premières épreuves. Ce n'est qu'en feuilletant les œuvres du passé que nous pouvons comprendre les splendeurs du burin. Mais il était un genre plus mort encore que le burin ; je veux parler de l'eau-forte. Pour dire vrai, ce genre, si subtil et si superbe, si naïf et si profond, si gai et si sévère, qui peut réunir paradoxalement les qualités les plus diverses, et qui exprime si bien le caractère personnel de l'artiste, n'a jamais joui d'une bien grande popularité parmi le vulgaire. Sauf les estampes de Rembrandt, qui s'imposent avec une autorité classique même aux ignorants, et qui sont chose indiscutable, qui se soucie réellement de l'eau-forte ? qui connaît, excepté les collectionneurs, les différentes formes de perfection dans ce genre que nous ont laissées les âges précédents ? Le XVIIIe siècle abonde en charmantes eaux-fortes ; on les trouve pour dix sous dans des cartons poudreux, où souvent elles attendent bien longtemps une main familière. Existe-t-il aujourd'hui, même parmi les artistes, beaucoup de personnes qui connaissent les si spirituelles, si légères et si mordantes planches dont Trimolet, de mélancolique mémoire, dotait, il y a quelques années, les almanachs comiques d'Aubert [6] ?

On dirait cependant qu'il va se faire un retour vers l'eau-forte, ou, du moins, des efforts se font voir qui nous permettent de l'espérer. Les jeunes artistes dont je parlais tout à l'heure, ceux-là et plusieurs autres, se sont groupés autour d'un éditeur actif, M. Cadart, et ont appelé à leur tour leurs confrères, pour fonder une publication régulière d'eaux-fortes originales, – dont la première livraison, d'ailleurs, a déjà paru.

Il était naturel que ces artistes se tournassent surtout vers un genre et une méthode d'expression qui sont, dans leur pleine réussite, la traduction la plus nette possible du caractère de l'artiste, – une méthode expéditive, d'ailleurs, et peu coûteuse ; chose importante dans un temps où chacun considère le bon marché comme la qualité dominante, et ne voudrait pas payer à leur prix les lentes opérations du burin. Seulement, il y a un danger dans lequel tombera plus d'un ; je veux dire : le lâché, l'incorrection, l'indécision, l'exécution insuffisante. C'est si commode de promener une aiguille sur cette planche noire qui reproduira trop fidèlement toutes les arabesques de la fantaisie, toutes les hachures du caprice ! Plusieurs même, je le devine, tireront vanité de leur audace (est-ce bien le mot ?), comme les gens débraillés qui croient faire preuve d'indépendance. Que des hommes d'un talent mûr et profond (M. Legros, M. Manet, M. Jongkind, par exemple), fassent au public confidence de leurs esquisses et de leurs croquis gravés, c'est fort bien, ils en ont le droit. Mais la foule des imitateurs peut devenir trop nombreuse, et il faut craindre d'exciter les dédains, légitimes alors, du public pour un genre si charmant, qui a déjà le tort d'être loin de sa portée. En somme, il ne faut pas oublier que l'eau-forte est un art profond et dangereux, plein de traîtrises, et qui dévoile les défauts d'un esprit aussi clairement que ses qualités. Et, comme tout grand art, très compliqué sous sa simplicité apparente, il a besoin d'un long dévouement pour être mené à perfection.

Nous désirons croire que, grâce aux efforts d'artistes aussi intelligents que MM. Seymour-Haden, Manet, Legros, Bracquemond, Jongkind, Méryon, Millet, Daubigny, Saint-Marcel, Jacquemart, et d'autres dont je n'ai pas la liste sous les yeux, l'eau-forte retrouvera sa vitalité ancienne ; mais n'espérons pas, quoi qu'on en dise, qu'elle obtienne autant de faveur qu'à Londres, aux beaux temps de l'*Etching-Club* [7], quand les ladies elles-mêmes faisaient vanité de promener une pointe inexpérimentée sur le vernis. Engouement britannique, fureur passagère, qui serait plutôt de mauvais augure.

Tout récemment, un jeune artiste américain, M. Whistler, exposait à la galerie Martinet une série d'eaux-fortes, subtiles, éveillées comme l'improvisation et l'inspiration, représentant les bords de la Tamise ; merveilleux fouillis d'agrès, de vergues, de cordages ; chaos de brumes, de fourneaux et de fumées tirebouchonnées ; poésie profonde et compliquée d'une vaste capitale.

On connaît les audacieuses et vastes eaux-fortes de M. Legros, qu'il vient de rassembler en un album : cérémonies de l'Église, magnifiques comme des rêves ou plutôt comme la réalité ; processions, offices nocturnes, grandeurs sacerdotales, austérités du cloître ; et ces quelques pages où Edgar Poe se trouve traduit avec une âpre et simple majesté [8].

C'est chez M. Cadart que M. Bonvin mettait

récemment en vente un cahier d'eaux-fortes, laborieuses, fermes et minutieuses comme sa peinture.

Chez le même éditeur, M. Jongkind, le charmant et candide peintre hollandais, a déposé quelques planches auxquelles il a confié le secret de ses souvenirs et de ses rêveries, calmes comme les berges des grands fleuves et les horizons de sa noble patrie, – singulières abréviations de sa peinture, croquis que sauront lire tous les amateurs habitués à déchiffrer l'âme d'un artiste dans ses plus rapides *gribouillages*. Gribouillages est le terme dont se servait un peu légèrement le brave Diderot pour caractériser les eaux-fortes de Rembrandt [9], légèreté digne d'un moraliste qui veut disserter d'une chose tout autre que la morale.

M. Méryon, le vrai type de l'aquafortiste achevé, ne pouvait manquer à l'appel. Il donnera prochainement des œuvres nouvelles. M. Cadart possède encore quelques-unes des anciennes [10]. Elles se font rares ; car, dans une crise de mauvaise humeur, bien légitime d'ailleurs, M. Méryon a récemment détruit les planches de son album *Paris*. Et tout de suite, à peu de distance, deux fois de suite, la collection Méryon se vendait en vente publique quatre et cinq fois plus cher que sa valeur primitive.

Par l'âpreté, la finesse et la certitude de son dessin, M. Méryon rappelle ce qu'il y a de meilleur dans les anciens aquafortistes. Nous avons rarement vu, représentée avec plus de poésie, la solennité naturelle d'une grande capitale. Les majestés de la pierre accumulée, les *clochers montrant du doigt le ciel*, les obélisques de l'industrie vomissant contre le firmament leurs coalitions de fumées, les prodigieux échafaudages des monuments en réparation, appliquant sur le corps solide de l'architecture leur architecture à jour d'une beauté arachnéenne et paradoxale, le ciel brumeux, chargé de colère et de rancune, la profondeur des perspectives augmentée par la pensée des drames qui y sont contenus, aucun des éléments complexes dont se compose le douloureux et glorieux décor de la civilisation n'y est oublié [11].

Nous avons vu aussi chez le même éditeur la fameuse perspective de San Francisco, que M. Méryon peut, à bon droit, appeler son dessin de maîtrise. M. Niel [12], propriétaire de la planche, ferait vraiment acte de charité en en faisant tirer de temps en temps quelques épreuves. Le placement en est sûr.

Je reconnais bien dans tous ces faits un symptôme heureux. Mais je ne voudrais pas affirmer toutefois que l'eau-forte soit destinée prochainement à une totale popularité. Pensons-y : un peu d'impopularité, c'est consécration. C'est vraiment un genre trop *personnel*, et conséquemment trop *aristocratique*, pour enchanter d'autres personnes que celles qui sont naturellement artistes, très amoureuses dès lors de toute personnalité vive. Non seulement l'eau-forte sert à glorifier l'individualité de l'artiste, mais il serait même difficile à l'artiste de ne pas décrire sur la planche sa personnalité la plus intime. Aussi peut-on affirmer que, depuis la découverte de ce genre de gravure, il y a eu autant de manières de le cultiver qu'il y a eu d'aquafortistes. Il n'en est pas de même du burin, ou du moins la proportion dans l'expression de la personnalité est-elle infiniment moindre.

Somme toute, nous serions enchanté d'être mauvais prophète, et un grand public mordrait au même fruit que nous que cela ne nous en dégoûterait pas. Nous souhaitons à ces messieurs et à leur publication un bon et solide avenir.

L'ŒUVRE ET LA VIE D'EUGÈNE DELACROIX

Paru dans *L'Opinion nationale* des 2 septembre, 14 et 22 novembre 1863, l'hommage posthume offert à Delacroix reprend la partie finale de l'article de 1861 consacré aux « Peintures murales d'Eugène Delacroix à Saint-Sulpice ». Décédé le 13 août, Delacroix avait été inhumé le 17. Baudelaire y avait assisté. Si la première livraison suit de très peu l'événement, le délai de parution des deux autres épisodes peut surprendre. Il laisse supposer que l'impact auquel Baudelaire se plaît à faire allusion à sa mère ainsi qu'à Chenavard ne concerne que le premier volet de l'étude. L'hommage se veut une synthèse : il reprend des fragments de textes antérieurs qui sont rassemblés en une vision globale.

Celle-ci ne va pas de soi. Contrairement au court article consacré aux peintures de Saint-Sulpice, il ne s'agit pas ici de détailler une œuvre dans l'actualité de sa réalisation, mais de revenir sur un parcours définitivement achevé afin de lui donner sa signification historique. Cette tâche, Baudelaire semblait l'imaginer plus facile en 1845 lorsque son plaidoyer en faveur de Delacroix se fondait sur la dimension historique d'une œuvre dès lors indiscutable. Ici, le critique se permet des réserves que justifie son évolution esthétique personnelle en faveur d'une modernité qui n'est plus celle de Delacroix.

Sorti du cadre de références de la tradition, Baudelaire ne peut s'abandonner totalement à ce qui avait été un enthousiasme de jeunesse même si le poète, à travers l'hommage à Delacroix, livre une esquisse de son propre autoportrait. Mais des réserves s'imposent. Ainsi, si Delacroix reste l'ultime fleuron d'une longue tradition, ce dernier a peut-être opéré « au détriment de quelque chose peut-être [...]. C'est possible, mais ce n'est pas la question à examiner ». Plus loin, faisant allusion à une tentative « dans le drôle et le bouffon », Baudelaire ne parvient pas à décider si l'épreuve était au-dessus ou au-dessous de la nature du peintre. L'enthousiasme s'est tempéré. Baudelaire a donné une nouvelle orientation à sa recherche de la modernité, et ce que lui offre Delacroix ne recouvre pas tout à fait ce qu'il pressent au-delà d'un Constantin Guys.

Le texte publié en hommage servira à une conférence lue le 2 mai 1864 devant le Cercle artistique et littéraire de Bruxelles. Contrairement à ce que laisse supposer le compte rendu de *La Chronique des arts et de la curiosité*, Baudelaire n'aura que de rares auditeurs et sera particulièrement mal rétribué. Le texte de la conférence était celui de l'hommage paru dans *L'Opinion nationale* précédé d'un exorde dans lequel on pouvait déceler les espoirs mis par Baudelaire dans son départ pour Bruxelles :

> Il y a quelques jours, un de mes amis, un de vos compatriotes, me disait : *c'est singulier ! Vous avez l'air heureux ! Serait-ce donc de n'être plus à Paris* ?
>
> En effet, Messieurs, je subissais déjà cette sensation de bien-être dont m'ont parlé quelques-uns des Français qui sont venus causer avec vous. Je fais allusion à cette santé intellectuelle, à cette espèce de béatitude, nourrie par une atmosphère de liberté et de bonhomie, à laquelle nous autres Français, nous sommes peu accoutumés, ceux-là surtout, que la France n'a jamais traités en enfants gâtés (*OC* II, p. 772).

Plus loin, Baudelaire relate l'abattement dans lequel l'avait plongé l'annonce de la disparition de Delacroix :

> La stupéfaction ne laisse pas de place à la douleur. Mais quelques minutes après, la victime comprend toute la gravité de sa blessure. Ainsi, Messieurs, quand j'appris la mort de M. Delacroix, je restai stupide, et deux heures après seulement, je me sentis envahi par une désolation que je n'essaierai pas de vous peindre, et qui peut se résumer ainsi : *Je ne le verrai plus jamais, jamais, jamais, celui que j'ai tant aimé, celui qui a daigné m'aimer et qui m'a tant appris.* Alors, je courus vers la maison du grand défunt, et je restai deux heures à parler de lui avec la vieille Jenny, une de ces servantes des anciens âges, qui se font une noblesse personnelle par leur adoration pour d'illustres maîtres (*OC* II, p. 773).

En ce qui concerne la présente édition, nous avons suivi celle de Claude Pichois qui, tout en conservant le titre choisi en 1868 pour *L'Art romantique*, a maintenu le texte de 1863 puisque les retraits opérés en 1868 – et qui concernent essentiellement Gautier – ne sont pas nécessairement de la main de Baudelaire.

AU RÉDACTEUR DE « L'OPINION NATIONALE »

Monsieur,

Je voudrais, une fois encore, une fois suprême, rendre hommage au génie d'Eugène Delacroix, et je vous prie de vouloir bien accueillir dans votre journal ces quelques pages où j'essaierai d'enfermer, aussi brièvement que possible, l'histoire de son talent, la raison de sa supériorité, qui n'est pas encore, selon moi, suffisamment reconnue, et enfin quelques anecdotes et quelques observations sur sa vie et son caractère.

J'ai eu le bonheur d'être lié très jeune (dès 1845, autant que je peux me souvenir) [1] avec l'illustre défunt, et dans cette liaison, d'où le respect de ma part et l'indulgence de la sienne n'excluaient pas la confiance et la familiarité réciproques, j'ai pu à loisir puiser les notions les plus exactes, non seulement sur sa méthode, mais aussi sur les qualités les plus intimes de sa grande âme.

Vous n'attendez pas, monsieur, que je fasse ici une analyse détaillée des œuvres de Delacroix. Outre que chacun de nous l'a faite, selon ses forces et au fur et à mesure que le grand peintre montrait au public les travaux successifs de sa pensée, le compte en est si long, qu'en accordant seulement quelques lignes à chacun de ses principaux ouvrages, une pareille analyse remplirait presque un volume. Qu'il nous suffise d'en exposer ici un vif résumé.

Ses peintures monumentales s'étalent dans le *Salon du Roi* à la Chambre des députés, à la bibliothèque de la Chambre des députés, à la bibliothèque du palais du Luxembourg, à la galerie d'Apollon au Louvre, et au Salon de la Paix à l'Hôtel de Ville [2]. Ces décorations comprennent une masse énorme de sujets allégoriques, religieux et historiques, appartenant tous au domaine le plus noble de l'intelligence. Quant à ses tableaux dits de chevalet, ses esquisses, ses grisailles, ses aquarelles, etc., le compte monte à un chiffre approximatif de deux cent trente-six.

Les grands sujets exposés à divers *Salons* sont au nombre de soixante-dix-sept. Je tire ces notes du catalogue que M. Théophile Silvestre a placé à la suite de son excellente notice sur Eugène Delacroix, dans son livre intitulé : *Histoire des peintres vivants* [3].

J'ai essayé plus d'une fois, moi-même, de dresser cet énorme catalogue ; mais ma patience a été brisée par cette incroyable fécondité, et, de guerre lasse, j'y ai renoncé [4]. Si M. Théophile Silvestre s'est trompé, il n'a pu se tromper qu'en moins.

Je crois, monsieur, que l'important ici est simplement de chercher la qualité caractéristique du génie de Delacroix et d'essayer de la définir ; de chercher en quoi il diffère de ses plus illustres devanciers, tout en les égalant ; de montrer enfin, autant que la parole écrite le permet, l'art magique grâce auquel il a pu traduire la *parole* par des images plastiques plus vives et plus approximantes que celles d'aucun créateur de même profession, – en un mot, de quelle *spécialité* la Providence avait chargé Eugène Delacroix dans le développement historique de la Peinture.

I

Qu'est-ce que Delacroix ? Quels furent son rôle et son devoir en ce monde, telle est la première question à examiner. Je serai bref et j'aspire à des conclusions immédiates. La Flandre a Rubens ; l'Italie a Raphaël et Véronèse ; la France a Lebrun, David et Delacroix [5].

Un esprit superficiel pourra être choqué, au premier aspect, par l'accouplement de ces noms, qui représentent des qualités et des méthodes si différentes. Mais un œil spirituel plus attentif verra tout de suite qu'il y a entre tous une parenté commune, une espèce de fraternité ou de cousinage dérivant de leur amour du grand, du national, de l'immense et de l'universel, amour qui s'est toujours exprimé dans la peinture dite décorative ou dans les grandes *machines*.

Beaucoup d'autres, sans doute, ont fait de grandes *machines*, mais ceux-là que j'ai nommés les ont faites de la manière la plus propre à laisser une trace éternelle dans la mémoire humaine. Quel est le plus grand de ces grands hommes si divers ? Chacun peut décider la chose à son gré, suivant que son tempérament le pousse à préférer l'abondance prolifique, rayonnante, joviale presque, de Rubens, la douce majesté et l'ordre eurythmique de Raphaël, la couleur paradisiaque et comme d'après-midi de Véronèse, la sévérité austère et tendue de David, ou la faconde dramatique et quasi littéraire de Lebrun.

Aucun de ces hommes ne peut être remplacé ; visant tous à un but semblable, ils ont employé des moyens différents tirés de leur nature personnelle. Delacroix, le dernier venu, a exprimé avec une véhémence et une ferveur admirables, ce que les autres n'avaient traduit que d'une manière forcément incomplète. Au détriment de quelque autre chose peut-être, comme eux-mêmes avaient fait d'ailleurs ? C'est possible ; mais ce n'est pas la question à examiner [6].

Bien d'autres que moi ont pris soin de s'appesantir sur les conséquences fatales d'un génie essentiellement personnel ; et il serait bien possible aussi, après tout, que les plus belles expressions du génie, ailleurs que dans le ciel pur, c'est-à-dire sur cette pauvre terre, où la perfection elle-même est imparfaite, ne pussent être obtenues qu'au prix d'un inévitable sacrifice.

Mais enfin, monsieur, direz-vous sans doute, quel est donc ce je ne sais quoi de mystérieux que Delacroix, pour la gloire de notre siècle, a mieux traduit qu'aucun autre ? C'est l'invisible, c'est l'impalpable, c'est le rêve, c'est les nerfs, c'est l'*âme* ; et il a fait cela, – observez-le bien, – monsieur, sans autres moyens que le contour et la couleur ; il l'a fait mieux que pas un ; il l'a fait avec la perfection d'un peintre consommé, avec la rigueur d'un littérateur subtil, avec l'éloquence d'un musicien passionné. C'est, du reste, un des diagnostics de l'état spirituel de notre siècle que les arts aspirent, sinon à se suppléer l'un l'autre, du moins à se prêter réciproquement des forces nouvelles.

Delacroix est le plus *suggestif* de tous les peintres, celui dont les œuvres, choisies même parmi les secondaires et les inférieures, font le plus penser, et rappellent à la mémoire le plus de sentiments et de pensées poétiques déjà connus, mais qu'on croyait enfouis pour toujours dans la nuit du passé.

L'œuvre de Delacroix m'apparaît quelquefois comme une espèce de mnémotechnie [7] de la grandeur et de la passion native de l'homme universel. Ce mérite très particulier et tout nouveau de M. Delacroix, qui lui a permis d'exprimer, simplement avec le contour, le geste de l'homme, si violent qu'il soit, et avec la couleur ce qu'on pourrait appeler l'atmosphère du drame humain, ou l'état de l'âme du créateur, – ce mérite tout original a toujours rallié autour de lui les sympathies des poètes ; et si, d'une pure manifestation matérielle il était permis de tirer une vérification philosophique, je vous prierais d'observer, monsieur, que, parmi la foule accourue pour lui rendre les suprêmes honneurs, on pouvait compter beaucoup plus de littérateurs que de peintres. Pour dire la vérité crue, ces derniers ne l'ont jamais parfaitement compris.

II

Et en cela, quoi de bien étonnant, après tout ? Ne savons-nous pas que la saison des Michel-Ange, des Raphaël, des Léonard de Vinci, disons même des Reynolds, est depuis longtemps passée, et que le niveau intellectuel général des artistes a singulièrement baissé ? Il serait sans doute injuste de chercher parmi les artistes du jour des philosophes, des poètes et des savants ; mais il serait légitime d'exiger d'eux qu'ils s'intéressassent, un peu plus qu'ils ne font, à la religion, à la poésie et à la science.

Hors de leurs ateliers que savent-ils ? qu'aiment-ils ? qu'expriment-ils ? Or, Eugène Delacroix était, en même temps qu'un peintre épris de son métier, un homme d'éducation générale, au contraire des autres artistes modernes qui, pour la plupart, ne sont guère que d'illustres ou d'obscurs rapins, de tristes spécialistes, vieux ou jeunes ; de purs ouvriers, les uns sachant fabriquer des figures académiques, les autres des fruits, les autres des bestiaux.

Eugène Delacroix aimait tout, savait tout peindre, et savait goûter tous les genres de talents. C'était l'esprit le plus ouvert à toutes les notions et à toutes les impressions, le jouisseur le plus éclectique et le plus impartial.

Grand liseur, cela va sans dire. La lecture des poètes laissait en lui des images grandioses et rapidement définies, des tableaux tout faits, pour ainsi dire. Quelque différent qu'il soit de son maître Guérin par la méthode et la couleur, il a hérité de la grande école républicaine et impériale l'amour des poètes et je ne sais quel esprit endiablé de rivalité avec la parole écrite. David, Guérin et Girodet [8] enflammaient leur esprit au contact d'Homère, de Virgile, de Racine et d'Ossian. Delacroix fut le traducteur émouvant de Shakespeare, de Dante, de Byron et d'Arioste. Ressemblance importante et différence légère.

Mais entrons un peu plus avant, je vous prie, dans ce qu'on pourrait appeler l'enseignement du maître, enseignement qui, pour moi, résulte non seulement de la contemplation successive de toutes ses œuvres et de la contemplation simultanée de quelques-unes, comme vous avez pu en jouir à l'Exposition universelle de 1855 [9], mais aussi de maintes conversations que j'ai eues avec lui [10].

III

Delacroix était passionnément amoureux de la passion, et froidement déterminé à chercher les moyens d'exprimer la passion de la manière la plus visible. Dans ce double caractère, nous trouvons, disons-le en passant, les deux signes qui marquent les plus solides génies, génies extrêmes qui ne sont guère faits pour plaire aux âmes timorées, faciles à satisfaire, et qui trouvent une nourriture suffisante dans les œuvres lâches, molles, imparfaites. Une passion immense, doublée d'une volonté formidable, tel était l'homme.

Or, il disait sans cesse :

« Puisque je considère l'impression transmise à l'artiste par la nature comme la chose la plus importante à traduire, n'est-il pas nécessaire que celui-ci soit armé à l'avance de tous les moyens de traduction les plus rapides ? »

Il est évident qu'à ses yeux l'imagination était le don le plus précieux, la faculté la plus importante, mais que cette faculté restait impuissante et stérile, si elle n'avait pas à son service une habileté rapide, qui pût suivre la grande faculté despotique dans ses caprices impatients. Il n'avait pas besoin, certes, d'activer le feu de son imagination, toujours incandescente ; mais il trouvait toujours la journée trop courte pour étudier les moyens d'expression.

C'est à cette préoccupation incessante qu'il faut attribuer ses recherches perpétuelles relatives à la couleur, à la qualité des couleurs, sa curiosité des choses de chimie et ses conversations avec les fabricants de couleurs. Par là il se rapproche de Léonard de Vinci, qui, lui aussi, fut envahi par les mêmes obsessions.

Jamais Eugène Delacroix, malgré son admiration pour les phénomènes ardents de la vie, ne sera confondu parmi cette tourbe d'artistes et de littérateurs vulgaires dont l'intelligence myope s'abrite derrière le mot vague et obscur de *réalisme*. La première fois que je vis M. Delacroix, en 1845, je crois (comme les années s'écoulent, rapides et voraces !), nous causâmes beaucoup de lieux communs, c'est-à-dire des questions les plus vastes et cependant les plus simples : ainsi, de la nature, par exemple. Ici, monsieur, je vous demanderai la permission de me citer moi-même, car une paraphrase ne vaudrait pas les mots que j'ai écrits autrefois, presque sous la dictée du maître [11] :

« La nature n'est qu'un dictionnaire, répétait-il fréquemment. Pour bien comprendre l'étendue du sens impliqué dans cette phrase, il faut se figurer les usages ordinaires et nombreux du dictionnaire. On y cherche le sens des mots, la génération des mots, l'étymologie des mots ; enfin on en extrait tous les éléments qui composent une phrase ou un récit ; mais personne n'a jamais considéré le dictionnaire comme une *composition*, dans le sens poétique du mot. Les peintres qui obéissent à l'imagination cherchent dans leur dictionnaire les éléments qui s'accommodent à leur conception ; encore, en les ajustant avec un certain art, leur donnent-ils une physionomie toute nouvelle. Ceux qui n'ont pas d'imagination copient le dictionnaire. Il en résulte un très grand vice, le vice de la banalité, qui est plus particulièrement propre à ceux d'entre les peintres que leur spécialité rapproche davantage de la nature dite inanimée, par exemple les paysagistes, qui considèrent généralement comme un triomphe de ne pas montrer leur personnalité. À force de contempler et de copier, ils oublient de sentir et de penser.

« Pour ce grand peintre, toutes les parties de l'art, dont l'un prend celle-ci, et l'autre celle-là pour la principale, n'étaient, ne sont, veux-je dire, que les très humbles servantes d'une faculté unique et supérieure. Si une exécution très nette est nécessaire, c'est pour que le rêve soit très nettement traduit ; qu'elle soit très rapide, c'est pour que rien ne se perde de l'impression extraordinaire qui accompagnait la conception ; que l'attention de l'artiste se porte même sur la propreté matérielle des outils, cela se conçoit sans peine, toutes les précautions devant être prises pour rendre l'exécution agile et décisive. »

Pour le dire en passant, je n'ai jamais vu de palette aussi minutieusement et aussi délicatement préparée que celle de Delacroix. Cela ressemblait à un bouquet de fleurs, savamment assorties [12].

« Dans une pareille méthode, qui est essentiellement logique, tous les personnages, leur disposition relative, le paysage ou l'intérieur qui leur sert de fond ou d'horizon, leurs vêtements, tout enfin doit servir à illuminer l'idée générale et porter sa couleur originelle, sa livrée, pour ainsi dire. Comme un rêve est placé dans une atmosphère colorée qui lui est propre, de même une conception, devenue composition, a besoin de se mouvoir dans un milieu coloré qui lui soit particulier. Il y a évidemment un ton particulier attribué à une partie quelconque du tableau qui devient clef et qui gouverne les autres. Tout le monde sait que le jaune, l'orangé, le rouge, inspirent et représentent des idées de joie, de richesse, de gloire et d'amour ; mais il y a des milliers d'atmosphères jaunes ou rouges, et toutes les autres couleurs seront affectées logiquement dans une quantité proportionnelle par l'atmosphère dominante. L'art du coloriste tient évidemment par certains côtés aux mathématiques et à la musique.

« Cependant ses opérations les plus délicates se font par un sentiment auquel un long exercice a donné une sûreté inqualifiable. On voit que cette grande loi d'harmonie générale condamne bien des papillotages et bien des crudités, même chez les peintres les plus illustres. Il y a des tableaux de Rubens qui non seulement font penser à un feu d'artifice coloré, mais même à plusieurs feux d'artifice tirés sur le même emplacement. Plus un tableau est grand, plus la touche doit être large, cela va sans dire ; mais il est bon que les touches ne soient pas matériellement fondues ; elles se fondent naturellement à une distance voulue par la loi sympathique qui les a associées. La couleur obtient ainsi plus d'énergie et de fraîcheur.

« Un bon tableau, fidèle et égal au rêve qui l'a enfanté, doit être produit comme un monde. De même que la création, telle que nous la voyons, est le résultat de plusieurs créations dont les précédentes sont toujours complétées par la suivante, ainsi un tableau, conduit harmoniquement, consiste en une série de tableaux superposés, chaque nouvelle couche donnant au rêve plus de réalité et le faisant monter d'un degré vers la perfection. Tout au contraire, je me rappelle avoir vu dans les ateliers de Paul Delaroche et d'Horace Vernet de vastes tableaux, non pas ébauchés, mais commencés, c'est-à-dire absolument finis dans de certaines parties, pendant que certaines autres n'étaient encore indiquées que par un contour noir ou blanc. On pourrait comparer ce genre d'ouvrage à un travail purement manuel qui doit couvrir une certaine quantité d'espace en un temps déterminé, ou à une longue route divisée en un grand nombre d'étapes. Quand une étape est faite, elle n'est plus à faire ; et quand toute la route est parcourue, l'artiste est délivré de son tableau.

« Tous ces préceptes sont évidemment modifiés plus ou moins par le tempérament varié des artistes. Cependant je suis convaincu que c'est là la méthode la plus sûre pour les imaginations riches. Conséquemment, de trop grands écarts faits hors la méthode en question témoignent d'une importance anormale et injuste donnée à quelque partie secondaire de l'art.

« Je ne crains pas qu'on dise qu'il y a absurdité à supposer une même méthode appliquée par une foule d'individus différents. Car il est évident que les rhétoriques et les prosodies ne sont pas des tyrannies inventées arbitrairement, mais une collection de règles réclamées par l'organisation même de l'être spirituel ; et jamais les prosodies et les rhétoriques n'ont empêché l'originalité de se produire distinctement. Le contraire, à savoir qu'elles ont aidé l'éclosion de l'originalité, serait infiniment plus vrai.

« Pour être bref, je suis obligé d'omettre une foule de corollaires résultant de la formule principale, où est, pour ainsi dire, contenu tout le formulaire de la véritable esthétique, et qui peut être exprimée ainsi : Tout l'univers visible n'est qu'un magasin d'images et de signes auxquels l'imagination donnera une place et une valeur relative ; c'est une espèce de pâture que l'imagination doit digérer et transformer. Toutes les facultés de l'âme humaine doivent être subordonnées à l'imagination qui les met en réquisition toutes à la fois. De même que bien connaître le dictionnaire n'implique pas nécessairement la connaissance de l'art de la composition, et que l'art de la composition lui-même n'implique pas l'imagination universelle, ainsi un *bon* peintre peut n'être pas *grand* peintre. Mais un grand peintre est forcément un bon peintre, parce que l'imagination universelle renferme l'intelligence de tous les moyens et le désir de les acquérir.

« Il est évident que, d'après les notions que je viens d'élucider tant bien que mal (il y aurait encore tant de choses à dire, particulièrement sur les parties concordantes de tous les arts et les ressemblances dans leurs méthodes !), l'immense classe des artistes, c'est-à-dire des hommes qui sont voués à l'expression du beau, peut se diviser en deux camps bien distincts. Celui-ci qui s'appelle lui-même *réaliste*, mot à double entente et dont le sens n'est pas bien déterminé, et que nous appellerons, pour mieux caractériser son erreur, un *positiviste*, dit : “ Je veux représenter les choses telles qu'elles sont, ou telles qu'elles seraient, en supposant que je n'existe pas. ” L'univers sans l'homme. Et celui-là, l'imaginatif, dit : “ Je veux illuminer les choses avec mon esprit et en projeter le reflet sur les autres esprits. " Bien que ces deux méthodes absolument contraires puissent agrandir ou amoindrir tous les sujets, depuis la scène religieuse jusqu'au plus modeste paysage, toutefois l'homme d'imagination a dû généralement se produire dans la peinture religieuse et dans la fantaisie, tandis que la peinture dite de genre et le paysage devaient offrir en apparence de vastes ressources aux esprits paresseux et difficilement excitables...

« L'imagination de Delacroix ! Celle-là n'a jamais craint d'escalader les hauteurs difficiles de la religion ; le ciel lui appartient, comme l'enfer, comme la guerre, comme l'Olympe, comme la volupté. Voilà bien le type du peintre-poète ! Il est bien un des rares élus, et l'étendue de son esprit comprend la religion dans son domaine. Son imagination, ardente comme les chapelles ardentes, brille de toutes les flammes et de toutes les pourpres. Tout ce qu'il y a de douleur dans la passion le passionne ; tout ce qu'il y a de splendeur dans l'Église l'illumine. Il verse tour à tour sur ses toiles inspirées le sang, la lumière et les ténèbres. Je crois qu'il ajouterait volontiers, comme surcroît, son faste naturel aux majestés de l'Évangile.

« J'ai vu une petite *Annonciation*, de Delacroix, où l'ange visitant Marie n'était pas seul, mais conduit en cérémonie par deux autres anges, et l'effet de cette cour céleste était puissant et charmant. Un de ses tableaux de jeunesse, le *Christ aux Oliviers* (« Seigneur, détournez de moi ce calice »), ruisselle de tendresse féminine et d'onction poétique. La douleur et la pompe, qui éclatent si haut dans la religion, font toujours écho dans son esprit. »

Et plus récemment encore, à propos de cette chapelle des Saints-Anges, à Saint-Sulpice (*Héliodore chassé du Temple* et *La Lutte de Jacob avec l'Ange*), son dernier grand travail, si niaisement critiqué, je disais [13] :

« Jamais, même dans la *Clémence de Trajan* [14], même dans l'*Entrée des Croisés à Constantinople* [15], Delacroix n'a étalé un coloris plus splendidement et plus savamment surnaturel ; jamais un dessin plus *volontairement* épique. Je sais bien que quelques personnes, des maçons sans doute, des architectes peut-être, ont, à propos de cette dernière œuvre, prononcé le mot *décadence*. C'est ici le lieu de rappeler que les grands maîtres, poètes ou peintres, Hugo ou Delacroix, sont toujours en avance de plusieurs années sur leurs timides admirateurs.

« Le public est, relativement au génie, une horloge qui retarde. Qui, parmi les gens clairvoyants, ne comprend que le premier tableau du maître contenait tous les autres en germe ? Mais qu'il perfectionne sans cesse ses dons naturels, qu'il les aiguise avec soin, qu'il en tire des effets nouveaux, qu'il pousse lui-même sa nature à outrance, cela est inévitable, fatal et louable. Ce qui est justement la marque principale du génie de Delacroix, c'est qu'il ne connaît pas la décadence ; il ne montre que le progrès. Seulement ses qualités primitives étaient si véhémentes et si riches, et elles ont si vigoureusement frappé les esprits, même les plus vulgaires, que le progrès journalier est pour eux insensible ; les raisonneurs seuls le perçoivent clairement.

« Je parlais tout à l'heure des propos de quelques *maçons*. Je veux caractériser par ce mot cette classe d'esprits grossiers et matériels (le nombre en est infiniment grand), qui n'apprécient les objets que par le contour, ou, pis encore, par leurs trois dimensions : largeur, longueur et profondeur, exactement comme les sauvages et les paysans. J'ai souvent entendu des personnes de cette espèce établir une hiérarchie des qualités, absolument inintelligible pour moi ; affirmer, par exemple, que la faculté qui permet à celui-ci de créer un contour exact, ou à celui-là un contour d'une beauté surnaturelle, est supérieure à la faculté qui sait assembler des couleurs d'une manière enchanteresse. Selon ces gens-là, la couleur ne rêve pas, ne pense pas, ne parle pas. Il paraîtrait que, quand je contemple les œuvres d'un de ces hommes appelés spécialement coloristes, je me livre à un plaisir qui n'est pas d'une nature noble ; volontiers m'appelleraient-ils matérialiste, réservant pour eux-mêmes l'aristocratique épithète de spiritualistes.

« Ces esprits superficiels ne songent pas que les deux facultés ne peuvent jamais être tout à fait séparées, et qu'elles sont toutes deux le résultat d'un germe primitif soigneusement cultivé. La nature extérieure ne fournit à l'artiste qu'une occasion sans cesse renaissante de cultiver ce germe ; elle n'est qu'un amas incohérent de matériaux que l'artiste est invité à associer et à mettre en ordre, un *incitamentum*, un réveil pour les facultés sommeillantes. Pour parler exactement, il n'y a dans la nature ni ligne ni couleur. C'est l'homme qui crée la ligne et la couleur. Ce sont deux abstractions qui tirent leur égale noblesse d'une même origine.

« Un dessinateur-né (je le suppose enfant) observe dans la nature immobile ou mouvante de certaines sinuosités, d'où il tire une certaine volupté, et qu'il s'amuse à fixer par des lignes sur le papier, exagérant ou diminuant à plaisir leurs inflexions ; il apprend ainsi à créer le galbe, l'élégance, le caractère dans le dessin. Supposons un enfant destiné à perfectionner la partie de l'art qui s'appelle couleur : c'est du choc ou de l'accord heureux de deux tons et du plaisir qui en résulte pour lui, qu'il tirera la science infinie des combinaisons de tons. La nature a été, dans les deux cas, une pure excitation.

« La ligne et la couleur font penser et rêver toutes les deux ; les plaisirs qui en dérivent sont d'une nature différente, mais parfaitement égale et absolument indépendante du sujet du tableau.

« Un tableau de Delacroix, placé à une trop grande distance pour que vous puissiez juger de l'agrément des contours ou de la qualité plus ou moins dramatique du sujet, vous pénètre déjà d'une volupté surnaturelle. Il vous semble qu'une atmosphère magique a marché vers vous et vous enveloppe. Sombre, délicieuse pourtant, lumineuse, mais tranquille, cette impression, qui prend pour toujours sa place dans votre mémoire, prouve le vrai, le parfait coloriste. Et l'analyse du sujet, quand vous vous approchez, n'enlèvera rien et n'ajoutera rien à ce plaisir primitif, dont la source est ailleurs et loin de toute pensée concrète.

« Je puis inverser l'exemple. Une figure bien dessinée vous pénètre d'un plaisir tout à fait étranger au sujet. Voluptueuse ou terrible, cette figure ne doit son charme qu'à l'arabesque qu'elle découpe dans l'espace. Les membres d'un martyr qu'on écorche, le corps d'une nymphe pâmée, s'ils sont savamment dessinés, comportent un genre de plaisir dans les éléments duquel le sujet n'entre pour rien ; si pour vous il en est autrement, je serai forcé de croire que vous êtes un bourreau ou un libertin.

« Mais, hélas ! à quoi bon, à quoi bon toujours répéter ces inutiles vérités ? »

Mais peut-être, monsieur, vos lecteurs priseront-ils beaucoup moins toute cette rhétorique que les détails que je suis impatient moi-même de leur donner sur la personne et sur les mœurs de notre regrettable grand peintre.

IV

C'est surtout dans les écrits d'Eugène Delacroix qu'apparaît cette dualité de nature dont j'ai parlé. Beaucoup de gens, vous le savez, monsieur, s'étonnaient de la sagesse de ses opinions écrites et de la modération de son style ; les uns regrettant, les autres approuvant. *Les Variations du beau* [16], les études sur *Poussin*, *Prud'hon*, *Charlet* [17], et les autres morceaux publiés soit dans *L'Artiste*, dont le propriétaire était alors M. Ricourt, soit dans la *Revue des Deux Mondes*, ne font que confirmer ce caractère double des grands artistes, qui les pousse, comme critiques, à louer et à analyser plus voluptueusement les qualités dont ils ont le plus besoin, en tant que créateurs, et qui font antithèse à celles qu'ils possèdent surabondamment. Si Eugène Delacroix avait loué, préconisé ce que nous admirons surtout en lui, la violence, la soudaineté dans le geste, la turbulence de la composition, la magie de la couleur, en vérité, c'eût été le cas de s'étonner. Pourquoi chercher ce qu'on possède en quantité presque superflue, et comment ne pas vanter ce qui nous semble plus rare et plus difficile à acquérir ? Nous verrons toujours, monsieur, le même phénomène se produire chez les créateurs de génie, peintres ou littérateurs, toutes les fois qu'ils appliqueront leurs facultés à la critique. À l'époque de la grande lutte des deux écoles, la classique et la romantique, les esprits simples s'ébahissaient d'entendre Eugène Delacroix vanter sans cesse Racine, La Fontaine et Boileau. Je connais un poète, d'une nature toujours orageuse et vibrante, qu'un vers de Malherbe, symétrique et carré de mélodie, jette dans de longues extases.

D'ailleurs, si sages, si sensés et si nets de tour et d'intention que nous apparaissent les fragments littéraires du grand peintre, il serait absurde de croire qu'ils furent écrits facilement et avec la certitude d'allure de son pinceau. Autant il était sûr d'*écrire* ce qu'il pensait sur une toile, autant il était préoccupé de ne pouvoir *peindre* sa pensée sur le papier. « La plume – disait-il souvent – n'est pas mon *outil* ; je sens que je pense juste, mais le besoin de l'ordre, auquel je suis contraint d'obéir, m'effraye. Croiriez-vous que la nécessité d'écrire une page me donne la migraine ? » C'est par cette gêne, résultat du manque d'habitude, que peuvent être expliquées certaines locutions un peu usées, un peu *poncif*, *empire* même, qui échappent trop souvent à cette plume naturellement distinguée.

Ce qui marque le plus visiblement le style de Delacroix, c'est la concision et une espèce d'intensité sans ostentation, résultat habituel de la concentration de toutes les forces spirituelles vers un point donné. « *The hero is he who is immovably centred* », dit le moraliste d'outre-mer Emerson, qui, bien qu'il passe pour le chef de l'ennuyeuse école bostonienne, n'en a pas moins une certaine pointe à la Sénèque, propre à aiguillonner la méditation. « *Le héros est celui-là qui est immuablement concentré.* » – La maxime que le chef du

Transcendantalisme américain applique à la conduite de la vie et au domaine des affaires peut également s'appliquer au domaine de la poésie et de l'art. On pourrait dire aussi bien : « Le héros littéraire, c'est-à-dire le véritable écrivain, est celui qui est immuablement concentré. » Il ne vous paraîtra donc pas surprenant, monsieur, que Delacroix eût une sympathie très prononcée pour les écrivains concis et concentrés, ceux dont la prose peu chargée d'ornements a l'air d'imiter les mouvements rapides de la pensée, et dont la phrase ressemble à un geste, Montesquieu, par exemple. Je puis vous fournir un curieux exemple de cette brièveté féconde et poétique. Vous avez comme moi, sans doute, lu ces jours derniers, dans *La Presse*, une très curieuse et très belle étude de M. Paul de Saint-Victor [18] sur le plafond de la galerie d'Apollon [19]. Les diverses conceptions du déluge, la manière dont les légendes relatives au déluge doivent être interprétées, le sens moral des épisodes et des actions qui composent l'ensemble de ce merveilleux tableau, rien n'est oublié ; et le tableau lui-même est minutieusement décrit avec ce style charmant, aussi spirituel que coloré, dont l'auteur nous a montré tant d'exemples. Cependant le tout ne laissera dans la mémoire qu'un spectre diffus, quelque chose comme la très vague lumière d'une amplification. Comparez ce vaste morceau aux quelques lignes suivantes, bien plus énergétiques, selon moi, et bien plus aptes à *faire tableau*, en supposant même que le tableau qu'elles résument n'existe pas. Je copie simplement le programme distribué par M. Delacroix à ses amis, quand il les invita à visiter l'œuvre en question [20] :

APOLLON VAINQUEUR DU SERPENT PYTHON

« Le dieu, monté sur son char, a déjà lancé une partie de ses traits ; Diane sa sœur, volant à sa suite, lui présente son carquois. Déjà percé par les flèches du dieu de la chaleur et de la vie, le monstre sanglant se tord en exhalant dans une vapeur enflammée les restes de sa vie et de sa rage impuissante. Les eaux du déluge commencent à tarir, et déposent sur les sommets des montagnes ou entraînent avec elles les cadavres des hommes et des animaux. Les dieux se sont indignés de voir la terre abandonnée à des monstres difformes, produits impurs du limon. Ils se sont armés comme Apollon : Minerve, Mercure s'élancent pour les exterminer en attendant que la Sagesse éternelle repeuple la solitude de l'univers. Hercule les écrase de sa massue ; Vulcain, le dieu du feu, chasse devant lui la nuit et les vapeurs impures, tandis que Borée et les Zéphyrs sèchent les eaux de leur souffle et achèvent de dissiper les nuages. Les nymphes des fleuves et des rivières ont retrouvé leur lit de roseaux et leur urne encore souillée par la fange et par les débris. Des divinités plus timides contemplent à l'écart ce combat des dieux et des éléments. Cependant du haut des cieux la Victoire descend pour couronner Apollon vainqueur, et Iris, la messagère des dieux, déploie dans les airs son écharpe, symbole du triomphe de la lumière sur les ténèbres et sur la révolte des eaux. »

Je sais que le lecteur sera obligé de deviner beaucoup, de collaborer, pour ainsi dire, avec le rédacteur de la note ; mais croyez-vous réellement, monsieur, que l'admiration pour le peintre me rende visionnaire en ce cas, et que je me trompe absolument en prétendant découvrir ici la trace des habitudes aristocratiques prises dans les bonnes lectures, et de cette rectitude de pensée qui a permis à des hommes du monde, à des militaires, à des aventuriers, ou même à de simples courtisans, d'écrire, quelquefois à la diable, de fort beaux livres que nous autres, gens du métier, nous sommes contraints d'admirer ?

V

Eugène Delacroix était un curieux mélange de scepticisme, de politesse, de dandysme, de volonté ardente, de ruse, de despotisme, et enfin d'une espèce de bonté particulière et de tendresse modérée qui accompagne toujours le génie. Son père [21] appartenait à cette race d'hommes forts dont nous avons connu les derniers dans notre enfance ; les uns fervents apôtres de Jean-Jacques, les autres disciples déterminés de Voltaire, qui ont tous collaboré, avec une égale obstination, à la Révolution française, et dont les survivants, jacobins ou cordeliers, se sont ralliés avec une parfaite bonne foi (c'est important à noter) aux intentions de Bonaparte.

Eugène Delacroix a toujours gardé les traces de cette origine révolutionnaire. On peut dire de lui, comme de Stendhal, qu'il avait grande frayeur d'être dupe. Sceptique et aristocrate, il ne connaissait la passion et le surnaturel que par sa fréquentation forcée avec le rêve. Haïsseur des multitudes, il ne les considérait guère que comme des briseuses d'images, et les violences commises en 1848 sur quelques-uns de ses ouvrages [22] n'étaient pas faites pour le convertir au sentimentalisme politique de nos temps. Il y avait même en lui quelque chose, comme style, manières et opinions, de Victor Jacquemont [23]. Je sais que la comparaison est quelque peu injurieuse ; aussi je désire qu'elle ne soit entendue qu'avec une extrême modération. Il y a dans Jacquemont du bel esprit bourgeois révolté et une gouaillerie aussi encline à mystifier les ministres de Brahma que ceux de Jésus-Christ. Delacroix, averti par le goût toujours inhérent au génie, ne pouvait jamais tomber dans ces vilenies. Ma comparaison n'a donc trait qu'à l'esprit de prudence et à la sobriété dont ils sont tous deux marqués. De même, les signes héréditaires que le XVIIIe siècle avait laissés sur sa nature avaient l'air empruntés surtout à cette classe aussi éloignée des utopistes que des furibonds, à la classe des sceptiques polis, les vainqueurs et les survivants, qui, généralement, relevaient plus de Voltaire que de Jean-Jacques. Aussi, au premier coup d'œil, Eugène Delacroix apparaissait simplement comme un homme *éclairé*, dans le sens honorable du mot, comme un parfait *gentleman* sans préjugés et sans passions. Ce n'était que par une fréquentation plus assidue qu'on pouvait pénétrer sous le vernis et deviner les parties abstruses de son âme. Un homme à qui on pourrait plus légitimement le comparer pour la tenue extérieure et pour les manières serait M. Mérimée. C'était la même froideur apparente, légèrement affectée, le même manteau de glace recouvrant une pudique sensibilité et une ardente passion pour le bien et pour le beau ; c'était, sous la même hypocrisie d'égoïsme, le même dévouement aux amis secrets et aux idées de prédilection.

Il y avait dans Eugène Delacroix beaucoup du *sauvage* ; c'était là la plus précieuse partie de son âme, la partie vouée tout entière à la peinture de ses rêves et au culte de son art. Il y avait en lui beaucoup de l'homme du monde ; cette partie-là était destinée à voiler la première et à la faire pardonner. Ç'a été, je crois, une des grandes préoccupations de sa vie de dissimuler les colères de son cœur et de n'avoir pas l'air d'un homme de génie. Son esprit de domination, esprit bien légitime, fatal d'ailleurs, avait presque entièrement disparu sous mille gentillesses. On eût dit un cratère de volcan artistement caché par des bouquets de fleurs.

Un autre trait de ressemblance avec Stendhal était sa propension aux formules simples, aux maximes brèves, pour la bonne conduite de la vie [24]. Comme tous les gens d'autant plus épris de méthode que leur tempérament ardent et sensible semble les en détourner davantage, Delacroix aimait façonner de ces petits catéchismes de morale pratique que les étourdis et les fainéants qui ne pratiquent rien attribueraient dédaigneusement à M. de la Palisse, mais que le génie ne méprise pas, parce qu'il est apparenté avec la simplicité ; maximes saines, fortes, simples et dures, qui servent de cuirasse et de bouclier à celui que la fatalité de son génie jette dans une bataille perpétuelle.

Ai-je besoin de vous dire que le même esprit de sagesse ferme et méprisante inspirait les opinions d'E. Delacroix en matière politique ? Il croyait que rien ne change, bien que tout ait l'air de changer, et que certaines époques climatériques, dans l'histoire des peuples, ramènent invariablement des phénomènes analogues. En somme, sa pensée, en ces sortes de choses, approximait beaucoup, surtout par ses côtés de froide et désolante résignation, la pensée d'un historien dont je fais pour ma part un cas tout particulier, et que vous-même, monsieur, si parfaitement rompu à ces thèses, et qui savez estimer le talent, même quand il vous contredit, vous avez été, j'en suis sûr, contraint d'admirer plus d'une fois. Je veux parler de M. Ferrari, le subtil et savant auteur de l'*Histoire de la raison d'État* [25]. Aussi, le causeur qui, devant M. Delacroix, s'abandonnait aux enthousiasmes enfantins de l'utopie, avait bientôt à subir l'effet de son rire amer, imprégné d'une pitié sarcastique, et si, imprudemment, on lançait devant lui la grande chimère des temps modernes, le ballon-monstre de la perfectibilité et du progrès indéfinis, volontiers il vous demandait : « Où sont donc vos Phidias ? où sont vos Raphaël ? »

Croyez bien cependant que ce dur bon sens n'enlevait aucune grâce à M. Delacroix. Cette verve d'incrédulité et ce refus d'être dupe assaisonnaient, comme un sel byronien, sa conversation si poétique et si colorée. Il tirait aussi de lui-même, bien plus qu'il ne les empruntait à sa longue fréquentation du monde – de lui-même, c'est-à-dire de son génie et de la conscience de son génie, – une certitude, une aisance de manières merveilleuse, avec une politesse qui admettait, comme un prisme, toutes les nuances, depuis la bonhomie la plus cordiale jusqu'à l'impertinence la plus irréprochable. Il possédait bien vingt manières différentes de prononcer « *mon cher monsieur* », qui représentaient, pour une oreille exercée, une curieuse gamme de sentiments. Car enfin, il faut bien que je le dise, puisque je trouve en ceci un nouveau motif d'éloge, E. Delacroix, quoiqu'il fût un homme de génie, ou parce qu'il était un homme de génie complet, participait beaucoup du dandy. Lui-même avouait que dans sa jeunesse il s'était livré avec plaisir aux vanités les plus matérielles du dandysme et racontait en riant, mais non sans une certaine gloriole, qu'il avait, avec le concours de son ami Bonington, fortement travaillé à introduire parmi la jeunesse élégante le goût des coupes anglaises dans la chaussure et dans le vêtement. Ce détail, je présume, ne vous paraîtra pas inutile ; car il n'y a pas de souvenir superflu quand on a à peindre la nature de certains hommes.

Je vous ai dit que c'était surtout la partie naturelle de l'âme de Delacroix qui, malgré le voile amortissant d'une civilisation raffinée, frappait l'observateur attentif. Tout en lui était énergie, mais énergie dérivant des nerfs et de la volonté ; car, physiquement, il était frêle et délicat. Le tigre, attentif à sa proie, a moins de lumière dans les yeux et de frémissements impatients dans les muscles que n'en laissait voir notre grand peintre, quand toute son âme était dardée sur une idée ou voulait s'emparer d'un rêve. Le caractère physique même de sa physionomie, son teint de Péruvien ou de Malais, ses yeux grands et noirs, mais rapetissés par les clignotements de l'attention, et qui semblaient déguster la lumière, ses cheveux abondants et lustrés, son front entêté, ses lèvres serrées, auxquelles une tension perpétuelle de volonté communiquait une expression cruelle, toute sa personne enfin suggérait l'idée d'une origine exotique. Il m'est arrivé plus d'une fois, en le regardant, de rêver des anciens souverains du Mexique, de ce Moctézuma [26] dont la main habile aux sacrifices pouvait immoler en un seul jour trois mille créatures humaines sur l'autel pyramidal du Soleil, ou bien de quelqu'un de ces princes hindous qui, dans les splendeurs des plus glorieuses fêtes, portent au fond de leurs yeux une sorte d'avidité insatisfaite et une nostalgie inexplicable, quelque chose comme le souvenir et le regret de choses non connues. Observez, je vous prie, que la couleur générale des tableaux de Delacroix participe aussi de la couleur propre aux paysages et aux intérieurs orientaux, et qu'elle produit une impression analogue à celle ressentie dans ces pays intertropicaux, où une immense diffusion de lumière crée pour un œil sensible, malgré l'intensité des tons locaux, un résultat général quasi crépusculaire. La moralité de ses œuvres, si toutefois il est permis de parler de la morale en peinture, porte aussi un caractère molochiste visible. Tout, dans son œuvre, n'est que désolation, massacres, incendies ; tout porte témoignage contre l'éternelle et incorrigible barbarie de l'homme. Les villes incendiées et fumantes, les victimes égorgées, les femmes violées, les enfants eux-mêmes jetés sous les pieds des chevaux ou sous le poignard des mères délirantes ; tout cet œuvre, dis-je, ressemble à un hymne terrible composé en l'honneur de la fatalité et de l'irrémédiable douleur. Il a pu quelquefois, car il ne manquait certes pas de tendresse, consacrer son pinceau à l'expression de sentiments tendres et voluptueux ; mais là encore l'inguérissable amertume était répandue à forte dose, et l'insouciance et la joie (qui sont les compagnes ordinaires de la volupté naïve) en étaient absentes. Une seule fois, je crois, il a fait une tentative dans le drôle et le bouffon, et comme s'il avait deviné que cela était au-delà ou au-dessous de sa nature, il n'y est plus revenu [27].

VI

Je connais plusieurs personnes qui ont le droit de dire : « *Odi profanum vulgus* [28] » ; mais laquelle peut ajouter victorieusement : « *et arceo* » ? La poignée de main trop fréquente avilit le caractère. Si jamais homme eut une *tour d'ivoire* bien défendue par les barreaux et les serrures, ce fut Eugène Delacroix. Qui a plus aimé sa *tour d'ivoire*, c'est-à-dire le secret ? Il l'eût, je crois, volontiers armée de canons et transportée dans une forêt ou sur un roc inaccessible. Qui a plus aimé le *home*, sanctuaire et tanière ? Comme d'autres cherchent le secret pour la débauche, il cherche le secret pour l'inspiration, et il s'y livrait à de véritables ribotes de travail. « *The one prudence in life is concentration ; the one evil is dissipation* », dit le philosophe américain que nous avons déjà cité.

M. Delacroix aurait pu écrire cette maxime ; mais, certes, il l'a austèrement pratiquée. Il était trop *homme du monde* pour ne pas mépriser le monde ; et les efforts qu'il y dépensait pour n'être pas trop visiblement *lui-même* le poussaient naturellement à préférer notre société. *Notre* ne veut pas seulement impliquer l'humble auteur qui écrit ces lignes, mais aussi quelques autres, jeunes ou vieux, journalistes, poètes, musiciens, auprès desquels il pouvait librement se détendre et s'abandonner.

Dans sa délicieuse étude sur Chopin [29], Liszt met Delacroix au nombre des plus assidus visiteurs du musicien-poète, et dit qu'il aimait à tomber en profonde rêverie aux sons de cette musique légère et passionnée qui ressemble à un brillant oiseau voltigeant sur les horreurs d'un gouffre.

C'est ainsi que, grâce à la sincérité de notre admiration, nous pûmes, quoique très jeune alors, pénétrer dans cet atelier si bien gardé, où régnait, en dépit de notre rigide climat, une température équatoriale, et où l'œil était tout d'abord frappé par une solennité sobre et par l'austérité particulière de la vieille école. Tels, dans notre enfance, nous avions vu les ateliers des anciens rivaux de David, héros touchants depuis longtemps disparus. On sentait bien que cette retraite ne pouvait pas être habitée par un esprit frivole, titillé par mille caprices incohérents.

Là, pas de panoplies rouillées, pas de kriss malais, pas de vieilles ferrailles gothiques, pas de bijouterie, pas de friperie, pas de bric-à-brac, rien de ce qui accuse dans le propriétaire le goût de l'amusette et le vagabondage rhapsodique d'une rêverie enfantine. Un merveilleux portrait par Jordaens, qu'il avait déniché je ne sais où, quelques études et quelques copies faites par le maître lui-même, suffisaient à la décoration de ce vaste atelier, dont une lumière adoucie et apaisée éclairait le recueillement.

On verra probablement ces copies à la vente des dessins et des tableaux de Delacroix qui est, m'a-t-on dit, fixée au mois de janvier prochain [30]. Il avait deux manières très distinctes de copier. L'une, libre et large, faite moitié de fidélité, moitié de trahison, et où il mettait beaucoup de lui-même. De cette méthode résultait un composé bâtard et charmant, jetant l'esprit dans une incertitude agréable. C'est sous cet aspect paradoxal que m'apparut une grande copie des *Miracles de saint Benoît*, de Rubens. Dans l'autre manière, Delacroix se faisait l'esclave le plus obéissant et le plus humble de son modèle, et il arrivait à une exactitude d'imitation dont peuvent douter ceux qui n'ont pas vu ces miracles. Telles, par exemple, sont celles faites d'après deux têtes de Raphaël qui sont au Louvre, et où l'expression, le style et la manière sont imités avec une si parfaite naïveté, qu'on pourrait prendre alternativement et réciproquement les originaux pour les traductions.

Après un déjeuner plus léger que celui d'un Arabe, et sa palette minutieusement composée avec le soin d'une bouquetière ou d'un étalagiste d'étoffes, Delacroix cherchait à aborder l'idée interrompue ; mais avant de se lancer dans son travail orageux, il éprouvait souvent de ces langueurs, de ces peurs, de ces énervements qui font penser à la pythonisse fuyant le dieu, ou qui rappellent Jean-Jacques Rousseau baguenaudant, paperassant et remuant ses livres pendant une heure avant d'attaquer le papier avec la plume [31]. Mais une fois la fascination de l'artiste opérée, il ne s'arrêtait plus que vaincu par la fatigue physique.

Un jour, comme nous causions de cette question toujours si intéressante pour les artistes et les écrivains, à savoir, de l'hygiène du travail et de la conduite de la vie, il me dit :

« Autrefois, dans ma jeunesse, je ne pouvais me mettre au travail que quand j'avais la promesse d'un plaisir pour le soir, musique, bal, ou n'importe quel autre divertissement. Mais aujourd'hui, je ne suis plus semblable aux écoliers, je puis travailler sans cesse et sans aucun espoir de récompense. Et puis, – ajoutait-il, – si vous saviez comme un travail assidu rend indulgent et peu difficile en matière de plaisirs ! L'homme qui a bien rempli sa journée sera disposé à trouver suffisamment d'esprit au commissionnaire du coin et à jouer aux cartes avec lui. »

Ce propos me faisait penser à Machiavel [32] jouant aux dés avec les paysans. Or, un jour, un dimanche, j'ai aperçu Delacroix au Louvre, en compagnie de sa vieille servante [33], celle qui l'a si dévotement soigné et servi pendant trente ans, et lui, l'élégant, le raffiné, l'érudit, ne dédaignait pas de montrer et d'expliquer les mystères de la sculpture assyrienne à cette excellente femme, qui l'écoutait d'ailleurs avec une naïve application. Le souvenir de Machiavel et de notre ancienne conversation rentra immédiatement dans mon esprit.

La vérité est que, dans les dernières années de sa vie, tout ce qu'on appelle plaisir en avait disparu, un seul, âpre, exigeant, terrible, les ayant tous remplacés, le travail, qui alors n'était plus seulement une passion, mais aurait pu s'appeler une fureur.

Delacroix, après avoir consacré les heures de la journée à peindre, soit dans son atelier, soit sur les échafaudages où l'appelaient ses grands travaux décoratifs, trouvait encore des forces dans son amour de l'art, et il aurait jugé cette journée mal remplie si les heures du soir n'avaient pas été employées au coin du feu, à la clarté de la lampe, à dessiner, à couvrir le papier de rêves, de projets, de figures entrevues dans les hasards de la vie, quelquefois à copier des dessins d'autres artistes dont le tempérament était le plus éloigné du sien ; car il avait la passion des notes, des croquis, et il s'y livrait en quelque lieu qu'il fût. Pendant un assez long temps, il eut pour habitude de dessiner chez les amis auprès desquels il allait passer ses soirées. C'est ainsi que M. Villot [34] possède une quantité considérable d'excellents dessins de cette plume féconde.

Il disait une fois à un jeune homme de ma connaissance : « Si vous n'êtes pas assez habile pour faire le croquis d'un homme qui se jette par la fenêtre, pendant le temps qu'il met à tomber du quatrième étage sur le sol, vous ne pourrez jamais produire de grandes machines. » Je retrouve dans cette énorme hyperbole la préoccupation de toute sa vie, qui était, comme on le sait, d'exécuter assez vite et avec assez de certitude pour ne rien laisser s'évaporer de l'intensité de l'action ou de l'idée.

Delacroix était, comme beaucoup d'autres ont pu l'observer, un homme de conversation. Mais le plaisant est qu'il avait peur de la conversation comme d'une débauche, d'une dissipation où il risquait de perdre ses forces. Il commençait par vous dire, quand vous entriez chez lui :

« Nous ne causerons pas ce matin, n'est-ce pas ? ou que très peu, très peu. »

Et puis il bavardait pendant trois heures. Sa causerie était brillante, subtile, mais pleine de faits, de souvenirs et d'anecdotes ; en somme, une parole nourrissante.

Quand il était excité par la contradiction, il se repliait momentanément, et au lieu de se jeter sur son adversaire de front, ce qui a le danger d'introduire les brutalités de la tribune dans les escarmouches de salon, il jouait pendant quelque temps avec son adversaire, puis revenait à l'attaque avec des arguments ou des faits imprévus. C'était bien la conversation d'un homme amoureux de luttes, mais esclave de la courtoisie, retorse, fléchissante à dessein, pleine de fuites et d'attaques soudaines.

Dans l'intimité de l'atelier, il s'abandonnait volontiers jusqu'à livrer son opinion sur les peintres ses contemporains, et c'est dans ces occasions-là que nous eûmes souvent à admirer cette indulgence du génie qui dérive peut-être d'une sorte particulière de naïveté ou de facilité à la jouissance.

Il avait des faiblesses étonnantes pour Decamps [35], aujourd'hui bien tombé, mais qui, sans doute, régnait encore dans son esprit par la puissance du souvenir.

De même pour Charlet [36]. Il m'a fait venir une fois chez lui, exprès pour me *tancer*, d'une façon véhémente, à propos d'un article irrespectueux que j'avais commis à l'endroit de cet enfant gâté du chauvinisme. En vain essayai-je de lui expliquer que ce n'était pas le Charlet des premiers temps que je blâmais, mais le Charlet de la décadence ; non pas le noble historien des grognards, mais le bel esprit de l'estaminet. Je n'ai jamais pu me faire pardonner.

Il admirait Ingres en de certaines parties, et certes il lui fallait une grande force critique pour admirer par raison ce qu'il devait repousser par tempérament. Il a même copié soigneusement des photographies faites d'après quelques-uns de ces minutieux portraits à la mine de plomb, où se fait le mieux apprécier le dur et pénétrant talent de M. Ingres, d'autant plus agile qu'il est plus à l'étroit.

La détestable couleur d'Horace Vernet ne l'empêchait pas de sentir la virtualité personnelle qui anime la plupart de ses tableaux, et il trouvait des expressions étonnantes pour louer ce pétillement et cette infatigable ardeur. Son admiration pour Meissonier allait un peu trop loin. Il s'était approprié, presque par violence, les dessins qui avaient servi à préparer la composition de *La Barricade* [37], le meilleur tableau de M. Meissonier, dont le talent, d'ailleurs, s'exprime bien plus énergiquement par le simple crayon que par le pinceau. De celui-ci il disait souvent, comme rêvant avec inquiétude de l'avenir : « Après tout, de nous tous, c'est lui qui est le plus sûr de vivre ! » N'est-il pas curieux de voir l'auteur de si grandes choses jalouser presque celui qui n'excelle que dans les petites ?

Le seul homme dont le nom eût puissance pour arracher quelques gros mots à cette bouche aristocratique était Paul Delaroche [38]. Dans les œuvres de celui-là il ne trouvait sans doute aucune excuse, et il gardait indélébile le souvenir des souffrances que lui avait causées cette peinture sale et amère, faite avec de l'encre comme a dit, je crois, Théophile Gautier, dans une crise d'indépendance [39].

Mais celui qu'il choisissait plus volontiers pour s'expatrier dans d'immenses causeries était l'homme qui lui ressemblait le moins par le talent comme par les idées, son véritable antipode, un homme à qui on n'a pas encore rendu toute la justice qui lui est due, et dont le cerveau, quoique embrumé comme le ciel charbonné de sa ville natale, contient une foule d'admirables choses. J'ai nommé M. Paul Chenavard [40].

Les théories abstruses du peintre philosophe lyonnais faisaient sourire Delacroix, et le pédagogue abstracteur considérait les voluptés de la pure peinture comme choses frivoles, sinon coupables. Mais si éloignés qu'il fussent l'un de l'autre, et à cause même de cet éloignement, ils aimaient à se rapprocher, et comme deux navires attachés par les grappins d'abordage, ils ne pouvaient plus se quitter. Tous deux, d'ailleurs, étant fort lettrés et doués d'un remarquable esprit de sociabilité, ils se rencontraient sur le terrain commun de l'érudition. On sait qu'en général ce n'est pas la qualité par laquelle brillent les artistes.

Chenavard était donc pour Delacroix une rare ressource. C'était vraiment plaisir de les voir s'agiter dans une lutte innocente, la parole de l'un marchant pesamment comme un éléphant en grand appareil de guerre, la parole de l'autre vibrant comme un fleuret, également aiguë et flexible. Dans les dernières heures de sa vie, notre grand peintre témoigna le désir de serrer la main de son amical contradicteur. Mais celui-ci était alors loin de Paris.

VII

Les femmes sentimentales et précieuses seront peut-être choquées d'apprendre que, semblable à Michel-Ange (souvenez-vous [de] la fin d'un de ses sonnets : « Sculpture ! divine Sculpture, tu es ma seule amante [41] ! »), Delacroix avait fait de la Peinture son unique muse, son unique maîtresse, sa seule et suffisante volupté.

Sans doute il avait beaucoup aimé la femme aux heures agitées de sa jeunesse. Qui n'a pas trop sacrifié à cette idole redoutable ? Et qui ne sait que ce sont justement ceux qui l'ont le mieux servie qui s'en plaignent le plus ? Mais longtemps déjà avant sa fin, il avait exclu la femme de sa vie. Musulman, il ne l'eût peut-être pas chassée de sa mosquée, mais il se fût étonné de l'y voir entrer, ne comprenant pas bien quelle sorte de conversation elle peut tenir avec Allah.

En cette question, comme en beaucoup d'autres, l'idée orientale prenait en lui vivement et despotiquement le dessus. Il considérait la femme comme un objet d'art, délicieux et propre à exciter l'esprit, mais un objet d'art désobéissant et troublant, si on lui livre le seuil du cœur, et dévorant gloutonnement le temps et les forces.

Je me souviens qu'une fois, dans un lieu public, comme je lui montrais le visage d'une femme d'une originale beauté et d'un caractère mélancolique, il voulut bien en goûter la beauté, mais me dit, avec son petit rire, pour répondre au reste : « Comment voulez-vous qu'une femme puisse être mélancolique ? » insinuant sans doute par là que, pour connaître le sentiment de la mélancolie, il manque à la femme une *certaine chose* essentielle.

C'est là, malheureusement, une théorie bien injurieuse, et je ne voudrais pas préconiser des opinions diffamatoires sur un sexe qui a si souvent montré d'ardentes vertus. Mais on m'accordera bien que c'est une théorie de prudence ; que le talent ne saurait trop s'armer de prudence dans un monde plein d'embûches, et que l'homme de génie possède le privilège de certaines doctrines (pourvu qu'elles ne troublent pas l'ordre) qui nous scandaliseraient justement chez le pur citoyen ou le simple père de famille.

Je dois ajouter, au risque de jeter une ombre sur sa mémoire, au jugement des âmes élégiaques, qu'il ne montrait pas non plus de tendres faiblesses pour l'enfance. L'enfance n'apparaissait à son esprit que les mains barbouillées de confitures (ce qui salit la toile et le papier), ou battant le tambour (ce qui trouble la méditation), ou incendiaire et animalement dangereuse comme le singe.

« Je me souviens fort bien, – disait-il parfois, – que quand j'étais enfant, *j'étais un monstre*. La connaissance du devoir ne s'acquiert que très lentement, et ce n'est que par la douleur, le châtiment, et par l'exercice progressif de la raison que l'homme diminue peu à peu sa méchanceté naturelle. »

Ainsi, par le simple bon sens, il faisait un retour vers l'idée catholique. Car on peut dire que l'enfant, en général, est, relativement à l'homme, en général, beaucoup plus rapproché du péché originel.

VIII

On eût dit que Delacroix avait réservé toute sa sensibilité, qui était virile et profonde, pour l'austère sentiment de l'amitié. Il y a des gens qui s'éprennent facilement du premier venu ; d'autres réservent l'usage de la faculté divine pour les grandes occasions. L'homme célèbre, dont je vous entretiens avec tant de plaisir, s'il n'aimait pas qu'on le dérangeât pour de petites choses, savait devenir serviable, courageux, ardent, s'il s'agissait des importantes. Ceux qui l'ont bien connu ont pu apprécier, en maintes occasions, sa fidélité, son exactitude et sa solidité tout anglaises dans les rapports sociaux. S'il était exigeant pour les autres, il n'était pas moins sévère pour lui-même.

Ce n'est qu'avec tristesse et mauvaise humeur que je veux dire quelques mots de certaines accusations portées contre Eugène Delacroix. J'ai entendu des gens le taxer d'égoïsme et même d'avarice. Observez, monsieur, que ce reproche est toujours adressé par l'innombrable classe des âmes banales à celles qui s'appliquent à placer leur générosité aussi bien que leur amitié.

Delacroix était fort économe ; c'était pour lui le seul moyen d'être, à l'occasion, fort généreux ; je pourrais le prouver par quelques exemples, mais je craindrais de le faire sans y avoir été autorisé par lui, non plus que par ceux qui ont eu à se louer de lui.

Observez aussi que pendant de nombreuses années ses peintures se sont vendues fort mal, et que ses travaux de décoration absorbaient presque la totalité de son salaire, quand il n'y mettait pas de sa bourse. Il a prouvé un grand nombre de fois son mépris de l'argent, quand des artistes pauvres laissaient voir le désir de posséder quelqu'une de ses œuvres. Alors, semblable aux médecins d'un esprit libéral et généreux, qui tantôt font payer leurs soins et tantôt les donnent, il donnait ses tableaux ou les cédait à n'importe quel prix.

Enfin, monsieur, notons bien que l'homme supérieur est obligé, plus que tout autre, de veiller à sa défense personnelle. On peut dire que toute la société est en guerre contre lui. Nous avons pu vérifier le cas plus d'une fois. Sa politesse, on l'appelle froideur ; son ironie, si mitigée qu'elle soit, méchanceté ; son économie, avarice. Mais si, au contraire, le malheureux se montre imprévoyant, bien loin de le plaindre, la société dira : « C'est bien fait ; sa pénurie est la punition de sa prodigalité. »

Je puis affirmer que Delacroix, en matière d'argent et d'économie, partageait complètement l'opinion de Stendhal, opinion qui concilie la grandeur et la prudence.

« L'homme d'esprit, disait ce dernier, doit s'appliquer à acquérir ce qui lui est strictement nécessaire pour ne dépendre de personne (du temps de Stendhal, c'était 6 000 francs de revenu) [42] ; mais si, cette sûreté obtenue, il perd son temps à augmenter sa fortune, c'est un misérable. »

Recherche du nécessaire, et mépris du superflu, c'est une conduite d'homme sage et de stoïcien.

Une des grandes préoccupations de notre peintre dans ses dernières années, était le jugement de la postérité et la solidité incertaine de ses œuvres. Tantôt son imagination si sensible s'enflammait à l'idée d'une gloire immortelle, tantôt il parlait amèrement de la fragilité des toiles et des couleurs. D'autres fois il citait avec envie les anciens maîtres, qui ont eu presque tous le bonheur d'être traduits par des graveurs habiles, dont la pointe ou le burin a su s'adapter à la nature de leur talent, et il regrettait ardemment de n'avoir pas trouvé son traducteur. Cette friabilité de l'œuvre peinte, comparée avec la solidité de l'œuvre imprimée, était un de ses thèmes habituels de conversation.

Quand cet homme si frêle et si opiniâtre, si nerveux et si vaillant, cet homme unique dans l'histoire de l'art européen, l'artiste maladif et frileux, qui rêvait sans cesse de couvrir des murailles de ses grandioses conceptions, a été emporté par une de ces fluxions de poitrine dont il avait, ce semble, le convulsif pressentiment, nous avons tous senti quelque chose d'analogue à cette dépression d'âme, à cette sensation de solitude croissante que nous avaient fait déjà connaître la mort de Chateaubriand et celle de Balzac, sensation renouvelée tout récemment par la disparition d'Alfred de Vigny. Il y a dans un grand deuil national un affaissement de vitalité générale, un obscurcissement de l'intellect qui ressemble à une éclipse solaire, imitation momentanée de la fin du monde.

Je crois cependant que cette impression affecte surtout ces hautains solitaires qui ne peuvent se faire une famille que par les relations intellectuelles. Quant aux autres citoyens, pour la plupart, ils n'apprennent que peu à peu à connaître tout ce qu'a perdu la patrie en perdant le grand homme, et quel vide il fait en la quittant. Encore faut-il les avertir.

Je vous remercie de tout mon cœur, monsieur, d'avoir bien voulu me laisser dire librement tout ce que me suggérait le souvenir d'un des rares génies de notre malheureux siècle, – si pauvre et si riche à la fois, tantôt trop exigeant, tantôt trop indulgent, et trop souvent injuste.

À ÉDOUARD MANET

[Bruxelles.] jeudi 11 mai 1865.

Mon cher ami, je vous remercie de la bonne lettre que M. Chorner m'a apportée ce matin, ainsi que du morceau de musique.

J'ai depuis quelque temps l'intention de traverser Paris deux fois, une fois pour aller à Honfleur, une fois en revenant ; je n'avais confié cela qu'à ce fou de Rops, en lui recommandant le secret, car j'aurai à peine le temps de serrer la main à deux ou trois amis ; mais, d'après ce que me dit M. Chorner, Rops a dit la chose à plusieurs personnes, d'où il suit naturellement que beaucoup de personnes me croient à Paris et me traitent d'ingrat et d'oublieux.

Si vous voyez Rops, n'attachez pas trop d'importance à de certains airs violemment provinciaux. Rops vous aime, Rops a compris ce que vaut votre intelligence, et m'a même confié de certaines observations faites par lui sur les gens qui vous haïssent (car il paraît que vous avez l'honneur d'inspirer de la haine). Rops est *le seul véritable artiste* (dans le sens où j'entends, moi, et moi tout seul peut-être, le mot *artiste*), que j'aie trouvé en Belgique.

Il faut donc que je vous parle encore de vous. Il faut que je m'applique à vous démontrer ce que vous valez. C'est vraiment bête ce que vous exigez. *On se moque de vous* ; les *plaisanteries* vous agacent ; on ne sait pas vous rendre justice, etc., etc. Croyez-vous que vous soyez le Premier homme placé dans ce cas ? Avez-vous plus de génie que Chateaubriand et que Wagner ? On s'est bien moqué d'eux cependant ? Ils n'en sont pas morts. Et pour ne pas vous inspirer trop d'orgueil, je vous dirai que ces hommes sont des modèles, chacun dans son genre, et dans un monde très riche et que vous, *vous n'êtes que le premier dans la décrépitude de votre art.* J'espère que vous ne m'en voudrez pas du *sans-façon* avec lequel je vous traite. Vous connaissez mon amitié pour vous.

J'ai voulu avoir l'impression *personnelle* de ce M. Chorner, autant du moins qu'un Belge puisse être considéré comme *une personne.* Je dois dire qu'il a été gentil, et ce qu'il m'a dit s'accorde avec ce que je sais de vous, et ce que quelques gens d'esprit disent de vous : « *Il y a des défauts, des défaillances, un manque d'aplomb, mais il y a un charme irrésistible.* » Je sais tout cela ; je suis un des premiers qui l'ont compris. Il a ajouté que le tableau représentant la femme nue, avec la négresse, et le chat (est-ce un chat décidément ?), était très supérieur au tableau religieux.

Rien de nouveau quant à Lemer. – Je crois que j'irai moi-même secouer Lemer. Quant à finir ici *Pauvre Belgique,* j'en suis incapable ; je suis affaibli, je suis mort. J'ai une masse de *Poèmes en prose* à répandre dans deux ou trois revues. Mais je ne peux plus aller. Je souffre d'un mal que je n'ai pas, comme quand j'étais gamin et que je vivais au bout du monde. Et cependant je ne suis pas patriote.

C. B.

NOTES

EXPOSITION UNIVERSELLE – 1855 – BEAUX-ARTS

1. La formule employée par Baudelaire témoigne de l'élaboration d'un système personnel. Comme l'a montré Claude Pichois (*OC* II, p. 1368), le jeune critique mêle ici l'idée fouriériste d'« analogie universelle », le principe d'harmonie des mystiques et l'emphase religieuse de Swendenborg. Si les concepts révèlent encore leur origine, leur usage mêlé témoigne déjà d'une volonté de synthèse personnelle que J. Pommier a analysée dans son ouvrage *La Mystique de Baudelaire*.

2. La référence à Winckelmann (1717-1768), théoricien principal du néoclassicisme, témoigne sous la plume de Baudelaire d'une volonté de rompre avec le schéma académique dont Ingres exprimerait l'actualité. Pour Baudelaire, la figure de Winckelmann symbolise celle du théoricien sur lequel le groupe se reposera. D'où cette critique de la paresse dans laquelle conformisme académique et doctrine avant-gardiste se rejoindront. Pour Baudelaire, le beau ne peut être que relatif et la modernité le fruit d'un engagement individuel hors des normes. Cela explique sans doute le passage de Winckelmann aux chinoiseries présentées lors de l'Exposition universelle de 1855. Baudelaire y salue la « monstruosité » et la « bizarrerie » comme autant de témoignages d'une libération à l'égard de la mimêsis.

3. L'expression de Baudelaire est le fruit d'un assemblage de deux formules employées par Henri Heine dans son *Salon de 1831*.

4. Dans sa forme initiale de 1855, le Beau était ici doté d'une minuscule. La correction témoigne de la progression de la pensée de Baudelaire qui va peu à peu associer le beau universel, dans son acception traditionnelle, à un coup de force doctrinaire par opposition au Beau moderne qui ressortira exclusivement de l'instant et de la bizarrerie qui s'en dégage, comme cela sera montré plus loin lorsque Baudelaire – s'inspirant de la *Ligeia* de Poe dont la traduc-

tion a paru dans *Le Pays* des 3 et 4 février 1855 – déclare que « *Le beau est toujours bizarre* ».

5. Baudelaire livre ici une formule parallèle à celle développée aux vers 5 et 6 de ses « Correspondances » : « Comme de longs échos qui de loin se confondent/Dans une ténébreuse et profonde unité ».

6. Baudelaire, qui a défini l'art comme une opération magique, s'attaque au progrès. L'opération relève d'une gageure puisque l'Exposition universelle constituait dans l'esprit de Napoléon III le lieu d'affirmation d'un élan national qui devait imposer la France dans le peloton de tête des nations industrielles. Au projet matérialiste et politique, Baudelaire oppose une conscience morale. Il est à remarquer que la suite du paragraphe qui commence par « Ce fanal... » ainsi que les trois suivants n'apparaissent pas dans le texte de 1855. Avaient-ils été censurés en prélude au refus du deuxième volet du feuilleton ? Baudelaire les a-t-il rédigés ultérieurement en réaction à la « modernolâtrie » que suscita l'Exposition universelle ? On peut supposer que l'enthousiasme dont Maxime Du Camp se fera le chantre avec ses *Chants modernes* annonciateurs de la frénésie futuriste dut agacer Baudelaire. Si ce développement datait de 1855, il s'imposerait comme une des premières formulations d'un leitmotiv baudelairien qui reviendra dans les préfaces aux traductions de Poe de 1856 et 1857, dans l'article sur Théophile Gautier de 1859 et dans le *Salon de 1859*.

7. Selon J. Crépet repris par Pichois, le poème philosophique de Leroux serait *La Grève de Samarez* qui ne paraîtra pourtant qu'en 1863.

8. L'idée de décadence qui s'articule ici à partir de celle d'un progrès dévoyé, leitmotiv de la culture fin de siècle, semble s'inspirer des théories exposées par Gobineau dans son *Essai sur l'inégalité des races humaines*, paru en quatre livraisons entre 1853 et 1855.

9. Baudelaire reprend ici les éléments de son projet d'étude intitulée *David, Guérin et Girodet*, ainsi qu'une partie de l'argumentation développée dans *Le Musée classique du Bazar Bonne-Nouvelle*.

10. *Didon et Énée* de Pierre Narcisse Guérin (1774-1833), toile exposée en 1817 au Salon, aujourd'hui au Louvre.

11. *Les Funérailles d'Atala* d'Anne Louis Girodet (1767-1824), toile exposée en 1808 au Salon, aujourd'hui au Louvre.

12. *L'Enlèvement des Sabines* de Jacques Louis David (1748-1825), toile peinte en 1799, aujourd'hui au Louvre.

13. *Marat assassiné* de Jacques Louis David (1748-1825), toile peinte en 1793, aujourd'hui aux Musées royaux des Beaux-Arts de Belgique (Bruxelles).

14. *Scène du Déluge* d'Anne Louis Girodet (1767-1824), toile peinte en 1806, aujourd'hui au Louvre.

15. *Les Licteurs rapportant à Brutus les corps de ses fils suppliciés* de Jacques Louis David (1748-1825), toile peinte en 1789, aujourd'hui au Louvre.

16. La présence de Courbet dans le volet consacré à Ingres sur-

prend. D'abord, elle place sur le même pied l'artiste central de la section officielle et celui qui, refusé par la commission de sélection, avait adopté une attitude de défi à l'égard des institutions académiques en organisant sa propre exposition dans une baraque voisine des installations officielles. En faisant ici référence à Courbet, Baudelaire témoigne d'un anticonformisme qui se nourrit sans doute des souvenirs révolutionnaires communs du peintre et du poète. Tout en prenant ses distances à l'égard du « réalisme » de Courbet, Baudelaire rend hommage à celui qui trouble l'ordre académique après avoir bouleversé celui de la morale avec des tableaux comme *Les Baigneuses* de 1853.

17. *Le Martyre de saint Symphorien* de Jean Auguste Dominique Ingres (1780-1867), toile commandée pour la cathédrale d'Autun, exposée au Salon de 1834, aujourd'hui à la cathédrale d'Autun.

18. *Jupiter et Antiope* de Jean Auguste Dominique Ingres (1780-1867), toile datée de 1851, aujourd'hui au Louvre.

19. Baudelaire fait sans doute allusion à l'œuvre intitulée *La Chapelle Sixtine* de Jean Auguste Dominique Ingres (1780-1867), peinte en 1814 et aujourd'hui à la National Gallery de Washington (une réplique se trouve au Louvre). La référence faite au *Concile de Trente* de Titien (Louvre) provient des Goncourt et semble aujourd'hui erronée. Ingres s'est en fait inspiré d'une œuvre de Tassi, conservée à l'époque au Palazzo Barberini (*L'Investiture de Taddeo Barberini par Urbin VII comme préfet de Rome*).

20. *Vénus Anadyomène* de Jean Auguste Dominique Ingres (1780-1867), toile peinte entre 1808 et 1848, aujourd'hui au musée Condé de Chantilly.

21. Le titre est erroné. Il s'agit de *Jupiter et Antiope* repris *supra*, note 18.

22. Baudelaire fait allusion à l'*Odalisque* de Jean Auguste Dominique Ingres (1780-1867), reprise sous le numéro 3351 du catalogue de l'Exposition universelle. Il s'agit en fait de la réplique de l'*Odalisque à l'esclave* de 1839, toile peinte en 1842 et aujourd'hui à la Walters Art Gallery de Baltimore.

23. *L'Apothéose de Napoléon Ier* de Jean Auguste Dominique Ingres (1780-1867), toile peinte en 1853 pour le plafond du salon de l'Empereur de l'Hôtel de Ville de Paris, détruite le 24 mai 1871. L'œuvre n'est connue que par une ébauche conservée à Paris au musée Carnavalet.

24. *Jeanne d'Arc au sacre du roi Charles VII, dans la cathédrale de Reims* de Jean Auguste Dominique Ingres (1780-1867), toile peinte en 1854, aujourd'hui au Louvre.

25. Baudelaire fait allusion au critique Étienne Jean Delécluze (1781-1863). Grand défenseur de David et de l'héritage néoclassique, hostile à Delacroix, Delécluze tiendra la critique d'art du *Journal des débats* de 1823 à sa mort.

26. Le texte de 1855 s'interrompt ici et ne reprend qu'après le court paragraphe qui suit le poème de Gautier. S'agit-il à nouveau

d'une coupure imposée par la rédaction du *Pays* ou d'un ajout ultérieur ?

27. Baudelaire cite le poème « Compensation » de Gautier, joint à *La Comédie de la Mort*. Outre quelques variations de ponctuations, Baudelaire a placé ici « dessin » pour « destin ». Peut-être l'erreur n'était-elle pas involontaire puisqu'elle s'inscrit parfaitement dans l'argumentation livrée à partir de l'œuvre de Delacroix. L'idée même de dessin éclatant renvoie au travail de la couleur que Baudelaire interprète comme une forme supérieure de dessin.

28. *Dante et Virgile* ou *La Barque de Dante* ou *Dante et Virgile aux Enfers* d'Eugène Delacroix (1799-1863), toile peinte en 1822, aujourd'hui au Louvre.

29. *La Justice de Trajan* d'Eugène Delacroix (1799-1863), toile exposée au Salon de 1840, aujourd'hui au musée des Beaux-Arts de Rouen.

30. *La Prise de Constantinople par les Croisés* d'Eugène Delacroix (1799-1863), toile présentée au Salon en 1840, aujourd'hui au Louvre.

31. Baudelaire fait ici allusion aux détournements pratiqués sur le mode parodique par les caricaturistes spécialisés dans les lectures « charivariques » des Salons. Le critique renvoie ainsi à ses propres productions et, notamment, au *Salon caricatural de 1846*.

32. *Le Doge Marino Faliero condamné à mort* d'Eugène Delacroix (1799-1863), toile peinte en 1826 et présentée au Salon l'année suivante. Elle est aujourd'hui conservée dans la Wallace Collection à Londres. Baudelaire cite en comparaison deux autres œuvres de Delacroix : *L'Empereur Justinien composant ses institutes*, toile peinte en 1826 pour la salle des Séances de la section de l'Intérieur du Conseil d'État, détruite lors de la Commune de Paris en 1851, ainsi que *Le Christ au jardin des Oliviers*, toile peinte en 1826 pour l'église Saint-Paul-Saint-Louis à Paris.

33. *L'Assassinat de l'évêque de Liège* d'Eugène Delacroix (1799-1863), toile peinte en 1827, aujourd'hui au musée des Beaux-Arts de Lyon.

34. *Scènes des massacres de Scio* d'Eugène Delacroix (1799-1863), toile peinte en 1823-1824, aujourd'hui au Louvre ; *Le Prisonnier de Chillon*, toile exposée au Salon de 1835, aujourd'hui au Louvre ; *Le Tasse en prison*, toile peinte vers 1830, exposée au Salon de 1839 et aujourd'hui dans la collection Reinhart à Winterthur ; *La Noce juive dans le Maroc*, toile peinte en 1839, exposée au Salon de 1841 et aujourd'hui au Louvre ; *Les Convulsionnaires de Tanger*, toile exposée au Salon de 1838, aujourd'hui à l'Institute of Arts de Minneapolis.

35. *Hamlet et les deux fossoyeurs* d'Eugène Delacroix (1799-1863), toile exposée au Salon en 1839 et aujourd'hui au Louvre.

36. *Les Adieux de Roméo et Juliette* d'Eugène Delacroix (1799-1863), toile exposée au Salon de 1846, aujourd'hui dans une collection particulière.

37. Baudelaire cite ici un vers de *Terza rima* de Théophile Gau-

tier qui, comme le passage précédent, appartient à *La Comédie de la Mort*. Baudelaire a changé les pronoms qui de « les » (en romain) deviennent *nous* (en italique).

38. Baudelaire fait allusion au rôle phare de Philibert Rouvière (1809-1865). Élève de Gros et ami de Delacroix, Rouvière avait exposé comme peintre aux Salons de 1831 et de 1837 ; en tant que comédien il connaîtra le succès dans le rôle d'Hamlet adapté par Dumas et Meurice et joué au Théâtre-Historique durant la saison 1846-1847. En 1856, Baudelaire lui consacrera la soixante et unième notice de la *Nouvelle Galerie des artistes dramatiques vivants* à laquelle il collabore. Le 28 octobre 1865, Baudelaire fournira la notice nécrologique de Rouvière pour *La Petite Revue*. Peu de temps auparavant, Manet avait réalisé un portrait de Rouvière dans le rôle d'Hamlet. À Baudelaire, le peintre avait précisé que plus que l'homme c'était l'idée même d'acteur tragique qu'il avait retenue en Rouvière (*LAB*, p. 238-239). Ce tableau est aujourd'hui conservé à la National Gallery de Washington.

39. *La Madeleine dans le désert* d'Eugène Delacroix (1799-1863), toile peinte en 1843, présentée et commentée par Baudelaire au Salon de 1845, aujourd'hui dans une collection particulière.

40. Le parallèle tracé entre Delacroix et Hugo résume un long développement du *Salon de 1846* (*OC* II, p. 430-432).

41. *Cléopâtre et le paysan* d'Eugène Delacroix (1799-1863), toile peinte en 1839, aujourd'hui à l'Auckland Memorial Art Center de Chapel Hill, en Caroline du Nord.

42. *Les Deux Foscari* d'Eugène Delacroix (1799-1863), toile peinte en 1855, aujourd'hui au musée Condé à Chantilly ; *Une famille arabe (la leçon d'équitation)*, peinte en 1854, aujourd'hui dans une collection privée, *La Chasse aux lions*, de 1855 ; aujourd'hui au musée des Beaux-Arts de Bordeaux et *La Tête de vieille femme*, dans une collection particulière.

43. Baudelaire se cite lui-même en reprenant la huitième strophe de son poème « Les Phares » qui paraîtra dans *Les Fleurs du mal* en 1857 (*OC* I, p. 850-852).

44. Comme Claude Pichois l'a signalé, il s'agit de la nouvelle *Les Souvenirs de M. Auguste Bedloe* tirée des *Histoires extraordinaires*.

L'ART PHILOSOPHIQUE

1. Marcel Ruff (préface à une partie des *Œuvres complètes* de Baudelaire, Le Club du Livre, 1955, II, p. 10-11) a rapproché cette formulation baudelairienne de celles de Schelling que Paul Grimblot avait reprises dans l'introduction de son *Système de l'idéalisme transcendantal* publié en 1842 chez Ladrange.

2. Dans son ouvrage, J. Mayne reproduit (*Painter of Modern Life*, pl. LIII) une gravure de cette composition à la localisation inconnue.

3. Rethel, né à Aix-la-Chapelle en 1816, était mort le 1er décembre 1859 à Düsseldorf. On sait (*OC* II, p. 1379) que Bau-

delaire chercha des informations utiles sur Rethel auprès de Nadar (*Cor* I, p. 575), qui semble ne rien connaître de l'artiste. *La Danse des morts de l'année 1848* avait paru dans *L'Illustration* du 28 juillet 1849 et sera reprise dans l'*Histoire de l'imagerie populaire* que Champfleury publiera chez Dentu en 1869. Ce dernier lui avait consacré un article dans la livraison de *L'Artiste* du 15 septembre 1849.

La Danse des morts de Rethel semble avoir hanté Baudelaire bien au-delà de la référence à l'art philosophique. Caressant le projet d'une collaboration de Rops, Baudelaire écrit au graveur namurois en date du 1er janvier 1866. Les bons vœux d'usage expédiés, il s'inquiète : « Qu'est devenue la *Danse macabre* ? » (*Cor* II, p. 562). Baudelaire pense-t-il à l'illustration de son poème (*OC* I, p. 96) ou au frontispice de ses *Épaves* ? La lettre adressée à Rops en date du 3 février suivant semble mener à la première solution puisque Baudelaire y invite le graveur à ne pas « négliger les *Fleurs* ». (*Cor* II, p. 582). L'illustration – dans le sens où l'entend Baudelaire – reviendra sous la plume du poète en date du 21 février. Après avoir invité Rops à réaliser « le frontispice et l'affiche des *Fleurs* » (*Cor* II, p. 616), il lui précise : « Il me semble qu'une jolie eau-forte (faisant allusion à *Danse macabre*, La Coquette maigre...) serait un très suffisant frontispice. Très effrayant, mais très pomponné, affreux, mais plein de coquetteries. » À propos du frontispice des *Épaves* dont la même lettre fait mention, Baudelaire appréciera l'*ingenium* de Rops qui est parvenu à dévoyer la botanique en symboles prémonitoires sans renoncer au thème de la danse de mort cher à Baudelaire depuis sa découverte de l'œuvre de Rethel. Voir F.-C. Legrand, 1986.

4. Voir J. Mayne, *Painter of Modern Life*, pls IL et L.

5. Dans le chapitre consacré au XVIe siècle de l'*Histoire de France* publiée chez Chamerot en 1855.

6. Paul Marc Joseph Chenavard (1807-1895), peintre représentatif de l'école de Lyon, a été un élève d'Ingres et de Delacroix. En 1846, Baudelaire le classait parmi les « douteurs » et en remarque *L'Enfer* dont il déplore néanmoins le manque de puissance chromatique (*OC* II, p. 478). Chenavard témoigne d'un esprit philosophique qui érige l'art en une démarche rigoureuse vouée à une mission civilisatrice. Voir J. C. Sloane, *Paul Marc Joseph Chenavard Artist of 1848*, Chapel Hill, University of North Carolina, 1962.

7. « Ils sont trop verts, dit-il, et bons pour des goujats ». La Fontaine, « Le Renard et les Raisins », III, 11.

8. Baudelaire fait allusion à deux œuvres qui ne sont pas à proprement parler des peintures. Il s'agit d'une esquisse (*Mirabeau apostrophant M. de Dreux-Brézé*) et d'un dessin (*La Convention votant la mort de Louis XVI*). Voir M. Marrinan, 1988.

9. Ledru-Rollin avait été ministre de l'Intérieur dans le gouvernement provisoire de 1848 avant d'être obligé de s'exiler.

10. Il s'agit en fait du *Calendrier d'une philosophie de l'histoire*. Voir J. Mayne, *Painter of Modern Life*, p. 212.

11. On trouvera dans le *Salon de 1859* un développement de ces propos de Chenavard que Baudelaire avait sans doute glanés au Divan Le Peletier ou à la Brasserie Adler.

12. Ledru-Rollin avait commandité à Chenavard la réalisation de la décoration intérieure du Panthéon. L'artiste avait envisagé de représenter la *Palingénésie universelle* dans un esprit marqué par les thèses d'Auguste Comte. Après le coup d'État de 1851 et la restitution du Panthéon à l'Église catholique, le projet sera abandonné. Voir M. Marrinan, 1988.

13. Louis Janmot (1814-1892) est une des figures majeures de l'école lyonnaise au XIXe siècle. Élève d'Ingres à Paris, il expose à partir de 1840. Baudelaire voit en lui un des principaux représentants de l'art philosophique. Il allie l'enseignement biblique à un besoin d'épuration nazaréen et à un sens de l'introspection douloureuse teinté de préraphaélisme. Voir E. Hardouin-Fugier, *Louis Janmot 1814-1892*, Lyon, Presses universitaires de Lyon, 1981.

14. *Le Poème de l'âme*, commencé vers 1846-1847, constitue le pendant de la *Palingénésie universelle* de Chenavard pour le Panthéon. Conçu comme une suite de trente-quatre tableaux, ce vaste ensemble sera accompagné d'un commentaire symbolique de la main même de Janmot lors de la présentation (Lyon, Passage du Saumon, 1854, et Paris, Exposition universelle, 1855) des seules dix-huit toiles exécutées. En 1881, une suite photographique sera réalisée et diffusée accompagnée d'un long poème de quatre mille vers faisant du *Poème de l'âme* un des antécédents du *Poème de l'extase* de Scriabine. La suite est aujourd'hui conservée au musée des Beaux-Arts de Lyon. Voir E. Hardouin-Fugier, *Le « Poème de l'âme ». Étude iconographique*, Lyon, Presses universitaires de Lyon, 1977.

SALON DE 1859

1. Le M*** de l'édition de 1868 cache en fait le nom du directeur de *La Revue française*, à savoir Jean Morel.

2. Il s'agit de l'Exposition universelle de 1855.

3. Charles Robert Leslie (1794-1859). Peintre d'histoire et portraitiste qui, après un séjour sur le continent en 1817, prend pour motifs des sujets tirés de l'actualité. Professeur à la Royal Academy (1848-1852) et ami de Constable à propos duquel il rédigera un ouvrage.

4. Baudelaire ne retient que deux des trois Hunt présents à l'Exposition de 1855. Le dernier mentionné est l'Anglais William Holman Hunt (1827-1900), cofondateur du premier cercle préraphaélite. Le premier Hunt mentionné comme un « naturaliste opiniâtre » est-il, comme l'entend Claude Pichois (*OC* II, p. 1385), l'Américain William Morris Hunt, élève de Couture et Millet et frère de l'architecte Richard Hunt ? Ou, restant dans le registre anglais auquel il comptait consacrer un article en 1855, ne s'agit-il pas plu-

tôt de William Henry Hunt (1790-1864) déjà remarqué par Gautier pour ses qualités d'observation et son sens de la représentation ?

5. Daniel Maclise (1806-1870), peintre d'histoire et portraitiste. Médaille d'or en 1829 et première exposition. Collabore au *Fraser's Magazine*. Membre de la Royal Academy à partir de 1840. En 1846 reçoit d'importantes commandes pour la décoration du nouveau Parlement à Westminster.

6. John Everett Millais (1829-1896). Après des débuts remarqués, rompt avec le milieu académique. Se lie à Ruskin. Fondateur, avec Hunt et Rossetti, de la Pre-Raphaelite Brotherhood en 1848. Peu à peu, Millais s'écartera du mouvement préraphaélite pour réintégrer les cercles officiels et académiques de l'Angleterre victorienne. Membre de la Royal Academy en 1853. Il en sera président en 1896.

7. John James Chalon (1778-1854). Membre de la Royal Academy à partir de 1846. Lithographe et peintre à succès pour ses paysages.

8. Sir Francis Grant (1810-1878). Peintre de scène de chasse puis portraitiste. Première exposition à la Royal Academy en 1834. Membre de la Royal Academy en 1851 et président en 1866.

9. James Clarke Hook (1819-1907). Peintre d'histoire, de marine et de genre. Membre de la Royal Academy en 1860.

10. Joseph Noel Paton (1821-1900). Peintre d'histoire, sculpteur, poète et archéologue. Première exposition en 1844 à la Scottish Academy. Sa peinture d'inspiration biblique et préraphaélite rencontrera un réel succès. Il jouira de l'appui de la reine Victoria qui, en 1866, le fera premier peintre de la reine pour le royaume d'Écosse.

11. George Catermole (1800-1868). Baudelaire fait référence à une suite de onze aquarelles représentant des scènes d'histoire religieuse.

12. Baudelaire fait référence à H.E. Kendall Junior et à ses compositions architecturales.

13. Baudelaire cite ici les deux principaux acteurs anglais du XIXe siècle.

14. Émile de Girardin n'est pas mort. En 1856, il a simplement renoncé à diriger *La Presse* qu'il reprendra en 1862.

15. Ernest Meissonier (1815-1891). Élève de Cogniet, Meissonier expose au Salon à partir de 1834 avec des scènes de genre. Son sens du détail, ses références à la peinture hollandaise du XVIIIe siècle et ses grandes fresques historiques feront de lui une référence à partir de 1855, où sa *Rixe* recueille un véritable triomphe. Le tableau, acquis par Napoléon III, sera offert à la famille royale anglaise. Meissonier sera un des principaux illustrateurs de l'épopée napoléonienne. Reconnu internationalement à l'instar d'un Horace Vernet, Meissonier est élu à l'Institut en 1861. Il conjugue, selon Baudelaire, l'aberration du détail photographique à l'horreur du système académique. À l'intérieur de celui-ci, Meissonier incarne cependant un esprit d'ouverture dont témoignera en

1890 la création, à son instigation, de la Société nationale des beaux-arts qui accueillera Gallé, Rodin, Sisley ou Renoir.

16. Jean Victor Bertin (1775-1842), élève de Valenciennes. Expose au Salon dès 1793. Principal représentant du paysage historique, il connaît un réel succès sous l'Empire et la Restauration. Bertin a été le professeur de Corot.

17. Crépet rapproche l'anecdote livrée par Baudelaire du récit de Diderot dans son *Essai sur la peinture*. Baudelaire ne conserve pas l'opposition entre le « portrait quotidien » et celui d'apparat plus abstrait. Il ne conserve que la nécessité d'inscrire le personnage dans son espace propre. À noter que celui-ci n'est pas soumis à l'éphémère dans le récit qu'offre Baudelaire. Au contraire, l'environnement place le personnage dans une continuité qui assure à l'instant sa permanence.

18. Référence au titre d'une comédie à chants en un acte de Joseph Bernard Rosier créée en 1849 au Gymnase dramatique. Brutus y est portier et César chien de garde.

19. Matthieu, XVII, 17.

20. Toile d'Ernest Seigneurgens (?-1904 ou 1905), élève d'Isabey. Expose au Salon entre 1844 et 1875.

21. Drame à succès de Kotzebue sous la Restauration et la monarchie de Juillet.

22. Toile du peintre d'histoire Joseph Gouezou (1821-1880), élève de Cogniet, dont le titre est emprunté au discours que Napoléon III prononça à Rennes le 20 août 1858.

23. Sculpture de Pierre Hébert (1804-1869) sur laquelle Baudelaire reviendra dans le chapitre consacré à la sculpture. La critique reprend celle formulée à propos de l'« art philosophique ». Ici, le discours philosophique et l'esprit démonstratif cèdent la place au culte du « rébus ». On trouve ainsi l'amorce de ce qu'aurait été la critique baudelairienne du symbolisme tel qu'un Khnopff ou un Séon le pratiqueront. Baudelaire rejette l'écart imposé entre le titre et l'image comme récit. Avant de rédiger son *Salon*, Baudelaire s'en était ouvert à Nadar dans une lettre datée du 16 mai 1859 : « Dans la sculpture, j'ai trouvé [...] quelque chose qu'on pourrait appeler de la *sculpture-vignette-romantique*, et qui est fort joli : une jeune fille et un squelette s'enlevant comme une Assomption, le squelette embrasse la fille. Il est vrai que le squelette est esquivé en partie et comme enveloppé d'un suaire sous lequel il se fait sentir. – Croiras-tu que *trois fois déjà j'ai lu, ligne par ligne*, tout le catalogue de la sculpture, et qu'il m'est impossible de trouver quoique ce soit qui ait rapport à cela ? Il faut vraiment que l'animal qui a fait ce joli morceau l'ait intitulé *Amour et gibelotte* ou tout autre titre à la *Compte-Calix*, pour qu'il me soit impossible de le trouver dans le livre » (*Cor* I, p. 578).

24. Toile de Briard.

25. La domination de la matière est seulement à prendre ici comme son élimination au bénéfice de l'idée, ainsi que le laissent penser certains paragraphes du fragment XV de *Fusées* (*OC* I,

p. 665-666) ? Il est possible que, dans la foulée de sa réflexion livrée à partir de l'œuvre de Delacroix, Baudelaire renverse la traditionnelle perspective platonicienne. L'opération s'inscrirait pleinement dans la remise en question du Beau universel. Dominer la matière apparaît déjà comme une des préoccupations centrales de la caricature, de la mode ou de l'eau-forte. Ici, une présence s'affirme dans le travail de la couleur tel que Delacroix l'impose et tel que Baudelaire l'interprète en forgeant une méthodologie de la perception musicale de la couleur. La « domination de la matière » affirme l'opacité d'une pratique qui lie la puissance de la sensation à la libération d'une pâte qui répondra aux inductions de la volonté. À l'exactitude du détail dans l'illusion d'une immatérialité de la vision, le jeune critique oppose la présence immédiate de la couleur comme matière. Celle-ci apparaît comme le support privilégié d'une volonté d'expression qui rejoint le projet défini à travers le poème en prose.

26. Référence à *Morella* des *Histoires extraordinaires* de Poe.

27. D'après Crépet, la première citation est tirée de *La Tour de Nesle* de Hugo et la seconde du chapitre consacré à Cazotte dans *Les Illuminés* de Nerval.

28. Baudelaire fait référence au développement des albums de voyage illustrés de photographies dont Maxime Du Camp fut l'instigateur avec son *Égypte, Nubie, Palestine et Syrie, Dessins photographiques recueillis pendant les années 1849, 1850 et 1851*, publié chez Gide et Baudry en 1852.

29. En cantonnant la photographie dans le registre des applications industrielles, Baudelaire entend tracer une claire ligne de partage qui distingue celle-ci des beaux-arts. Pour y parvenir, il doit répliquer aux arguments avancés, jusque dans les milieux officiels, par les défenseurs de la photographie. Avant tout, Baudelaire rejette l'idée que la photographie puisse être reconnue comme un art d'imitation ainsi que le proposait, en 1855, le *Compte rendu de la photographie à l'Exposition universelle*.

Baudelaire s'inscrit donc dans un contexte d'opposition à la photographie qui s'accompagne d'une revalorisation de la gravure. Ses arguments participent de ceux défendus en 1856 par la *Revue des Deux Mondes*. Baudelaire s'est-il inspiré de l'article d'Henri Delaborde intitulé « La photographie et la gravure » pour souligner le caractère pernicieux de la photographie comme « effigie brute de la réalité » ? L'attaque de Baudelaire porte-t-elle sur la photographie dans son résultat visible ou dans son principe ? Comment expliquer l'intérêt pris par Baudelaire à se faire photographier par Nadar, Carjat et Neyt sans chercher quelque incohérence dans ses propos ? Sans doute le poète s'oppose-t-il aux principes plus qu'aux œuvres. En attente de découvrir de quoi intégrer la photographie dans son esthétique personnelle, Baudelaire a sans doute voulu marquer son opposition à l'égard d'une évolution qui, sans discuter la nature de l'acte photographique, lui ouvrait peu à peu les portes du Salon. Ainsi, en 1859, la photographie fait-elle irruption, en marge des beaux-arts, mais à l'intérieur du même bâtiment. C'est contre ce qui dut lui apparaître comme une tentative d'invasion de fait que Baudelaire s'insurge ici.

30. Baudelaire fait allusion à son voyage de retour vers Honfleur où il rédigera le texte de ce *Salon.*

31. Alexandre Dumas rendra compte du Salon de 1859 dans les livraisons du 23 avril et des 4, 6, 9 et 19 mai. L'ensemble sera repris ensuite en volume sous le titre : *L'Art et les artistes contemporains au Salon de 1859*. Plus loin, Baudelaire fait allusion au fait, notoire, que Dumas utilisait des nègres. Claude Pichois a montré (*OC* II, p. 1392) que l'information de Baudelaire quant au contenu de la critique de Dumas devait être de seconde main.

32. Achille Devéria (1800-1857), élève de Girodet, s'est surtout imposé comme illustrateur des écrivains de l'école romantique. Son œuvre gravé, aux accents galants, retiendra l'attention de Baudelaire pour l'élaboration de son *Peintre de la vie moderne.*

33. Louis Boulanger (1806-1867), élève du précédent et de Guillon Lethière. Ami et peintre de Victor Hugo, Boulanger est peintre et poète. Lithographe, il se distinguera comme illustrateur.

34. Hippolyte Poterlet (1803-1835). Ami très proche de Delacroix avec lequel il se rend à Londres en 1825. Réalisera peu d'œuvres, mais semble avoir exercé une influence déterminante sur Delacroix et Bonington.

35. Richard Parkes Bonington (1801-1828). Peintre anglais installé à Paris. Élève de Gros, quitte rapidement l'académie. Ami de Delacroix, s'illustre dans le domaine de l'aquarelle. Expose ses premiers paysages au Salon de 1822. Médaille d'or au Salon de 1824. Séjour en Angleterre avec Delacroix en 1825 où il s'adonne à une veine médiévale inspirée par Walter Scott. Séjour en Italie en 1826. Bonington, mort jeune, reste néanmoins l'une des figures centrales de l'école romantique.

36. Baudelaire fait sans doute allusion à Delacroix, dont il tire l'essentiel de son argumentation.

37. Ouvrage de Mrs Crowe (v. 1800-1876) publié en 1848, à Londres. Ce livre, nourri de surnaturel, connaîtra un réel succès au début des années 1850. Baudelaire l'avait sans doute lu alors qu'il préparait son étude relative à Poe.

38. Horace, *Odes*, III, 3, v. 8.

39. Alphonse Legros (1837-1911). Débute au Salon en 1857. Expose *L'Angélus* au Salon de 1859 (collection particulière). En 1862, Legros réalisera une réplique du portrait de Baudelaire par Courbet. Membre de la Société des aquafortistes en 1862. Après avoir pris part au Salon des Refusés en 1863, il émigrera définitivement en Angleterre.

40. Amand Gautier (1825-1894), élève de Cogniet. Expose au Salon à partir de 1853. Membre du groupe réaliste réuni autour de Courbet à la brasserie Adler. La toile qu'il expose en 1859 (*Sœurs de charité*) rend compte d'un genre dont il passera maître.

41. Stendhal, selon Claude Pichois.

42. La mention de Baudelaire fait référence au développement de *L'Art philosophique.*

43. *L'Annonciation*, huile sur toile peinte en 1841, aujourd'hui dans une collection particulière.

44. *Le Christ aux oliviers*, peinture commandée en 1824 pour l'église Saint-Paul-Saint-Louis, à Paris, et qui sera présentée au Salon de 1827.

45. Dans ce paragraphe, Baudelaire cite à deux reprises le *Salon de 1822* de Thiers.

46. *La Mise au tombeau*, toile peinte en 1848 et aujourd'hui au Museum of Fine Arts de Boston.

47. Baudelaire fait sans doute allusion à une version de 1857 de *Saint-Sébastien secouru par les saintes femmes.* La première version de ce thème, aujourd'hui dans l'église paroissiale de Nantua, avait été exposée avec succès au Salon de 1836.

48. *La Montée au calvaire* exposée en 1859 est un projet en vue d'une peinture murale à réaliser dans la chapelle des fonts baptismaux de Saint-Sulpice dont la destination sera ensuite changée. L'œuvre, sévèrement critiquée à l'occasion du Salon de 1859, est aujourd'hui conservée au Musée municipal de Metz.

49. La phrase mentionnée entre guillemets est de Delacroix lui-même. Elle est reprise au catalogue du Salon et devait, théoriquement, interdire toute critique du caractère inachevé de l'œuvre.

50. *Ovide en exil chez les Scythes*, toile peinte en 1859 et aujourd'hui à la National Gallery de Londres, reprend le motif de l'un des pendentifs réalisés en 1846-1847 pour la bibliothèque du Palais-Bourbon.

51. Baudelaire emprunte le passage en italique à l'épilogue d'*Atala* de Chateaubriand.

52. Delacroix semble avoir été touché par le développement que livre ici Baudelaire. Une lettre datée du 27 juin 1859 devait exprimer la gratitude du peintre qui y déclarait : « Vous me traitez comme on traite les *grands morts* ; vous me faites rougir tout en me plaisant beaucoup ; nous sommes faits comme cela » (*LAB*, p. 116-117).

53. D'après Crepet, l'expression qui vise les auteurs pédants aurait été empruntée à Nadar.

54. Dezobry est l'auteur de *Rome d'Auguste* (1835) ; l'abbé Barthelémy du *Voyage du jeune Anacharsis* (1788).

55. Toile de Jean-Louis Hamon (1821-1874), élève de Delaroche et de Gleyre, présentée au Salon de 1853, achetée par l'Impératrice et détruite en 1870. Hamon avait été protégé par Ingres. Il exposait au Salon depuis 1847. Sa peinture de genre rencontrera le succès tant auprès du public que dans les milieux officiels.

56. Ensemble de six panneaux décoratifs présenté par le sculpteur Tony Antoine Étex.

57. Allusion aux *Whims and Oddities* de 1826. Il semble que ce passage soit une reprise de notes composées pour l'étude générale relative à la caricature. Voir M. Gilman, « Baudelaire and Thomas

Hood », *The Romanic Review*, XXVI, juillet-septembre 1935, p. 240-244.

58. *Sty* signifiant « orgelet ».

59. *Le Vieux-Neuf. Histoire ancienne des inventions et découvertes modernes*, Dentu, 1859, 2 vol.

60. Jean Léon Gérôme (1824-1904). Élève de Delaroche. Peintre et sculpteur qui débute au Salon de 1847 avec *Combat de coqs*. S'illustrera d'abord dans une veine antiquisante avant de devenir l'une des figures majeures de l'orientalisme. En 1855, il est récompensé pour de vastes compositions représentant *Le Siècle d'Auguste* et *La Naissance du Christ*. Personnalité centrale de l'académisme français au XIXe siècle. Le succès de Gérôme reposera aussi sur une réelle stratégie de commercialisation. Beau-fils de l'éditeur Goupil, Gérôme diffusera son œuvre par la gravure et la photographie. Il est significatif que la présente référence soit la seule allusion faite par Baudelaire à l'œuvre de Gérôme.

61. *Combat de coqs*, toile présentée au Salon de 1847, aujourd'hui au Louvre.

62. *Le Siècle d'Auguste*, toile exposée en 1855 lors de l'Exposition universelle, aujourd'hui au musée de Picardie, à Amiens.

63. Baudelaire fait allusion à *Ave, Cesar imperator, morituri te salutant*, œuvre de Gérôme exposée en 1859 et aujourd'hui conservée dans une collection particulière américaine. Cette veine antiquisante, détachée de toute idée de maintien d'un idéal classique, constitue un des premiers jalons d'un exotisme historique qui, au-delà de l'œuvre fin de siècle d'un Alma Tadema, ouvrira la voie au style péplum qui triomphera au cinéma avec un Cecil B. De Mille.

64. Sous la monarchie de Juillet, l'expression *les Ventrus* désigne les députés du juste milieu.

65. *Le Roi Candaule*, toile exposée en 1859 et aujourd'hui dans une collection particulière américaine.

66. Pierre Antoine Baudouin (1723-1769), élève et beau-fils de Boucher, qui s'est illustré dans un style libertin ; Gabriel Briard (1729-1777), élève de Natoire. Prix de Rome en 1749. Réalisera, à côté de son œuvre peint, de nombreux ensembles décoratifs.

67. Baudelaire fait sans doute allusion à une autre œuvre de Gérôme exposée en 1859, *Mort de César*, aujourd'hui dans une collection particulière.

68. Horace Vernet (1789-1863), fils de Carle et petit-fils de Moreau le Jeune, beau-père de Delaroche. Présent au Salon à partir de 1810. Membre de l'Académie des beaux-arts en 1826 et directeur de l'Académie de France à Rome de 1829 à 1835. Sous la monarchie de Juillet, des œuvres comme *La Prise de la smalah d'Abd-el-Kader à Taguin* (1845) valent à Vernet une immense popularité. Ce succès lui vaudra une haine tenace de Baudelaire qui, inlassablement, s'attaquera à cette peinture académique dans laquelle il voit une illustration du juste milieu en tout.

69. Isidore Alexandre Augustin Pils (1813-1875). Premier grand

prix de Rome en 1838. En 1859, Pils sera remarqué pour son *Défilé de zouaves dans la tranchée (siège de Sébastopol).*

70. Nicolas Charlet (1792-1845). Baudelaire s'était déjà attaché à l'œuvre de Charlet dans son essai consacré à *Quelques Caricaturistes français*. Élève de Gros. L'artiste, dessinateur et lithographe remarqué, très attaché à la tradition bonapartiste, se distinguera comme l'un des plus sévères critiques de la Restauration dont il critique les mœurs. Son humour et son œuvre inspireront Raffet. Auguste Raffet (1804-1860). Décorateur de porcelaine chez Cabanel. Élève de Charlet puis de Gros. Peintre de bataille, graveur et lithographe, Raffet se consacre à des sujets populaires qu'il traite avec humour, à des recueils historiques qu'il illustre ou à des récits de voyage qu'il compose avec une précision du détail qui témoigne de sa maîtrise du dessin d'observation.

71. Œuvre conservée au musée des Beaux-Arts de Quimper.

72. La Fontaine, « Le Lion abattu par l'homme » (*Fables*, III, 10).

73. Allusion à l'ouvrage d'Alexandre Dumas, *L'Art et les artistes contemporains au Salon de 1859.* Au même moment, les armées franco-piémontaises remportaient les victoires de Magenta et de Solferino.

74. *Victoires, conquêtes, désastres, revers et guerres civiles des Français de 1792 à 1815*, série de trente volumes rédigée par une « société de militaires et de gens de lettres » et publiée par C.L.F. Pandckoucke en 1817. L'ouvrage, souvent réédité et copié, s'était enrichi en 1819 d'un album de planches.

75. François Germain Léopold Tabar (1818-1869), élève de Delaroche. Exposera trois œuvres en 1859 dont, à côté de celle citée ici, *Guerre de Crimée, attaque d'avant-poste,* commandée par l'État.

76. Eugène Lami (1800-1890), élève d'Horace Vernet et de Gros. Présent au Salon depuis 1824, Lami s'est imposé comme un des peintres des événements majeurs de la monarchie de Juillet. À côté de l'œuvre officielle, Lami s'illustrera par des prises de croquis sur le vif qui enchantent ici Baudelaire. Ce dernier y voit un « peintre de mœurs » dont la recherche anticipe celle menée plus tard par Constantin Guys.

77. Charles Chaplin (1825-1891), élève de Drolling. Paysagiste et portraitiste qui rencontera le succès en adoptant une vaine gracieuse et mièvre. Expose *L'Astronomie, La Poésie* et *Diane.*

78. Célestin Nanteuil-Lebœuf, dit Célestin Nanteuil (1813-1873), élève de Langlois et d'Ingres. Très vite reconnu pour ses vignettes et eaux-fortes. Expose au Salon à partir de 1833. Illustrera Dumas, Gautier, Hugo, Nerval. Nanteuil sera l'illustrateur du Cénacle. En 1859, il expose *Séduction* et *Perdition,* aujourd'hui au musée des Beaux-Arts de Dijon.

79. Henri Charles Antoine Baron (1816-1885), élève de Gigoux, débutera au Salon de 1840. En 1859, présente des œuvres inspirées d'un long séjour en Italie, dont *Entrée d'un cabaret vénitien où les maîtres peintres allaient fêter leur patron saint Luc,* dont Baudelaire parle plus loin.

80. Tableau peint en Italie où séjourne Jean-Baptiste Clésinger

(1814-1883), sculpteur et peintre remarqué en 1847 avec sa *Femme piquée par un serpent.* Au même Salon, Clésinger avait présenté un moulage et une sculpture en buste de Mme Sabatier. En 1859, Clésinger présente huit sculptures et trois peintures dont *Ève dans le paradis terrestre est tentée pendant son sommeil.*

81. Antoine Auguste Ernest Hébert (1817-1908), élève de David d'Angers et de Delaroche, premier grand prix de Rome en 1839. Expose cette même année au Salon son *Tasse en prison*, aujourd'hui au musée de Grenoble. Le second tableau auquel Baudelaire fait allusion est *L'Almée*, exposée en 1849. En 1859, Hébert présente *Rosa nera à la Fontaine*, qui entrera dans les collections impériales, un *Portrait de la marquise de L.* et *Les Cervarolles*, aujourd'hui au Louvre.

82. Paul Baudry (1828-1886) expose en 1859 *Guillemette, étude*, deux études ainsi que *La Madeleine pénitente*, aujourd'hui au musée des Beaux-Arts de Nantes, et *La Toilette de Vénus*, aujourd'hui au musée des Beaux-Arts de Bordeaux. *La Vestale*, aujourd'hui au musée des Beaux-Arts de Lille, avait été présentée deux ans auparavant au Salon.

83. Narcisse Virgile Diaz de la Peña (1807-1876), après des débuts dans l'artisanat de la porcelaine, expose au Salon de 1831. Remarqué dans les années 1840 pour ses sujets orientaux, ses allégories et ses paysages, son succès s'épuisera dans la décennie qui suit. Diaz influencera quelque peu les débuts de Monticelli, Fantin-Latour et Renoir. Au Salon de 1859, il est particulièrement représenté avec une dizaine d'œuvres.

84. Alexandre Bida (1823-1889), élève de Delacroix, présente trois œuvres au Salon de 1859. Aux deux citées dans le texte de Baudelaire s'ajoutait *La Prière.*

85. François Nicolas Chifflart (1825-1901), élève de Cogniet, premier prix de Rome pour la peinture d'histoire en 1851. Expose en 1859 deux toiles et deux dessins inspirés par Faust : *Faust au combat* et *Faust au sabbat.*

86. Scheffer est mort en 1858.

87. Seule allusion à l'œuvre peint d'Eugène Fromentin (1820-1876). Son œuvre orientaliste présentée en 1859 (*Bateleurs nègres dans les tribus, Lisière d'oasis pendant le sirocco, Souvenirs de l'Algérie, Audience chez khakifat (Sahara)* et *Une rue à El-Aghouat*) soulèvera l'enthousiasme du public et de la critique ; Gautier lui consacrera un feuilleton dans *Le Moniteur.* La peinture orientaliste prend chez Fromentin une signification qu'éclaire l'œuvre littéraire. Après *Un été dans le Sahara* publié par Michel Lévy en 1857, Fromentin présente, parallèlement au Salon, *Une année dans le Sahel* chez le même éditeur. *Une rue à El-Aghouat* offre à Baudelaire le prétexte d'un développement qui fait écho à son propre *De profundis clamavi.*

88. En 1845, George Catlin (1796-1872) présentait à Paris ses Indiens qui seront amenés au roi le 21 avril et qui danseront pour lui dans la galerie de la Paix aux Tuileries. Une toile de Karl Girardet, présentée au Salon de 1846, immortalisera l'événement. Installés au Valentino, les Indiens de Catlin connaîtront un grand

succès auprès du public et des écrivains qui, à l'instar de Gautier ou de Nerval, s'enthousiasmeront. Catlin, peintre, attirera l'attention de Delacroix et exposera deux « peintures indiennes » au Salon de 1846.

89. Joseph Liès (1821-1865), élève de De Keyser et de Leys. Peintre belge dont les œuvres présentées en 1855 étaient la propriété du grand collectionneur bruxellois Couteaux auquel Baudelaire s'intéressera lors de son séjour en Belgique. En 1859, Liès présente *Les Maux de la guerre*, aujourd'hui aux Musées royaux des Beaux-Arts de Belgique.

90. Henry Leys (1815-1869), peintre d'histoire et de genre. Après un voyage en Allemagne (1852), Leys adopte un style austère et dépouillé inspiré des nazaréens. Attaché à la tradition flamande, il initie un retour au style du XVIe siècle. À côté d'une scène de *Faust, Les Trentaines de Bertal de Haze,* présentée en 1855, témoignait de ce courant prérubéniste. Baudelaire verra plusieurs œuvres de Leys lors de son séjour en Belgique.

91. La description de Baudelaire s'anime de l'esprit de *Danse macabre* qui, au-delà du poème de Baudelaire, revisite aussi les eaux-fortes de Rops ainsi que *La Danse des morts de l'année 1848* de Rethel (voir *supra*). C'est dans ce contexte qu'apparaît ensuite l'allusion aux *Misères de la guerre* de Jacques Callot.

92. Octave Penguilly L'Haridon (1811-1870). Polytechnicien et artilleur jusqu'en 1866, Penguilly mènera une carrière parallèle de peintre qu'il entame sous la direction de Charlet, le spécialiste de la peinture militaire sous Napoléon III. Il présente ses premiers dessins au Salon de 1835 et ses premières toiles à celui de 1842. Sa présentation au Salon de 1859 est particulièrement fournie dans des registres qui vont du *Train d'artillerie du temps de Louis XIII, en marche vers la fin du jour* à une *Petite danse macabre : la mort, dans une ronde symbolique, entraîne les quatre âges de la vie humaine* en passant par une plage de Saint-Malo ou la plaine de Carnac avec ses menhirs. En 1858-1860, dépité de devoir supporter Bracquemont, Baudelaire regrettera de n'avoir pas demandé à Penguilly le frontispice pour la deuxième édition de ses *Fleurs du mal.*

93. Molière, *Le Misanthrope* (I, III). Pour respecter Molière, il faut substituer l'adjectif *méchant* à *mauvais* retenu par Baudelaire. Ce dernier vise ici le journal *Le Siècle* qui avait attaqué l'œuvre de Penguilly jugée d'une « uniformité fatigante ».

94. *Les Petites Mouettes* de Penguilly sont aujourd'hui conservées au musée des Beaux-Arts de Rennes.

95. Baudelaire fait allusion au fait qu'une salle avait été réservée aux artistes anglais qui n'avaient pas fait leurs envois dans les délais.

96. Frederick Leighton (1830-1896). Figure majeure de la peinture victorienne, Leighton expose en 1859 le tableau qui retient l'attention de Baudelaire ainsi qu'une aquarelle intitulée *Danse de nègres à Alger.*

97. Jean-Marc Baud (1828-1870), peintre genevois qui travaille sur émail et à l'huile. Expose en 1859 trois émaux dont l'un inspiré

d'une œuvre de Gleyre et un autre du Dominiquin. Sera conservateur du musée de Nice.

98. Baudelaire fait allusion au fait qu'Ingres n'expose pas en 1859.

99. Eugène Emmanuel Pinieu-Duval, dit Amaury-Duval (1808-1885), élève d'Ingres qui partage avec Flandrin un goût pour le dépouillement ascétique de la peinture nazaréenne. S'illustrera dans le domaine du portrait et dans la décoration d'église (Saint-Merry ; Saint-Germain-l'Auxerrois). Il publiera en 1878 ses souvenirs intitulés *L'Atelier d'Ingres.*

100. Henri Lehmann (1814-1882), élève d'Ingres. Expose au Salon dès 1835 et devient membre de l'Institut en 1864. Figure de l'académisme, Lehmann réalisera de grands ensembles officiels comme la frise de la galerie des Fêtes de l'Hôtel de Ville de Paris ou la décoration des deux hémicycles de la salle du Trône du palais du Luxembourg.

101. Baudelaire critique l'aspiration intellectualiste de Chenavard dans *L'Art philosophique.*

102. François Bonvin (1817-1887). Autodidacte. Première présentation en 1848. S'inscrit dans l'école réaliste tout en conservant l'estime de Baudelaire.

103. François Joseph Heim (1787-1865). Au Salon de 1859, expose une série de soixante-quatre dessins représentant les membres de l'Institut en habit d'académicien.

104. Pour Chaplin, voir *supra* note 77. Faustin Besson (1821-1882) expose en 1859 quatre portraits dont deux de comédiennes : Mme Favart et Mlle Devienne, toutes deux de la Comédie-Française.

105. Gustave Ricard (1823-1873) expose ses premiers portraits au Salon de 1850. Baudelaire rencontre Ricard chez Mme Sabatier dont le peintre avait réalisé le portrait en 1850.

106. Auguste Anastasi (1820-1889), élève de Delacroix, Corot et Delaroche ; Charles Le Roux (1814-1895), élève de Corot ; Jules Breton (1827-1906), élève de Drolling ; Léon Belly (1827-?), élève de Troyon, présente en 1859 des paysages peints en Égypte ; Antoine Chintreuil (1816-1873), élève de Corot.

107. Charles François Daubigny (1817-1878), élève de Delaroche. Engagé par Granet pour l'atelier de restauration du Louvre. Débuts au Salon en 1838. Exposera des gravures en 1841 et 1845. Membre de la Société des aquafortistes dès 1862. Les paysages de Daubigny rencontreront un certain succès à partir de 1844. L'artiste tire parti de sa fréquentation des artistes anglais. Le Salon de 1857 sera l'occasion d'une reconnaissance officielle. Reçoit la commande de la décoration de l'escalier des salons du ministère d'État au Louvre. Vivra sur une péniche qui lui permettra de sillonner les campagnes. Figure majeure de l'histoire du paysage en France et de la représentation des campagnes.

108. Jean-François Millet (1814-1875), élève de Delaroche. Fera divers travaux pour subvenir à ses besoins. Ses relations avec le monde institutionnel et académique seront orageuses. Après de

nombreux déboires, il revient à Paris en 1842. Sa participation au Salon de 1847 lui vaudra les foudres de la critique. Retiré à Barbizon, l'artiste s'attache au monde paysan dont il exalte la grandeur humble. Gautier le défendra. Expose en 1859 *Femme faisant paître sa vache*, aujourd'hui au musée de Bourg-en-Bresse. Une autre œuvre intitulée *La Mort et le bûcheron* sera refusée.

109. Constant Troyon (1810-1865). Employé de la manufacture de Sèvres. Expose au Salon à partir de 1833. Lié à Rousseau, Flers, Diaz, Huet, Dupré, Troyon cherche son inspiration dans la nature. Des Hollandais, il tire la conception d'un paysage animé par une présence animale. Sa participation au Salon de 1859 sera récompensée d'une médaille de première classe.

110. Théodore Rousseau (1812-1867). Autodidacte qui expose pour la première fois au Salon de 1834. Régulièrement rejeté par le jury à partir de 1836, Rousseau cessera ses envois jusqu'en 1849. Soutenu par Thoré, il jouit d'un début de reconnaissance.

111. Jean-Baptiste Corot (1794-1875), élève de Michallon et de Bertin. Expose au Salon à partir de 1827. Figure centrale du développement du paysage en France au XIXe siècle, Baudelaire s'est très tôt intéressé à l'œuvre de Corot dont il souligne à la fois la liberté d'inspiration et le sens, classique, de l'harmonie. À propos de Corot, voir *Corot*, Galerie nationale du Grand Palais, 1996.

112. Eugène Lavieille (1820-1889), élève de Corot. Travaille dans la région de Barbizon. Ami d'Asselineau par lequel il fait la connaissance de Baudelaire. Ce dernier le recommandera à des directeurs de revue. L'éloge que lui dresse le poète prend sans doute pour prétexte une des cinq œuvres exposées : *Le Hameau de Buchez, route de La Ferté-Milon à Longpont (Aisne).*

113. Paul Huet (1804-1869), élève de Guérin et de Gros. Expose au Salon à partir de 1827. Principal représentant du paysage romantique. Après avoir été refusé au Salon de 1845, il présentera quinze paysages à celui de 1859.

114. Louis Jadin (1805-1882), élève de Pujol, Huet, Bonington et Decamps. Ami de Dumas, qu'il accompagnera lors de différents voyages. D'abord peintre de chasse et de natures mortes avant d'embrasser le paysage.

115. Une variante proposait *fuit* à la place de *fait*. La version initiale portait *fuit* et Baudelaire ne semble pas avoir corrigé ce qui pourrait être pris pour une erreur. Si *fait* relève bien de l'idée que Baudelaire se fait du paysage en tant que tel, *fuit* trouve son sens dans l'état du paysage tel qu'il apparaît au fil des pages du *Salon de 1859*. La question, longuement débattue, reste ouverte.

116. Eugène Boudin (1824-1898). Peint à Honfleur non loin de la Maison-Joujou où Baudelaire s'est retiré pour composer son ouvrage. En 1859, Boudin n'expose qu'une seule œuvre, *Le Pardon de Sainte-Anne-Palud au fond de la baie de Douarnenez*. Baudelaire a transformé le titre pour faire du lieu une sainte à laquelle serait dédiée le pardon. L'œuvre est aujourd'hui au musée des Beaux-Arts du Havre. Le développement que Baudelaire livre ici est intéressant. Il lie le travail de Boudin à un désir de coller au plus près à la

sensation atmosphérique du paysage. Pourtant, la représentation ouvre la porte à l'imagination qui viendra s'emparer des formes pour en évoquer de nouvelles, elles-mêmes chargées d'une nouvelle signification. On découvre ainsi un enchaînement qui va de l'impression à l'expression à partir de cet argument romantique qu'est la forme des nuages.

117. Charles Meryon (1821-1868), peintre, graveur et, parallèlement, officier de marine. Baudelaire semble avoir découvert Meryon en 1859. Il s'enthousiasme pour les vues de Paris de ces représentations qu'il croit possédées d'un « délire mystérieux ». En février 1860, Baudelaire acceptera de rédiger un texte pour l'album des vues de Paris que Delâtre prépare. Le caractère indomptable du graveur rendra le projet impossible. Baudelaire le regrettera vivement. Sans doute trouve-t-on la trace de ce qu'aurait été ce texte dans la correspondance. Après avoir adressé à sa mère l'ensemble des planches (il en a reçu trois jeux complets en paiement du texte envisagé), Baudelaire les lui décrit en date du 4 mars 1860 : « La première fois que je vis cela, je jugeai que cet homme avait du génie. Il sort de Charenton et il n'est pas guéri. Je lui ai promis de rédiger un texte pour ses gravures [...]. Tu te trompes en appelant cela le *vieux Paris.* Ce sont des points de vue poétiques de Paris, tel qu'il était avant les immenses démolitions et toutes les réparations ordonnées par l'Empereur » (*Cor* II, p. 4). Malgré le caractère de Meryon, Baudelaire sera, avec Gautier et Mantz, un des rares défenseurs de son œuvre sur laquelle il reviendra à propos des aquafortistes.

118. Formule empruntée aux *Fantaisies* de Gautier.

119. V. Hugo, « À l'Arc de triomphe », in *Les Voix intérieures.*

120. Eduard Hildebrandt (1818-1869). Artiste né à Dantzig. Paysagiste spécialisé dans les contrées septentrionales. En 1859, expose à côté de deux peintures une suite de trente-six aquarelles représentant le cap Nord, la Suède et la Norvège.

121. Allusion à *Séraphita* de Balzac.

122. Le 13 décembre 1859, Baudelaire adressera une longue page de ce *Salon* en copie autographe à Hugo, alors en exil à Guernesey, comprenant le passage sur Meryon et l'hommage à Hugo (*Cor* I, p. 627-629). Ce dernier lui répondra tardivement pour le remercier de ce témoignage d'estime. Dans cette lettre (*LAB*, p. 191), Hugo témoignera aussi de son intérêt pour l'œuvre de Meryon. Baudelaire adressera au graveur une copie du passage qui le concernait (*Cor* II, p. 43).

123. Pichois rapproche ce passage de l'*Oraison funèbre de Henriette d'Angleterre* de Bossuet qui parle du cadavre comme d'un « je-ne-sais-quoi qui n'a plus de nom dans aucune langue ».

124. Lucrèce, *De natura rerum*, II, 79.

125. Ce prologue affirme la sculpture comme un des éléments centraux d'une poétique du Sublime à laquelle Baudelaire lie, en 1859, un sens affirmé pour le monumental. Contrairement à ce que laisse entendre Pichois (*OC* II, p. 1410), il ne réoriente pas sa critique de la sculpture jugée ennuyeuse en 1846. Le critique a seulement trouvé sa formulation de ce que devrait être la sculpture

moderne sans renoncer à sa critique antérieure du « brutal positivisme » d'une sculpture trop ancrée dans l'illusion mimétique. Cette valorisation de la sculpture est liée à l'ancrage croissant de l'esthétique baudelairienne dans la caricature et dans la mode. La sculpture partage avec ces deux domaines une destinée urbaine que Baudelaire affirmera plus tard en en faisant un signe chargé de sens dans l'espace atomisé de la cité offerte au flâneur. Là, la sculpture découvrira sa spiritualité héroïque. La pensée de Baudelaire en matière de sculpture échappe aux schémas un peu simplistes développés par W. Drost (1994).

126. Voir *supra* note 88.

127. Louis Julien, dit Jules, Franceschi (1825-1893), élève de Rude. Son *Andromède* exposée en 1859 est un marbre. L'œuvre est reproduite dans *La Gazette des Beaux-Arts* en 1859.

128. Voir *supra* note 80. En 1859, Clésinger expose huit sculptures. Outre des bustes, deux marbres prenant Sapho pour sujet (*Jeunesse de Sapho* et *Sapho terminant son dernier chant*) et un *Taureau romain*.

129. Juste Becquet (1829-1907), élève de Rude. Expose au Salon à partir de 1853.

130. Plâtre signé Jean-Baptiste Baujault (1828-1899).

131. *Épisode du Déluge universel* (groupe en marbre) et *Scène du massacre des Innocents* (groupe en marbre) sont des œuvres de Stefano Butti. Il semble que la mémoire de Baudelaire se soit ici égarée.

132. Curtius avait créé deux musées de cire.

133. À propos de l'usage du mot « pointu », voir *supra* note 53.

134. Emmanuel Frémiet (1824-1910), élève de Rude. En 1859, Frémiet présente sept statuettes en bronze et en plâtre, partie d'une « collection des différentes armes de l'armée française, commandée par ordre de S.M. l'Empereur ». Dans sa critique de l'œuvre de Frémiet, Baudelaire fait preuve d'une certaine raideur. Il ne partage pas le sens de l'humour de l'auteur de l'*Orang-outang entraînant une femme au fond des bois*, même s'il en démasque l'hypocrisie morale. Face au *Cheval de saltimbanque*, il témoigne d'un sens de l'explicite surprenant, cherchant nécessairement une utilité aux motifs iconographiques assemblés. Le critique, comme en témoignait déjà *L'Art philosophique*, semble prisonnier de son sens de l'allégorie qui n'autorise aucun décallage entre le sujet représenté et la signification qui doit y être inscrite.

135. Albert Ernst Carrier de Belleuse, dit Carrier-Belleuse (1824-1887). Élève de David d'Angers, il ne sera reconnu comme une figure majeure de la sculpture française qu'à partir de 1861. En 1859, il expose *Jupiter et Hébé*, *La Mort du général Desaix*, un buste en plâtre de Desaix, un buste de Vestale, une terre cuite et deux bustes.

136. Alexandra Oliva (1823-1890), élève de Delestre. Présente en 1859 une série de bustes.

137. Pierre Bernard Prouha (1822-1888), élève de Ramey, Dumont et Toussaint. Expose en 1859, entre autres, *La Muse de l'inspiration*, commande du ministère d'État pour la cour du Louvre.

138. Voir *supra* note 23.

139. Jean-Louis Commerson (1802-1879), fondateur du *Tintamarre* auquel il collabore sous le pseudonyme de Citrouillard. Auteur des *Pensées d'un emballeur* qui se lit comme un traité du calembour. Par opposition, Paul de Kock est un auteur que Baudelaire juge prétentieux dans son canevas de « Lettre d'un atrabiliaire » (*OC* I, p. 781).

140. Ernest Christophe (1827-1892), élève de Rude. La statue sur laquelle Baudelaire s'arrête – et qui n'est pas présentée au Salon de 1859 où Christophe n'expose pas ! – inspirera au poète son morceau « Le Masque ». Christophe, comme Baudelaire, fréquente le salon de Mme Sabatier.

141. Baudelaire cite ici un premier vers de « Danse macabre » auquel succédera un large fragment du poème.

142. Il s'agit de David d'Angers, mort en 1856.

143. Dès le prologue de ce chapitre, la figure du silence, le doigt posé sur la bouche, évoque la présence d'Auguste Préault (1810-1879). Élève de David d'Angers et de Moine, Préault puise son inspiration de Michel-Ange et du baroque. Son univers romantique tourmenté se formule dans des termes assez proches de ce que Drost (1959) qualifie chez Baudelaire de « néo-baroque ».

144. « Entre toutes les différentes expressions qui peuvent rendre une seule de nos pensées, il n'y en a qu'une qui soit la bonne » (La Bruyère, *Les Caractères*).

LE PEINTRE DE LA VIE MODERNE

1. Baudelaire fait référence aux gravures de Pierre La Mésangère (1761-1831) qui illustrent le *Journal des dames et des modes*. Baudelaire appréciera particulièrement ces relevés des mœurs. Il le signale à Poulet-Malassis qui lui a procuré ces gravures. Pour le poète, ces choses « légères » ont un sens qui relève autant du dessin que du texte.

2. On conservait encore la graphie germanique d'un mot désormais francisé sous la forme « châle ».

3. Allusion à la nouvelle *Marquis du Ier hussard* de Paul Gaschon de Molènes, parue en 1853 dans son volume *Caractères et récits du temps*. Voir aussi note 27.

4. Baudelaire reprend ici un argument déjà développé dans son *Salon de 1846*. L'influence de la philosophie de Lamennais reste sensible dans la définition du Beau comme l'alliance de l'éternel et du divin.

5. Autre allusion au *Salon de 1846*.

6. Baudelaire affirme ici l'importance de la caricature, esquissée dans *Le Salon caricatural de 1846*. Il met aussi l'accent sur l'acte du lithographe qui annonce le développement à venir pour l'eau-forte.

7. Baudelaire reprend l'argument développé dans *Quelques Caricaturistes français*.

8. À propos de Devéria, voir *supra, Salon de 1859*, note 32.

9. Baudelaire reprend ici la nomenclature des caricaturistes qu'il avait abordée dans son essai *Quelques Caricaturistes français*.

10. À propos de Constantin Guys, voir l'introduction ainsi que G. Geffroy, *Constantin Guys, l'historien du second Empire*, Paris, G. Crès et Cie, 1920. La correspondance de Baudelaire adressée à Bourdin en vue de la publication de l'essai atteste des efforts de l'auteur pour conserver l'anonymat de Constantin Guys.

11. Il s'agit de *The Illustrated London News*, auquel Guys collabora à partir de 1843.

12. Conte de Poe recueilli dans les *Nouvelles Histoires extraordinaires*.

13. Allusion au livre II du *Discours sur l'inégalité* de Jean-Jacques Rousseau.

14. Baudelaire veut sans doute parler de Marie de Médicis.

15. Baudelaire cite deux acteurs de vaudeville à succès.

16. Dans *The Illustrated London News* du 9 juin 1855, Baudelaire parle sans doute des originaux.

17. *The Illustrated London News* du 4 mars 1854.

18. *The Illustrated London News* du 24 juin 1854.

19. Baudelaire fait référence au massacre des maronites par les Druzes et par les bachi-bouzouks d'Ahmet Pacha en juillet 1860.

20. *The Illustrated London News* des 18 et 25 novembre 1854.

21. Allusion à *The Charge of the Light Brigade*, poème épique de Tennysson.

22. *The Illustrated London News* du 7 avril 1855.

23. Les fêtes de Baïram clôturent la période de ramadan.

24. *Ramadhan à la mosquée de Tophane, Constantinople*, dessin conservé au British Museum.

25. Expression employée par Balzac dans *La Dernière Incarnation de Vautrin*.

26. *The Illustrated London News* du 20 mai 1854.

27. Paul Gaschon de Molènes, auteur des *Caractères et récits du temps*, des *Histoires sentimentales et militaires* et des *Commentaires d'un soldat*. En 1862, Baudelaire lui avait consacré un article nécrologique dans la *Revue anecdotique*.

28. D'après Pichois (*OC* II, p. 1425), Baudelaire aurait mentionné ici Charlet afin de satisfaire Delacroix, fort mécontent du traitement qu'il lui avait réservé dans *Quelques Caricaturistes français*.

29. Ce chapitre relatif au dandy reprend pour partie l'argumentaire depuis longtemps développé par Baudelaire en vue de la rédaction d'essais relatifs au *Dandysme littéraire* ou aux *Dandys, dilettantes et virtuoses*. Les noms des auteurs cités dans le corps du texte appartiennent tous à ce projet, jamais abouti, d'analyser le dandysme littéraire et musical (avec Liszt).

30. La mode comme forme d'esthétisation du quotidien avait trouvé chez les Goncourt sa vision d'Ancien Régime et son inscription dans cette culture féminine à laquelle était dédiée *La Femme au XVIIIe siècle*. Baudelaire y puisera nombre d'informations, à tel point que ce chapitre du *Peintre de la vie moderne* peut être lu comme un

tableau de la femme au XIXe siècle prolongeant l'argument des Goncourt.

À la lecture de ce chapitre, Mme Aupick crut y découvrir un éloge de la femme. Baudelaire prendra soin de la décourager en lui écrivant, en décembre 1863 : « Je suis désolé de t'arracher tes illusions sur le passage où tu as cru voir l'éloge de ce fameux sexe. Tu l'as compris tout de travers. Je crois qu'il n'a jamais été rien dit de si dur que ce que j'ai dit dans le *Delacroix* et dans l'article du *Figaro*. Mais cela ne concerne pas la femme-mère » (*Cor* II, p. 336).

31. Les références de Baudelaire ne recoupent pas la pensée de Maistre qui insistait au contraire sur la dignité même de la femme érigée en mère.

32. Ce chapitre avait été publié peu avant le départ de Baudelaire pour Bruxelles par *La Vie parisienne* sous le titre *L'Éternelle Question du maquillage*.

33. Baudelaire fait référence à un passage de son Salon de 1846.

34. Baudelaire cite ici les principaux bals d'hiver, jardins publics et bals d'été du second Empire, suivis par ceux de la Restauration et de la monarchie de Juillet.

35. La Bruyère, *Les Caractères*, « Des femmes ».

36. Allusion à un passage de Juvénal repris en note dans *Les Liaisons dangereuses*.

37. À propos d'Eugène Lami, voir le chapitre « Croquis de mœurs » du *Peintre de la vie moderne*.

PEINTRES ET AQUAFORTISTES

1. Baudelaire exprime désormais clairement son mépris pour l'esprit plus que pour l'œuvre d'Ingres. L'allusion faite vise Delacroix dont Baudelaire reconnaît désormais que l'œuvre ne suffit plus à satisfaire son désir formulé dans *Le Peintre de la vie moderne*.

2. Alphonse Legros (1837-1911), élève de Lecoq de Boisbaudran. Expose *L'Angélus* (localisation inconnue) en 1859. Un an plus tard il réalise *L'Ex-voto* (aujourd'hui au musée de Dijon), qui sera présenté au Salon de 1861. En 1862, Legros expose à la galerie Martinet. Figure à cette manifestation, outre *L'Ex-voto, La Vocation de saint François*. En 1862, il deviend membre de la Société des aquafortistes. Cette même année, il réalise une copie du portrait de Baudelaire peint par Courbet. Ami de Baudelaire, Legros lui dédiera ses *Esquisses à l'eau-forte* en 1861.

3. Albert de Balleroy (1828-1873). Peintre, membre fondateur de la Société des aquafortistes. Ami riche et influent de Manet avec lequel il partagea un atelier durant l'hiver 1858-1859. Il figurera aux côtés de Baudelaire dans l'*Hommage à Delacroix* de Fantin-Latour. Deviendra député conservateur du Calvados en 1871.

4. Paul Ricord (1800-1889). Chirurgien renommé, spécialiste de la syphilographie.

5. L'œuvre mentionnée ici est *Le Chanteur espagnol* ou *Le Gui-*

tarero, aujourd'hui conservé au Metropolitan Museum of Art de New York. Manet en tirera l'eau-forte en 1868. Il l'intégrera dans la suite de huit gravures qu'éditera Cadart en 1868.

6. Baudelaire avait abordé les productions de l'éditeur Aubert dans *Quelques Caricaturistes français*. Ce dernier s'était illustré dans les années 1840 avec sa série de *Physiologies*, illustrée, notamment, par Gavarni et Daumier.

7. L'Etching Club a été créé à Londres en 1838. Il regroupe seize artistes et sa vocation est artistique plus que commerciale. La Société des aquafortistes, au contraire, vise davantage à constituer un réseau international dont la société espère promouvoir commercialement les œuvres. Voir J. Bailly-Herzberg, *L'Eau-forte de peintre au XIXe siècle : la Société des aquafortistes (1862-1867)*, Paris, Léonce Laget, 1972, 2 vol.

8. En 1861, à la demande de Poulet-Malassis, Legros illustrera d'une série d'eaux-fortes les *Histoires extraordinaires* de Poe traduites par Baudelaire.

9. Comme l'avait signalé Gita May, Diderot n'emploie pas le terme « gribouillage », mais « griffonnage », dont la résonance n'a pas ce caractère péjoratif.

10. Les *Eaux-fortes sur Paris* de Meryon avaient été éditées par Delâtre en 1852.

11. Baudelaire reprend ici un passage de son *Salon de 1859*.

12. Jules Niel, bibliothécaire au ministère de l'Intérieur, détenait le cuivre de la *Vue de San Francisco* de Cadart. Il mourra à Paris en 1872.

L'ŒUVRE ET LA VIE D'EUGÈNE DELACROIX

1. En fait, les premiers contacts entre Baudelaire et Delacroix remontent à 1845-1846. Voir note 10.

2. Cette peinture, *La Paix venant consoler les hommes*, a été détruite en même temps que l'ensemble de la décoration de ce salon durant la Commune.

3. Il s'agit de l'*Histoire des artistes vivants* publiée en 1856 et qui connaîtra de nombreuses éditions.

4. Baudelaire avait de la même façon renoncé à dresser le catalogue inventaire de l'œuvre de Daumier.

5. Ce palmarès, qui recoupe celui repris dans l'essai sur Gautier de 1859, témoigne clairement de la conception que Baudelaire se fait de l'œuvre de Delacroix. Celle-ci n'appartient pas au registre de l'éphémérité mondaine propre au *Peintre de la vie moderne*, mais à la longue perspective de la tradition qui part ici de Le Brun.

6. La réticence qu'exprime Baudelaire témoigne de la nouvelle orientation que le critique assigne à la peinture en marge de la grande tradition. Ainsi, l'accomplissement même dont témoigne l'œuvre de Delacroix ne satisfait plus totalement des exigences fondées sur la conscience du monde moderne.

7. Cette notion de mnémotechnie avait déjà été abordée et analysée dans le *Salon de 1846* et dans *Le Peintre de la vie moderne.*

8. Baudelaire reprend ici l'argumentation développée dans son *Musée classique du Bazar Bonne-Nouvelle.*

9. Voir le troisième volet de *L'Exposition universelle de 1855.*

10. On sait, grâce à l'étude d'Armand Moss (p. 66), que Baudelaire n'a eu que très peu de liens avec Delacroix. Il l'avait rencontré, semble-t-il, en 1845 après l'édition de son *Salon.* La première référence faite par Baudelaire aux propos tenus par Delacroix remonte aux « Conseils aux jeunes littérateurs » publiés dans *L'Esprit public* du 15 avril 1846.

Dans ses lettres de remerciement, Delacroix se montre distant à l'égard d'un disciple empressé que le procès de 1857 rend infréquentable aux yeux de ce peintre avide de reconnaissance et d'hommages publics. S'il ne reçoit plus le poète après 1857, Delacroix ne l'avait jamais beaucoup fréquenté. L'essentiel de leurs relations aurait couru du printemps 1846 à celui de 1847 (Moss, 1973, p. 30-32). Baudelaire tentera sa vie durant de passer pour un intime du héros romantique célèbre pour son goût de la solitude. Sans doute le poète visait-il a ériger son œuvre propre en clôture d'une tradition dont il aurait été ce « Boileau hystérique » épinglé par Alcide Dusolier. Certaines interprétations baudelairiennes auront le don d'irriter le peintre. Ainsi en est-il de la soi-disant mélancolie de la peinture de Delacroix développée dans le compte rendu de l'Exposition universelle de 1855.

11. Les deux paragraphes qui suivent sont repris au *Salon de 1859.*

12. Les dix paragraphes qui suivent, mis entre guillemets, sont repris au *Salon de 1859.* On retrouvera là les annotations relatives aux œuvres mentionnées.

13. Dans l'édition de 1868, le passage suivant avait été supprimé pour ne pas répéter l'argument déjà exposé dans « Peintures murales d'Eugène Delacroix », qui avait été intégré dans cet hommage posthume.

14. Voir *Exposition universelle – 1855*, note 29.

15. Voir *Exposition universelle – 1855*, note 30.

16. « Des variations du Beau », in *Revue des Deux Mondes*, 15 juillet 1857.

17. « Prud'hon », in *Revue des Deux Mondes*, 1er novembre 1846 ; « Charlet », *ibid.*, 1er juillet 1862 ; « Poussin », in *Le Moniteur universel*, 26, 29 et 30 juin 1853. On sait que Baudelaire avait proposé à Poulet-Malassis de servir d'intermédiaire à une édition des textes de Delacroix. Ce dernier déclinera l'offre dans une lettre adressée à Baudelaire le 17 février 1858 (*LAB*, p. 115-116).

18. L'article de Saint-Victor était effectivement paru dans le numéro de *La Presse* du 13 septembre 1863.

19. Delacroix avait obtenu en mars 1850 une commande pour l'achèvement de la galerie d'Apollon du Louvre. La peinture du plafond, *Le Char d'Apollon*, reprend le sujet pressenti par Le Brun

en 1661. Delacroix en précise la signification à travers une série de peintures qui retrace la légende d'*Apollon vainqueur du serpent Python*.

20. En octobre 1851, Delacroix avait effectivement adressé à Baudelaire une invitation (*LAB*, p. 113-114) pour visiter l'installation de ses peintures au Louvre achevées au mois d'août. Jointe à l'invitation, une description détaillait le programme iconographique. C'est à cette annexe à l'intention des critiques que Baudelaire se réfère ici avec enthousiasme.

21. Henri Delacroix, le père du peintre, ancien conventionnel devenu ministre des Affaires étrangères sous le Directoire, puis préfet de Marseille et de Bordeaux sous l'Empire, avait été opéré d'un sarcocèle à l'époque où le futur peintre avait été conçu. Sa paternité sera mise en cause dès la naissance de l'enfant. Certaines rumeurs attribueront à Talleyrand la paternité d'Eugène Delacroix. Celui-là veillera attentivement aux débuts du peintre.

22. Baudelaire fait allusion aux œuvres détruites lors du sac du Palais-Royal le 24 février 1848. Une toile de Delacroix y avait été détruite (*Richelieu disant la messe*, présenté au Salon de 1831) et une autre (*Corps de garde à Meknès*, commandé en 1847 et aujourd'hui au musée Condé de Chantilly) avait été endommagée.

23. Victor Jacquemont (1801-1832). Aventurier naturaliste qui voyagea aux Indes et au Tibet. Ami de Stendhal et de Mérimée, Jacquemont est un esprit libre sceptique quant à la religion et irrespectueux de l'Église. Sa correspondance avec sa famille et ses amis lors de son voyage aux Indes, publiée à Paris en 1833, rencontrera un réel succès et sera plusieurs fois rééditée.

24. Le portrait que Baudelaire livre de Delacroix se veut, de façon indirecte, un autoportrait rehaussé par l'ombre du peintre. Le poète multiplie les points de vue qui lui permettent de s'identifier au héros romantique auquel il consacre cependant un hommage mêlé de dépit et nourri de quelque amertume.

25. Giuseppe Ferrari (1811-1876). Fixé à Paris de 1839 à 1859, Ferrari publie en 1860 chez Lévy son *Histoire de la raison d'État*. Baudelaire s'intéressera vivement à l'essai et à son auteur dans lequel il retrouve, sur le mode fataliste et désinvolte, une des figures du dandysme littéraire.

26. Baudelaire livre ici une orthographe fantaisiste pour le roi Montezuma II qui subjugua Cortès.

27. Baudelaire fait-il ici allusion aux quelques caricatures que Delacroix avait réalisées, sous la Restauration, pour quelques périodiques libéraux comme *Le Nain jaune* et pour *Le Miroir* ? La formulation de Baudelaire ne manque pas de nuance. La caricature n'est pas nécessairement en deçà des mérites de Delacroix. L'inverse est même esquissé dans une tournure qui rend hommage à la caricature et à Daumier que Baudelaire considère comme son plus illustre représentant. Dans le va-et-vient qu'instaure l'hommage entre Delacroix et Baudelaire lui-même, le poète fait sans doute

aussi allusion à son propre détour par la caricature à l'occasion du *Salon caricatural de 1846.*

28. « Je hais la foule et sa vulgarité », Horace, *Odes*, III, I, v. 1.

29. Le livre que Liszt a consacré à Chopin avait été publié par Escudier, à Paris, en 1852. Il avait en grande partie été rédigé par Mme d'Agoult.

30. La vente de l'atelier aura lieu les 17 et 29 février 1864 à l'hôtel Drouot. Peu de temps après, la Société nationale des beaux-arts rendra hommage au peintre en présentant dans ses locaux du boulevard des Italiens quelque trois cents tableaux. Dans l'exorde de sa conférence prononcée devant le Cercle artistique et littéraire de Bruxelles, le 2 mai 1864, Baudelaire reviendra sur la vente en des termes qui fixent à l'identique la relation que le poète pouvait entretenir avec sa propre postérité :

> Vous avez entendu parler, Messieurs, de la vente des tableaux et des dessins d'Eugène Delacroix, vous savez que le succès a dépassé toutes les prévisions. De vulgaires études d'atelier, auxquelles le maître n'attachait aucune importance, ont été vendues vingt fois plus cher qu'il ne vendait, lui vivant, ses meilleures œuvres, les plus délicieusement finies. M. Alfred Stevens me disait, au milieu des scandales de cette vente funèbre : *Si Eugène Delacroix peut, d'un lieu extranaturel, assister à cette réhabilitation de son génie, il doit être consolé de quarante ans d'injustice.*
>
> Vous savez, Messieurs, qu'en 1848, les républicains qu'on appelait républicains de la veille furent passablement scandalisés et dépassés par le zèle des républicains du lendemain, ceux-là d'autant plus enragés qu'ils craignaient de n'avoir pas l'air assez sincères.
>
> Alors je répondis à M. Alfred Stevens : *il est possible que l'ombre de Delacroix soit, pendant quelques minutes, chatouillée dans son orgueil trop longtemps privé de compliments ; mais je ne vois dans toute cette furie de bourgeois entichés de la mode qu'un nouveau motif pour le grand homme mort de s'obstiner dans son mépris de la nature humaine* (*OC* II, p. 774-775).

31. J.-J. Rousseau, *Confessions*, Paris, Gallimard, La Pléiade, I, p. 643. La vision de Baudelaire ne correspond pas au texte de Rousseau.

32. En 1859, en publiant son essai sur Gautier, Baudelaire annonçait la parution prochaine d'un *Machiavel et Condorcet, dialogue philosophique*, qui restera lettre morte.

33. À propos de cette servante dévouée, voir A. Moss (p. 269-281) ainsi que, en préambule, le fragment de l'exorde à la conférence du Cercle artistique et littéraire de Bruxelles.

34. Frédéric Villot avait été un ami intime de Delacroix.

35. Alexandre Gabriel Decamps (1803-1860), élève d'Abel de Pujol dont il abandonne l'atelier. Après s'être formé seul au Louvre, débute au Salon en 1827. Sa peinture constitue une sorte de mélange d'influences où la référence biblique rencontre le bric-à-brac orientaliste dans un romantisme anecdotique. Baudelaire complimentera cet ami de Delacroix dans son *Salon de 1845.*

36. À propos de Charlet, voir *Salon de 1859*, note 70. Baudelaire fait ici l'éloge de cet ami de Géricault, qui avait donné à l'épopée

napoléonienne une dimension balzacienne en s'intéressant à ses acteurs les plus humbles.

37. Ingres, Vernet, Meissonier. Baudelaire a énuméré ses trois cibles privilégiées en les organisant à l'instar d'une tradition étroite qui, partant du dessin académique, aboutit à l'obsession d'un mimétisme de convention en passant par le dévoiement de la couleur. Dans ce panorama, Baudelaire ne cite qu'une toile, *La Barricade* (tableau de Meissonier présenté au Salon de 1851, aujourd'hui au musée d'Orsay). Il est intéressant de voir le cas que Baudelaire fait d'un sujet que Manet traitera, avec fougue et élan, dans le contexte de la Commune.

38. Paul Delaroche (1797-1856), élève de Wathelet et de Gros. Expose au Salon à partir de 1822. Delaroche apparaît à Baudelaire comme le peintre de la bourgeoisie rayonnante. L'artiste apparaît dans la critique d'art de Baudelaire moins par ses œuvres que comme le symbole d'une peinture sans talent et confite de certitudes.

39. Allusion à un article de Gautier paru dans *La Presse* du 10 mars 1837. Voir A. Hamrick, *The Role of Gautier in the Art Criticism of Baudelaire*, thèse de doctorat, université Vanderbilt, 1975.

40. La ville est Lyon. À propos de Chenavard, voir *L'Art philosophique*, note 6. À la lecture de l'article, Chenavard remerciera Baudelaire qui, le 25 novembre 1863 (*Cor* II, p. 331-332), lui promettra de l'intégrer dans son *Art philosophique*.

41. À nouveau, Baudelaire cite de mémoire un sonnet de Michel-Ange (sonnet XII).

42. Baudelaire cite de mémoire *De l'amour* de Stendhal, paru en 1853 chez Lévy.

BIBLIOGRAPHIE

La présente sélection tient essentiellement compte des recherches les plus récentes. Elle pourra être complétée par les références, plus anciennes, reprises in OC *II, p. 1262-1264 et 1601-1604.*

ÉDITIONS DE BAUDELAIRE

BAUDELAIRE, Ch. : *Correspondance*, texte établi, présenté et annoté par Cl. Pichois et J. Ziegler, Paris, Gallimard (Bibliothèque de la Pléiade), 1973, 2 vol.

BAUDELAIRE, Ch. : *Œuvres complètes*, texte établi, présenté et annoté par Cl. Pichois, Paris, Gallimard (Bibliothèque de la Pléiade), 1975-1976, 2 vol.

OUVRAGES GÉNÉRAUX

BAILLY-HERZBERG, J. : *L'Eau-forte de peintre au* XIX*e siècle : la Société des aquafortistes (1862-1867)*, Paris, Léonce Laget, 1972, 2 vol.

GEFFROY, G. : *Constantin Guys, l'historien du second Empire*, Paris, G. Crès et Cie, 1920.

MARRINAN, M. : *Painting Politics for Louis-Philippe, Art and Ideology in Orleanist France 1830-1848*, New Haven-Londres, Yale University Press, 1988.

SLOANE, J.C. : *French Painting between the Past and the Present. Artists, Critics and Traditions from 1848 to 1870*, Princeton, Princeton University Press, 1976.

OUVRAGES CONSACRÉS À BAUDELAIRE ET À SA CRITIQUE D'ART

BENJAMIN, W. : *Charles Baudelaire, un poète lyrique à l'apogée du capitalisme*, traduction de J. Lacoste, Paris, Payot (Critique de la politique), 1982.

BENJAMIN, W. : *Paris capitale du XIXe siècle. Le Livre des Passages*, traduit par J. Lacoste, Paris, Les Éditions du Cerf (Passages), 1989.

BUCI-GLUCKSMANN, Ch. : *La Raison baroque. De Baudelaire à Benjamin*, Paris, Galilée, 1984.

FERRAN, A. : *Le Salon de 1845 de Charles Baudelaire*, Toulouse, Éditions de l'Archer, 1933.

FROIDEVAUX, G. : *Baudelaire. Représentation et modernité*, Paris, José Corti, 1989.

HANOOSH, M. : *Baudelaire and Caricature : from the Comic to an Art of Modernity*, University Park, Pensylvania University Press, 1992.

HORNER, L. : *Baudelaire critique de Delacroix*, Genève, Droz, 1956.

KELLEY, D. (éd.) : *Salon de 1846*, Oxford, Clarendon Press, 1975.

LE PICHON, Y. et PICHOIS, Cl. : *Le Musée retrouvé de Charles Baudelaire*, Paris, Stock, 1992.

MAY, G. : *Diderot et Baudelaire critiques d'art*, Genève-Paris, Droz-Mignard, 1957.

MOSS, A. : *Baudelaire et Delacroix*, Paris, Nizet, 1973.

PICHOIS, Cl. et ZIEGLER, J. : *Baudelaire*, Paris, Julliard, 1987.

ARTICLES ET CONTRIBUTIONS

ABÉ, Y. : « *Un Enterrement à Ornans* et l'*habit noir* baudelairien. Sur les rapports de Baudelaire et de Courbet », *Études de langue et littérature françaises. Bulletin de la Société japonaise de langue et littérature françaises*, 1962, p. 29-41.

BLOOD, S. : « Baudelaire against photography : An Allegory of old Age », *Modern Language Notes*, 1986, p. 817-837.

BONNEFIS, Ph. : « Baudelaire », *Modern Language Notes Baltimore*, 1983, p. 551-578.

BONNEFOY, Y. : « Baudelaire et Rubens », *L'Éphémère*, 1969, p. 72-112.

BOWNESS, A. : « Courbet and Baudelaire », *La Gazette des Beaux-Arts*, novembre 1977, p. 189-199.

BURGER, P. : « Klassizität und Moderne. Zur Allegorie bei Baudelaire », *Romanistische Zeitschrift für Literaturgeschichte/Cahiers d'histoire des littératures romanes*, I, 1985, p. 122-143.

CALVET-SÉRULLAZ, A. : « À propos de l'exposition Baudelaire : l'exposition du Bazar Bonne-Nouvelle de 1846 et le Salon de 1859 », *Bulletin de la Société de l'histoire de l'art français*, 1969, p. 123-134.

CARRIER, D. : « Baudelaire and the origins of formalist art criticism », *Stance*, 1993, p. 1-5.

CARRIER, D. : « Baudelaire's philosophical theory of beauty », *Nineteenth Century French Studies*, 1995, p. 382-402.

CELLIER, L. : « D'une rhétorique profonde. Baudelaire et l'oxymoron », *Cahiers internationaux du symbolisme*, 1965, p. 3-14.

CHAVEAUX, M.-C. : « *Le Salon caricatural de 1846* et les autres Salons caricaturaux », *La Gazette des Beaux-Arts*, mars 1968, p. 161-169.

DROST, W. : « Baudelaire et le baroque belge », *Revue d'esthétique*, juillet-décembre 1959, p. 33-60.

DROST, W. : Baudelaire et le néo-baroque », *La Gazette des Beaux-Arts*, juillet-septembre 1959, p. 116-136.

DROST, W. : « Kriterien der Kunstkritik Baudelaires », dans NOYER-WEIDLER, A. (éd.) : *Baudelaire*, Darmstadt, Wissenschaftliche Buchgesellschaft (Wege der Forschnung), 1976, p. 410-445.

DROST, W. : « Photographie als Kunst ? Historisch-ästhetische Analyse von Baudelaires Verurteilung der Photographie », *Lendemains*, 1984, p. 25-33.

DROST, W. : « Des principes esthétiques de la critique d'art du dernier Baudelaire : de Manet au symbolisme », dans BOUILLON, J.-P. (éd) : *La Critique d'art en France 1850-1900. Actes du colloque de Clermont-Ferrand, 25-27 mai 1987*, Saint-Étienne, Centre interdisciplinaire d'études et de recherches sur l'expression contemporaine (travaux LXIII), 1989, p. 13-21.

DROST, W. : « Du concept de théâtralité dans la critique d'art baudelairienne. À propos de Penguilly-L'Haridon et de Frederic Leighton », *Studi francesi*, 1992, p. 481-490.

DROST, W. : « L'évolution du concept baudelairien de la sculpture », *La Gazette des Beaux-Arts*, 1994, p. 39-52.

FRIED, M. : « Painting Memories : on the Containment of the

Past in Baudelaire and Manet », *Critical Inquiry*, 1984, p. 510-542.

GODAR-LONDONO, M. : « A poetics of art criticism : the case of Baudelaire », *Romance Quarterly*, 1991, p. 109-110.

HANOOSH, M. : « Etching and Modern Art : Baudelaire's *Peintres et aquafortistes* », *French Studies*, 1989, p. 47-60.

HANNOOSH, M. : « Painting as Translation in Baudelaire's Art Criticism », *Forum for Modern Language Studies*, 1986, p. 22-33.

HARDOUIN-FUGIER, E. : « Lyon : Bagne de la peinture. " Il y a une école de peinture lyonnaise " », *Bulletin baudelairien*, 1983, p. 41-49.

HERDING, K. : « Décadence et progrès als kunsttheoretische Begriffe bei Barrault, Baudelaire und Prudhon », *Wissenschaftliche Zeitschrift der Humboldt-Universität zu Berlin*, 1985, p. 35-54.

JAUSS, H.R. : « Baudelaires Rückgriff auf die Allegorie » dans HANG, W. (éd.) : *Formen und Fonktionen der Allegorie*, Stuttgart, Metzler, 1979, p. 686-700.

KELLEY, D.J. : « Deux aspects du *Salon de 1846* de Baudelaire : la dédicace Aux Bourgeois et la Couleur », *Forum for Modern Language Studies*, n° 4, p. 331-346.

KOPP, R. : « Baudelaire : Mode et Modernité », *Cahiers de l'Association internationale des études françaises* (La littérature et la mode depuis le XVIIe siècle), 1986, p. 173-186 et 289-290.

LACAMBRE, G. et J. : « À propos de l'exposition Baudelaire : les Salons de 1845 et 1846 », *Bulletin de la Société de l'histoire de l'art français*, 1969, p. 107-121.

LEGRAND, F.-C. : « Rops et Baudelaire », *La Gazette des Beaux-Arts*, février 1986, p. 191-199.

LE VOT, A. : « Courbet contre Baudelaire ou les Avatars de la Pastorale », *Poésie*, 1993, p. 111-123.

MCPHERSON, H. : « Courbert and Baudelaire : Portraiture against the grain of photography », *La Gazette des Beaux-Arts*, novembre 1996, p. 223-236.

MIYAKE, N. : « La critique d'art de Baudelaire et Lavater », *Gallia*, 1982, p. 307-316.

PICHOIS, Cl. : « La date de l'essai de Baudelaire sur le rire et les caricaturistes », *Baudelaire. Études et témoignages*, Neuchâtel, La Baconnière, 1967, p. 80-94.

RASER, T. : « Citation and narrative in Baudelaire's art criticism », *Word and Image*, 1993, p. 309-319.

ROBB, G. : « Le *Salon de 1846*, Baudelaire s'explique », *Nineteenth Century French Studies*, 1987, p. 415-424.

TERRIER, P. : « Charles Baudelaire-Théophile Gautier : deux études. Édition critique, annotée et commentée », *Études baudelairiennes*, 1985, p. 13-265.

VAN SYLKE, G. : « Les épiciers au musée : Baudelaire et l'artiste hongrois », *Romantisme* (L'artiste, l'écrivain et le poète), 1987, p. 55-66.

ZIEGLER, J. : « Émile Deroy (1820-1846) et l'esthétique de Baudelaire », *La Gazette des Beaux-Arts*, mai-juin 1976, p. 153-160.

Numéro spécial de *Preuves* (Baudelaire et la critique d'art), 1968.

Numéro spécial de *Symposium* (Baudelaire et ses artistes), 1984.

CHRONOLOGIE

La chronologie proposée ici a retenu essentiellement les faits liés à la vie artistique et à l'activité de critique de Charles Baudelaire. Pour une chronologie plus détaillée, voir OC *I, p.* XXV-LVII. *Pour une biographie de Baudelaire, voir : Cl. Pichois et J. Ziegler,* Baudelaire, *Paris, Julliard, 1987.*

1821 (9 avril) : Naissance de Charles Pierre Baudelaire, fils de Joseph François Baudelaire et de Caroline Archenbaut-Dufaÿs.

1827 : Mort de son père. Un an plus tard, sa mère se remarie avec Jacques Aupick, alors chef de bataillon.

1832 : Installation à Lyon. Il reviendra à Paris en 1836 où il est inscrit au lycée Louis-le-Grand dont il sera renvoyé en 1839.

1838 : Visite avec ses camarades de classe le musée du château de Versailles et découvre Delacroix à travers les articles de *La Presse*. En littérature, ses goûts vont à Hugo et Sainte-Beuve.

1840 : Parmi ses fréquentations, Baudelaire se lie avec Philippe de Chennevières et Gérard de Nerval. Vie de bohème.

1841 : Pour le remettre dans le droit chemin, le conseil de famille décide d'éloigner Baudelaire de Paris ; il s'embarque vers Calcutta *via* l'île Maurice et la Réunion.

1842 : Majorité et installation dans l'île Saint-Louis. Baudelaire mène grand train. Rencontre le peintre Émile Deroy qui influence son goût et réalise son portrait. Se lie avec l'actrice quarteronne Jeanne Duval. Baudelaire s'endette.

1844 : À l'instigation de sa famille, Baudelaire est soumis à un conseil judiciaire qui contrôlera la gestion de son patrimoine. En juin, il est condamné à soixante-douze heures de prison pour avoir refusé de servir dans la garde nationale.

1845 : Parution du *Salon de 1845* qui annonce sur le second plat de couverture la parution de divers essais dont un intitulé *De la caricature.* Tentative de suicide. Collabore au *Corsaire-Satan.* « Fantasia » de haschisch à l'hôtel Pimodan où Baudelaire rencontre Balzac et Gautier.

1846 : Première version de l'essai relatif à la caricature. Parution du *Musée classique du Bazar Bonne-Nouvelle* dans *Le Corsaire-Satan*, du *Salon de 1846* et du *Salon caricatural de 1846.*

1847 : Baudelaire signale à sa mère qu'il ne parvient pas à achever deux importants articles consacrés l'un à l'histoire de la caricature, l'autre à celle de la sculpture. Courbet réalise le portrait de Baudelaire.

1848 : En compagnie, notamment, de Courbet, Baudelaire prend part aux barricades de février et à celles de juin. Tous deux collaborent avec Champfleury au journal *Le Salut public.*

1849 : Liens étroits avec Gautier et premiers signes d'intérêt pour l'œuvre de Wagner.

1851 : Reprise de l'essai consacré à la caricature. Baudelaire en propose la publication au *Pays* en signalant qu'il s'agit d'une introduction philosophique suivie d'une revue des caricaturistes. Le poète reprendra ce projet régulièrement entre 1851 et 1853. Dans *L'Événement* du 20 avril 1851, Champfleury en publie un passage. Le manuscrit relatif à la caricature semble laissé en gage dans un hôtel en 1853. Parution de *Du vin et du haschisch.* Baudelaire s'éloigne du réalisme. L'œuvre poétique s'étoffe particulièrement.

1852 : Liens attestés avec Daumier. Rupture momentanée avec Jeanne Duval. Nourrit une admiration pour Mme Sabatier.

1854 : *Le Pays* entame la publication des *Histoires extraordinaires* et des *Nouvelles Histoires extraordinaires* de Poe traduites par Baudelaire. Parution en ouvrage en 1856 et 1857.

1855 : Parution de *De l'essence du rire* dans *Le Portefeuille* du 8 juillet. L'article est présenté comme le fragment d'un

ouvrage intitulé *Peintres, statuaires et caricaturistes* annoncé chez Michel Lévy frères.
Le 12 août, parution dans *Le Présent* du deuxième article de *L'Exposition universelle de 1855* refusé par *Le Pays* qui en avait publié le premier chapitre le 26 mai et le troisième le 3 juin. Baudelaire se dresse contre le réalisme et envisage de rédiger un pamphlet intitulé *Puisque réalisme il y a.*
En juin la *Revue des Deux Mondes* publie dix-huit poèmes de Baudelaire sous le titre *Les Fleurs du mal.* Premiers poèmes en prose. Entame la rédaction de *Fusées.*

1856 : Baudelaire envisage la publication en volume de ses *Fleurs du mal* et de *Bric-à-brac esthétique* qui recoupe ce que seront les *Curiosités esthétiques.*

1857 : Champfleury publie *Le Réalisme.*
Mort du général Aupick.
Parution en juin des *Fleurs du mal,* qui reprennent les poèmes déjà publiés dans des revues et cinquante-deux inédits. Une instruction est menée contre l'auteur pour outrage à la morale publique. Baudelaire demande à Poulet-Malassis de cacher l'édition. En août, parution d'une plaquette intitulée *Articles justificatifs pour Charles Baudelaire, auteur des Fleurs du mal.* Baudelaire et son éditeur seront condamnés. Six pièces doivent être retranchées. Baudelaire reçoit les félicitations de Hugo.
Liaison avec Mme Sabatier et graves problèmes financiers. Baudelaire envisage de se retirer chez sa mère à Honfleur.

1858 : Projet d'étude consacrée aux acquisitions récentes de peintures espagnoles par le Louvre.
Reprise par *L'Artiste* de *Quelques Caricaturistes étrangers* et de *Quelques Caricaturistes français.*

1859 : Dernière rencontre avec Courbet à Honfleur.
Projet d'essai relatif à la peinture dite « philosophique » ou « didactique ».
Parution en plaquette de l'article consacré à Théophile Gautier. Baudelaire envisage la publication d'un volume de ses *Notices littéraires.*
Parution en feuilleton du *Salon de 1859* dans la *Revue française* des 10 et 20 juin, 1er et 20 juillet 1859.
Baudelaire fait la rencontre de Constantin Guys qui servira de modèle au *Peintre de la vie moderne* auquel Baudelaire s'attelle.

1860 : Baudelaire dédie à Guys « Rêve parisien ». Il propose à un mécène qui souhaite éditer Poe d'en commander les illustrations à Guys. Le poète et le dessinateur fréquentent ensemble de mauvais lieux comme le Casino de la rue Cadet.

Contrat avec Poulet-Malassis pour la publication d'une deuxième édition des *Fleurs du mal*, des *Paradis artificiels*, des *Curiosités esthétiques* et des *Notices littéraires*.

Envisage par ailleurs la rédaction d'un essai consacré au dandysme littéraire.

Baudelaire tente d'obtenir achats et indemnités pour Constantin Guys.

Travaillant à son *Peintre de la vie moderne*, Baudelaire invite son éventuel éditeur à venir compulser la centaine de dessins de Constantin Guys qu'il possède. Le texte achevé est proposé au *Constitutionnel* et à *La Presse*.

Désir de rédiger des notices pour les *Eaux-fortes sur Paris* de Charles Méryon.

Le 17 février, Baudelaire écrit une longue lettre à Wagner qui constituera l'embryon de son essai. Le poète y déclare : « [...] je vous dois *la plus grande jouissance musicale que j'aie jamais éprouvée.* »

Première crise cérébrale.

1861 : Deuxième édition des *Fleurs du mal*.

À l'intention de Martinet, Baudelaire rédige un article consacré à Daumier, aujourd'hui perdu.

Près de deux mille dessins de Guys sont saisis chez Baudelaire qui disposait ainsi pour la rédaction de son essai d'œuvres qui ne lui appartenaient pas.

Le Peintre de la vie moderne est proposé à *La Revue contemporaine* sous le titre : « Constantin Guys de Sainte-Hélène. Peintres de mœurs. » Le texte sera encore remanié sans trouver d'éditeur.

Parution dans la *Revue fantaisiste* de *Peintures murales d'Eugène Delacroix à Saint-Sulpice*. L'article, non repris ici, fait l'éloge du travail de Delacroix pour la chapelle des Saints-Anges. On sait aujourd'hui le dépit que causa au peintre le tiède accueil et le mépris institutionnels que suscita l'œuvre. Le peintre en apprécia d'autant plus les éloges venus de la critique. En date du 8 octobre 1861, il remerciera Baudelaire d'un essai qui consacrait la valeur musicale de sa palette et de son dessin en arabesque.

En mai, par l'entremise de Wagner, Baudelaire rencontre Liszt. Le 1er avril, la *Revue anecdotique* publie *Richard Wagner*. L'essai fera ensuite l'objet d'une publication en

brochure, chez Dentu, enrichie d'un post-scriptum, *Richard Wagner et Tannhäuser à Paris.*
Projets d'études consacrées aux « musées perdus » et aux « musées à créer ».
Baudelaire pose sa candidature à l'Académie française au fauteuil de Lacordaire. Scandale et désistement.

1862 : En mai, création à Paris de la Société des aquafortistes précédée en avril par la parution de *L'eau-forte est à la mode* dans la *Revue anecdotique.* Le 14 septembre, alors que la Société publie son premier portfolio, Baudelaire reprend et développe son article rebaptisé *Peintres et aquafortistes* pour *Le Boulevard.* Il y souligne l'importance des peintres dans le renouveau de l'eau-forte en France.
Découverte de l'œuvre de Manet.
Le Peintre de la vie moderne est proposé en vain à la *Revue européenne*, à *L'Illustration*, à *La Presse*, au *Boulevard*, au *Pays*...
Parution dans la *Revue anecdotique* d'un compte rendu, non signé, de l'exposition organisée par le peintre d'histoire Louis Martinet dans l'hôtel du marquis de Hertford. Ce même Martinet fonde avec Théophile Gautier la Société nationale des beaux-arts qui sera à l'origine de la Société des artistes français.

1863 : Mort de Delacroix le 13 août.
Parution de *Au Rédacteur. À propos* d'Eugène Delacroix dans *L'Opinion nationale* des 2 septembre et 14 novembre 1863. Dans *L'Art romantique*, ce texte sera doté d'un nouveau titre : *L'Œuvre et la vie d'Eugène Delacroix.*
Parution du *Peintre de la vie moderne* dans *Le Figaro* des 26 et 29 novembre et 3 décembre 1863.
Baudelaire travaille à *Mon cœur mis à nu.*
En vue d'une étude des « riches galeries particulières » belges, Baudelaire demande une subvention pour se rendre en Belgique.

1864 : Première parution du *Spleen de Paris.*
Arrivée à Bruxelles en avril. Conférence sur Delacroix au Cercle artistique et littéraire de Bruxelles. Séjour chez Rops à Namur. Manet lui sert d'agent littéraire à Paris.
Parution de *Vente de la collection de M. Eugène Piot* dans *Le Figaro* du 24 avril. À travers cet article, Baudelaire rend hommage à l'ami de Gautier qui, en septembre 1842, avait publié, après un article de ce dernier, un catalogue raisonné de l'œuvre de Goya. La collection Piot comprenait essentiellement des bronzes, des marbres, des terres

cuites, des faïences, des peintures, des antiquités et des médailles.

Projet d'essai intitulé *Lettres d'un atrabilaire* où Baudelaire entend stigmatiser la sottise humaine.

1865 : Mallarmé publie un hommage à Baudelaire dans sa *Symphonie littéraire* ; hommage de Verlaine rendu à Baudelaire dans *L'Art*.

Parution de l'*Histoire de la caricature moderne* de Champfleury avec laquelle paraissent les *Vers pour le portrait de M. Honoré Daumier* de Baudelaire.

Parution des *Épaves* avec un frontispice de Rops. Un an plus tard, le tribunal correctionnel de Lille exigera la destruction du volume.

Second séjour à Namur chez Rops et grave crise cérébrale lors d'une visite de l'église Saint-Loup. L'état de Baudelaire devient critique. Retour à Paris.

1867 : Mort de Baudelaire le 31 août.

1868 : Parution des *Curiosités esthétiques* chez Michel Lévy frères, tome II des éditions complètes de Baudelaire. Le même éditeur publie *L'Art romantique* et *L'Art philosophique* avec une note liminaire dont on ignore si elle a été rédigée par Asselineau ou par Banville.

TABLE

GF Flammarion

98/02/63307-II-1998 – Impr. MAURY Eurolivres, 45300 Manchecourt.
N° d'édition FG101001. – Février 1998. – Printed in France.